王向遠教授

學術論文選集

● 第五卷 ●

日本文學研究

《王向遠教授學術論文選集》
編輯委員會

編輯弁言

萬卷樓圖書股份有限公司與王向遠教授部分的學生，組成編輯委員會，於王向遠教授從事教職滿三十週年（1987-2016）之際，推出《王向遠教授學術論文選集》。

《王向遠教授學術論文選集》是王向遠教授的論文選集，選收一九九一至二〇一六年間作者在各家學術刊物公開發表的學術論文二百二十餘篇，以及學術序跋等雜文五十餘篇，共計兩百五十餘萬字，按內容編為十卷，與已經出版的《王向遠著作集》全十卷（寧夏人民出版社，2007年）互為姊妹篇。

各卷依次為：

第一卷《國學、東方學與東西方文學研究》

第二卷《比較文學學科理論研究》

第三卷《比較文學學術史研究》

第四卷《翻譯與翻譯文學研究》

第五卷《日本文學研究》

第六卷《中日現代文學關係研究》（上）

第七卷《中日現代文學關係研究》（下）

第八卷《日本侵華史與侵華文學研究》

第九卷《日本古典文論與美學研究》

第十卷《序跋與雜論》

以上各卷所收論文，發表的時間跨度較大，所載期刊不同，發表時的格式不一。此次編入時，為統一格式原刊有「摘要」（提要）、關鍵詞等均予以刪除；「注釋」及「參考文獻」一般有章節附註與註腳

兩種形式，現一律改為註腳（頁下註）。此外，對發現的錯別字、標點符號等加以改正，其他一般不加改動。

　　感謝王向遠教授對本書編輯出版的支持，也感謝本書編委會諸位成員為本書的編校工作及撰寫各卷〈後記〉所付出的辛勞。

萬卷樓圖書股份有限公司

二〇一六年六月

目次

編輯弁言 ……………………………………………………………… 1

日本文學民族特性論 ……………………………………………… 1

日本古代文論的千年流變與五大論題 ………………………… 19

日本近代文論的系譜、構造與特色 …………………………… 49

論井原西鶴的豔情小說 ………………………………………… 71

浮世之草，好色有道
　　——井原西鶴「好色物」的審美構造 …………………… 87

法西斯主義與日本現代文學 …………………………………… 111

三島由紀夫小說中的變態心理及其根源 ……………………… 125

日本後現代主義文學與村上春樹 ……………………………… 135

為有源頭活水來
　　——日本當代中國題材歷史小說簡論 …………………… 147

井上靖：戰後日本文壇中國題材歷史小說的開拓者 ……… 159

當代日本文學中的「三國志」題材
　　——對題名「三國志」的五部長篇小說的比較分析 …… 175

日本當代中國題材歷史小說家宮城谷昌光 ………………… 189

日本歷史小說巨匠海音寺潮五郎的中國題材 ……………… 199

華裔日本作家陳舜臣論 ………………………………………… 213

古今中華任揮灑
　　——日本當代著名作家伴野朗的中國題材歷史小說創作 ……… 247

當代日本作家的中國紀行 ……………………………………………261

戰後日本文學中的戰時中國體驗
　　——以鹿地亙、林京子、中園英助的作品為例 ………………289

後記 ………………………………………………………姜毅然　303

作者簡介 ……………………………………………………………307

日本文學民族特性論[1]

一　思想構造：「皇國觀念」與「脫政治」的二元結構

　　研究和總結日本文學特色，所有的日本文學的讀者至少會有一個直觀的感受：日本文學的「脫政治性」。日本最古老的經典《古事記》和《日本書記》為天皇家族尋求神聖起源，可以說是帶有強烈政治色彩的作品，但《古事記》只寫傳說中的歷代天皇的譜系及其相關的神話故事，並不直接歌頌天皇，而且此後這樣的作品再也沒有了。在君主王權的政治制度下，沒有歌頌君主的作品，這在古代世界文學中極其少見。在中國、印度、希臘、羅馬、波斯等文明古國的文學中，為帝王歌功頌德的作品不知凡幾，日本文學中卻極難發現。例如日本第一部詩歌總集《萬葉集》是由一些貴族文人收集編纂起來的，在總數四千多首和歌中，除了歌頌日本江河山水的作品外，歌頌天皇個人的詩歌幾乎沒有。隨後的《古今集》等歷代和歌集，都是天皇「敕撰」的，但歌頌天皇的作品完全看不見。平安王朝的物語文學是以皇族貴族文人為創作主體的，但主要的作者是宮廷婦女（女官），天皇、皇族及有關當權者自然出現在作品中，但卻沒有露骨的頌揚逢迎之作，也沒有對政治問題做任何評論。所見到的只有纏綿哀怨的戀愛故事。在古代日本漢詩中，發思古之幽情、吟山川之美麗、寫個人之喜怒哀樂是基本的題材主題，像中國詩人那樣書寫政治抱負、指陳時弊、評論時政的漢詩殆無所見。鎌倉時代出現的「戰記物語」，寫

1　本文原載《煙臺大學學報》（煙臺），2009年第2期。

武士集團之間的爭權奪利和慘烈戰爭，但「戰記作者」都是些民間僧裝的「琵琶法師」，他們站在佛教的超越立場上，極力保持政治上的中立態度，掩飾自己的政治立場，只是表現人生無常的佛教觀和忠勇風雅的武士道德。到了十七至十九世紀的江戶文學的主流「町人文學」中，只寫町人階級的商業經營、吃喝玩樂、風雅嗜好。除了在「狂言」這種諷刺短劇中對武士大名不無善意的諷刺調侃之外，完全沒有政治的意味。而且，在接受中國文學影響的時候，對中國文學的政治傾向則有意加以過濾。在唐代的遣唐使時期，寫政治社會為主的杜甫的詩極少介紹到日本，文人對白居易的諷喻時政的樂府詩不感興趣，卻對其閒適詩、宮怨與感傷詩極有興趣，對唐傳奇小說《遊仙窟》等與政治完全無關的私情作品倍加珍視。

　　日本傳統文學是如此，現代文學也是如此。日本的傳統文學向近代文學的轉型，是明治維新政治運動推動的結果，但日本近代文學卻仍然保持了與政治疏離。筆者在〈中日現代文學比較研究的宏觀思考〉一文中，從中日比較的角度指出：維新政治為日本近代文學鋪設了近代化的軌道，並且有力地將文學向前推動了一把，文學起步了，然後文學和政治兩者的距離也越來越遠了；而在中國，文學現代化受到了社會政治的兩次推動：第一次是維新改良，第二次是五四運動。而且政治對文學給予兩次推動之後，並沒有離文學而去，而是如影隨形，結伴而行。中國現代文學史上的每一次思潮起伏、每一次創作變化、每一回理論論爭，都和政治運動、政治背景有著密切的關係。這和日本現代文學形成了鮮明的對比。以文學思潮運動的發展嬗變而論，同樣是「政治小說」，日本的「政治小說」主要是政治家消閒時的餘技，中國的「政治小說」則是維新革命的直接輿論工具；同樣是寫實主義文學，日本的寫實主義在理論上明確反對文學的功利性，中國的寫實主義則力主文學「為人生」的反封建啟蒙的功用；同樣是浪漫主義，日本的浪漫主義主要是個人逃避社會的情緒獨白，中國的浪

漫主義則是對時代變革的熱烈呼喚。[2]

　　日本傳統和近現代文學的「脫政治」傾向是怎樣形成的呢？

　　日本學者鈴木修次在談到日本傳統文學的「脫政治性」的特點時這樣寫道：

> 不要靠近現實，在脫離現實的地方才有作為藝術的文學的趣味。而且，想在離開現實的地方去尋找「風雅」、「幽玄」和「象徵美」，這是日本藝術的一般傾向。其實，這一點由於外國人不能充分理解，反而吸引了外國人，成為日本美的高深莫測的魅力。日本人一般是這樣認識的：因為是藝術，就得離開現實，如果超脫現實是目標，那麼，脫政治就是理所當然的。總之，認為在文學這種高級藝術裡，如果吸收了政治的話，文學就變得庸俗了。[3]

他還寫道：

> ……日本文學似乎一開始就是脫離政治的，這究竟是為什麼呢？其原因之一，自然可以想到從事文學的階層的不同。被視為中國頭等文學的文學，一直是由被稱為士大夫階層的官僚和知識份子支持的。他們都是以當官為目標而勤奮努力的人，許多文學家，其實，就是官吏。與此相反，日本文學的真正傳統主要在宮廷婦女（宮廷女官）、法師、隱士和市民等人之中承襲。這些人都不大關心政治，從政治上來說多數是局外人。日本文學的核心是由政治局外人的文學家的遊戲精神所支撐的。

2　王向遠：〈中日現代文學比較研究的宏觀思考〉，《北京師範大學學報》1997年第1期。

3　鈴木修次：《中國文學と日本文學》（東京：東京書籍株式會社，1986年），頁37。

這是日本文學引人注目的一個現象。[4]

在鈴木修次的論點之外，似乎還需要補充一個觀點，就是古代日本宮廷或貴族府第中的的吟詩作歌的人，並沒有別的國家的那種「御用文人」。御用文人在印度、阿拉伯、波斯、歐洲各國都普遍存在，但日本的詩人歌人本身，卻是皇族貴族中的一員，他們不靠文章辭賦謀生，他們周圍的人在血緣上都有一定的關係，都是親屬，他們上頭沒有「主人」，因此，他們用不著對誰歌功頌德，和歌只是皇室宮廷的一種娛樂方式而已。

近代日本雖然在政治制度上發生了巨大的變革，但日本近現代的維新革命是自上而下的，社會制度、政治結構是由政治家來確立的，作家仍然保持了政治局外人的立場。日本近現代文學的絕大多數作家都屬於自由主義，他們以相近的趣味愛好結成同仁社團，而不是以政治傾向性分派立宗。除特定時期的左翼無產階級作家之外，其他作家參加黨派和政治團體的幾乎沒有。日本文壇上公認的文壇領袖——森鷗外、夏目漱石，就是自由主義文壇的領袖。森鷗外雖然身為高官，尚能在創作中完全迴避政治，標榜文學的非功利的「遊戲」性；漱石則把表現閒適心境的「餘裕」和「則天去私」作為自己的創作信條。日本作家們不但疏離政治，而且也盡力疏離時代與社會，除明治時代受西方社會主義思潮影響的德富蘆花的《黑潮》、昭和前期的左翼作家作品外，日本近現代文學作品中有意識地描寫和反映社會政治、風雲變幻的作品很少，一般都侷限於封閉的個人生活，且著意地營造超時代的氛圍，構築虛幻的美的世界。日本的絕大多數批評家們也都以這種價值觀念衡量和評價作品。在脫離政治、疏離時代的觀念下，個人、個性，是日本現代文學的基本內核。個性意識、個性解放，甚至

4　鈴木修次：《中國文學と日本文學》（東京：東京書籍株式會社，1986年），第43頁。

個人主義是日本現代文學所探究、所表現的中心課題。個人的遭際、個人的體驗、個人心理的刻畫、個人的喜怒哀樂雖與社會有關，但作家們並不著意把個人放在社會的大視景中去表現，而是盡可能孤立、盡可能純粹地描寫個人，表現個性，以致在小說創作中形成了最典型、最流行的個性化文體──「私小說」，又在「私小說」的基礎上形成了所謂「純文學」，即剔除社會性的文學。在日本作家看來，文學中加上了社會的政治的東西，就有礙於文學的「純粹」，所以，「純文學」的價值觀一直是日本現代文學最核心的文學價值觀。

　　日本作家脫離政治、疏離社會的傾向，一般情況下，就是對政治不聞不問，但是，在非常情況下，對政治的這種不聞不問的態度，就意味著一種服從和順應。在一定的歷史條件下，卻容易走向脫政治的反面。那麼，在什麼情況下會走向「脫政治」的反面呢？

　　日本文學的「脫政治」之「政治」，是在狹義的「政治」層面上而言的。狹義的「政治」，指國內政治，即一個國家內部的政府、政黨、派別組織或個人圍繞國家管理、國民利益分配等所進行的相關活動。日本作家對這個層面上的政治採取了超越的、疏離的立場。但政治還有廣義上的概念，就是「國際政治」，它涉及國家之間的利害關係。在古代，由於列島特殊的自然環境，日本歷史上雖然曾受到蒙古的威脅，但卻沒有受到外來侵略，對外關係、國際政治關係相對單純，作家們也無緣於國際政治，但這並不表明日本人、日本作家缺乏國際感覺。相反，由於歷史上中國文化與日本文化的不平衡，使日本產生了強大存在感和壓迫感，促使日本文人與作家較早產生了民族主義思想。這種思想集中表現為「皇國」（「神國」）觀念、大日本主義及排外意識，而其根源則可以追溯到一千多年前的《古事記》和《日本書紀》。

　　《古事記》和《日本書紀》採集和編撰了一整套關於天皇神聖的神話故事（學者們稱為「記紀神話」），它所顯示的以皇國、神國觀念

為核心的歷史觀，成為日本獨特的宗教——神道教的基礎，並且潛移默化為日本官民的一種潛意識。在十四世紀至十七世紀的天皇朝廷與武士幕府的權力鬥爭中，雖然武士幕府掌握國家實權，天皇的權力常被架空，但在皇統和神國觀念的支配下，歷代幕府大將軍卻極少想到要取天皇而代之，而是常常採用「挾天子以令諸侯」的方法，承認天皇精神上的權威，從而繼續保持了日本天皇的「萬世一系」。歷代公卿及學者文人也著書立說，借用從中國傳來儒教、佛教、道教的理論與概念，對《古事記》、《日本書紀》加以闡釋與研究，弘揚所謂「神皇之道」、「皇道」，最終將「神道」淩駕於儒佛之上。例如日本南北朝時代北畠親房（1293-1354）在《神皇正統記》一書開篇就宣稱：「大日本者神國也，天祖創基，日神傳統矣。」他強調日本的國體和中國、印度不同，作為神國優越於萬邦。江戶時代的山麓素行（1622-1685）在《中朝實錄》一書中，極力擺脫過去的日本儒學者對中國的崇拜意識，借用中國的概念，將日本稱為「中華」、「中朝」、「中國」，江戶時代的所謂「國學」家們提倡認真研究日本的古典《古事記》、《日本書紀》、《萬葉集》、《古今集》和《源氏物語》等，從中發現獨特的、值得自豪的「真正的日本精神」。例如「國學」的代表人物賀茂真淵（1697-1769）從研究日本古代歌集《萬葉集》入手，在《歌意考》一書中極力讚美日本古代，提煉其中的「萬葉精神」，尋求日本精神的源頭，《國意考》一書中，進一步宣揚所謂「國意」，將「國意」歸結為以《古事記》等日本古典為源頭的皇道，並以「皇國之道」挑戰來自中國的儒教之道。「國學」派的集大成者本居宣長（1730-1801）則以《古事記》為日本人的精神故鄉，排斥中國文化，宣揚日本「國學」的優越。本居宣長明確宣稱：「世界雖有多國，但由祖神直接生產國土者，只有我日本……我國乃日之大神之本國，世界萬國中最優之國、祖國之國。」從這種日本至上論和日本優越論出發，本居宣長更進一步從《古事記》及《日本書紀》

的「八紘一宇」的思想，匯出了日本的神就是世界的神，日本乃世界中心的論斷。本居宣長的門人平田篤胤（1776-1843）在《古道大義》一書中，也極力宣揚「神國」、「皇國」觀念，說日本是「萬國之本國」，日本的造化三神，也是世界萬國的神。為此平田篤胤把中國和印度等他所知道的世界各國的神都說成是日本的神：說中國的盤古氏、印度的創世之神大自在天都是日本的產靈大神的異稱；中國的燧人氏是日本的大國主神；中國的三皇五帝的三皇，分別是日本的「伊邪那歧、伊邪那美、素盞鳴尊」。這就把日本說成了全世界的教主和精神文化中心。

可見，在明治維新之前一千多年的日本歷史上，存在著一以貫之的日本至上、日本中心、日本優越的歷史觀，對此，現代日本著名學者中村元說：

> ……路易十四講過「朕即國家」，這句話由我國的天皇來講就再合適不過了。在古代印度的政論書籍中，雖然也有「國家是國王的國家」之類表述，但印度人卻沒有天皇崇拜這樣的習慣。不用說，把天皇作為一個活的神來加以崇拜是與國家至上主義有密切關係的。事實上，直到昭和二十年（1945年），天皇崇拜一直是日本最強有力的信仰形式，甚至於在戰敗以後的今天，天皇作為日本國民統一的象徵，仍然有他自己的地位。日本人喜歡把天皇這樣一個活生生的人看作日本國民的集中代表。雖然在其他民族中並非沒有這種現象，但是這一現象在日本具有一種特殊的意義……只有在我們日本，從神話時代以來，國土與皇室就是不可分離的。[5]

5　中村元：《東方民族の思惟方式》，《中村元選集》（東京：春秋社，1962年），第三卷，頁193-194。

從古今日本文學中，可以找到大量例證來印證這一論斷。日本古代作家都是皇國主義者，古代文學作品中雖很少出現直接歌頌天皇的作品，恐怕主要因為皇室的權威在《古事記》編纂後並沒有受到任何質疑和挑戰。因為從歷史和現實中看，最需要別人歌頌和美化的人，常常是心虛的、不穩固的。武士勢力崛起後，天皇的權力受到削弱，但天皇的權威卻沒有削弱，尊皇意識更加強化。在《平家物語》等戰記物語中，作者對武士飛揚跋扈、輕視皇室權威做了明顯的批評。到了近代文學中，受到西方民主文化影響的作家們，仍然將天皇作為精神支柱，森鷗外、夏目漱石兩位文壇領袖，都在相關作品中對明治天皇的駕崩做了劇烈反映，同樣的，這兩位作家對明治天皇政府發動的一系列對外侵略戰爭，包括日清戰爭（甲午中日戰爭）、日俄戰爭等，都表現出了支持的態度，並寫下有關的漢詩為戰爭叫好。其他所有作家對侵華戰爭都異口同聲地為對外侵略吶喊助威。僅有的所謂反戰的作品——如女作家與謝野晶子的詩《你不能死》，也不是反對侵略本身，而是痛惜在戰爭中犧牲的同胞的生命。二十世紀三〇年代，日本侵略中國東北，繼而侵略大半個中國，此間日本作家通過多種形式，支持侵華戰爭，絕大多數程度不同地「協力」了侵略戰爭，或參與了軍國主義團體組織，或炮製所謂「戰爭文學」。這一切，都是為了出於服從天皇的「聖斷」，而天皇的「聖斷」是毋庸置疑、絕對正確的。作家們這樣做出自近乎本能的皇國意識和日本國家主義，並不認為這會將文學庸俗化。因此可見，日本作家所能超越的，只是國內的黨派政治。他們不是「政治主義」者，卻是國家主義和民族主義者。當政治超出了國內的黨派、政權之爭，涉及對外擴張、涉及國家利益的時候，日本作家大都本能地、不假思索地服從國家利益，擁護和協助以天皇為中心的國家政權的對外行動。直到今天，也有不少右翼的、保守的、主張對外奉行強硬路線的文人作家主張讓天皇由戰後的「象徵天皇」重新成為國家元首。

二　情感表徵：情趣性、感受性的極度發達

　　日本文學的第二個特點，表現在日本文學的情感表現方面，概括為「情趣性、感受性的極度發達」。

　　日本文學，無論是長篇的物語，還是短小的和歌俳句，都注重情趣性、感受性的表達。所謂情趣性、感受性，是相對而言的，任何一個民族的文學都具有一定的情趣性、感受性，這是人類文學的基本要素之一。而所謂情趣性、感受性的極度發達，主要意味著思想性、說教性、哲理性、邏輯性、敘事性的相對薄弱。日本和歌、俳句形式十分短小，只能描寫簡單的物象，表現瞬間的情感波動和即時的心理感受。和歌的表現方式影響了隨後產生的散文的物語文學，以和歌為中心的「歌物語」情節結構簡單得近乎沒有情節，可以說是和歌表現形式的一種延伸；在「歌物語」和「傳奇物語」基礎上形成的成熟的《源氏物語》，雖然卷帙浩繁，但在結構上基本上是短篇「歌物語」的連綴，敘事相當的片段化，特色和基調仍然是情趣性與感受性。江戶時代的「國學家」本居宣長將其概括為「物哀」。我在《東方文學史通論》中對「物哀」做了一個解釋和界定：「『物哀』這個詞很難譯成漢語，其含義大致是人由外在環境觸發而產生的一種悽楚、悲愁、低沉、傷感、纏綿悱惻的感情，有『多愁善感』和『感物興歎』的意思。」[6] 在日本的戲劇（能樂）理論中，理論家把這種格調概括為「幽玄」，「幽玄」就是一種語言難以表現的幽深的趣味和餘情，是一種言外餘韻與朦朧之美。現代學者鈴木修次則把這一點概括為「幻暈嗜好」，他說：「日本人通常不好明確表態，寧可含糊其辭，具有一種特別喜愛含蓄的言外餘韻、崇尚模糊的陰影及典雅的表達方式的傾向。這裡權且稱之為『幻暈嗜好』。換句話說，這是一種喜好朦朧的

6　王向遠：《東方文學史通論》（上海市：上海文藝出版社，1994年），頁114。

心理。日本人這種喜愛含蓄的餘韻的心理，似乎是從古至今一脈相承的。曾幾何時，它發展為對感傷情緒的留戀。」[7]

日本古典以情趣性、感受性為基調的「物哀」、「幽玄」的文學審美理想，對後來的日本文學產生了深遠的影響。近現代日本文學中，主流的文學價值觀是「純文學」的價值觀。所謂「純文學」，就是不以情節構架和組織的敘事取勝，而以情趣與感受的表達見長的文學。與此相對，那些講究情節故事的組織構架並以此吸引讀者的作品，被稱為「大眾文學」，在品位上處於「純文學」之下。

日本文學為什麼會有如此發達的情趣性、感受性呢？

中村元先生在《東方民族的思維方式》一書中，從日語的表達方式所表現出來的「思維方式」入手，對此問題做了分析。他認為，日語句子的表現形式更側重感情的因素，而不那麼注重理智的因素。日語句子的表現形式更適於表達感情的、情緒的細微差別，而不那麼適於表達邏輯的正確性，日語不注重嚴密準確地表現事物，而滿足於模糊的、類型化的表述。在早期的日語中，用來表示感性的或心靈的感情狀態的語彙是很豐富的，但用來表示能動的、思維的、理智的和推理作用的語彙卻非常貧乏。日語詞彙絕大部分是具體直觀的，差不多還沒有形成抽象名詞。因此只用日語詞彙就極難表達抽象的概念。後來佛教和儒教傳入，哲學的思考發展起來了，用來表達這些哲學思考的詞彙完全是漢字，寫法與漢文一樣，只是讀音不同而已。雖然佛教在一般民眾中間得到了如此廣泛的傳播，但是佛教經典從未被翻譯成日語——因為抽象概念太多，翻譯成日語十分困難。在日語著作中，只要一涉及術語概念，日本學者仍然因襲使用漢語詞彙。中村元認為：「德國人以純粹的德語建立了各種哲學體系。這種嘗試甚至可以追溯到中世紀的愛克哈特時代。另一方面，日本直到最近還沒有發展

7　鈴木修次：《中國文學と日本文學》（東京：東京書籍出版社，1987年），頁102-103。

出用純粹的和語來表述的哲學。因此，我們不得不作出結論，承認純粹的和語不像梵語、希臘語或德語那樣適合於哲學的思索。」[8]的確，思維決定語言，語言又決定思維，日語的情趣性、感受性表達特點，決定了日本文學具有同樣的特點。

日本另一位學者鈴木修次在《中國文學與日本文學》一書中，則從日本古代的宮廷貴族社會的人際關係和生活環境來解釋「物哀」的審美情趣的根源。他認為，日本文學本來就是以同一家族的小集團為對象。在宮廷女官社會這樣受限制的世界裡，或者也可以說在趣味和嗜好頗為相同的被稱為「同好者集團」的小社會裡，首先產生了文學的要求。它恰好具有家族之間的語言活動性質。在這樣的環境裡，沒有必要盛氣凌人，沒有必要冠冕堂皇地進行思想、邏輯的說教，倒是有使人相互安慰、分擔哀愁、體貼入微的必要，詠歎也最好只摘取心有靈犀的那一點，以心傳心即可，在平常彼此了解的同伴當中，也就沒有必要不厭其煩地做解釋了，點到為止，只求對方心領神會。達到了這種境地的時候便誕生了短歌（和歌）的藝術形式。即使是物語文學，也不外乎是同宗同族的夥伴之間的語言文字的交流。在這樣的世界裡，「物哀」的感受，以及對於這種感受的領會，變成了重要的文學的因素。因此，鈴木修次認為：日本文學中的情趣性、感受性特點來源於平安王朝女性作家較為封閉的家族氛圍與人際關係。

當代日本學者土居健郎在《「撒嬌」的心理構造》[9]一書中從心理學的角度，認為由於日本社會以天皇制為中心的家族性、集團性的結構，日本人心理上有一種「撒嬌」的心理原型，那是類似於嬰兒對母親的依戀那樣的感情，是人與人之間心理上的相互依賴的感情。日本人的感受性、神經質、哀怨性、羞恥心、對上司的順從、重禮節、

8　中村元：《東方民族の思惟方法》，《中村元選集》（東京：春秋社，1962年），第三卷，頁285-286。

9　土居健郎：《「あまえ」の構造》（東京：弘文堂，1971年第1版）。

物哀的審美心理等，都來源於「撒嬌」的心理構造。按照土居健郎的「撒嬌」理論，我們可以對日本文學的感受性、情趣性特色的形成作進一步體味和理解。在一定意義上說，以情趣性、感受性為主要特徵的「物哀」的審美心理，也是一種類似於「撒嬌」的心理表現。「撒嬌」是事實上的弱者和情感心理上的弱者尋求心理支持的一種言語與動作行為，「撒嬌」常常表現為哀怨、傾訴、嬌嗔、感傷等消極的表達形式，日本文學中的「物哀」、「幽玄」的審美意識中，所包含的情緒和情調，與「撒嬌」的情感與情調是十分一致的。因此，日本文學中瀰漫的淡淡的哀愁、纏綿悱惻的情緒，廣義上，可以歸為一種「撒嬌」的表現。它帶有一種家庭化、親屬化人情的溫馨，與中國文學、歐洲文學中的社會化的嚴肅、印度文學中的宗教化的神秘，形成了不同的格調。這種格調只有在剔除社會性的、侷限於個人私生活領域的「純文學」、「私小說」中才可以保持。同時，將「撒嬌」作為一種特殊人際關係中的一種心理表現，也有助於理解日本文學的物哀、悲哀趣味與日本人的民族性格之間的關係。曾有一些學者從日本文學的「物哀」趣味出發，斷言日本民族是一個悲觀的民族，但實際上，物哀、悲哀的趣味恐怕也只是一種「撒嬌」的文學表現，事實上，日本民族總體上還是一個較為樂觀的民族，雖然不是徹底的樂觀。這一點，我們可以從江戶時代井原西鶴等人享樂主義的作品得到印證。

日本學者和辻哲郎《風土》一書，從文化地理學的角度解讀了日本的豐富的情趣性、感受性的來源。他認為，日本因位於季節風地帶，季風地帶特有的感受性在日本人身上表現得極為特殊，其特點是感情富於起伏變化。久松潛一在《日本文學的風土與思潮》一書中，將日本文學定義為「季節的文學」；美學家今道友信在《東方的美學》一書中，認為表現日本人審美意識的基本詞語中都是來自於對植物特徵的概括，如華麗、豔麗、嬌豔、繁盛、蒼勁、枯瘦、高大等等；靜寂、餘情、冷寂等，也大多與植物由秋到冬的季節性狀態有

關，所以他將日本人的這種被四季、颱風所左右的心理特徵概括為
「基於植物世界觀的美學」。[10]

三　審美取向：以小為美的「人形趣味」

　　日本文學的第三個特徵是「以小為美」的審美取向，如果要為這
種趣味找一個象徵物的話，那就是「人形」。人形就是人偶，或稱偶
人，是日本人最為鍾愛的一種手工藝品，其特點是小巧，它因小巧而
顯得精緻，因小巧而顯得美與可愛。這種小巧、精緻、可愛的「人形
趣味」，深深植根於日本的文化，影響了日本文學的面貌。

　　以小為美的「人形趣味」的形成與日本的生活環境有關。相對封
閉的島國環境，少有的單一民族國家，使得日本人善於在小範圍內、
小圈子內行動，喜歡在細節上用功，宏觀總括力貧弱，而微觀把握力
較強。形成了日本人的所謂「島國根性」。「島國根性」表現在文化創
造力上，就是善於「縮小」而拙於「擴大」。與同樣是島國的英國比
較，就更可以看出日本人的這一特性。英國人雖處島嶼，但具有極強
的大陸意識與全球視野，十五世紀以後，通過戰爭與和平等種種手
段，建立了在各大洲擁有廣大殖民地的世界第一王國，使英語由一種
較為後進的語言成為當代最為普及的語言。歷史上，當日本人在島國
的狹小範圍內努力經營的時候，國家和社會往往興旺發達，而當它試
圖「擴大」、擴張自己，使「小日本」成為「大日本」的時候，往往
事與願違。早在十六世紀末豐臣秀吉為實現將日本首都建在北京的夢
想，發動了侵略朝鮮的戰爭，二十世紀上半期又發動了對中國及亞洲
的侵略戰爭，但都以失敗而告終。第二次世界大戰中，日本人在具體

---

10 今道友信，蔣寅等譯：《東方的美學》（北京市：生活‧讀書‧新知三聯書店，1991
　　年），頁191。

的戰役中常常能夠占上風，但由於總體戰略上的錯誤，每一次局部的勝利都為總體上的失敗埋下了伏筆，顯示了「小」的戰術上的精明，「大」的戰略上的拙劣。上千年的島國文化積澱，歷史的經驗與教訓，使日本人逐漸在「縮小」上找到了自己的文化定位，形成了「以小為強」、「以小為美」的價值取向，造就了鮮明的文化特色。這首先表現在物質產品方面，小巧玲瓏成為日本產品的特性。例如從中國和朝鮮傳到日本的團扇，經古代日本人的折疊縮小，發明了摺扇；各國都使用的展開的雨傘和陽傘，經現代日本人的折疊縮小，在一九五○年發明了便於攜帶的折疊傘，在一九八○年代又進一步發明了長度僅有十八公分的三段式折疊陽傘。在圖書的印製方面，袖珍的口袋本圖書，日本人稱之為「文庫本」，做得簡樸而又精緻小巧，深受讀者喜愛，在種類上占到了日本圖書出版的三分之一，在發行量上占了將近一半，這在各國圖書出版中都是罕見的。一般認為，在當代世界，「美國科學第一，日本技術第一」，在科學上日本人的原創性並不突出，但卻善於將別人原創的東西進一步精緻化、微型化。在文化與文學方面，古代日本人接觸了大陸文化後，深感島國的狹小，在自卑之餘，有意識地將「小」的自卑心理，漸漸轉化為一種自豪與自信，這一點，我們可以從流傳已久的以「小」勝「大」為主題的民間傳說故事中得到印證。例如《五分次郎》中的五分次郎是從一個老奶奶的拇指裡生出來的，只有五分高，他勇敢地鑽到魔鬼肚子裡，令魔鬼乖乖求饒；《桃太郎》中的桃太郎是從桃子中生出來的小人兒，卻率領各種動物構成的大軍，遠征鬼島，大獲全勝；《竹童子》中的竹童子是從竹心裡生出來的，卻成為勇敢的武士。江戶時代江島屋磧的小說《豆男》中的主人公豆右衛門是一個豆子般大小的男人，卻是官運亨通，豔福不淺。這些故事所表現出的，是「小的就是強的」這樣一種心理上的自我暗示。在日本最早的傳奇物語《竹取物語》中，比拇指肚還要小的赫映姬卻成長為日本無雙的美女，引來了許多慕「美」而

來者，體現出的就是「小的就是美的」這樣一種理念。平安時代女作家清少納言在隨筆集《枕草子》第一三六節中的一段話，頗能表明日本人的「以小為美」的審美意識。她寫道：

> 可愛的東西是：畫在甜瓜上的幼兒的臉；小雀兒聽見人家啾啾地學老鼠叫，便一跳一跳地走來……三歲左右的幼兒急忙地爬了來，路上有極小的塵埃，給他很敏銳地發現了，用很可愛的小手指撮來，給大人們看，實在是很可愛的……雛祭（桃花節）的各樣器具。從池裡拿起極小的荷葉來看，極小的葵葉，也都很可愛。無論什麼，凡是細小的都可愛。[11]

日本這種「以小為美」的縮小趨向，表現為對大陸文化的刪繁就簡，眾所周知，日語的字母「假名」就是將複雜的漢字刪繁就簡創造出來的。日本文學的各種文體，都以體裁短小、字數少，格局狹窄為特色。例如，古代第一部和歌總集《萬葉集》中的和歌，題材有長歌、短歌，旋頭歌等形式，但到了《古今集》，篇幅較長的長歌等類型都被淘汰了，只剩下了「五七五七七」三十一個音節的短歌，「短歌」本身就是對漢詩的簡化和短小化，日本古代歌人根據一句漢詩就可以寫成一首短歌，這就是所謂「片歌取」的方法。到了後來，「五七五七七」變成了「五七七」共十七個音節的俳句，使俳句成為世界文學中最短的詩型。可見，在日本韻文的發展演變歷程中，短歌將漢詩縮小，俳句又將短歌縮小，遵循的都是「縮小」趨向。在散文方面，平安王朝的《伊勢物語》等「歌物語」是以一兩首和歌為中心寫成的小故事，篇幅一般只有兩三百字，簡短得近乎沒有敘事情節。

---

11 周作人譯，中文譯文見《日本古代隨筆選》（北京市：人民文學出版社，1988年），
　　頁186。

《宇津保物語》、《源氏物語》儘管篇幅很大，但內部的結構卻像日本人最愛吃的「飯糰」，是一粒粒米攢起來、黏合起來的，在結構上具有非邏輯上的、零散化的特徵。歸根到柢還是以「小」的片段故事為基本單位。在日本古今文學中，最具有特色的不是那些長篇巨制，而是那些短小的體裁，例如戲劇中的諷刺短劇「狂言」，近代小說中的短篇小說，特別是大正末年岡田三郎、武野藤介等作家提倡寫二、三頁稿紙長的微型小說，這種小說發表出來所占篇幅類似手掌大小，被稱為「掌小說」，後來川端康成親自寫出上百篇「掌小說」，星新一發明了「一分鐘」小說，將微型小說的流行推向高潮。微型小說在日本如此受人歡迎，這在外國文學中是罕見的。

　　日本文學中的「縮小趨向」不僅表現在外在形式、體裁上，更表現在文學藝術作品所營造的藝術空間上。日本人不太喜歡荒漠的自然風景，而喜歡人工化的自然，於是庭院園林藝術、盆栽藝術、插花藝術，都表現出了將大自然縮小、使其「小自然」化的審美趣味。日本作家不喜歡描寫宏大的場面、壯觀的景象、崇高的形象，而是喜歡描寫庭院景色、室內氣氛，讓人物在狹小的空間格局內行動。所有的日本文學名著的空間特點都是狹小，以《源氏物語》為代表的古典文學，以「私小說」為代表的近代純文學，從空間上說都可以叫作「室內文學」或「家屋文學」。當日本文學迫不得已要描寫廣闊空間的時候，都像日本的庭院藝術一樣，遵循著將大自然縮微、縮小、拉近的原則。逐漸將遠景淡出，而將焦點集中在狹小空間的事物上。當代韓國學者李御寧在《日本人的縮小趨向》一書中談到日本文學空間縮小化的問題時，例舉了日本近代著名詩人石川啄木的一首短歌：

　　東海の小島の磯の白砂
　　われ泣きぬれて
　　蟹とたわむる

　　這首和歌的大意是：「東海的小島上的海岸的白色沙灘上，我哭出了淚水，擺弄著一隻螃蟹」。引人注目的是在第一句中，詩人用了三個結構助詞「の」（「的」）將四個表示空間的名詞——「東海」、「小島」、「磯」（海岸）、「白沙」——連接起來。短歌素以簡潔著稱，從漢語和英語的角度看，一個短句中連用三個「的」，顯得相當累贅和囉嗦。但李御寧認為，石川啄木正是因為連用了三個「的」，才能夠將空間一層層地逐漸壓縮。「首先把遼闊無際的『東海』，用『的』縮小至『小島』，然後從『小島』到『海岸』，再從『海岸』到『白色沙灘』，一層層壓縮，直至壓縮成一個點——『螃蟹』的甲殼，最後用『我哭出了淚水『把一片汪洋大海變成了一滴眼淚。」[12]從比較文學的角度看，歐洲文學、中國文學在寫到類似場面的時候，作者或許更喜歡讓抒情主人公直接面對廣闊無垠的大海，而不是腳下的海灘和小小的螃蟹。再如夏目漱石的長篇小說《我是貓》，所有場景幾乎都安排在房間內，而且主要是主人公的書房內。川端康成的《雪國》，一開頭就寫道：「穿過縣界長長的隧道，就是雪國了。夜空下白茫茫一片。火車在信號燈前停了下來。」用「穿過隧道」，將「雪國」與外界分割開來，以便使「雪國」成為一個可以置身其中的有限的特殊空間。有的作家更有意識地將描寫狹小空間作為一種藝術追求，例如島崎藤村在談到長篇小說《家》的寫作時曾不無自負地說：《家》「對屋外發生的事情一概不寫，一切都只限於屋內的情景。寫了廚房，寫了大門，寫了庭院。只有到了能聽到流水聲的屋子裡才寫到河……運用這種筆法要寫好這《家》的上下兩卷，長達十二年的歷史，很不容易」。在日本文學中，作家詩人們就是這樣使用一切手段將大的環境、大的事物加以縮小，以追求「人形趣味」，求得「小」中之美。

---

12 李御寧：《「縮み」志向の日本人》（東京：講談社文庫，1984年），頁47。

日本古代文論的千年流變與五大論題[1]

　　日本文化史上有一大批文獻，是對日本傳統文學進行講解、評論、研究的著作，包括和歌論，連歌論，俳諧論，能樂、狂言、淨琉璃論等戲劇論，物語論，漢詩論等，可以統稱為「日本古代文論」或「日本古代詩學」。在中國，長期以來，在文藝理論研究中的「西方中心論」及「中西中心論」的大語境下，日本的古代文論文獻未能引起足夠的重視，沒有加以系統的翻譯，已出版的相關譯文只有十來萬字。直到最近幾年來，《日本古典文論選譯》（古代卷、近代卷）[2]和《審美日本系列》（含《日本物哀》、《日本幽玄》、《日本風雅》、《日本意氣》四種）[3]陸續翻譯出版，《日本古代詩學匯譯》（上下卷）[4]也隨後出版，這些都可填補中國的外國文論翻譯的空白，並可為今後的研究提供基本的原典資料。

　　在日本古代文論的研究方面，雖然日本學者的相關研究成果不少，但由於現代大多數日本學者固守經驗性的思維習慣，堅持以文獻實證、校勘注釋為主導的研究方法，而缺乏宏觀層面上的觀照、思辨

1　本文原載《北京師範大學學報》（北京），2014年第4期。

2　王向遠譯：《日本古典文論選譯》（古代卷上下，近代卷上下）（北京市：中央編譯出版社，2012年）。

3　《審美日本系列》四種《日本物哀》、《日本幽玄》、《日本風雅》、《日本意氣》。王向遠翻譯，吉林出版集團，二〇一〇至二〇一二年陸續出版。

4　王向遠譯：《日本古代詩學匯譯》（上下卷）（北京市：崑崙出版社，2014年），收入《東方文學集成》叢書。

與概括。日本古代文論的發展演進規律究竟是什麼？日本古代文論的民族特色是什麼？都沒有在宏觀層面上加以明確的概括、提煉和總結。他們習慣於將和歌論、連歌論、俳諧論，能樂論等不同文體的文論分頭進行研究，甚至沒有「文論」這樣的統括性概念，也少有超越文體的理論貫穿。這些都使得他們的研究在理論概括與思辨性建構方面，在宏觀的比較詩學研究方面，留下了許多餘地與空間。

　　鑒於此，我們有必要站在中國文化的立場上，運用比較詩學的方法，在現代日本學者淺嚐輒止之處，繼續加以探索和研究。本文的宗旨，就是將日本古代詩學置於以中國為中心的東亞傳統詩學乃至世界詩學的背景上，加以縱向的考察和橫向的解剖，從而對日本古代文論的發展演進的邏輯做出縱向的宏觀鳥瞰，對日本古代文論的一般性和特殊性做出橫向的分析與概括。特別是在「慰」的文學功能論、「幽玄」的審美形態論、「物哀」與「知物哀」的審美感興論、「寂」的審美心胸論、「物紛」的文學創作論等方面，見出日本古代文論的獨特理論主張，呈現日本文論在吸收、跨越中國文論的基礎上所形成的鮮明的民族特性，從而矯正一些學者認為日本古代文論只是中國文論的分支而缺乏獨創的偏頗成見，並為我們的日本文學的閱讀與欣賞、理解與研究，提供理論上的支持與參照。

　　另一方面，研究日本古代文論，對於深入研究中國古代文論也是必要的。對中國古代文論的研究，也不能僅僅研究中國文論自身，還要研究中國古代文論的衍生性和增殖性，也就是研究它對周邊國家的傳播與影響，而中國古代文論對日本的影響最為深遠、也最為典型。因此，現在我們對日本古代文論文獻進行系統的翻譯及在此基礎上進行的中日比較研究，不僅有助於日本古代文論研究的深化，而且也是中國古代文論研究的一個拓展，對東方文論與東方詩學的總體研究，都極富有學術價值和歷史文化意義。同時，將包括日本文論在內的東方古代文論納入我們的研究視野，也將有助於突破文論、詩學研究中

沿襲已久的「中西比較」的模式，有助於建立具有真正全球文化視野
的世界文論、比較文論與比較詩學體系。

一　對中國古代文論的引進、套用和初步消化

縱向地看，日本古代文論的發展，與日本古代文化的發展階段基
本同步，具有歷史連續性，也呈現出歷史階段性特徵。若以它與中國
文論之間的連帶關係為據，大致可以將日本古代文論的發展分為前
期、中期、後期三個時期。

前期是奈良時代（710-784）至平安時代（794-1192），也就是日
本歷史學者通常所說的「古代」時期，從八世紀初至十二世紀末的五
百年，是對中國古代文論的引進、學習和套用、消化並初步超越的
時期。

日本古代最早的文獻是西元七一二年編纂的對天皇及其家族加以
神聖化的書──《古事記》，其內容基本上是日本神話傳說的彙編。
編者安萬侶用漢語撰寫的《古事記・序》，可以視為日本最早的一篇
文論（文章論）。其中提到了該書編纂的目的是「邦家之經緯，王化
之鴻基」，意思是為鞏固天皇國家服務，這樣的文學功用論顯然是從
中國學來的。在講述全書採錄、編纂的時候，作者使用了「言」與
「意」、「詞」與「心」、「辭」與「理」等三對基本概念，成為此後的
日本文論經常使用的概念範疇。在日本漢詩論方面，西元七五二年日
本第一部漢詩集《懷風藻》的序言，作為日本漢詩論的源頭，提出
「調風化俗，莫尚於文、潤德光身、孰先於學」，表明了編者對
「文」與「學」的教化作用、修身養性作用的認識。上述《古事記・
序》和《懷風藻・序》的儒家的教化文學觀，在後來的詩學中被反覆
強調。

由奈良時代進入平安時代後，隨著佛教的進一步流傳滲透和中日

文化交流的進一步深化，中國的漢魏至唐代的詩論、詩學和文論，被系統地引進到日本，對此做出巨大貢獻的是留學僧空海。空海著有《文鏡秘府論》（819-820）及精編本《文筆心眼抄》。《文鏡秘府論》分「天、地、東、西、南、北」六卷，對中國六朝及隋唐文論進行分類編輯、引述和綜述，有些是成段地較為完整地抄錄中國文論的有關著述，有些則是綜述，而在「天之卷」的「序」等處，也體現了自己的文論觀。《文鏡秘府論》不僅為中國文論保存了文獻，特別是在中國已經散佚或缺損的文獻，也系統地、大規模地引進了中國詩論與詩學。其中一些重要的概念範疇，例如道、心、氣、文、文質、文體、文氣、風、風骨、風格、自然、境界、趣味、雅俗、格調、風雅頌、賦比興、情、意、意象、味、藝等等，大都為日本古代詩學所吸收和借鑒，為日本古代詩學的發展奠定了基礎。此外，平安王朝初期奉天皇之命編纂的所謂「敕撰」漢詩文集──《淩雲集》（814年）、《文華秀麗集》（818年）、《經國集》（827年），編者在序言中都援引了「文章經國之大業、不朽之盛事」的文學功能觀，頻繁使用了「文」、「文章」、「風骨」、「氣骨」、「文質」等一系列概念。

　　把漢詩文與中國文論同時引進，是日本古代詩學史上最初階段的現象。接下來，便是將來自中國的詩論、文論，直接套用於日本獨特的詩歌樣式──和歌。隨著和歌創作的繁榮，關於和歌作法的「歌學書」陸續問世，在藤原濱成於西元七七二年撰寫的第一部歌學書《歌經標式》中，化用中國「詩經」一詞而成「歌經」，借用中國的「詩式」及「式」的概念，而為「標式」。「歌病」和「歌體」則套用於中國的「詩病」、「詩體」。在和歌的起源上，說是「在心為志、發言為歌」，直接套用了中國詩論；在文學的功用上，認為「原夫歌者，所以感鬼神之幽情、慰天人之戀心也」，「感鬼神」顯然來自中國的《詩大序》，而「慰天人之戀心」就頗帶日本的味道了。「慰」字後來成為日本古代文論關於文學功能論的重要概念。而且所「慰」者乃是「天

人之戀心」,「戀心」即「愛戀之心」、「愛情之心」,直接觸及了人情
的最深處。在《歌經標式》問世後的幾十年至兩三百年後,又陸續出
現了《喜撰作式》、《孫姬式》、《石見女式》,統稱「和歌四式」,都是
對《歌經標式》的重複和修補。平安王朝政治家、學者、漢詩文家菅
原道真（845-903）在用漢文撰寫的《〈新撰萬葉集〉序》（894）中,
認為和歌創作是「隨見而興既作,觸聆而感自生」,與中國詩學的
「感興」論一脈相通。他還以「華」與「實」來比喻新舊時代兩種不
同風格的和歌。

　　隨著各種和歌集的編纂出版,許多歌人都在和歌集序言中表達了
自己的歌學觀點。這些序言大都用漢語寫成,單是被收在十一世紀中
期藤原明衡編纂的漢詩文集《本朝文萃》一書第十一卷中的和歌漢文
序,就有《古今和歌集・真名序》等十一篇。這些用日文寫成的和歌
集卻用漢文作序,看起來不甚協調,而且基本上都重複著中國《詩大
序》中的詩歌功能論。但這也表明當時日文中的理論語言還很貧乏,
日語中的相關詞語尚未概念化,因而使用漢語寫序也是勢在必行。同
時也顯示了漢詩論向和歌論的滲透和轉移。這其中,最有代表性的是
以十世紀初出現的著名歌人紀貫之（約 870-945）等人撰寫的《古今
和歌集・真名序》,開篇即云:「夫和歌者,托其根於心地,發其花於
詞林者也。人之在世,不能無為,思慮易遷,哀樂相變。感生於志,
詠形於言。是以逸者其聲樂,怨者其吟悲。可以述懷,可以發憤。動
天地,感鬼神,化人倫,和夫婦,莫宜於和歌。」然後指出:「和歌
有六義。一曰風,二曰賦,三曰比,四曰興,五曰雅,六曰頌。」仍
是對中國文論的套用。

　　與《古今和歌集・真名序》不同,《古今和歌集・假名序》則對
中國文論做了解釋性的翻譯和發揮,標誌著日本文學與詩學意識的自
覺。作者紀貫之不僅把和歌六義分別解釋性地翻譯為「諷歌」(そへ
歌)、「數歌」(かぞへ歌)、「準歌」(なずらへ歌)、「喻歌」(たとへ

歌）、「正言歌」（ただごと歌）、「祝歌」（いはひ歌），更重要的是體
現出了明確的「倭歌」或「和歌」的獨立意識，說和歌「始於天地開
闢之時」；「天上之歌，始於天界之下照姬；地上之歌，始於素盞鳴
尊」，這就從起源上否定了漢詩與和歌形成的淵源關係。作者稱：「和
歌樣式有六種，唐詩中亦應有之。」本來「六義」來自中國，卻說
「唐詩中亦應有之」，聽上去好像和歌「六義」與唐詩「六義」是平
行產生似的，甚至讓人感覺和歌「六義」出現更早。不僅如此，《假
名序》還在和歌與漢詩的對照中顯示了自己的價值判斷，將漢詩稱為
「虛飾之歌、夢幻之言」，認為漢詩的盛行導致和歌的「墮落」。體現
了日本和歌開始有意識地擺脫漢詩影響，自覺地確立和歌特有的審美
規範了。例如，《假名序》在《真名序》的文學功能論之外，明確提
出了「男女柔情，可慰起起武夫」，明確強調了「慰」的文學功能
論；在對六位著名歌人加以簡單批評的過程中，使用了「心」、「歌
心」、「情」、「詞」、「誠」、「花」與「實」等詞彙作為基本的批評用
語，與中國詩學用語有重疊而又有所不同，成為此後日本詩學的基本
概念，影響深遠。

　　與紀貫之同為《古今和歌集》四位編者之一的壬生忠岑的《和歌
體十種》（945），不取來自《詩經》的「六義」，而是參照了中國唐朝
崔融《新定格詩》中的詩歌十體、司空圖《詩品》中的二十四詩品
等，將和歌劃分為十體，即：古歌體、神妙體、直體、餘情體、寫思
體、高情體、器量體、比興體、華豔體、兩方體，對各體做了簡要的
界定與說明，並分別舉出若干首和歌為例。《和歌體十種》中對和歌
的這種劃分尚屬草創，對各體的界定也有模糊不清、語焉不詳之處。
但他畢竟在此前的《古今和歌集‧假名序》六種和歌劃分的基礎上，
試圖進一步從審美風格的角度對和歌的種類加以劃分和界定。尤其是
將「詞」與「義」（即「心」）兩個方面作為劃分的主要依據，並使用
了「幽玄」、「餘情」等日本獨特的概念。

接下來，藤原公任（966-1041）的《新撰髓腦》（約 1041）和
《和歌九品》（約 1009 年之後）兩書，從內容與形式兩分的角度，明
確提出了「心」與「詞」兩個對立統一的範疇，並將壬生忠岑的
「體」改稱為「姿」，進而論述了「心」、「詞」、「姿」這三個概念之
間的關係。「心」就是作者內在的思想感情，「詞」就是具體的遣詞造
句、語言表現，而「姿」就是心詞結合後的總體的美感特徵（風姿、
風格）。他提出和歌需要「『心』深、『姿』清」；「『心』與『姿』二者
兼顧不易，不能兼顧時，應以『心』為要」；認為「假若『心』不能
『深』，亦須有『姿』之美」。藤原公任之後，「心、詞」兩者的關
係，或「心、詞、姿」三者的關係，一直成為日本和歌論乃至日本文
論的基本問題。在藤原公任之後，源俊賴（約 1055-1129）在長篇
「歌學」書《俊賴髓腦》（1111-1115）中，以和歌實例賞析為主，進
一步強調了「歌心」這一概念，並使用這一概念對不同類型的和歌做
了鑒賞和批評。藤原俊成（1114-1204）的《古來風體抄》作為日本
第一部和歌史論，著重從「姿」與「詞」的角度梳理和歌的歷史沿
革，並對具體作品加以評點，並特別強調「心姿」這一概念。他的歌
學思想，還大量地體現在「歌合」（和歌比賽）的「判詞」（評語）
中，作為權威批評家，藤原俊成在宮廷顯貴舉行的二十餘次歌合中做
裁判，在「判詞」中從「姿」、「風體」、「體」、「樣」、「心」、「詞」、
「華實」等角度，使用了一系列表示審美判斷的詞彙，如「餘情」、
「風情」、「優」、「優美」、「豔」、「哀」、「寂」、「幽玄」、「長高」、「可
笑」（をかし）、「巧」、「愚」等，初步形成了和歌批評和鑒賞的概念
群，這些概念與中國文論概念有疊合之處，但也有明顯不同。在這種
情況下，歌人的和歌獨立意識進一步增強，強調和歌不同於漢詩，例
如著名歌人藤原基俊（約 1054-1142）在《中宮亮顯輔就歌合》
（1134）的「判詞」中，嚴厲批評有的和歌寫得像是漢詩，表現了和
歌創作擺脫「漢家」束縛的價值取向。

　　平安時代的日本古代文論思想主要表現在漢詩論、和歌論中，在日記、物語等日語散文創作及相關的論述中也有表現。這類作品現在被視為日本文學的正宗，但在當時卻被視為供婦女兒童消遣用的讀物，而不入漢詩、和歌的正統文學之列，作者也主要是女性。正是因為這樣，日記論、物語論不像漢詩論、和歌論那樣受到中國詩學觀念的明顯影響，而主要是表達作者的創作體驗。作者們最關心的是讀者讀了以後是否覺得「有意思」（おもしろし），是否「新奇」（めずらし），是否能引起「哀」（あはれ）之感。為此，如何處理虛構與真實（誠）的關係是最為重要的問題。例如藤原道綱之母的日記作品《蜻蛉日記》（954-974）開篇就談到，她要寫的「日記」與那些流行於世的純粹虛構的「物語」之不同，就在於「逐日記錄自己非同尋常的經歷」，並認為這也會使讀者感到新奇，從而表現了「日記」之不同於虛構物語的真實觀念，也可以視為以暴露私生活為樂趣的「私小說」的源頭。在物語論中，最有詩學價值的還屬紫式部（約978-1016）的《源氏物語》，特別是在《螢》和《蓬生》卷中，作者借書中人物之口，系統地表達了物語文學觀。作者首先解釋了物語文學的接受心理，就是「明知是假」，卻「甘願受騙」，而讀者從物語中所追求的，無非就是「放鬆心情、排遣寂寞」，也就是「慰」或「消遣」（すさびごと）。而「慰」或「消遣」的文學功能觀與儒家的載道、教化的文學觀是大相逕庭的。另一方面，認為物語故事看上去是虛構，寫的卻都是「世間真人真事」，對人物行為與性格的好壞儘管做了誇張，但「都不是世間所沒有的」，所以「若一概指斥物語為空言，則不符合實情」；紫式部又指出，物語所描寫的真實與歷史學的真實不同，正如佛教中的「說法」不同，而趣旨相同，虛構的物語比起歷史書來，所反映的事實「更加條理和翔實」。就這樣，紫式部對物語的虛構與真實的關係做了非常辯證的闡發。更為重要的是，《源氏物語》中所表現的所謂「哀」（あはれ）與「物哀」（もののあはれ）的審美觀，

對複雜難言的男女私情即「物紛」（もののまぎれ）的描寫，都包含著豐富的詩學思想，並被後來的文論家不斷加以闡發。

就這樣，從奈良時代到平安時代初期，即八世紀初到九世紀末的二百年間，以留學僧、天皇及宮廷群臣貴族為中心，熱心引進中國文論，並加以學習和消化，在十世紀初《古今和歌集・假名序》之後，初步形成了屬於自己的文論思想及相關概念範疇。這是日本古代文論原創性概念、範疇與理論命題初步提出的時期。

二　對中國文論的吸收利用與日本古代文論的確立

日本古代文論發展的中期，即西元十三至十六世紀，鎌倉時代（1192-1333）和室町時代（1338-1573）的四百年間，是日本古代文論的確立時期，也是日本文論原創性的理論概念、命題進一步確立、鞏固的時期。

這四百年，在歷史學上一般被稱為「中世」。在政治上，武士爭雄、皇室架空；在文化上，則是公家文化、武家文化、僧侶文化三足鼎力。這一時期的日本詩學，仍以歌學或歌論為正統和中心，在其延長線上，出現了「連歌」論這一分支。同時，在歌學的影響下，「能樂」理論也異軍突起，成為這一時期日本文論發展中的亮點。

藤原定家（1162-1241）是此時期歌學、歌論承前啟後的關鍵人物。他繼承和發揮了其父藤原俊成的歌學思想，以其多才多藝與博學多識，及其理論的穩健、新穎、系統和深刻，而成為宮廷歌壇的霸主和權威。藤原定家一生創作和歌三千六百多首，主持編纂了《新古今和歌集》。傳世的歌論文章有《近代秀歌》、《詠歌大觀》和《每月抄》，均以私人通信的形式寫成，以「有心」、「幽玄」等和歌美學的基本理念，主張「『詞』學古人、『心』須求新，『姿』求高遠」。在體式與風格上提倡「有心」及「有心體」，進一步深化了「心」、「詞」、

「姿」的理論，都對後世產生了重大影響。

藤原定家的重大影響，直接表現在以他為源頭的日本中世歌學、歌論的「家學」化與傳承化格局的形成。此前，其父藤原俊成以自己的歌學歌論為中心形成了「御左子家」，是歌學、歌論的家族化的端倪。藤原俊成傳至其子藤原定家，定家傳至其子藤原為家（1198-1275），再到藤原為家的孫輩，分裂為以藤原為世（1251-1338）為代表的「二条家」、以藤原為謙（1254-1332）為代表的「京極家」，和以冷泉為相（1263-1368）、冷泉為秀（？-1372）為代表、今川了俊（1325-1420）繼其後，正徹（1381-1459）再繼其後的「冷泉家」。三家成為此時期整個日本歌學歌論的三個中心和主脈，相續一百多年，三家都標榜得祖父藤原定家的真傳，都推崇和宗法藤原定家，但重點與理解各有不同，互相競爭和論爭，促進了歌學的繁榮和發展。這樣，藤原定家就成為整個鎌倉時代、乃至室町時代日本歌學歌論的偶像。正徹在《正徹物語》中甚至說：「在和歌領域，誰要否定藤原定家，必得不到佛的庇佑，必遭懲罰。」藤原定家的觀點、說法為人所援引，成為不刊之論，甚至後來陸續出現的一些歌學著作，如《三五記》、《愚秘抄》、《愚見抄》、《桐火桶》等，也都托藤原定家之名以行世。並且，這些著作雖然被判定為「偽書」，但是作為中世歌學歌論的重要組成部分、藤原定家思想的一種擴展和延伸，也有不可忽視的價值。

歌學歌論家族化、傳承化的形成，也使其成為一種道統；同時，隨著思考的深入，歌學歌論也必然借助佛道思想，就使得歌學進一步發展成為由技進乎道的「歌道」，歌學「道學」化，方能成為「歌道」。

鎌倉、室町時代的日本文論思想發展的另一個表現，就是由和歌論生發出了連歌論。「連歌」是和歌的變體，原是由多人聯合吟詠和歌的一種社交性的語言遊戲，到了室町時代，便成為一種與和歌相對

獨立的語言藝術，於是在「歌人」之外，出現了從事連歌創作的「連歌師」，關於連歌的論述也大量出現，於是從「歌道」而生發出「連歌道」。連歌道的奠基人二条良基（1320-1388）寫了一系列連歌論的文章與書籍，包括《僻連抄》、《連理秘抄》、《擊蒙抄》、《愚問賢注》、《筑波問答》、《九州問答》、《連歌十樣》、《知連抄》、《十問最秘抄》等，對連歌的各方面的知識做了整理概括，並系統地提出了自己的主張與見解。他為連歌會的舉辦及連歌的相互唱和與接續，制定了詳細可操作的「式目」即規矩規範，目的是使連歌唱和這種原本以娛樂為主的語言遊戲，成為表現人的知識修養，在規矩規範的種種限制中顯示隨機應變的靈活性、創造性的平臺。也就是說，既承認連歌與和歌一樣具有審美性，同時也賦予連歌以社交性、社會性，將個體的審美性與群體的社交性結合在一起，在相互協調、默契、以心傳心、感知餘情、餘味等方面，展示連歌特有的魅力，這也是連歌論和連歌道的根本要求和特點。因此，連歌首先是心性的修煉，其次是技藝的修煉。這樣的連歌論到了僧人連歌師那裡，得到了很好的發揮。僧人心敬（1406-1475）在《私語》一書中，將連歌的學習修煉與佛教的修煉密切結合在一起，闡述了連歌與心靈修煉，與靜心、悟道之間的關係。兩位著名僧人兼連歌師宗祇（1421-1502）在《長六文》、宗長（1448-1532）在其《連歌比況集》等著作中，從佛教禪宗的角度，闡述了日常生活修養與修煉與連歌的關係。至於連歌的審美理念，則基本承襲歌學與歌論，例如，都以「幽玄」為最高的審美理想，都從心與詞、心與姿的關係入手，提倡以「心」為第一。

這一時期出現了新的文藝樣式——能樂。能樂是「猿樂之能」的簡稱，原本是受中國古代樂舞影響的日本民間戲曲。到了室町時代以武士貴族為審美趣味與標準，被迅速加以雅化，成為日本民族最早成熟的古典戲劇劇種，能樂成熟的顯著標誌之一就是能樂理論的出現，而能樂藝術及能樂理論的集大成者是世阿彌（1363-1443）。世阿彌在

《風姿花傳》、《至花道》、《三道》、《花鏡》、《遊樂習道風見》、《九位》、《六義》等二十多部著作中，借鑒歌學和歌論的既有成果，同時將自己及前輩的藝術經驗與體驗加以總結，建立了較為完整的能樂理論體系，涉及能樂起源論、審美理想論、風格類型論、觀眾的戲劇欣賞論，演員的技藝修煉論、表演藝術論，編劇的編劇藝術論等各個方面。他從印度與中國尋找能樂的源頭，較早具備了亞洲區域文學的眼光。他將歌論中的「幽玄」論作為能樂的最高審美理念，將「花」作為能樂藝術風格的最高表現，將「物真似」（模仿）論作為其表演藝術的旨歸，將如何處理「心」與「身」的關係論作為演員的表演藝術的關鍵。此外，還提出並論證了「藝位」、「二曲三體」、「三道」、「六義」、「九位」、「序、破、急」等編劇和表演學上的一系列概念。又提出了表示戲劇審美風格的「蔫之美」（しおたれる）的概念。世阿彌的能樂論不僅在日本詩學文論史上是一個高峰，而且在同時期世界古代戲劇理論上，也以其全面性、系統性、深刻性而罕有匹敵者。世阿彌的女婿和繼承者金春禪竹（1405-約 1470）對世阿彌的理論也有所繼承和發揮，借助中國佛教禪宗哲學，將世阿彌的經驗總結性的理論形態加以抽象化，以此對「幽玄」等核心概念做出了獨到的理解與闡發。

以漢詩為評說對象的「詩話」也是日本古代詩學的重要組成部分。這一時期，由奈良平安時代貴族菅原道真、高僧空海等人開創的漢詩文創作及漢詩論的傳統，為鎌倉末期至室町時代初期的「五山文學」（統指幕府管轄下的以五山、十剎為中心的僧人們所創作的漢文學）繼承下來。在五山禪僧漢詩文創作繁榮的同時，也出現了五山文學的鼻祖虎關師煉（1278-1346）用漢文撰寫的《濟北詩話》，作為日本第一部以「詩話」命名的詩論著作，也是此時期唯一的一部詩話，為江戶時代日本詩話的大量出現，做了預示和鋪墊。

三　日本古代文論的成熟及對中國文論的跨越

　　江戶時代（1600-1868）二百六十多年間，是日本文論發展的後期，是對此前的文論成果加以咀嚼、消化、闡發、總結的時期，也是日本古代詩學的成熟期、總結期。主要表現為，詩話與詩論的著述大量出現，歌論與歌學的空前深化，物語文學進入研究形態，俳諧論異軍突起，各種劇種的戲劇論也全面展開。關於各體文學的各種「論」，包括議論與評論等，到了這一時期便形成了具有系統性的「學」即「詩學」的形態。由此，日本古代文論臻於完成。

　　江戶時代日本文論的成熟，首先有賴於漢學的普及與成熟。此時期，由於官方意識形態是儒學，漢學尤其是儒學研究成為最受重視的學問，由此催生了漢學熱，漢學（包括漢詩文）便成為普通知識階層的必備修養，幾乎人人能作能寫。依靠所謂「和漢訓讀法」，一般人也都可以較為容易地閱讀漢文漢籍。如果說，此前的七、八百年間，漢學只是少數貴族學者的專擅和專利，那麼到了這一時期，日本才算真正實現了漢學的普及化，才算全面深入地掌握了漢學。在這種情況下，一些作家對《水滸傳》等中國古典小說加以「翻案」（翻譯改寫），並在此基礎上創作了「讀本小說」等通俗小說類型；一些人（如瀧澤馬琴等）借鑒中國明清小說理論與批評的範疇與方法，展開了日本小說的批評。更有一些漢學家、漢詩人對中國和日本的詩作加以評點和研究，模仿中國的「詩話」體式，用漢文或日文寫出了大量「詩話」。其中，祇園南海（1676-1751）的《詩學逢原》、廣瀨淡窗（1782-1856）的《淡窗詩話》最有代表性，特別是關於中日詩歌比較的部分最有理論價值。更有一些漢學家在文學批評與研究中，向日本詩學貢獻了新鮮的思想。例如漢學家、思想家荻生徂徠（1666-1728）在《徂徠先生答問書》中認為：「聖人之教，專在禮樂，專在風雅文采，而不是什麼『心法』、『性理』之類。」他批評「後世的儒

者卻妄加解釋，重道德而輕文章」，強調要理解聖人之道，就要通曉
「人情」，為此就要進行實際詩文創作，而創作就要重視文辭和文
采。這種重人情、重文學、重詞語考辨的傾向，和從語言入手研究文
學的學術方法，對稍後的賀茂真淵、本居宣長等「國學家」的理論與
方法也有一定影響。

　　漢學及漢詩文研究的深化與成熟，與和歌研究和歌學的深化成熟
也是相輔相成的。到了江戶時代，具有悠久歷史傳統與成果積澱的和
歌論，發展到了帶有總結性、體系建構性的真正的「歌學」階段。在
此之前，「歌學」這個詞也常常被使用，但那時的「歌學」是將和歌
作為一種學問修養來看，而江戶時代的「歌學」，則是和歌的一種學
術性「研究」的形態。「歌學」的形成，又與江戶時代中期後所謂
「國學」的出現密不可分。「國學」與漢學相對而言，江戶時代後期
又生成了「蘭學」（洋學），形成三足鼎立。不同學問領域及其內部的
學派、宗派之間，也展開了激烈的學術論爭，促進了學術思想的活
躍，也推動了「歌學」的深化與成熟。「國學」派對日本古典文學文
獻加以研究和闡發，以凸顯其日本「國學」的特殊品格。其中，國學
的先驅者、被稱為「國學四大人」之一的契沖（1640-1701）在其巨
著《萬葉代匠記》中，論證《萬葉集》作為日本文學不同於中國文學
的獨特性及優越性，否定了使用漢籍直接解釋日本「神道」及《萬葉
集》的可能，一方面又每每引用漢籍來佐證《萬葉集》。「國學四大
人」之二荷田春滿（1706-1751）在《國歌八論》中，論述了日本的
「國歌」即和歌的性質與特點，反對儒家功利文學觀，強調和歌與政
治、道德無關，推崇和歌的辭藻語言之美。「國學四大人」之三賀茂
真淵（1697-1769）的系列著作「五意考」即《歌意考》、《書意考》、
《國意考》、《語意考》和《文意考》，其中心內容是將日本本土文化
稱為「國意」，將儒、佛等外來文化稱為「漢意」，認為「漢意」不符
合日本的政道與現實，而日本固有的「歌道」（和歌之道）雖看似無

用，反而可以成為治道之理。所以，他反對拘泥於儒教的義理，強調
根植於天地自然的日本固有的「古道」，亦即「神皇之道」，並認為長
期以來，外來的儒、佛之道遮蔽、歪曲了古道，因而必須對其加以排
斥，並回歸純粹的日本的古道。為此他推崇《萬葉集》中的上古和
歌，認為學習萬葉古歌，不僅可以掌握歌道，而且還會學到「真
心」，而萬葉歌的「真心」，正是天地自然的真心，即「大和魂」，從
而將日本的「歌學」從「漢意」，從儒學朱子學的勸善懲惡的觀念中
解放出來。這些觀點為他的學生本居宣長所繼承光大。

「國學四大人」之四本居宣長（1720-1801）繼承和發展了契沖
的古代文獻學與賀茂真淵的古道學，集「國學」派的復古主義與日本
文化優越論思想之大成，通過豐富多彩的學術研究，努力闡釋日本文
化傳統、強調日本文學的獨特性，為此不惜貶低和貶損外來的漢文
化、佛教文化，主張「排除漢意，立大和魂」，追求日本文化的自強
自立。本居宣長對日本文論的最大貢獻就是「物哀論」。他在研究
《源氏物語》的《紫文要領》（1763）及《源氏物語》的注釋書《源
氏物語玉小櫛》（1796）、研究和歌的專著《石上私淑言》（1763）等
一系列著作中一再強調：無論是《源氏物語》等物語文學，還是和
歌，其宗旨就是「物哀」和「知物哀」，就是從自然人性出發的、不
受道德觀念束縛的、對萬事萬物尤其是男女之情的包容、理解與同
情，而不是像以往儒學家所說的勸善懲惡。「物哀」和「知物哀」是
日本詩學觀念試圖擺脫中國式思維的一個重要標誌，也是對日本文學
民族特色的發現、概括與總結。

本居宣長之後的國學家、《源氏物語》研究家荻原廣道（1815-
1863）在《源氏物語評釋》一書，在此前的安藤為章《紫家七論》的
「諷諭論」、本居宣長《紫文要領》的「物哀論」的基礎上吸收揚
棄，通過對《源氏物語》的細緻的注釋與分析，提出了「物紛」論，
認為《源氏物語》的主旨是描寫「物之紛」（物の紛れ），即對道德與

人情交織在一起的複雜難言的男女私情，做原樣忠實的表現和描寫，而不做價值判斷。可以說「物紛」論在更高的程度和層次上，揭示了《源氏物語》乃至日本傳統文學的一個突出特點。

　　江戶時代日本詩學思想的深化，還表現為歌學的衍生性和增殖性。在此前的歌學、連歌學的基礎上，隨著俳諧（俳句）這一新的文學樣式創作的興盛，俳諧論（簡稱俳論）也在歌學、連歌學的基礎上悄然興起，在日本古代詩學特別是江戶時代詩學構架中，尤其引人注目。俳諧論的最大功績，是實行了審美趣味的時代轉換，即從貴族的審美趣味，轉換為庶民的審美趣味。首先是對「俳諧」的審美價值的確認。在和歌論中，平安時代歌人藤原清輔的《奧義抄》（1124）在談到「俳諧歌」的時候，舉出中國古籍中的滑稽故事為例，較早論述了「滑稽」的審美性，但他所說的「滑稽」之言，是「機智」、「辨言」和「巧言」。到了江戶時代的俳諧論，將與「雅」相對的「俗」作為「俳諧」的特徵。和歌、連歌作為貴族趣味的文藝形式，堅持使用「雅言」，是堅決排斥俗言俗語的。而俳諧論從理論上確認了俗言、俗語的審美價值，論述了雅言與俗言的辯證關係，從歷來被認為卑俗不美的俗言俗語中發現了其獨特的審美價值，並在俳諧創作中加以實踐。以松尾芭蕉及其弟子向井去來、森川許六、服部土芳、各務支考等人為中心的「蕉門」（芭蕉的門徒），將佛教禪宗的人生態度貫徹於俳諧創作，又寫出了大量俳論著作。「蕉門俳諧」及其俳論，以「寂」（さび）論為中心，將超越雅俗對立的俳諧創作作為「風雅之道」，上升為一種修心養性的人生修煉，提出了「寂之聲」、「寂之色」、「寂之心」的概念，提出了「風雅之誠」、「風雅之寂」、「夏爐冬扇」、「高悟歸俗」等美學命題，形成了獨具特色的俳論體系，從一個獨特的角度，為日本古代詩學的深化做出了貢獻。

　　這一時期的戲劇論是第二期的能樂論的一個延伸和餘波，總體上沒有出現世阿彌那樣的成體系的戲劇文學理論形態，相關文獻不多。

但是，隨著在能樂的基礎上生發出來的市井戲劇樣式——科白劇「狂言」、木偶戲「人形淨瑠璃」、歌舞劇「歌舞伎」——的流行，作家們也發表了一些有理論價值的見解。例如，在狂言方面，大藏虎明（1597-1662）的《童子草》（又名《狂言昔語》，1660）對狂言的藝術特點做了一些總結，提出了「狂言是能樂的簡略化」、狂言是「能樂之狂言」的看法。在歌舞伎方面，歌舞伎作家入我亭我入（生卒年不詳）的《戲財錄》是江戶時代唯一的一篇論述歌舞伎劇本創作的長文，論述了劇本創作與不同地方、不同的風土人情、與一年中的四個季節等因素的關係，強調了作者的想像力的重要性。「只有在虛實之間，才有『慰』」，從而提出了「所謂藝術的真實，就存在於虛與實的皮膜之間」的命題。

　　總的看來，江戶時代作為日本古代文論的總結期、研究期，表現為學者、理論家們把此前的成果加以系統化、體系化、細化和深化，對前人提出的概念、範疇及作品中表現的審美思想意識加以研究闡發，加以細化，使之增殖；作為日本古代文論的成熟期，表現為民族性的空前自覺和對理論自主性的強調。在這個過程中，中國文論起到了或明或暗的刺激、激發、啟示和促進的作用，在日本的漢詩論中，中國詩論與詩話是日本文論家自由利用、挑選、為我所用的資源與寶庫；在和歌研究和物語研究中，中國文論成為不可缺少的對象物，供其映襯、對比、對照，以表示其跨越。隨著日本詩學的成熟，整個日本文論一千年發展史，逐步完成了對中國文論的引進、模仿、套用、化用、修改乃至跨越的過程。到了江戶時代末期的香山景樹（1768-1843）的歌學，以對「國學家」的復古主義言論的駁難，而站在了近代文論的入口。此外，值得一提的是，在江戶時代的「色道」美學中，在新興市井文學中，特別是通俗小說「浮世草子」與「人情小說」中，生發了以「意氣」（いき）這一概念為中心的更具日本特點的身體美學思潮，但尚未理論化，到了現代才由美學家九鬼周造在《「意氣」的構造》一書中加以系統闡發。

四　日本古代文論的五大論題及理論特色

　　從世界文學與世界詩學的視閾中來看，文學及文論有「原生態」和「次生態」兩種。原生態的文論是在沒有受到外來影響的情況下自發成長起來的，例如古希臘、印度、中國的文論與詩學。而次生態的文論則受到了外來影響，日本古代文論就是典型的次生態詩學，因為它主要是在中國文論的影響啟發之下形成的，屬於以中國文論為中心的東亞文論體系的一個分支。因此，研究日本古代文論，不可脫離以中國古代文論為中心的東亞詩學的視閾。日本古代文論這種次生態的性質，決定了它是先具備「一般性」，然後才逐漸脫出「一般性」，而形成自己的「特殊性」。換言之，當時的日本要建立自己的文論，就需要依託於中國文論，尋求與中國文論的共通性、一般性。這與原生態的文論先具備特殊性，然後逐漸流出和擴大，而具備了一般性，其路徑是相反的。「一般性」與「特殊性」是日本古代文論的兩面。沒有「特殊性」，就意味著日本古代文論只能是模仿和抄襲；而沒有「一般性」，就意味著日本古代文論純粹就是自言自語，而難以與世界文論接軌。

　　日本古代文論的基本問題，主要涉及到了文學本原論、文學功能論、審美形態論、審美感興論、審美心胸論、文學創作論、作品風格論、作品文體論等五個主要方面，或者說形成了五大論題。一是「慰」的文學功能論，二是「幽玄」的審美形態論，三是「物哀」、「知物哀」的審美感興論，四是「寂」的審美心胸論，五是「物紛」的文學創作論。

　　第一，「慰」的文學功能論。

　　在文學的功能論的問題上，日本古代文論有兩種看法，第一種看法是文學是有用的，例如安萬侶在《古事記‧序》中的「邦家之經緯，王化之鴻基」之說，《古今和歌集‧真名序》中有「可以述懷、

可以發憤。動天地，感鬼神，化人倫，和夫婦，莫宜於和歌」之說，
紀貫之在《新撰和歌集・序》中有「動天地、感神祇、厚人倫、成孝
敬，上以風化下，下以諷刺上」之說，顯然是直接引述中國詩學文獻
特別是《毛詩序》，後來的一些日本的漢學家與儒學家，一直持有這
樣的功能論，這是日本古代文論在功能論問題上與中國的相同之處，
也是其一般性。

　　但是，這種功能論並不符合日本文學的實際情況，而僅僅是在日
本文論發展的前期，即奈良、平安時代，在漢詩占主導地位的情況
下，為了強調和歌不亞於漢詩，而在功能論上模仿中國所做的不無誇
張的表述。因為在日本文學史上，無論是和歌還是其他樣式的日本文
學，基本上是脫政治、脫道德的，既沒有政治功用，也沒有像漢詩文
那樣被官家用來考試和選拔人才，而僅僅是一種娛樂和消遣之物。與
此同時，紀貫之的《古今和歌集・假名序》，因為直接用日語表述，
可以一定程度地擺脫了對漢語的模仿，一開篇便對文學功能論做了這
樣的描述：「倭歌，以人心為種，由萬語千言而成，人生在世，諸事
繁雜，心有所思，眼有所見，耳有所聞，必有所言。聆聽鶯鳴花間，
蛙鳴池畔，生生萬物，付諸歌詠。不待人力，鬥轉星移，鬼神無形，
亦有哀怨。男女柔情，可慰趄趄武夫。此乃歌也。」這樣的表述顯然
與中國詩學的功能論有了距離。其中提到的「可慰趄趄武夫」的
「慰」（なぐさむ），是安慰、慰藉、撫慰的意思，後來成為日本古代
文論與詩學中關於文學功能論的核心概念。差不多同時，藤原濱成在
《歌經標式》中，一開篇也寫到：「原夫和歌者，所以感鬼神之幽
情，慰天人之戀心也。」這就進一步將「慰」的對象和指向，規定為
「天人之戀心」，後來《石見女式》等歌學論著也不斷重複「慰天人
之戀心」這句話。所謂「戀心」即戀愛之心，顯示了日本和歌功能論
的核心及特點。在物語文學方面，紫式部在《源氏物語》中也有
「慰」的功能觀，例如在〈蓬生〉卷中寫到：「那些表現無常的古

歌、物語之類的消遣之物，可以使人消愁解悶，慰藉孤棲。」這就把物語歸為「消遣之物」（すさびごと），認為其作用是「消愁解悶、慰藉孤棲」。到了江戶時代，「國學家」以「慰藉」論、「消遣」論，對一些儒學家的「勸善懲惡」的功能論加以批駁，例如賀茂真淵在《國歌八論》中指出：「和歌，不屬於六藝之類，既無益於天下政務，又無益於衣食住行。〈古今和歌集序〉中言『動天地，感鬼神』者，實際上是不可輕信的妄談。……和歌只是個人的消遣與娛樂。」在《源氏物語新釋‧總考》中，他認為紫式部創作《源氏物語》目的在於「慰心」。本居宣長在《石上私淑言》第七十九節中認為：「談到和歌之『用』，首先需要指出的，就是它可以將心中鬱積之事自然宣洩出來，並由此得到慰藉。這是和歌的第一『用』。」在戲劇論方面，近松在《〈難波土產〉發端》中指出：「只有在虛實之間，戲劇才有『慰』。」世阿彌也有類似的看法，認為，戲劇的功能是要對觀眾或讀者有「慰」的作用。在小說方面，江戶時代市井小說大家井原西鶴在《好色二代男》的跋文和《新可笑記》的自序文中，都強調小說的作用是作為「世人之慰藉」。甚至在江戶時代的漢詩論中，也以「慰」論詩，例如祇園南海在《詩學逢源》中認為，中國宋代的詩歌是以「理窟」為尚，以議論為詩，而「到了元明時代直至今日，詩歌只是以『慰』為事」。雖然「慰」的文學功能論在世界各國詩學中都有相似的論述，但僅僅是將這個看作文學的功能之一，而日本文論則將文學功能窄化到消遣慰藉的「慰」，否認文學的載道教化之類的政治倫理功能，這既是對日本文學功能的較為正確的概括，也體現出了日本古代文論功能論的特殊性。

第二，「幽玄」的審美形態論。

審美形態問題，也是日本古代文論涉及的基本問題之一。在世界文論與詩學中，古希臘的審美形態範疇是「美」，希伯來文化的審美形態範疇是「崇高」，中國的審美形態範疇是「中和」、「妙」、「滑

稽」等，歐洲近現代的審美形態範疇是「美」、「崇高」（悲劇）、「滑稽」（喜劇），日本的審美形態範疇則有日語固有的詞彙概念「美」（うつくし）、「艷」（えん）、「有趣」（面白い）、「諧趣」（をかし）」、「長高」（たけたかし）等，漢字詞的概念有「滑稽」（こっけい）、「幽玄」（ゆうげん）等。其中，最有蘊含度和日本特色的則是「幽玄」。「幽玄」作為漢字詞彙，承接了這個漢字詞的基本詞意，這是其一般性；同時又將這個漢語中並不常用、作為宗教哲學詞彙的「幽玄」改造為文論概念，這是其特殊性。

　　「幽玄」一詞在日本的平安時代就被零星使用，到了鎌倉時代和室町時代，這個詞不僅在上層貴族文人中被普遍使用，甚至也作為日常生活中為人所共知的普通詞彙之一廣泛流行。那一時期日本的歌學、連歌學、詩學、能樂論及各種藝道文獻中，到處可見「幽玄」二字。至少在西元十二到十六世紀約五百年間，「幽玄」是日本傳統文學最高的審美範疇。「幽玄」成為日本貴族文人階層所崇尚的優美、含蓄、委婉、間接、朦朧、幽雅、幽深、幽暗、神秘、冷寂、空靈、深遠、超現實、「餘情面影」等審美趣味的高度概括。這一概念與劉勰《文心雕龍》中的「隱」、「隱秀」的概念較為接近，但含義更廣。日本現代學者大西克禮把日本的「幽玄」等與歐洲的審美形態論的概念相對位，把「幽玄」視為「崇高」的派生範疇。實際上，在朦朧、不可言說、不可把握等方面，「幽玄」與歐洲的「崇高」有相通之處，但歐洲的「崇高」是一種沒有感性形式的無限的存在，故而不能憑感性去感覺，只能憑理性去把握，而日本的「幽玄」是感覺的、情緒的；「崇高」作為高度模式，是高高聳立的，給人以壓迫感、威懾感，而「幽玄」作為深度模式，是深潛的、隱性的，給人以吸附感。這也是「幽玄」的特殊性之所在。

　　「幽玄」這一概念的成立，首先是出於為本來淺顯的民族文學樣式如和歌、連歌等尋求一種深度感。當時日本在大量接觸漢詩之後，

對漢詩中音韻體式的繁難和意蘊的複雜，產生了深刻的印象。在與漢詩的比較中，許多人似乎意識到了，和歌淺顯，人人能為，需要尋求難度與深度，因為沒有難度和深度的藝術，就不「幽玄」，不「幽玄」就很難成為真正的藝術，故而必須確立種種藝術規範（日本人稱為「式」）。只有「幽玄」的和歌、連歌，才被認為是不膚淺的，是美的。理論家們更具體地提出了「心幽玄」、「詞幽玄」、「姿幽玄」之外，還有「意地的幽玄」、「音調的幽玄」、「唱和的幽玄」、「聆聽的幽玄」等各方面的「幽玄」要求。同樣的，在世阿彌、金春禪竹的能樂論中，只有「幽玄」的能樂劇本，「幽玄」的戲劇語言、「幽玄」的表演，才能達到「花」的審美效果。世阿彌在《花鏡》中強調：「唯有美與柔和之態，才是『幽玄』之本體。」在這裡，「幽玄」實際上成了高雅之美的代名詞。有了「幽玄」，和歌、連歌、能樂這些日本本土的淺顯的語言遊戲與雜耍表演，才能進一步實現雅化、藝術化乃至神聖化，並使之成為「藝道」。隨著貴族文化與文學的衰落，「幽玄」這一概念在江戶時代後極少使用了，但「幽玄」的審美趣味卻被繼承下來，那就是鈴木修次在《日本文學與中國文學》一書中所說的日本人的「幻暈嗜好」、谷崎潤一郎在《陰翳禮贊》中所說的「陰翳」之美。直到今天，我們中國讀者讀完川端康成等日本傳統審美意識較為濃厚的作品，常常會有把握不住、稍縱即逝的感覺，不能明確說出作者究竟寫了什麼，更難以總結出它的「主題」或「中心思想」，這就是日本式的「幽玄」。[5]

　　在日本古代文論中，作為審美形態概念的「幽玄」還有一系列次級概念，最重要的一個次級概念是「餘情」。這個概念來源於中國，其含義也與中國詩學中的「餘情」相當，指的是言外之情、含蓄蘊

5　王向遠：〈入「幽玄」之境——通往日本文化、文學堂奧的必由之門〉，《廣東社會科學》2011年第5期。

藉、有餘韻的意思。但在日本古代詩學中，「餘情」主要是對「幽玄」特徵的一種描述，而且有時又可以稱作「餘心」或「心有餘」。

第三，「物哀」、「知物哀」的審美感興論。

「感興」是中國古代文論中常用的重要概念，日本高僧空海在《文鏡秘府論》中最早把「感興」一詞用作概念，指的都是審美感興，即審美情感及其激發、形成問題。日本詩學中關於審美感興的重要範疇，也有來自漢語的範疇與日語固有範疇兩類。世阿彌在《花鏡》中，強調了來自漢語的「感」這一範疇，認為「感」是「無心之感」，是「超越心智的一剎那的感覺」；而日語固有的概念則是「哀」（あはれ）、「物哀」（物の哀）和「知物哀」（物の哀を知る）這三個連帶詞。這些範疇與西方文論中表示審美感興的概念「共感」（sympathy）、「移情」，與中國文論中的「感物」、「物感」、「應感」、「感興」、「感悟」、「興感」、「哀感」、「感物而哀」等，在表層語義上十分接近；與印度梵語詩學中「情味」、印度佛教詩學的「現量」、「觀照」等表示審美感興的重要概念也有相通之處，這是其一般性。同時內涵上卻有很大差異，這又是其特殊性。

「哀」（あはれ）這個詞在平安時代文學特別是《源氏物語》中作為嘆詞、名詞、形容詞大量使用，《源氏物語》問世約一百年後出現的《無名草子》，在評論《源氏物語》的故事內容、人物性格、人物心理分析時，頻繁而又大量地使用「哀」（「あはれ」）一詞，開啟了從「哀」的角度評論《源氏物語》的先例。在鎌倉、室町時代的和歌論中，「哀」更多地以「物哀」的形式使用，逐漸被概念化，並把「物哀體」作為和歌之一體。到了江戶時代，本居宣長在前人的基礎上，認為表現「哀」、「物哀」、「知物哀」是《源氏物語》作者的「本意」，並進一步以「物哀」論將中國文學的「文以載道」的功利論、「勸善懲惡」的道德論與日本文學嚴加區別，認為日本作家只是表現「物哀」，就是面對世間萬事萬物的純審美的、無功利的善感、敏

感，目的是讓讀者「知物哀」，也就是帶著無功利、審美的態度去感
知、體察、理解和通達人情。因而「物哀」之「物」排斥了妨礙審美
的三類事物，一是功利性的政治，二是僵化的世俗道德，三是講大道
理的、理論性的、抽象的「理窟」。總之，「物哀」論排斥了社會政
治、倫理道德、抽象說理這三種因素，而只是面對單純的人性人情，
以及風花雪月、鳥木蟲魚等大自然。作者只是面對這樣的「物」而
「哀」、讀者也在閱讀活動中感知了這種「物哀」，也就是「知物
哀」。「知物哀」的「知」，不是一般意義上的「知」，而是一種審美感
知，是一種以人性、人情為特殊對象的相當複雜的審美活動，作為審
美感知的「知」，是一種自由、自主的精神活動，是一種純粹的「靜
觀」或「觀照」。它與現代美學中的「審美無功利」說、「審美距離」
說、「審美移情」說等都有相通性。「若能從人性、人情出發，對人
性、人情特別是男女之情給予理解並寬容對待的，就是『知物哀』；
若不能擺脫功利因素的干擾和僵化的道德觀念的束縛，而對人性、人
情做出道德善惡的價值判斷，那就是『不知物哀』；或者對此麻木不
仁、渾然不覺者，也是『不知物哀』。在人性人情與道德、習俗、利
益發生矛盾衝突的時候，站在人性人情角度加以理解的，就是『知物
哀』；站在道德、習俗、功利角度加以否定的，就是『不知物哀』。要
言之，『知物哀』就是情感上的感知力、理解力和同情心；『不知物
哀』就是沒有或者缺乏情感上的感知力、理解力與同情心。」[6] 就這
樣，「物哀論」解構了以儒家思想為基礎的言語與價值系統，以日本
式的唯情主義替代了中國式的道德主義，標誌著江戶時代日本文學觀
念的重大轉變，顯示了日本文論思想民族化的自覺。

　　第四，「寂」的審美心胸論。

6　王向遠：〈日本的哀・物哀・知物哀——審美概念的形成流變及語義分析〉，《江淮論
　　壇》2012年第5期。

　　審美心胸論，又可以稱為審美態度論，是審美主體的一種精神狀態。在中國古代文論中，表示審美心胸的概念有「心齋」、「坐忘」、「虛靜」、「玄覽」、「神思」、「靜觀」、「遊」、「神與物遊」等，印度佛教美學中有「諦觀」（諦視）、「諦聽」等，歐洲古典詩學有「遊戲」說、「審美無功利」論等。日本的「寂」與這些都有相同之處，但它單單拈出一個日語固有詞彙「寂」（さび）來描述審美心胸、修煉審美態度，在概念使用上可謂以少勝多，以一字盡得風流，這是日本「寂」論的特色。

　　雖然「寂」字在平安時代的藤原俊成、鎌倉、室町時代的吉田兼好等人的著作中都有運用，但真正把它概念化的，還是「俳聖」松尾芭蕉及其「蕉門弟子」。其俳論以「寂」（常稱「風雅之寂」）為中心，論述了俳人的審美修養，俳諧創作與欣賞所需要的心胸與態度。分析起來，「寂」的概念有三個層面的意義。第一是「寂之聲」（寂聲），「寂聲」就是「有聲比無聲更靜寂」的聲；第二是「寂之色」（寂色），是一種具有審美價值的單調而又陳舊之色，包括水墨色、煙燻色、復古色、破損色；第三是「寂之心」（寂心），是「寂」的核心與關鍵。「寂心」就是審美主體的一種寂然獨立、淡泊寧靜、自由灑脫的人生狀態，是一種平淡的心境與趣味，一種超然的審美境界，有了「寂」的心境和趣味，就會使人擺脫世事紛擾，擺脫物質、人情與名利等社會性的束縛，擺脫不樂、痛苦的感受，使心境獲得對非審美的一切事物的「鈍感性」乃至「不感性」，在不樂中感知快樂，在無味中感知有味，甚至可以化苦為樂。自得其樂、享受孤獨，從而獲得一種心靈上的自由、灑脫的態度。在蕉門俳論看來，對任何事物的偏執、入魔、癡迷、執著、膠著，都只是宗教虔誠狀態，而不是審美狀態。真正的審美，就必須與美保持距離，要入乎其內，然後超乎其外。因而，「寂」須是優哉游哉、游刃有餘的，不偏執、不癡迷、不執著的態度。在審美狀態中，為做到這一點，蕉門俳論提出了四個基

本論題和命題。第一就是「虛實」論，提出了「遊走於虛實之間」。第二是「雅俗」論，要求將「風」（世俗）與「雅」（高雅）統一起來，「以雅化俗」、「高悟歸宿」、「入俗離俗」，這樣才有「風雅之寂」。第三是「老少」論，提出了「忘老少」的命題，認為只有如此，俳人才能有生命與創作之美。第四是「不易、流行」論，提出了「千歲不易，一時流行」的命題，提出俳人要能靜觀和把握宇宙天地的永恆性與變化性，達成動與靜、永恆與瞬間的對立統一。以上四點，構成了「寂心」的基本內涵。[7]

　　除「寂」外，還有「侘」（わび）這一概念，與「寂」的涵義幾乎完全相同，只是多用於在茶道藝術領域。還有「誠」、「狂」等關於審美心胸或審美態度的概念，都受到中國詩學的影響，但是日本人除了「誠」（まこと）是「真實」的意思外，更多地傾向於心之誠，而不是客觀真實，因而與其說是文學真實論的概念，不如說更接近一個審美心胸論的範疇。「狂」指的是一種瀟灑、放達、自由灑脫、不拘禮法的精神狀態，在這種精神狀態下創作的「狂詩」、「狂歌」、「狂句」等受到人們推崇，並由此形成了「狂態」審美。

　　第五，「物紛」的創作方法論。

　　就日本文學而言，無論是「幽玄」的美學形態的形成，還是「物哀」的審美感興的發動，都是由作者的特殊的創作方法決定的。但長期以來，日本古代文論對自己的創作方法的總結、提升和說明明顯不夠。歌論和漢詩論大都受中國「修辭立誠」論的影響，強調作家要有「誠」，即真實地描寫現實生活；在物語論中，有紫式部的「對於好人，就專寫他的好事」的命題，接近「類型化」的創作方法論；在戲劇論中，有世阿彌的「物真似」的模仿論，還有近松門左衛門的「虛

7　王向遠：〈論「寂」之美——日本古典文藝美學關鍵字「寂」的內涵與構造〉，《清華大學學報》2012年第2期。

實在皮膜之間」論。這些說法和主張，都來自作家們的創作體驗，
具有相當的理論價值。但在概念的使用和表述上，總體上未脫中國詩
學的真實論、虛實論的範疇，更多地帶有與中國詩學理論相通的一
般性。

　　具有日本特色的創作論，到了江戶時代後期終於出現，那就是荻
原廣道的「物紛」論。「物紛」論是在「源學」（《源氏物語》研究）
中形成的。荻原廣道在《〈源氏物語〉評釋》中，在批判性繼承前輩
學者安藤為章的「諷諭」論、本居宣長的「物哀」論的基礎上，提出
了「物紛」論。「物紛」（物の紛れ）這個詞的字面義就是「事物之紛
亂」，意思是事情很複雜、理不清、說不清，是紫式部在《源氏物
語》中用來表示主人公私通亂倫行為的委婉用詞。作者使用「物紛」
一詞，而不使用「私通」、「亂倫」、「不倫」之類表義更明確的詞，顯
然是為了避免對人物的相關行為做出明確的價值判斷。在安藤為章的
《紫家七論》、本居宣長的《紫文要領》中，雖然大量使用「物紛」
這個詞，但指的就是源氏與藤壺妃子的亂倫生子一事，尚沒有將這個
詞概念化。荻原廣道則將其初步加以概念化，他在《源氏物語評釋》
一書中認為：

　　　　作者（指《源氏物語》的作者紫式部——引者注）又不是露骨
　　　地表現報應，而是對人心有深刻的洞察，不是揮筆就是為了表
　　　現諷諭，而是按照人性人情的邏輯，寫出事情的紛然複雜，同
　　　時夾雜著從女人的角度發表的議論，這才是作者之意。……
　　　「物紛」就是《源氏物語》的主旨，其他描寫都是為了使這
　　　「物紛」的描寫更加紛然，也可以看作是「物紛」的點綴。只
　　　有「物紛」，才是作者的用意所在。自然，作者的意圖究竟是
　　　什麼，如今我們很難知道了。若要強行說清楚，未免自作聰

明，所以對此我還是打住不論。讀者好好品讀，就可以有所體
悟吧。[8]

　　這段話流露出了非常重要的詩學思想，我們可以稱作「物紛」
論。荻原廣道說「『物紛』就是《源氏物語》的主旨」，就已經不僅僅
是將「物紛」看作是指代具體的亂倫事件的詞，而是把它提升到了作
者的創作「主旨」的高度，強調「只有『物紛』，才是作者的用意所
在」，從而將這個詞概念化。這是對《源氏物語》中源氏與藤壺妃
子、柏木與三公主亂倫事件的描寫加以仔細體味而做出的結論。「物
紛」的字面意就是「事物紛亂」，特指主人公的亂倫行為。但在作者
的筆下，亂倫事件的發生體現了佛教的命定或宿命論，正如古希臘悲
劇中的俄狄浦斯王的殺父娶母，那不是俄狄浦斯王個人的過錯，而是
命運的註定。同樣的，《源氏物語》中源氏與繼母藤壺亂倫是宿命性
的，而源氏的妻子三公主又與人私通，則也是輪迴報應的結果。這樣
一來，主人公的亂倫行為就有了客觀性，所以才叫作「物之紛」，而
不是「人之紛」。「物紛」的「物」強調的是「紛」的客觀性，亂倫行
為被作者寫成了在宿命與輪迴報應中身不由己的行為。這樣，就很大
程度地消解了人物的主觀之罪。作者將所有人物混亂的性行為都如實
地描寫出來，但是卻是作為「物紛」來描寫和表現的。事情是什麼樣
子，就寫成什麼樣子，作者不做明確的分析與價值判斷。在《源氏物
語》中，男女越軌之事，從人情上說是可以理解的，而從既定道德上
說是錯誤的；從倫理道德上說是應該否定的，而從美學上說卻是有審
美價值的；身體是墮落的，心靈是「物哀」的、超越的。當事者是一
邊做著錯事和壞事，一邊又不斷地自責，他們都是不斷做著壞事的好

8　荻原廣道：《源氏物語評釈》，島內景二等編：《批評集成　源氏物語（近世後期篇）》
　（東京：ゆまに書房，1999年），頁312-313。

人。「物紛」就是亂麻一團，頭緒紛繁，說不清、理還亂；理不清，扯不斷。「物紛」論指出了事情的這種紛繁複雜性，認為只是將本來就複雜紛然、難以說清、難以明確判斷的事情如實地寫下來，保持「物紛」的原樣，而不要「解紛」（「解紛」是一個古漢語詞，《史記・滑稽列傳》使用過），才是作者的用意所在，而且是越寫得紛然，也就越好。這樣一來，即可以呈現人與人情的全部複雜性。因而可以說「物紛」的創作方法，所追求的不是西方文學那樣的思想「深度」，而是生活本身的「複雜度」。另一方面，「物紛」又可以使作者的傾向性隱蔽起來。一般作者往往忍不住從一己好惡出發，對所描寫的人與事做出判斷，隨著時過境遷而越發暴露出自己的淺薄，在「物紛」的創作方法中，這種情況可以很大程度地避免。用「物紛」方法創作作品，讀者就很難知道作者的創作意圖是什麼，但讀者只要「好好品讀，就可以有所悟」。「物紛」論也點出了文學作品意義的「詩無達詁」的不確定性、模糊性、複雜性，又解釋了《源氏物語》的創作方法及藝術魅力之所在，而且與西方及中國文論史上的有關論述也不謀而合。但中西文論中似乎還缺乏「物紛」這樣洗練的概念，因而這個概念的理論價值、普遍價值也就更大了。

　　「物紛」作為創作方法的範疇，強調的是一種如實呈現人間生活的全部紛然複雜性的寫作方法和文學觀念，近乎當代中國文壇所說的「原生態」寫作。實際上，日本作家從古至今大都奉行「物紛」的創作方法。從古代婦女日記文學開始，作者習慣於「原生態」地、赤裸裸地寫實，而不做是非對錯的判斷，謹慎流露觀念上的傾向性。這與中國詩學中的強調創作中的想像力的「神思」論大有不同。換言之，日本文學中不少作品讓讀者感覺只是呈現事物和事情本身，在傾向性和價值判斷上卻是似是而非、似非而是，不說清楚。讀者也不求把一切東西都「強行說清楚」，若真的說清楚了，那就是日本古代文論最排斥的所謂「理窟」，即墮入了大道理的陷阱。「物紛」寫法的反面就

是所謂「理窟」。只有「物紛」的寫法,才避免「理窟」,這就是「物紛」的觀念使然,體現了日本文學的一個基本特點。

　　除上述的基本論題及相關範疇外,日本古代文論還涉及到文學風格論及文體論等方面的理論探討與表述。其中,文學本原論的概念是從中國借來的「道」和「氣」,同時又對「道」與「氣」做了具象性的理解與活用。[9]更多的日本文論家將中國哲學中的「心」這一概念改造為文論概念,使文學本原論進一步具有了「唯心」性質。[10]創作風格論方面的基本概念,如「風」、「秀」及「秀逸」、「秀句」,「妖豔」、「華」、「實」及「華實」等,都是從中國詩學中借鑒的,能樂論中還有「花」及「柔枝」(しおり)、「蔫美」(しおたれる)這樣的觀物取譬的概念,屬於日本獨特的概念;文體論方面有「姿」、「體」以及「皮、骨、肉」等從中國文論中借來的概念,但「風姿」和「風體」這樣大量使用的概念,在中國文論中並不多見。

9　王向遠:〈道通為一:日本古典文論與美學中的「道」、「藝道」與中國之道〉,《吉林大學社會科學學報》2009年第6期;王向遠:〈氣之清濁各有體——中日古代文論與美學中的「氣」〉,《東疆學刊》2010年第1期。

10　王向遠:〈心照神交:日本古典文論與美學中的「心」範疇及與中國的關聯〉,《東疆學刊》2011年第3期。

日本近代文論的系譜、構造與特色[1]

一

　　所謂「近代文論」，是在與「現代文論」相區分的意義上使用的。日本「近代文論」指的主要是日本明治時代（1868-1910）的文論，有些理論現象也延伸到二十世紀二〇年代的大正時代前期。至於此後的日本現代文論，其性質與面貌則發生了明顯的變化。現代文論是以左翼的階級論、意識形態論與各種現代主義（新浪漫主義）為主要形態的文論，它解構了以科學、理性、理想、審美、個人、社會為核心概念的近代文論。現代文論中的左翼集體主義、政治主義、意識形態主義，以及各種現代主義思潮，在反傳統信仰、反近代理性、反寫實、重構文學主體性等方面，顯示出了與「近代性」迥然不同的「現代性」特點。由此日本「近代文論」也進入了「現代文論」的階段。因而，對日本文論而言，「近代文論」與「現代文論」不僅僅是一個時序概念，也是一個價值概念。

　　在一千多年的日本文論發展史上，近代文論雖只占四、五十年的時間，但卻有著重要的歷史意義。它是在日本古代文論的基礎上、在西方古代文論的直接影響下產生和發展起來的。從日本與西方比較的角度看，十七至十八世紀日本江戶時代與十五至十七世紀歐洲文藝復興及古典主義時代較為相似，是以日本古代文學傳統的發現、研究與重估為主要時代特徵的。以「啟蒙主義—寫實主義—浪漫主義—自然

1　本文原載《山東社會科學》（濟南），2012年第6期。

主義」為基本演變線索的明治時代的日本近代文論，在論題性質、話語方式上，也大體對應於歐洲十八世紀啟蒙主義文學到十九世紀浪漫主義、寫實（現實主義）、自然主義文學這一歷史時期。總之，近代文論是整個日本古代文論傳統的合乎邏輯的發展，正如人們也將十九世紀的歐洲文學稱為「歐洲古典文學」，將十九世紀的歐洲文論稱為「歐洲古典文論」一樣，日本近代文論既具有現代性，也具有古典性，理應屬於日本古典文論的一個組成部分。

　　日本近代文論的形成，既有文學革新與文學改良的動機，也有思想啟蒙的訴求，更有政治功利的色彩。不同的理論家分別從這三個方面推動了傳統文學與文論的近代轉型。

　　從純文學角度來看，在一千多年間的日本古代文學史上，和歌、連歌、俳諧、物語、戲劇等各種文學體式都有一個自然、平緩的發展演化過程，從未經歷過明治維新之後那樣巨大的轉折。以貴族文人、出家隱逸者、市井町人為主體的日本古代文論家，都以「物哀」、「幽玄」、「寂」為基本的審美價值取向，較少政治功利目的，在文論方面也沒有出現理論觀念上的巨大跳躍。進入明治時期，隨著西方文學的大量譯介，日本傳統文學從創作實踐到創作觀念都受到了巨大衝擊，於是在明治二十年即十九世紀八〇年代之後，開始出現傳統文學改良論的思潮，一些詩人、歌人、小說家、戲劇家、理論家紛紛撰文，提出引進和借鑒西洋文學，對傳統進行革新和改良。例如，外山正一在《〈新體詩抄〉序》（1882）中，最早明確提出和歌、漢詩已經不能充分表達現代人的思想感情，應該引進西洋式的新體詩；小室信介力主稗史與戲曲的改良，呼喚「日本的莎士比亞」的出現；末松謙澄在《戲劇改良意見》中以西洋戲劇為參照，提出了改良日本歌舞伎等傳統戲劇的構想；坪內逍遙在《小說神髓》（1886）和《我國的歷史劇》（1894）等著述中，以寫實主義為中心，更為全面系統地提出了小說、戲劇改良方案。與謝野寬在〈亡國之音——痛斥現代無大丈夫氣

的和歌〉（1894）一文中，認為日本傳統和歌缺乏「大丈夫氣」，提倡
有「大丈夫」氣、有「崇高」之美的格局宏大的和歌；正岡子規在
《俳諧大要》（1895）等一系列著作和文章中，系統地提出了以「寫
生」為中心的俳諧（俳句）革新的方法與途徑；接著，大須賀乙字和
河東碧梧桐則進一步提倡「新傾向」俳句。總體看來，大部分文論家
在主張引進西洋文學、革新舊文學的同時，也強調文學傳統的連續性
和傳統文學古典性的保持和延續。

　　從文學與政治關係的角度來看，明治時期日本近代文論之所以很
快形成，除了純文學內部的革新改良的訴求之外，還有來自社會政治
的有力推動。與傳統文論的脫政治性、隱逸性、超越性不同，近代文
論的一個最顯著的特點，就是明確主張文學應有助於現實社會政治的
改良與改善，從而使得近代文論具有明顯的思想啟蒙動機與政治功利
色彩，我們不妨將此概括為「啟蒙功利主義文論」。這種文論思潮的
形成，是由當時的社會政治環境、作家與文壇的構成成分的變化所決
定的。舊幕府政權被推翻後所造成的人才缺位與政治空間，需要新型
的政治家來填補和支撐，維新者所倡導的自由民權思想及其運動的展
開，更需要民眾的廣泛參與和支持，要求進行廣泛的輿論宣傳。於
是，許多新派政治家、社會活動家、新聞記者、學者教授，紛紛拿起
筆來撰寫文章甚至創作小說，在政治、宗教、教育、媒體等領域與文
學的交叉處，產生了許多雙重或多重身分的作者。末廣鐵腸在題為
〈從政與寫小說孰難？〉的演說中，將文學家的創作與政治家的作為
相提並論，將文學家的創作與政治家的事業進行比較，從而確認了兩
者的相通性與各自獨立的價值。就文論這一領域來看，其作者有新型
政治家（如末廣鐵腸），基督教思想家（如內村鑑三），新型報紙雜誌
記者編輯（如德富蘇峰、嚴本善治），或者大學裡的教授學者（如金
子筑水）等。政治家與文學家、文論家雙重身分的合一，使人們認識
到，這些新型的文學家與江戶時代取悅讀者、賣文為生的「戲作者」

有了根本的不同，他們所從事的不再是傳統文學中貴族與隱士的自我表現，也不僅僅是純審美的或純消遣的行為，文學家可以通過「文明批評」和「社會批評」來批評社會、改造社會、引導民眾、推動文明開化，從而成為具有社會責任感、使命感，以社會改良與社會進步為宗旨而從事寫作的新興一族，由此，他們的社會聲譽與社會地位也得到了很大提升。這些文學家和文論家們，以近代歐洲自由民主思想及相關文學現象為借鑒，呼籲思想與言論的自由，強調文學的政治功能與社會作用，認為文學、特別是具有廣泛讀者的小說，應該在政治體制的維新改良方面，在建立現代國家、塑造現代國民方面發揮重大作用，為此他們極力提倡「政治小說」、「社會小說」、「傾向小說」等新的小說樣式，這一切就構成了啟蒙功利主義文論的基本價值取向。

二

　　然而，這種功利性的文學價值觀使得啟蒙功利主義文論難以徹底解決文學獨立性的問題，也無法真正建立起文學的本體論。雖然坂崎紫瀾在〈論稗史小說之本份〉（1885）一文中，提出了小說是表現世態人情的一種「寫真鏡」，表明他認識到了小說自身的相對獨立性與本體價值，但更多的人則強調文學的功用價值而相對地忽視了文學的審美功能。如嚴本善治在〈文學與自然〉（1889）一文中，就提出了「最美的藝術絕不能伴隨不道德」這樣的論斷；內田魯庵在〈再論今日的小說家〉（1893）一文中提出小說家要做「人生的探索者，社會的批判者，人性的說明者，普遍道德的說教者」；矢崎嵯峨屋在《小說家的責任》（1889）一文中指出小說家的責任有三：真理的發揮、人生的說明、社會的批評。他們都沒有強調審美的功能，這就必然導致實際創作中審美功能弱化、藝術性降低的問題。對此，評論家德富蘇峰曾在〈評近來的政治小說〉（1888）一文中，對當時流行的「政

治小說」的藝術水平低下問題做了尖銳的分析批評。

　　文學與政治的屬性本來就有著本質的差異，大多數情況下文學和
政治的聯姻往往是苟合的、短暫的。事實上，到了明治時代後期，日
本的文學家與政治家逐漸形成了明確的社會分工：政治家以權力改造
社會，文學家以其思想與良知來評判社會。好比政治家是建築工程的
施工方，而文學家及文論家則是監督方和評判者。而在現實中，政治
家的現實作為大多不能令人滿意，文學家卻可以站在更為超越的立場
上，批判政治、指陳時弊、弘揚理想，因而比起政治家來，文學家在
道義上、思想上常常占據更為優越的位置。當維新後的日本政治體制
基本穩定之後，政治家對文學工具的需求降低了，而文學家的階層獨
立意識也相應地強化起來了，特別是明治二〇年代陸續登上文壇的新
一代作家，其「文學家」的身分意識、文學與「文壇」的獨立意識，
也明顯地凸顯出來。這一點集中體現在以坪內逍遙為代表的寫實主義
文論中。

　　寫實主義文論的宗旨，就是使文學脫離功利性目的而獲得獨立，
從這個角度說，坪內逍遙的《小說神髓》實際上就是近代文學獨立的
宣言。坪內逍遙支持江戶時代文論家本居宣長提出的「寫人情」的主
張，抨擊勸善懲惡的文學及文以載道、勸善懲惡的文學觀，鮮明地提
出了「小說的主旨是寫人情，世態風俗次之」的主張。他反對當時流
行的功利主義的政治小說，認為文學是藝術，文學的價值只在於美，
「只在於悅人心目並使人氣品高尚」，不能有任何功利性目的，這就
與啟蒙主義文論的功利文學觀劃清了界限。他還從進化論的觀念出
發，認為真實地「模寫」人情世態，是人類文學從傳奇性的神話傳
說，發展到勸誡性的寓言故事、寓意小說，再發展到以客觀真實地描
寫為旨歸的現代小說的必然結果。他所說的「人情」與「世態風俗」
不同於啟蒙功利主義文論所說的「社會」與「政治」。社會與政治含
有表層性、時效性、變動性、功利性，而「人情」與「世態風俗」則

具有內在性、客觀性、相對穩定性與超越性的特徵。「人情」就是人與人性,「世態風俗」就是人的社會性與文化性。如果說啟蒙功利主義文論主張描寫政治的人,坪內逍遙的「模寫」論則主張寫人性的人、文化的人,就是將文學從變動不居的政治語境中擺脫出來,而牢牢地落座在更為恆定、更為客觀、更為深厚的人情世態之上,以此建立起文學本體論與文學獨立論。在這個意義上,《小說神髓》不僅堪稱日本近代寫實主義文論的「聖經」,為整個日本近代文學及文論奠定了理論基礎,對此後的浪漫主義、自然主義的文學本體論都產生了影響。從這種寫實主義立場出發,二葉亭四迷在〈小說總論〉(1886)一文中,從「形」與「意」的關係入手,批判了勸善懲惡的舊小說,也論述了「模寫」在小說創作中的重要性與必要性,從一個角度對坪內逍遙的《小說神髓》做了呼應與補充。此外,寫實主義的文學觀還影響到傳統的和歌俳句領域,例如俳句(俳諧)革新的核心人物正岡子規推崇俳句中的「寫實」和文章中的「寫生」方法,反對功利的文學價值觀,認為「文學是神聖的、絕對的、高尚的、超脫的」,不能為社會、政治與金錢所左右,其《俳諧大要》將寫實主義理論引入俳諧論,認為寫實方法最適合於俳句,但同時也不排斥想像(空想),主張將寫實與想像統一起來。大西操山則寫了《批評論》(1888),論述了文學批評的重要性,闡述了創作與批評的關係、批評家的職責、批評的範圍與對象、批評的性質、作用與方法等各個方面。如果說《小說神髓》是近代第一部文學本體論、小說家獨立論,那麼《批評論》則是日本近代最早的文學批評本體論、批評家獨立論,堪稱文學批評領域中的《小說神髓》。至此,在小說、戲劇、和歌、俳句、文學批評等各個領域,都全面確立了文學家的獨立品格、創作與批評的本體價值,這是寫實主義文論的一大功績。

　　值得強調的是,以坪內逍遙《小說神髓》為代表的日本寫實主義思潮固然受到了莎士比亞、托爾斯泰等西方作家創作的啟發與影響,

在理論主張上也與福樓拜、巴爾扎克有較多的相通相似，但從坪內逍遙的《小說神髓》中可以看出，他受西方文論的影響是極其有限的，他最大的理論來源是日本古代的「誠」（真實）論、特別是《源氏物語》及本居宣長的「物哀」論，主張描寫道德倫理之外的人性與人情，而相對忽略了對社會現實的深度介入、深刻分析與批判，在這一點上與西方的現實主義理論形成了明顯的差異，明顯帶有日本色彩。十九世紀西方文壇盛行的深度干預社會現實的所謂「批判現實主義」文論，在日本則幾乎沒有產生。石川啄木的〈時代閉塞的現狀──強權、純粹自然主義的終結及對明天的考察〉（1910），是罕見的一篇主張向「強權」、向「時代閉塞的現狀」挑戰、具有批判現實主義色彩的文章，某種意義上可以看作是對寫實主義文論的繼承與超越，但該文在作者生前並沒有發表，在當時也沒有產生什麼社會影響。在日本，一直是將西文的「realism」譯為「寫實主義」，這個「寫」字就是「模寫」，重在客觀地描寫真實，而不是主觀地分析與批判現實。在中國，一九二八年，左翼評論家瞿秋白因不滿足於「模寫」，而主張將一直從日本引進的「寫實主義」這一概念改譯為「現實主義」。日本近代文論中也使用「現實主義」這個詞（如長谷川天溪的《現實主義的諸相》），但它不是一般的文學思潮與運動的概念，而是與抽象的、脫離現實的「理想主義」相對立的概念。因而在日本文論中，西方、中國那樣的「現實主義」論基本上是缺位的。

三

　　日本寫實主義文論就是這樣通過將文學定位於「人情世態」的描寫，確立了文學創作的本體性、獨立性價值，但寫實主義所謂「模寫論」帶有明顯的客觀描寫的意味，而在一定程度上輕視了作家的自我與主觀世界，包括感情、理想與純美的表現。換言之，相對於作品的

本體性，寫實主義對作家的主體性強調不夠，對此，稍後興起的浪漫
主義文論，在這一問題上與寫實主義文論形成了對立與互補。

　　在文學獨立性、文學審美特質的確認方面，日本浪漫主義文論與
寫實主義文論是基本一致的。可以說，浪漫主義文論對坪內逍遙為代
表的寫實主義文論多有繼承，這一點從浪漫主義文論最早、最重要的
發言者森鷗外的〈讀現今諸家的小說論〉（1889）一文對坪內逍遙的
基本主張表示贊同並多次加以徵引，就可以看出來。但是，在要不要
表現「理想」、怎樣表現「理想」這個問題上，森鷗外與坪內逍遙卻
有著不同的見解與爭論。坪內逍遙在〈莎士比亞劇本評釋〉（1891）
一文中主張「沒（mo）理想」，即作家要將自己的主觀思想隱藏起
來，而森鷗外卻在〈〈早稻田文學〉沒理想〉（1891）等一系列文章
中，將坪內逍遙的「沒理想」理解為「沒有理想」、埋沒理想，並對
坪內逍遙大加詰難。這既是文壇意氣之爭，也反映了「理想」這一概
念在浪漫主義文論中的極端重要性。此後，浪漫主義詩人、評論家北
村透谷寫了〈厭世詩家與女性〉（1882）、〈內在生命論〉（1893）、〈萬
物之聲與詩人〉（1893）等一系列文章，站在弘揚「內在生命」即主
觀精神的浪漫主義立場上，強調文學的使命不是客觀地描寫現實，而
是要表現與現實世界相對峙的「理想世界」，也就是對污穢的現實世
界的超越、對純潔女性與愛情的追求、對自然造化的感應與觀照、對
「內在生命」的表現與追求，並認為這些才是近代文學應追求的「理
想」。

　　在日本近代文論諸流派中，浪漫主義文論的構成成分是最為複雜
的。粗略劃分起來，既有個人的浪漫主義、也有社會的浪漫主義；既
有日本主義、國家主義的浪漫主義，也有世界主義的浪漫主義。其
中，森鷗外的浪漫主義受哈特曼等德國唯心主義哲學美學的影響，偏
向於觀念與思辨；北村透谷的浪漫主義文論受美國愛默生的超驗主義
的影響，主張文學與現實人生無涉，偏向於個體對現實的超越。可以

說，森鷗外、北村透谷所主張的是「個人的浪漫主義」。而內村鑒
三、與謝野寬、田岡嶺雲、德富蘆花、高山樗牛等人，則強調文學的
社會價值與社會作用，主張文學的社會干預性，這與十九世紀歐洲的
浪漫主義者拜倫、雪萊、雨果等人的理論與實踐更為接近，屬於「社
會的浪漫主義」。例如田岡嶺雲在〈小說與社會醜惡〉和〈下層小民
與文士〉（均 1895）等文章中，呼籲作家「懷著遠大的理想寫實吧！
以火一般的同情去暴露吧！」在「寫實」這一點上似乎與寫實主義描
寫人情世態的主張有相通之處，但田岡嶺雲反對寫實主義的客觀寫
實，他在〈寫實主義的根本謬誤〉（1902）一文中，認為以十九世紀
為代表的現代文明是「唯物」的文明，過於物質、過於歸納、過於經
驗、過於客觀、過於智巧、過於功利、過於非自然、過於理性，這一
切在文藝上的表現就是寫實主義；寫實主義文學偏重客觀，藐視主
觀，無視作家的理想，今後的文學應該「擁有更高的理想主義和理想
的寫實主義」。德富蘆花在〈我為什麼要寫小說〉（1902）一文中，認
為小說家是尊貴的職業，因此要有自己的信條和精神，要忠實地表達
出自我及自己所見，不要忌憚，不要屈從，強調了近代作家的人格追
求與社會責任。

　　而此後的高山樗牛則將「社會的浪漫主義」與「個人的浪漫主
義」向兩個極端加以擴展。他先是把「社會的浪漫主義」極端化地擴
展為「國家浪漫主義」，〈論所謂社會小說〉（1897）一文站在「國家
主義」的立場，認為當時的「社會小說」對下層民眾寄予同情、支持
並教唆他們反抗，對於國家社會是十分有害的；〈小說界革新的契
機──對非國民小說的詰難〉（1898）一文則表示反對坪內逍遙《小
說神髓》以來的寫實主義文論所主張的文學獨立論，認為文學不能獨
立於國家與社會，文學家對戰爭等國家大事視而不見、不作反映，是
坪內逍遙寫實主義文學獨立論的流弊，那樣的作品忽視了「國民的性
情」的表現，是「非國民文學」，那樣的作家也沒有資格作一個「日

本國民」，他就是在這個意義上提倡所謂「國民文學」的。高山樗牛的〈時代精神與大文學〉（1899）一文，批評日本的文壇是與時代社會隔膜的「孤立的文壇」，呼籲文學要表現「國家人文」與「時代的大精神」；而《作為文明批評家的文學家》（1901）則表現了他從國家主義、日本主義的文學觀，向尼采式的個人主義的文學觀的轉變；〈論美的生活〉（1901）又進一步主張超越於道德與知識的、滿足「人性本然的要求」的「美的生活」。在高山樗牛文論中，極端國家主義與極端個人主義的主張互為表裡，在總體傾向上與田岡嶺雲、德富蘆花相反，代表了日本近代浪漫主義文論的右翼。與高山樗牛的國家主義、日本主義傾向相對立的，則是基督教思想家內村鑒三的世界主義。他在〈為什麼出不來大文學家？〉（1895）一文中，猛烈批判當時盛行的狹隘的「大日本膨脹論」等極端民族主義思想，反對好戰宣傳，反對明治專制統治，呼籲思想獨立、言論自由，弘揚「世界精神」和「世界文學」，強調「能成大文學者，必能容納世界的思想」。內村鑒三的這些思想主張對後來的許多浪漫主義作家都產生了積極影響。

浪漫主義文論由明治時代發展到大正時代，則明顯地具有了「新浪漫主義」（即後來所說的現代主義）的性質了。代表性的理論家廚川白村的《創作論》以弗洛伊德心理學為理論依據，提出並論證了「生命力受到壓抑而產生的苦悶煩惱，乃是文藝的根柢，而其表現法則是廣義的象徵主義」這一重要命題。將此前的浪漫主義文論的「理想」、「國家」、「社會」、「個人」等關鍵詞，置換為「人生」、「文明」、「心理」，「壓抑」、「衝突」，標誌著浪漫主義文論向現代主義文論的轉換。

四

　　如上所述，啟蒙功利主義文論確定了作家的社會地位、尊嚴與責任感，寫實主義確認了文學的獨立性與作品的獨立品格，浪漫主義則確認了作家的主體性、主觀性、理想性、參與性與作品的國民性。如此，到明治時代中期以後，日本文論的近代傳統及體系構建已經基本形成。而明治時代末期（二十世紀初期）產生的自然主義文學思潮，則在融合上述三種思潮的基礎上，逐漸成為日本近代文學的主潮。日本自然主義文論家也在接受西方影響的基礎上，從日本文學的創作實踐的總結出發，提出了一系列獨特的理論觀點，標誌著日本近代文論進入了總括、合成的階段與成熟時期。自然主義文論融合了寫實主義的客觀論與浪漫主義的主觀論，強調主客觀融會，進入「正」（寫實主義）與「反」（浪漫主義）之後的「合」的階段。而且，日本自然主義先是受到以左拉為代表的法國自然主義的影響，但後來大多數自然主義文論家卻放棄了左拉，而以北歐的易卜生、俄國的屠格涅夫、陀思妥耶夫斯基等俄國「自然派」為榜樣。換言之，在日本自然主義文學與文論中，也有通常我們所說的「現實主義」文學的成分，這就使它具有了更強的包容性與整合性。

　　首先是小說家田山花袋寫出了最早一批自然主義的理論文章。其中，一九○一年發表的〈作者的主觀〉和〈主觀客觀之辨〉兩篇文章，認為自然主義並不排斥主觀，而是要表現揭示人性奧秘的、「彰顯大自然面影」的「大自然的主觀」，認為這是強調以左拉、易卜生為代表的「後期自然主義」的特點。一九○四年發表的《露骨的描寫》，主張排斥技巧，進行大膽而無所顧忌的、暴露個人醜惡隱私的「露骨的描寫」。田山花袋的這些主張，由此後的自然主義文論家如長谷川天溪、島村抱月等人，做了進一步的闡發，也在他本人的創作實踐中得到了進一步的體現。

　　而最為系統、明確、全面地提出並闡釋日本自然主義的理論主張的，是理論家長谷川天溪。長谷川天溪在一系列自然主義文論文章中，提出了許多新穎的理論觀點。在〈自然與不自然〉（1905）一文中，長谷川論述了「自然主義」與「寫實主義」的區別，認為「對那些只侷限於客觀世界而不敢越雷池一步、不涉及精神領域的文學主張，我稱之為『寫實主義』」，他聲稱：「我要提出與寫實主義相反的主張，那就是營造現實以外的世界，創造想像中的人物與性格，擺脫現實的束縛。」在〈文學的試驗精神〉（1905）一文中，長谷川一方面接受左拉的「實驗」文學論，認為「文學家就其態度而言，也是一類科學家」，另一方面他又不認同左拉主張的解剖學報告式的客觀描寫，認為文學主要是對人的主觀心理現象進行觀察與表現，而不僅僅是描寫生物學意義上的、現實社會中的人生。就這樣，長谷川天溪在接受與揚棄歐洲自然主義文論的基礎上，對自然主義做了日本式的理解與改造，把「自然主義」的「自然」主要理解為「人性自然」和「主觀的自然」，即主觀心理等人的精神領域，使得日本自然主義很大程度地包容了西歐自然主義所排斥、浪漫主義所主張的主觀情感與想像。在此基礎上，長谷川天溪在〈理想的破滅與文學〉（1905）、〈幻滅時代的藝術〉（1906）等文章中，進一步提出了「幻象破滅」論，並以此作為自然主義的「真實」觀與立足點。他認為在十九世紀那個理性與科學的時代，由宗教、哲學、文學藝術所構築起來的一切理想、信念、觀念、美等等之類的「幻象」都破滅了，人們面對的是一個赤裸裸的真實的世界，而「幻滅的時代所要求的，就是不加修飾地描寫真實的藝術⋯⋯而這種藝術最好的代表，就是易卜生的戲劇」；他還在〈排斥邏輯的遊戲〉（1907）一文中進一步指出，以往提倡的「理想」、「理性」、宗教的臆想、哲學的推理、學術的理論等等，其實都是一些虛幻的「邏輯的遊戲」，都應該加以排斥，而理想主義（浪漫主義）乃至寫實主義的文藝卻常常陷於那種「邏輯的遊戲」

之中，自然主義則要在擺脫邏輯的遊戲之後，放棄一切觀念與理想，
做到「無念無想」，並以「破理顯實」的態度介入現實人生，直面現
實，才能構築起新的文學來。在〈現實暴露之悲哀〉（1908）一文
中，長谷川天溪進一步指出：幻象破滅後，現實就暴露於人的面前，
人們越是面對現實，就越感到悲哀，「以這有增無減的悲哀為背景，
正是近代文藝的生命之所在」。長谷川天溪就是在這個基礎上，建立
了日本自然主義的「真實」觀乃至整個自然主義文學觀，即文學要排
斥理想、信念等「邏輯的遊戲」，直面於「幻象破滅」後赤裸裸的
人，要表現人們心中的「現實暴露之悲哀」。這樣一來，西歐自然主
義所依據的自然科學、實證科學及遺傳學本身，都被長谷川視為「邏
輯的遊戲」加以排斥，僅僅將這些視為「幻象破滅」的根源；而被西
歐自然主義所排斥的人的感情與想像，卻被長谷川視為「現實暴露之
悲哀」的表現，並作為自然主義的生命所在。

　　與長谷川天溪的帶有強烈主觀感悟性的文章不同，自然主義的另
外一個重要理論家島村抱月的文章，則以冷靜的學理分析見長，在基
本觀點上則與長谷川天溪互為補充。島村抱月對「自然主義」這一概
念做了廣義的理解，他將自然主義視為十九世紀後期歐洲文學主潮的
代名詞，將幾乎所有的思潮都以「自然主義」概括之，同時又在此基
礎上對自然主義的類型加以劃分，在〈今日文壇與新自然主義〉
（1907）一文中提倡所謂將自然與自我融為一體的「純粹自然主
義」，在〈文藝上的自然主義〉（1908）一文中，與純客觀寫實的「消
極的自然主義」相對，更傾向於提倡摻入主觀印象的「積極的自然主
義」；在〈自然主義的價值〉（1908）一文中，認為自然主義的特徵是
在「外形」（形式）上排斥技巧，內容上追求自然真實，「無理想、無
解決」。而被自然主義文論家普遍接受的所謂「無解決」論，則是片
上天弦在〈無解決的文學〉（1907）一文首先提出來的，他認為，與
當時流行的觀念小說、傾向小說按照習俗道德對作品中提出的問題給

以廉價的「解決」相反，自然主義只是對事實加以客觀描寫，而不尋求任何解決，即「無解決」。此後，「無解決」隨即成為自然主義的一個特徵性口號與主張，並在長谷川天溪、島村抱月等其他理論家那裡得到了進一步闡發。

　　除了對自然主義的特徵做出日本式的獨特闡釋之外，日本文論家也普遍地將自然主義作為一種總括性、綜合性的文學思潮來看待，例如自然主義評論家相馬御風在〈文藝上主客兩體的融合〉（1907）一文中認為自然主義是一種世紀末思潮，「十九世紀文藝中知識與情感的爭鬥、客觀與主觀的背離，即使最終未能得到那麼明確的解決，卻在極度的疲憊中，產生了自然主義這一新的巨大思潮……疲勞、無解決、懷疑、自暴自棄，所有的這些都是可以冠於世紀末文藝之上的形容詞，而晚近的自然主義文藝特質也正在於此」，他認為自然主義與寫實主義的不同，就在於自然主義泯滅主客兩體的界限，將兩者融合起來，「寫實主義發展到內在觀察就成了自然主義」，這一點也是日本自然主義者的基本共識。而站在自然主義圈外的評論家阿部次郎，對日本自然主義的總括性特徵更有著清醒的判斷，他在一九一〇年發表〈不自知的自然主義者〉一文，指出了自然主義者試圖囊括一切現代文學思潮流派，「將以往自然主義的無所不包的做法推向極端，把自然主義搞成了現代主義或者廣義浪漫主義的同義詞」，由此而敏銳地看出了自然主義的理論困境與矛盾混亂。同年，評論家片山孤村寫了〈自然主義脫卻論〉，指出「自然主義早已經走進了死胡同」，因為「是有許多雜多的思想與情緒混合而成的，它只不過是排舊求新運動的總稱。」

　　而正是因為自然主義在日本的這種綜合性與總括性，才使得自然主義成為日本近代文學的主潮、自然主義文論成為日本近代文論的主潮。自然主義繼承了它前面的啟蒙主義文學的革新意識，又排斥了啟蒙主義文學的功利論與政治工具論；接受了寫實主義文論所主張的客

觀寫實論，認可了寫實主義不對社會政治進行批判的柔軟姿態，又排斥了寫實主義的技法、技巧論；繼承了浪漫主義文論所主張的文學與道德無關論、主觀想像論、情感表現論，又排斥了浪漫主義文論的理想論、觀念論。它的理論概括與文學主張，正好和二十世紀初的日本及西方的文化背景、社會心理與文學走勢相契合，顯示出相當強的先鋒性、前衛性特徵，同時骨子裡又與日本傳統的「物哀」、「幽玄」、「寂」的審美傳統相聯通，故而勢頭最為強勁，影響最為深遠，在其衰微之時也餘音不絕，並衍生出了一系列相關的文論流派與理論主張。

　　近代文豪夏目漱石走向文壇伊始，就表現出了不隨自然主義之流俗的特立獨行的姿態，他在《文學論》（1907）一書中，提出文學鑒賞中的「非人情」的主張，就是排斥主觀的善惡判斷，只進行審美判斷。在〈我的〈草枕〉〉（1906）一文中提出了「俳句式的小說」的概念，認為這是「讓人淡化現實苦痛、給人以精神慰藉的小說」，西方沒有，此前日本也沒有，今後應該多多創作。他在〈寫生文〉（1907）一文中，提倡用客觀寫生的方法進行描寫，要求作家在寫人物大哭時要做到不與他一起哭泣流淚，面對人物的悲傷痛苦要能以憐惜的微笑來表現自己的同情，也就是站在一種「非人情」的、純審美的、超越的立場進行創作。在〈高濱虛子著〈雞冠花〉序〉（1908）一文中，他進一步在理論上提出了「餘裕論」，將小說劃分為「有餘裕」的小說和「沒有餘裕」的兩種類型，並特別提倡「有餘裕」的小說。他認為品茶、澆花是餘裕，開玩笑是餘裕，以繪畫、雕刻消遣是餘裕，釣魚、唱小曲兒、避暑、泡溫泉等都是餘裕，而描寫這類生活的小說就是「有餘裕」的小說，「就是從容不迫的小說，也就是避開非常情況的小說，或者說普通平凡的小說」，亦即具有「禪味」的小說。夏目漱石提出的「餘裕論」，意在反抗自然主義文學「沒有餘裕」、觸及人生窘迫生活的作品，這不僅是對沉重、灰色、悲哀、窘迫的自然主義文學風格的逆反與矯正，也具有相當的理論創新的價值。

　　如果說夏目漱石的「餘裕論」是自然主義盛行時期對自然主義的
逆反與矯正，那麼二十世紀二○年代後出現的私小說、心境小說論，
則是直接在自然主義文論延長線上產生的。因為「私小說」（自我小
說）這種日本近代文學中獨特的文體，本來是從自然主義文學中產生
的，後來，幾乎日本所有的近現代作家，不管是什麼流派，都或多或
少地染指私小說，「私小說」也被普遍認為是正統的「純文學」樣
式，由此，也出現了眾多「私小說論」。許多作家、理論家對「私小
說」作家作品以及「私小說」的起源、特徵，「私小說」與「本格小
說」（正統小說）、「私小說」與「心境小說」的關係等做了大量的研
究，出現了久米正雄、宇野浩二、佐藤春夫、小林秀雄、中村光夫、
山本健吉、伊藤整等一批批的「私小說」理論家。「私小說」理論家
們強調了作家的主體性、作家坦露自我的真誠性、描寫身邊瑣事的必
要性與可行性、私小說對社會的超越性。既糅合了日本傳統小說觀
念，又闡釋了小說的現代性特徵。例如久米正雄在那篇著名的文章
《私小說與心境小說》（1925）中宣稱，私小說才是「文學的正道，
文學的真髓」，而那些虛構性、故事性的小說，即便再偉大，「也不過
是偉大的通俗小說而已」。他認為「私小說」並不是「自敘小說」，作
者創作時首先必須具有一種「心境」，在這個前提下，無論是多麼無
聊、多麼凡庸的「私」（自我），都可以描寫。久米正雄所說的「心
境」，就是一種審美的態度，他認為有了這種「心境」，「私小說」就
戴上了藝術的花冠，就與告白的小說、懺悔的小說產生了一條微妙的
分界線。在這個意義上，「私小說」也就是「心境小說」。總體看來，
餘裕論、私小說與心境小說論，三者角度不同，但基本的美學精神是
相通的，它既來自日本近代文學創作實踐的總結，與自然主義有相反
或相成的關係，也融合了禪宗趣味、「俳諧趣味」等東方與日本的審
美思想傳統，與西方文論中的「回歸自然」之類的議論大異其趣，在
世界近現代文論中也獨樹一幟。

五

　　綜上，明治時代到大正時代初期的近半個世紀的日本近代文論史，以文學思潮、文學運動為依託和動力，以「主義」為標榜，以啟蒙功利主義為開端、經歷了寫實主義、浪漫主義的相生相剋、發展到總括性的自然主義文學主潮，又由反抗自然主義而衍生了餘裕派文論，由順應自然主義而衍生出了私小說論與心境小說論，顯示了較為清晰的發展演化邏輯。

　　日本近代文論的「近代性」的確立，是與日本所謂「脫亞入歐」的近代化軌道相聯繫的。在這個軌道上，日本近代文論從以中國古代文化源頭為依託的日本古代文論，轉變為以歐洲（西洋）文化文論為依託，我們可以權且稱之為「脫漢入歐」。「脫漢入歐」的日本近代文論，基本上由留學西洋、或學習西洋語言的新派學者、文學家、評論家們建構起來。他們一般都以西方某人、某派的思想與理論為依據，以西方作家作品為榜樣和標準，展開理論與批評。在批判地繼承東方傳統文論的基礎上，建立了人本主義、個性主義、國家主義、科學主義、審美主義的近代文學觀。同時，由於日本近代許多文論家通常是漢學、西學、國學（和學）三者皆備，其東西方文化修養與世界視野顯然為同時代的西方文論家所不及，這就使得許多文論家在進行理論思考與理論概括的時候，有了傳統與近代的對照意識、東方與西方的比較意識，並有條件實現理論創新。

　　理論的創新，首先要求詞語概念的更新，即新名詞、新術語、新範疇的創制與使用。日本古代文論議論的對象主要是和歌、連歌、俳諧、能樂、物語這五大文學樣式及來自中國的漢詩漢文，而日本近代文論所討論的對象，則主要是來自西方的新文學樣式、新文體，包括新體詩、新小說、新劇等。在談到傳統的和歌俳句等文學樣式的時候，也是討論如何實現舊樣式的革新。相比之下，日本古代文論討論

的話題，是文學家的心性修養、創作態度、審美規範與審美理想，關
鍵詞是「心」、「詞」、「誠」、「姿」和「幽玄」、「物哀」、「寂」等，而
近代文論所討論的話題，則主要是文學與哲學思想、文學與社會、文
學與道德、文學與現實、文學與自我、文學與自然、文學與科學、文
學與各種思潮流派，文學與審美等問題，為此，引進並翻譯西方概
念，更新文論用詞，對文論的語境、對象、話題等方面的概念範疇進
行全面更新，實現了近代性轉換，是新的文學時代的必然要求。在這
方面，日本文論家在東亞各國文學中捷足先登，他們將西方的文學理
論的一系列、一整套術語概念，逐一翻譯成了形神兼備的漢語詞組，
如哲學、科學、審美學、美學、主義、主觀、客觀、理想、現實、社
會、時代精神、國民性、文壇、創作、雜誌、文學界、文學家、文學
史、文學改良、文學革命、翻譯文學、寫實、寫實主義（寫實派）、
浪漫（羅曼）、浪漫主義（浪漫派）、自然主義（自然派）、演劇、歷
史劇、文明批評、社會批評、政治小說、社會小說、傾向小說，如此
等等。這些概念術語都是日本近代文論中的關鍵詞，並且也陸續傳到
了中國、朝鮮半島，並對東亞近代文論話語的轉換、形成與展開產生
了深刻影響（關於日本近現代文論對中國現代文論的影響問題，請參
照筆者《中日現代文學比較論》一書的《文論比較論》一章，在此不
贅）。

　　日本近代文論在文本、文體上的顯著特點，是文論與具體的文學
創作實踐緊密相聯。如果把「文論」分為「文學評論」（文學批評）
與「文學理論」兩個方面的話，那麼日本近代文論的主要成果表現為
文學評論，這就使得文論與文學創作更為密切地結合在一起。從事文
論寫作並且有成就的人，絕大多數是創作家，而不是專職的評論家。
最好的文論文章絕大多數也是作家寫出來的，而寫得最好、最富有新
意和創見的文論文章，也是與創作實踐、創作體驗密切結合的文章。
換言之，日本近代文論的成果主要不是體現在大部頭的著作中，而是

體現在大量的篇幅相對短小的感悟性的評論文章中，這與西方文論的面貌有所不同。西方文論的寫作者兼有作家、理論家和學者，而處於高端的文論家是學者、哲學家與美學家，博大精深的文論著作，同時又是哲學著作與美學著作，而最有理論創見與思想深度的著作，則往往是由專門的理論家、思想家寫出來的，如古希臘的亞里斯多德、近代的康德、黑格爾、維柯等。而在日本近代文論中，像西方那樣的體大思精、具有嚴整的邏輯體系的獨創性的文論著作是不多見的，在這方面，坪內逍遙的《小說神髓》是個例外，它是世界文論中第一部有規模的、體系性的小說論著作（比亨利‧詹姆斯的《小說的藝術》還要早些）。日本近代文論中雖然還有夏目漱石的《文學論》、島村抱月的《新美辭學》等專門的、有一定系統性的長篇大論的著作，但這些著作往往摹仿西方文體，而又在概念的創制、結構的布局、理論語言的驅使方面，顯得拙笨而又吃力。以夏目漱石為例，他的《文學論》、《文學的哲學基礎》等大篇幅的著作顯得枯燥晦澀，而〈寫生文〉、〈高濱虛子著〈雞冠花〉序〉等短篇文論則更有靈氣與創見；浪漫主義詩人北村透谷的感悟性文章，遠比另外一個浪漫主義者森鷗外的那些玩弄抽象概念的詰屈聱牙的文章更為清新可讀。又如在自然主義文論中，島村抱月的純學理性的論文，除上文提到的少數幾篇文章外，其他的如〈論人生觀上的自然主義〉、〈代序‧論人生觀上的自然主義〉、〈藝術與生活之間劃一線〉、〈觀照即為人生也〉等文章常常表述含混、枯澀沉悶，比長谷川天溪的那些感悟性的文章遠為遜色。這似乎與日本人善於感悟、拙於抽象思辨的天性有關，也是因為近代文論處在傳統向現代的轉型時期，歷史積澱不足，沉思不夠。而到了二十世紀二〇年代以後的大正、昭和時代，「近代文論」進入「現代文論」時期之後，較大篇幅的著作逐漸多了起來。但那些著作很少是原創性的博大精深之作，多是將此前西方與日本文論的成果加以條理化，從而形成了教科書類的較為通俗性、普及性的著作。

從存在空間的角度看，日本近代文論的另一個顯著特點，是文論基本上是在所謂「文壇」這一範圍內運作的。起初的啟蒙功利主義時代「文壇」尚未獨立，在寫實主義倡導作家主體性與文學獨立性之後，無論是在哪種思潮流派的文論中，「文壇」意識都自覺強化起來。「文壇」首先是與「政壇」相區別而言的。在西方，文論家往往是政論家；而在日本，文論家則很少為政論家，他們在政治上基本認同政治家的國體設計。這就造成了一種現象，即不同的文論思潮與流派，在文學問題上雖相互論爭，但在國家政治問題上的總體的、最終的立場卻保持著驚人的一致。例如，浪漫主義文論的最終的政治立場是日本主義與國家主義（以高山樗牛為代表），而自然主義文論家也是一樣（以長谷川天溪為代表）。因此，與西方文論特別是十八世紀前後的文論比較起來，日本近代文論作為一種純文壇現象，其政治作用與政治功能是非常微弱的。

當然，另一方面，作為近代文論之空間的「文壇」，與日本傳統文論的「家學」空間，已經有了很大的拓展，而具有了相當程度的社會性。古代文論中的和歌論、連歌論等基本上是宮廷之學，後來成為被少數顯貴家族所壟斷的「家學」，能樂論則基本上為能樂世家所壟斷與承襲，俳諧論則侷限於師徒同門之間的切磋交流，主要傳承的方式則是所謂「秘傳」的單線傳播，因而無法實現社會化。而近代文論的主要傳播方式卻是向全社會公開發行的商品化的報刊雜誌書籍，近代文論家將古代文論的「家學」變成了「公學」，將古代具有身分與階層限定的「合」與「會」等傳播場所，變成了雖具有一定的職業特徵、卻又面向全社會的所謂「文壇」。另一方面，在「文壇」上展開的理論探索與爭鳴往往超出了「文壇」的範圍，而與各種社會思潮密切關聯、即時呼應，因此，日本近代文論的傳播效果與社會效果，在廣度上常常是全國性的，例如，關於「文學與自然」、「文學與道德」的問題的討論，關於當今文壇是「極盛」還是「極衰」的討論，坪內

逍遙與森鷗外展開的關於文學中的「理想」與「沒理想」的論爭，北村透谷與山路愛山展開的「文學與人生」關係的討論，等等，都曾引起了較為廣泛的社會關注，而日本近代文論的有些問題，例如關於政治小說的價值與作用的問題的討論，不僅在日本國內產生了影響，甚至影響到了中國、朝鮮等鄰國。「文壇」化與「社會」化的矛盾統一，是日本近代文論空間存在上的顯著特點。

最後需要指出的是，日本近代文論非常豐富多彩而又富有價值，很有必要加以系統的翻譯和研究，近百年來我們也陸續有所譯介，可惜數量少、不系統、不成規模。此次筆者承擔的《日本近代文論選譯・近代卷》以文學思潮流派為依據，將日本近代文論分為「傳統文學改良論」、「政治小說與文學啟蒙功利主義文論」、「寫實主義文論」、「浪漫主義文論」、「自然主義文論」、「餘裕論與私小說・心境小說論」共六個部分，精選出五十人的文論文章共計一百〇五篇，約八十萬字，希望出版後能為中國日本文學、文學理論、比較詩學和比較文論的學習與研究提供參考。

論井原西鶴的豔情小說[1]

　　井原西鶴（1642-1693）是日本江戶時代的著名作家，也是日本古典文學中的一流作家。他的創作繼平安時代的《源氏物語》、鎌倉時代的《平家物語》之後，形成了日本古典小說的最後一個高峰。他的「浮世草子」即市井豔情小說生動地反映了日本町人（商人、手工業者）的生活面貌和某些本質特性。本文試圖從社會文化學、倫理學、美學等角度，對西鶴的豔情小說進行分析評述。

　　西鶴的第一部豔情小說是發表於一六八二年的《一代風流漢》[2]（原文《好色一代男》）。這部小說出手不凡，在大阪、江戶印行數次，大受市井讀者歡迎。《一代風流漢》分八卷五十四章，以編年體的形式描述了主人公世之介一生的愛欲生活的經歷。世之介是一個色鬼與一個高級妓女的私生子，七歲時就懂得了戀愛，在那年夏天他拽著一個女傭的袖子說：「你不明白戀愛要在暗處搞嗎？」從這時至十九歲期間，他與上了年紀的女傭人、表姐、有夫之婦及各種妓女發生關係。世之介一邊做些小買賣，一邊浪跡四方，追求色情享樂。三十四歲時，父親去世，世之介回家繼承了巨額家產，其後憑藉金錢的力量，更加為所欲為。在京都、大阪、江戶三城與第一流的名妓結交。六十歲時，他已對狹小的日本失去興味，便約好友七人，乘所謂「好色丸」船，到「女護島」追求新樂去了。

1　本文原載《外國文學評論》（北京），1994年第2期。
2　見王向遠譯：〈五個癡情女人的故事〉，《井原西鶴小說集》（上海市：上海譯文出版社，1989年）。

　　對這樣一部通篇描寫肉欲的作品，我們必須做歷史的、辯證的分析和研究。

　　日本的町人階級是在封建社會末期發展到一定程度的商品經濟中產生出來的，在士農工商「四民制」和其他封建等級制度的束縛、壓抑之下，他們在政治上毫無地位，處於社會的最下層。然而，他們卻掌握了相當的經濟實力，是一個生氣勃勃的階級，充滿了旺盛的生命力。町人階級自然而然地要求在社會上實現自己的存在價值，可是他們頭上卻盤踞著壟斷權力的封建武士階級，町人無權參與管理和改造社會的事業，因而他們奔騰的生命力便不可能在社會上找到一個有價值的實現場所。他們也就必然把這種生命力轉移於感官的刺激與享樂，以便在這種官能享樂中尋求人生的意趣與安慰。同時，江戶時代，尤其是元祿年間安定的社會環境以及町人優越的經濟條件，更強化了這種享樂意識。而深深地浸潤於日本國民心中的人生無常的佛教觀念，與日本國民原有的重視現世生活的思想意識結合在一起，又給這種及時行樂提供了宗教上、心理上的依據。長期以來封建思想的嚴密統治以及對庶民實行的愚民政策，使當時的町人階級缺乏對社會與人生的深刻、透澈的認識，他們未能產生明確的階級觀念和反封建思想，反而在觀念上容忍封建統治。一句話，當時的町人階級沒有理智與思想上的解放，而僅僅是依照本能首先實現了情感上的「解放」。這有助於我們理解為什麼西鶴把官能享樂作為首要的描寫對象，它實際上反映了町人階級的普遍追求。據史籍記載，當時的各種遊樂場所——冶遊場、劇場、茶館等——達到了歷史上的鼎盛時代。這可以與西鶴的描寫互為印證。

　　顯然，《一代風流漢》未能在積極的意義上產生自覺的反封建意識，但它所體現的反理性與反道德的傾向，卻是對傳統封建道德的一個衝擊。西鶴把主人公寫成一個只為肉體享受而生活的人，無條件地肯定了對性快樂的追求，而不用任何外在的準則來規制它。嫖妓當然

是封建道德所允許的，但世之介卻也染指有夫之婦（卷三），甚至強行污辱民女（卷四）。這在當時也是違法行為，而西鶴卻不對此作道德判斷。在這裡，西鶴採取了一種道德虛無主義態度，實則體現了一種快樂主義的倫理觀點。以肉體快樂本身為善，而排斥其他善惡標準。

　　這種道德虛無主義或快樂主義本身顯然不是一種積極的、直接的反封建意識。以人類文明的一般準則而言，反道德、反理性的縱欲主義過去是、而且將來也還是反文明的惡行。然而，在西鶴所處的時代，這種惡行卻也帶來了一些積極的結果。正如恩格斯所說，「……惡是歷史發展的動力藉以表現出來的形式。這裡有雙重的意思，一方面，每一種新的進步都必然表現為對某一神聖事物的褻瀆，表現為對陳舊的、日漸衰亡的、但為習慣所崇奉的秩序的叛逆，另一方面，自從階級對立產生以來，正是人的惡劣的情欲——貪欲和權欲成了歷史發展的槓杆」。[3]西鶴所描寫和表現的固然是一種「惡劣的情欲」，但從歷史發展的角度看，它在反封建的最初階段上，起到了一定的積極作用。西鶴肯定人的情欲追求，是在物質本能意義上發出的解放個性的先聲。當封建的理學思想在日本江戶時期占據統治地位的時候，這種解放情欲是與「存天理，去人欲」的封建觀念相對立的。橫向考察整個歷史還會發現，體現於《一代風流漢》中的思想意識甚至具有某種世界性的意義。十五、十六世紀是世界歷史的重大轉折時期，世界東、西方兩端（尤其是中國、日本和英國）生產商品化的共同發展，使東西方在經濟上同步前進[4]。西方的反封建的人本主義思潮聲勢浩大，首先提出了個性解放的要求。而個性解放的第一步，則表現為衝破中世紀禁欲主義的束縛，包括實現性的解放。於是在文學上，西方出現了薄伽丘的《十日談》、喬叟的《坎特伯雷故事集》那樣的作

3　《馬克思恩格斯選集》（北京市：人民出版社，1972年），第4卷，頁233。

4　參見吳於廑等譯：《十五、十六世紀東西方歷史初學集》（武漢市：武漢大學出版社，1985年）。

品。在東方，中國明代中葉以後，也出現了以性解放為先導的所謂
「東方人本主義思潮」，以李贄為代表的思想家舉起了反禁欲主義的
旗幟，文學領域內出現了「三言兩拍」中一些專事描寫情欲的作品，
還有《金瓶梅》、《肉蒲團》之類含有大量色情成分的市井小說，封建
道學受到了前所未有的衝擊。西鶴則是東方人本主義在日本的第一個
代言人，其創作成為世界性人本主義思潮的一個組成部分。

　　然而，東方的人本主義思潮從一開始就潛伏著一個危機，這個危
機在西鶴身上表現得尤其顯著。西方的人本主義把反禁欲主義的性解
放作為個性解放的第一步，進而提出了全面發展個性的要求；東方的
人本主義尤其是西鶴卻不求全面打破封建思想桎梏，而只把性解放本
身作為目的，作為最終滿足。東方的人本主義未能由此繼續前進，進
而生發出近代資產階級的思想意識，所以這種人本主義只能夭折於萌
芽狀態。正如日本近代哲學家廣田永志所說，這種人本主義「對人性
的肯定不是表現為對容許個性全面發展的社會狀態的期望。反而由於
性的陶醉使人們忘卻了人性的廣闊展開，從而表現為夢想逃避壓制人
性制度的東西。」[5]事實上，西鶴在中後期作品中又反過來向町人階
級宣揚封建的倫理規範，這不僅證明了西鶴對壓制人性的社會的「逃
避」，甚至可以認為是他對那種社會的認同。

　　這種沒有得到正常發育的人本主義在對封建思想衝撞了一下之
後，反倒成了資產階級思想意識形成的障礙。這是西鶴深伏的最大危
機。馬克斯・韋伯在其權威著作《新教倫理與資本主義精神》一書中
指出，西方的新教倫理即禁欲主義與近代資本主義具有一定的生成關
係，「這種禁欲主義反對的就是一件事情：聽任本能地追求享受和這

5　廣田永志著，陳應年等譯：《日本哲學思想史》（北京市：商務印書館，1983年），
　　頁238。

種享受所提供的一切。」[6]韋伯認為這正是西方資本主義得以形成和發展的原因，而禁欲主義正體現了資本主義精神。韋伯雖然片面誇大了禁欲主義的作用，忽視了資本原始積累的階級實質，但他的話確有一定道理。按照這個觀點，西鶴在《一代風流漢》中所主張的與西方近代的那種資本主義精神恰恰是背道而馳的，它正是阻礙日本資本主義生成的因素之一。這樣，西鶴作為一個新興階級的代言人，其思想意識卻妨害了本階級的進步成長。縱欲主義起到了引導町人階級玩物喪志的作用，泯滅了西方早期資產階級那樣的進取精神。也正是在這一點上，東西方市民階級才出現了歧異：一個被封建階級浸淫和同化，一個繼續發展成長為近代資產階級。日本町人階級最終未能成為近代資產階級革命的先驅，反而站到了革命的對立面。

　　有的日本學者指出，世之介這個人物缺乏個性特徵，是一個複合體，是當時眾多的風流漢的集合，[7]這是頗有見地的。西鶴有意漠視了對世之介個性特徵的描寫，書名「一代風流漢」即表明他要描寫的是「一代」而非「一個」風流漢。而且，作為一個情欲亢進的病態人物，世之介是個非個性化的人物。馬克思說：「人的本質並不是單個人所固有的抽象物。在其現實性上，它是一切社會關係的總和。」[8]西鶴沒有把世之介放在一定的社會關係中加以描寫，卻為他安排了一個不受社會束縛的特殊環境——冶遊場。世之介生活的全部目的、全部內容都是追求官能享受。他只是人的情欲的一類代表，具有一定的抽象性，他的性格是極端單一化的，所以他也就無法體現出一個完整的人格。日本哲學家西田幾多郎說得好：「無論什麼人，只要他不是白癡，就不會滿足於純粹的肉體的欲望。……總之，人們不是生存在

6　馬克斯・韋伯著，黃曉京、彭強譯：《新教倫理與資本主義精神》（成都市：四川人民出版社，1986年），頁156。

7　《定本西鶴全集第一卷・解說》，野間光辰。

8　《馬克思恩格斯選集》（北京市：人民出版社，1972年），第1卷，頁18。

肉體上，而是在觀念上有其生命的」，「每個人逞縱自己的物質欲望，反而是消滅個性」。[9] 西鶴所追求的正是這種無個性。

《一代風流漢》發表兩年後，西鶴又推出了《二代風流漢》等作品，亦以妓院為舞臺，描寫愛欲生活，與《一代風流漢》大同小異，但《一代風流漢》中的那種明朗樂觀的色彩漸已淡薄。西鶴看到，既然冶遊場是以金錢為轉移的世界，那麼個人的意志、願望和自由就不可能不為金錢所控制，個人也就沒有真正的愛與享樂的自由。自《二代風流漢》起，西鶴開始注意反映冶遊場的陰暗面，由無條件地全面肯定町人階級的生活方式，轉到冷靜地剖析這種生活方式的弊端和缺陷。如果說《一代風流漢》帶有較強的非現實色彩，那麼，自《二代風流漢》開始，寫實的成分大大增加了。不過，無論是《一代風流漢》還是《二代風流漢》，描寫的都是妓院這種特殊的、有限環境中的人物和事件，這裡是一般的社會道德和法律約束不到的地方，這裡的人與人之間的關係首先體現為妓女與嫖客的關係，即金錢買賣關係，因此，這種環境毋寧說是一種不能正確反映人與社會、人與人之間本質關係的特殊環境。西鶴要全面深刻地反映町人階級的生活，也就不能囿於妓院這個狹小的世界而必然要反映一般社會中的町人生活。一六八六年《五個癡情女人》的誕生，標誌著西鶴創作的可喜轉折。

《五個癡情女人》[10]（直譯應為「好色五人女」）是一部短篇小說集。全書分五卷，由五個獨立的短篇構成，都是以一六六〇至一六八〇年間町人社會發生的真實事件為素材。西鶴寫作以前，這些事件都以流行歌曲或歌祭文（當時的一種俗曲）的形式在市井廣泛流傳。西

9　西田幾多郎著，何倩譯：《善的研究》（北京市：商務印書館，1965年），頁112。

10　見王向遠譯：〈五個癡情女人的故事〉，《井原西鶴小說集》（上海市：上海譯文出版社，1989年）。

鶴沒有拘泥於生活真實，而是對此進行了藝術的加工和改造，以充分
表達自己的創作意圖。

　　五個短篇在內容上可分為三類。第一類是青年男女相愛的故事，
包括卷一〈姬路的美男子清十郎的故事〉和卷四〈戀草纏繞的蔬菜店
的故事〉；第二類是家庭婦女的越軌事件，包括卷二的〈一往情深的
箍桶匠的故事〉和卷三〈發生於曆書中段的故事〉；第三類是卷五
《源五兵衛的戀愛故事》，內容比較特殊。

　　先看屬於第一類內容的兩篇小說。

　　卷一〈姬路的美男子清十郎的故事〉寫播州寶津的釀酒作坊「和
泉屋」有個名叫清十郎的青年，常和一些男女狂歡作樂，與妓女皆川
關係尤深，因而被父親逐出家門。清十郎托熟人介紹當上了「但馬
屋」的夥計。「但馬屋」有個妙齡姑娘小夏，暗中與清十郎來往並發
生關係，遭到家庭阻撓和反對。兩人為了擺脫束縛，趁外出賞花之機
私奔，途中被人截獲。清十郎被投進牢獄，小夏則被監禁。不久，
「但馬屋」丟失了七百兩金子，懷疑為清十郎所竊，清十郎有口難
辯，被處死刑。小夏得知情人已死，精神失常，想在清十郎墓前自殺
被人勸阻，遂削髮為尼，為清十郎祈求冥福。

　　〈戀草纏繞的蔬菜店的故事〉說的是江戶本鄉一家蔬菜店因失火
全家到寺院避難。這家十六歲的姑娘阿七與寺中小學徒小野川吉三郎
一見鍾情，二人常常幽會。不久，阿七家蓋成新房，阿七隨家人遷回
新居。兩人分離，不勝思念。有一冬夜，吉三郎化裝成小商販來到阿
七家，兩人得一夜之歡。分手後阿七戀情難耐，想到如果她家再次燒
掉，她便能再去寺院避難從而與吉三郎相見。於是她放火燒家。結
果，阿七因縱火罪被判處火刑，吉三郎得知後自殺未成，出家為僧。

　　這兩篇小說的思想價值首先在於歌頌了青年男女的愛情。這種愛
情不同於《一代風流漢》中的愛欲，它完全建立在感情的基礎上，排
除了一切世俗的偏見和狹隘的功利性。它已經具備了恩格斯所說的

「現代的性愛」的性質，它「常常達到這樣強烈和持久的程度，如果不能結合和彼此分離，對雙方來說即使不是一個最大的不幸，也是一個大不幸；僅僅為了能彼此結合，雙方甘冒很大的風險，直至拿生命孤注一擲」[11]。卷一中的清十郎和小夏為了相愛而私奔，卷四中的阿七為了能與戀人相見而放火燒家，都是「甘冒很大風險」，而小夏、阿七最後也都是「拿生命孤注一擲」了。

　　這兩篇小說對於阻撓、破壞和毀滅純潔愛情的家長意志、門第觀念、道德習俗和法律制度進行了否定和批判，對主人公的悲劇結局表示了深切同情。例如在卷一中，作為傭人的清十郎與東家小姐小夏相愛，而小夏的兄嫂卻以家長意志和門第觀念強行阻撓和干涉，他們是不得已私奔才釀成悲劇的。西鶴對封建法律制度的揭露在這裡表現得尤為深刻。在卷一中，官府在沒有絲毫證據的情況下，臆斷清十郎竊金並將其處死；卷四中的少女阿七因思念戀人一時衝動而放火，被官府處以火刑。西鶴對主人公之成為封建嚴刑峻法的犧牲品表現出深深的悲哀。他第一次觸及到了町人階級的生活欲望與封建制度之間不可調和的矛盾。馬克思說過：「當舊制度還是有史以來就存在的世界權力，自由反而是個別人偶然產生的思想的時候，換句話說，當舊制度本身還相信而且也應當相信自己的合理性的時候，它的歷史是悲劇性的。」[12]舊的封建制度完全不承認個人的戀愛自由，在那種「悲劇性」的歷史時期，像清十郎與小夏、吉三郎與阿七那樣追求自由的愛情，就必然與封建的倫理道德和法律制度發生衝突，也就必然導致悲劇。他們的失敗與毀滅不在於他們個人的錯誤，而在於歷史的錯誤，他們的悲劇也就是歷史的悲劇。

　　再看第二類兩篇小說。

11　《馬克思恩格斯選集》（北京市：人民出版社，1972年），第4卷，頁73。
12　《馬克思恩格斯選集》（北京市：人民出版社，1972年），第1卷，頁5。

　　〈一往情深的箍桶匠的故事〉描寫大阪的女傭人阿選被一位箍桶匠看中，在一個老太太幫助下，他們借參拜伊勢神宮之機見了面並私定終身。不久兩人結婚，生兒育女，美滿幸福。一次，阿選給街坊家幫工，這家男主人長右衛門從棚架上取鉢子時，不小心將鉢子掉到阿選頭上。因頭髮蓬亂，被長右衛門之妻懷疑並唾罵，阿選決意報復。有一次趁她丈夫熟睡之機將長右衛門叫到家中私通，卻被丈夫發現。阿選無地自容，當場自刺身亡，長右衛門也被逮捕處刑。

　　卷三〈發生於曆書中段的故事〉，說的是京都一個裝裱匠娶美女阿山為妻。有一次裝裱匠因事外出，托長工茂右衛門照顧阿山。女傭人小玲愛上了茂右衛門，托阿山代寫情書，阿山為了取笑茂右衛門，在代寫的情書裡約定小玲與茂右衛門夜間幽會，她自己取代小玲躺在約定的床上，並派其他傭人持棍埋伏四周，只等茂右衛門來時加以捉弄。但因時間過晚，阿山和埋伏的傭人們疲倦過度，沉沉睡去，這時茂右衛門入房行事。事後阿山醒來，發現弄假成真，深恐受懲罰，乃與茂右衛門私奔，隱於山間。不久被發現，雙雙被處死。

　　與上述描寫青年男女純真的愛情相反，這兩篇小說描寫的是有夫之婦的私通事件及其悲劇結局。西鶴為什麼要把純真的愛情故事與姦夫姦婦事件放在同一書中加以描寫呢？首先，可以肯定這並非西鶴拘泥於真人真事的結果，因為〈一往情深的箍桶匠的故事〉的素材是一個強姦事件，而西鶴有意改寫成了一個通姦事件。我們知道，在一夫一妻制業已成為人類文明婚姻的基本形式之後，私通無論在封建社會還是在民主社會都不是、也不應該是被提倡的，這是一種不道德的行為，西鶴之所以要選取這類題材，意在反映町人階級自身生活中存在的過失與錯誤。在這裡，主人公的悲劇表現為另一種形式，正如車爾尼雪夫斯基所說，主人公「所以遭受毀滅或者痛苦是因為他犯了罪，或者犯了錯誤，……這樣就和主宰著人類命運的律令發生矛盾。……他們的性格就是這樣的，他們無法採取別的行動，他們的毀滅就是他們

本身的罪惡的不可避免的、必然的結果」[13]。事實上，這種犯罪事件在當時町人社會中多有發生。這是町人階級追求自由與享樂必然會帶來的消極的「附屬物」，是他們反抗舊的傳統觀念時出現的矯枉過正的現象，同時，這種行為必然為當時的道德倫理和法律制度所不容。這樣，悲劇便不可避免。這不但是歷史的悲劇，而且也是主人公自身的悲劇。

在這裡，西鶴對主人公的是非功過是帶有主觀評價的。他熱情地讚美私通事件發生以前主人公夫婦恩愛、和諧的生活，對主人公的私通，他直言不諱地加以否定和譴責，對他們的悲慘下場，又寄予了深切的同情。這不是站在封建法律制度一邊，而是站在主人公一邊，為之灑下同情的眼淚。這種較鮮明的主觀傾向性在西鶴的其他豔情小說中是罕見的。

西鶴早在其前期作品《西鶴諸國奇聞》（1685年）中就借作品中的人物之口表明了他的戀愛觀。他寫道：

> 既然生為人類，女人找一個男人，就是理所當然。我（封建諸侯「大名」的侄女——引者注）愛上了那位庶民子弟，緣分該是如此。我怎會不知世間何為不義呢？有夫之婦，再愛另外的男人，或者丈夫死後再尋後夫，才可以說不義。未婚女子，一生只有一個男人，不能說是不義吧？選中庶民子弟而結為夫妻，以前就有先例，我絲毫也無不義。

誠然，這還不是全面徹底的反封建觀念，但也包含著對封建傳統的某種程度的叛逆。如果說，卷一和卷四描寫青年男女相愛是這個戀愛觀的正面闡述，作者歌頌了主人公專一的、熱烈的、非門第觀念

---

13 《車爾尼雪夫斯基論文學》（北京市：人民文學出版社，1965年），中卷，頁59。

的、以雙方感情為基礎的愛情，那麼，卷二和卷三則從反面闡明了這個戀愛觀。按照這個觀點，阿選與長右衛門的私通、阿山與茂右衛門的私通都是「不義」的。西鶴一反《一代風流漢》中反理性、反道德的虛無主義態度，由遊戲式地、單純地肯定對享樂的追求，轉變為從倫理道德的角度嚴肅認真地反映町人的錯誤與犯罪。更可貴的是，西鶴正確地把握了封建道德與人類一般文明準則的區別，從而在當時嚴酷的封建統治之下，找到了町人的行為道德與封建倫理法律之間的一種「調和」方式。

再看卷五〈源五兵衛的戀愛故事〉。這個故事說的是一位名叫源五兵衛的男人與兩個同性少年相愛，兩少年先後暴死，源五兵衛十分悲傷，進山為僧。有一富家姑娘阿滿愛慕他，屢投情書不見回音，便女扮男裝找到源五兵衛。源五兵衛為阿滿的真情所動，於是同她結為夫妻。起初兩人曾靠賣藝糊口，後來家裡人找到阿滿，原諒她私自出走之過，並把巨額家產讓給他們夫婦，結果皆大歡喜。

這個故事的獨特之處在於：一是同性戀的描寫，二是以喜劇形式收場。

同性戀是個相當複雜的問題，並與文學有著很密切的關係。各個民族、各個歷史時期對它的道德評價是不一致的。古希臘羅馬人認為此事合情合理，並反映在文學和哲學著作中。波斯十三世紀大詩人薩迪在其名著《薔薇園》中也有正面描寫。《聖經》則視同性戀為不道德。中國明末清初時期也盛行「好男風」，大量明清小說均有表現。而在日本，同性戀一直是被允許的。[14]西鶴時代的同性戀則是在個性解放的文化背景下盛行的。〈源五兵衛的戀愛故事〉更多地帶有西鶴前期作品的那種遊戲傾向和客觀態度。西鶴對源五兵衛的行為不加褒

---

14 參見賴肖爾著，孟勝德、劉文濤譯：《日本人》（上海市：上海譯文出版社，1981年），頁150。

貶，只是兩個美少年先後突然夭亡，使人覺得有些不合常理。西鶴這
樣描寫似乎是想說明，追求這種同性之愛不會有任何幸福，它是短暫
和縹緲的，正如這一卷第三個標題所言：「男色不可求，殘花握手
中。」男女愛情才是值得追求的，而且會給人帶來幸福。因此，西鶴
將同性戀與男女之愛的結局作了鮮明的對比。

在《五個癡情女人》中，西鶴一反《一代風流漢》中的明朗樂觀
的基調，一再感歎人生如夢、浮世無常。他看到了町人社會時常發生
的禍難與毀滅卻又無可救助，因而陷入了悲觀主義與宿命論中。他筆
下的人物沒有明確的反抗意識，只有一些自發、消極的拂逆行動。他
們本來是作為封建統治階級的對立者產生發展起來的，但封建的思想
觀念又滲透到他們的深層意識中，所以，西鶴描寫的這些悲劇，既有
深刻的社會的、階級的根源，又有人物自身精神上的原因。意大利作
家薄伽丘的《十日談》產生於和《五個癡情女人》相似的歷史時代，
在《十日談》中，我們常常可以看到市民階級的主人公機智勇敢的反
抗和他們勝利後的喜悅，而《五個癡情女人》中的主人公更多的是悄
悄的行動和消極的逃避。由此我們可以看出日本町人階級的軟弱性。

如果說《五個癡情女人》片段地、截面化地反映了那個時代女人
的生活和命運，那麼可以說《一代蕩婦的自述》則是畫卷式地反映女
人一生遭遇的作品。

《一代蕩婦的自述》[15]（原名《好色一代女》）發表於一六八六年
六月，是繼《一代風流漢》之後的又一部長篇。書中採用無名無姓的
「一代蕩婦」自述的形式，其構思頗受中國唐代張文成《遊仙窟》的
影響。「一代蕩婦」天生麗質，被選入宮廷，但在宮廷靡爛生活的薰
染下，成為淫蕩生活的犧牲品。她十三歲就和宮中年輕侍從戀愛，事

15　見王向遠譯：〈五個癡情女人的故事〉，《井原西鶴小說集》（上海市：上海譯文出版
　　社，1989年）。

情敗露後被趕出宮廷。繼而做舞女，不久被選為某「大名」之妾，但因大名患病而被休掉。後來，因家中無力償還借款，便賣身為妓，作為高等妓女紅極一時。由於她過分矜持，怠慢客人，被降為中等妓女，再降為下等妓女。後來做過和尚的姘婦、町人和大名家的傭人、歌比丘尼、茶館和澡堂中的女招待、私娼、夜娼等三十餘種職業，其中大多是賣身和與賣身有關的職業。年老色衰後，她在寺院看到五百羅漢像，回顧一生遭遇，痛苦萬分，遂出家為尼，隱遁山間，終日念佛懺悔。

　　《一代風流漢》與《一代蕩婦的自述》分別從男女兩個方面描寫了人物好色生活的經歷，兩個作品具有許多共同點。在《一代蕩婦的自述》中，「西鶴似乎有一個特別的意圖，他要借一個主人公描寫出當代女性的所有風俗，這就是從女性的側面反映出社會風俗史，也是賣笑史」[16]。和《一代風流漢》中的世之介一樣，「一代蕩婦」是一種類型的人物的集合，西鶴主要不是把她作為個別、而是作為一般來描寫的。不過，《一代蕩婦的自述》也在許多重要方面顯示出了和《一代風流漢》的不同。首先，西鶴在這裡重視並反映了環境對人物的影響與制約。世之介大都是在一種超社會的氛圍中行動，而圍繞著「一代蕩婦」的卻是一個個真實具體的社會環境。這些環境或對她起潛移默化的作用；或使她觸景生情，不能自已；或使她束手就範，聽天由命。由於寫出了人物與環境的關係，「一代蕩婦」的個性色彩比世之介濃厚了一些。但是，西鶴未能正確地把握人物與環境的辯證關係，以至於時常出現性格與環境的游離，導致人物性格的二重分裂。如主人公多次懺悔，決心戒色，而在某種情形的刺激誘發之下，又屢屢故態復萌。有的日本研究者也指出，「一代蕩婦」的性格和心理發展使人感到缺乏一貫性，誠然如此。「一代蕩婦」是雙重性格的一個簡單

16　《好色一代女解說》，岩波文庫。

組合，靈與肉、道德與情欲兩個對立面始終未能在她身上達到有機統
一，處於一種分裂狀態。這種性格分裂的必然結果是「一代蕩婦」精
神失常以至發瘋。這恰好暗合了弗洛伊德關於精神病起因的理論。顯
然，「一代蕩婦」的那種不合邏輯的神經質的行為，只能用變態心理
學才能解釋。所以，總的看來，「一代蕩婦」的性格中含有較多的病
態成份。

　　出現這種情況是由西鶴的思想矛盾造成的。他在《一代風流漢》
中採用了道德虛無主義態度，浪漫化地寫出了理想的享樂生活。但當
他一旦把人物從他所設置的特殊的理想環境中安排到現實社會中的時
候，那種理想便與現實發生不可避免的衝突。從根本上說，西鶴不是
一個反道德主義者，可以說他是一個有道德追求的人。町人階級作為
一個新興的階級應該有哪些相應的道德倫理觀念和行為規範，西鶴從
《一代風流漢》中就開始了探討。後來的創作表明，西鶴否定了他在
《一代風流漢》中所持的道德虛無主義。他在《五個癡情女人》裡描
寫了町人的行為與封建倫理道德的衝突。他贊同町人對幸福與享樂的
追求，同時又以倫理道德來要求他們。可是，這種倫理道德絕不可能
超出封建主義的範圍。這樣，他既認同町人對自由享樂的追求，又不
可能使主人公在理智上確認一種新的倫理規範。這種不可調合的矛盾
集中體現在《一代蕩婦的自述》中。主人公時而放縱性欲，時而懺
悔；時而矜持自負，時而憂傷自悲；時而玩弄計謀、刻意報復，時而
自責自愧。如此反覆，直至終生。本能的要求與「良心」的懲罰始終
都在搏鬥，因而出現了「一代蕩婦」的二重性格的分裂。

　　還需要指出，「一代蕩婦」的情感放縱沒有建立在理性思想解放的
基礎之上。她的悲劇主要是精神的悲劇。這與近代資產階級文學中那
些表現類似主題的小說中的主人公們形成了鮮明的對比。如有島武郎
的長篇小說《一個女人》中的葉子是在解放了理性思想的基礎上解放
情感的，她有意識地、大膽地追求性自由和愛情自由，所以她在自身

精神世界上是統一、和諧的，她的悲劇主要不是由精神矛盾而是由自
我與社會的矛盾造成的，這與《一代蕩婦的自述》的情形大相逕庭。

　　在西鶴為數不多的長篇小說中，《一代蕩婦的自述》被認為是
「最成功的作品」，在日本影響很大。幾年前在中國北京舉行的「日
本電影週」上，根據《一代蕩婦的自述》改編的電影《西鶴一代女》
與中國觀眾見面後，也給人們留下了深刻印象。

　　總的來說，《一代風流漢》、《五個癡情女人》、《一個蕩婦的自述》
等豔情小說為我們形象地了解日本町人階級提供了不可取代的資料，
具有很大的認識價值。這些作品的主導傾向是與歷史的發展和進步相
適應的，尤其是與同時代的宣揚封建倫理道德的所謂「讀本」作家相
比，更顯得難能可貴。當然，西鶴畢竟生活於封建時代，他的思想難
免帶有封建的烙印，他的反封建意識是不明確和不徹底的。西鶴的豔
情小說的創作方法是遊戲主義的，這種遊戲主義作為日本古典貴族文
學尤其是傳統的個人內省文學的對立物，顯示出了叛逆的、開放的、
庶民化的傾向，但同時也反映出市井階層不健康的卑俗的審美趣味。

浮世之草，好色有道

—— 井原西鶴「好色物」的審美構造[1]

　　十七世紀初至明治維新之前的二百六十多年間，是日本歷史上的江戶時代（又稱德川時代），從文學史上看，相當於中國文學史上的明清時期，是文學世俗化的時代，這個時代最有代表性的文學家有三人，即俳人松尾芭蕉、戲劇文學家近松門左衛門、小說家井原西鶴。井原西鶴的「浮世草子」繼平安時代的《源氏物語》、鎌倉時代的《平家物語》之後，形成了日本古典小說的最後一個高峰，產生了很大影響。

一　井原西鶴、「浮世」與「浮世草子」

　　井原西鶴（1642-1693）出生於大阪的一個町人富商之家，父母早逝，繼承家業，青年喪妻、喪子，家庭不幸，彷徨苦悶，曾一度出家。將家業託付他人管理，遊歷日本各地，具有豐富的人生閱歷。十五歲時開始曾熱衷於俳諧創作，俳號（俳人的名號）「鶴永」，師從著名俳人、談林派的西山宗因學習俳諧，並改俳號為「西鶴」，特別擅長連續不停地飛速吟詠的所謂「矢數俳諧」，發表了《一日獨吟千句》（1675）、《俳諧大句數》（1677），編輯俳諧集《飛梅千句》（1679）等，但由於他的俳諧只追求句數，不免粗製濫造而招致了批評否定，

---

[1]　本文是王向遠譯井原西鶴作品集《浮世草子》（上海市：上海譯文出版社，2016年）的譯本序；另刊于《東北亞外語研究》（大連），2016年第3期。

四十一歲時便轉向了小說創作。

　　那時，日本流行的市井通俗小說一般稱作「假名草子」。「假名」指的是日本字母，「草子」即「冊子」、「書冊」之意，「假名草子」就是主要用假名書寫的通俗小說。由於讀者是文化水平不高的一般町人，所以作品幾乎全用假名書寫，很少用漢字漢詞，故稱「假名草子」。西鶴在世時，他的小說還被稱為「假名草子」，如北條團水在為西鶴晚年的作品《西鶴織留》所寫的序言中，就稱《西鶴織留》為「假名草子」。西鶴去世後十餘年，即十八世紀初，人們開始用「浮世草子」來稱呼西鶴的小說。當時的評論家之所以稱西鶴的小說為「浮世草子」，一方面是因為西鶴作品獨具特色、且影響日益增大，「假名草子」這一概念已經難以涵蓋，另一方面是西鶴的作品總體上也確實體現了上述的「浮世」觀念，而且他的作品中經常大量使用「浮世」一詞，也有「浮世女」、「浮世比丘尼」、「浮世狂」、「浮世寺」、「浮世小紋」等詞組。現在看來，所謂「浮世草子」，是以井原西鶴為代表的描寫江戶時代町人社會生活、世相風俗的通俗小說，在性質上有似中國的「三言兩拍」。

　　「浮世」，本來是漢語，指的是飄浮無定的人世，也就是現實的人間社會，後來日本人在佛教的層面上使用「浮世」，相當於漢語的「塵世」這個詞，但作為島國環境中的日本人，不像乾燥環境的大陸人對「塵世」之「塵」的感受那麼深切，倒是對飄浮不定、流蕩無著的流水，有更深的感受，所以不使用「塵世」一詞，而更傾向於使用「浮世」。所謂「浮世」，既有「浮塵之世」，又有「浮華之世」的意思。「浮塵之世」含有佛教的厭世觀念，與佛教的「塵世」、「憂世」同義；「浮華之世」則表現了經濟繁榮、商業發達的江戶時代町人（城市工商業者）階層的世界觀，包含著町人的享樂意識乃至「好色」的追求，是佛教的虛無主義與町人的現世主義的矛盾統一。

　　「浮世」，西鶴在作品中有時簡化為「世」，表現了西鶴對町人現

實世界的一種本質的認識，「浮世」就是「無常之世」。這個世界是無常的，起伏榮衰、生死無定，全是宿命。西鶴「好色物」在有關作品的開頭結尾，一般都會發出這樣的感慨。這既是佛教思想影響的表現，也是町人的人生閱歷的總結。在江戶時代的士農工商「四民制」（四個等級）之下，作為工商階層的町人處在社會最下層，沒有什麼社會地位，屬於草根階層。他們不像貴族那樣有權威，不像武士那樣有權利，而且，貴族武士階層如果不是趕上幕府政權更替，是相對穩定的。而町人所直接從事的工商業活動，除了靠個人本事、努力之外，還取決於市場、取決於社會環境，風險和變數都很大。井原西鶴在專門描寫町人經濟活動的「町人物」中，描寫了町人是如何在發家致富和傾家蕩產之間劇烈變動的悲喜劇，充滿著令人無奈的偶然，使他們痛感在「浮世」上的「無常」。為了在無常中追求相對的「有常」，町人們就拼命勞作，努力賺錢，尋求安全感。

在西鶴筆下的町人們看來，人既然生在「浮世」，既然是生於「浮世」之草，就要及時行樂，享受生活；要享受生活，就要有錢；要想有錢，就得賺錢。這就是町人樸素的「浮世」人生觀，也是貫穿「浮世草子」中的基本思想。西鶴在專門描寫町人經濟生活的《日本致富經》開篇第一段就有這樣一段議論：

　　人生第一要事，莫過於謀生之道。且不說士農工商，還有僧侶神職，無論哪行哪業，必得聽從大明神的神諭，努力積累金銀。除父母之外，金銀是最親近的。人之壽命，看起來雖長，也許翌日難待；想起來雖短，抑或今夕可保。所以有人說：「天地乃萬物逆旅，光陰乃百代過客，浮世如夢。」人也會化作一縷青煙，瞬間消失。若一命嗚呼，金銀在冥土有何用處？！不如石塊瓦礫。但是，把錢積累下來，可留給子孫使用。
　　私下想想，世間一切人的願望，不使用金錢就不可能實現。用

金錢無法買到的東西，天地間只有五種，那就是萬物之本的
地、水、火、風、空，此外別無他物。所以，世上勝過金錢的
寶物是不存在的。[2]

這樣的「浮世」觀建立在佛教基礎上，含有一種淡淡的虛無主義
和悲觀主義，也含有及時行樂的必然邏輯。在西鶴看來，活在「浮
世」，必須賺錢，但賺錢本身並非最終目的，除了留給子孫之外，就
是享受「浮世」之樂。「浮世」之樂是什麼呢？無非吃喝玩樂。而最
大的遊興和樂趣，無非是「好色」。這種「浮世」觀也決定了「浮世
草子」。西鶴對兩大主題和題材著力最多，一是對町人的「好色」即
愛欲生活的描寫，叫作「好色物」（「物」即「題材」或「作品」的意
思），代表作是《好色一代男》、《好色二代男》、《好色一代女》、《好
色五人女》等；二是專寫町人的經濟活動或經濟生活，叫作「町人
物」，可以說屬於「經濟小說」，代表作是《日本永代藏》、《世間胸算
用》、《西鶴織留》等。「好色物」和「町人物」在西鶴的「浮世草
子」中最重要、最有特色，本書所選譯的，正是這兩類作品的六部代
表作。此外，還有以武士為主人公的「武家物」（代表作是《武道傳
來物語》），以講述各地奇聞異事的「說話」（代表作有《西鶴諸國奇
聞》）等。

二　西鶴的「好色物」

發表於一六八二年的長篇小說《好色一代男》（可譯為《一代風
流漢》）是西鶴的第一部小說，也是「好色物」代表作。《好色一代

2　井原西鶴著，王向遠譯：《五個癡情女子的故事》（小說集）（上海市：上海譯文出版
社，1994年），頁165。

男》分八卷五十四章，以編年體形式描述了主人公世之介一生愛欲生活的經歷。世之介是一個色鬼與島原的太夫（高級妓女）的私生子。七歲就懂得戀愛。在那年夏天拽著一個女傭的袖子說：「你不明白戀愛要在暗處搞嗎？」從這時至十九歲期間，他與上了年紀的女傭人、表姐、有夫之婦及各種妓女發生關係。十九歲那年，父親因見他放蕩過度，一氣之下斷絕了父子關係。世之介一邊做些小買賣，一邊浪跡四方，追求色情享樂。三十四歲時，父親去世，世之介回家繼承了巨額家產。其後憑藉金錢的力量，更加為所欲為。在京都、大阪、江戶三城與第一流的名妓結交。六十歲時，他已對狹小的日本失去興味，便約好友七人，乘所謂「好色丸」船，到「女護島」追求新樂去了。繼《好色一代男》之後，西鶴又發表了《好色二代男》（1684）、《好色五人女》（1686）、《好色一代女》（1686）、《男色大鑒》（1687）等豔情小說。其中，《好色二代男》可以看作是《好色一代男》的續篇，但相對獨立，更進一步表現了西鶴的「好色」觀念。《好色五人女》收有五個短篇，有四個短篇以當時社會上發生的真實事件為素材，描寫了主人公的愛情和婚姻悲劇，比較深刻地觸及到了町人階級的生活欲望與現實之間不可調和的矛盾。《好色一代女》則描述了一個女人充滿辛酸的賣笑史。

　　「好色」是個漢語詞，《論語》中就有「吾未見好德如好色者也」一句，早就傳到了日本。日本式的表達方式是「色好み」，兩個詞的意思完全一樣。這個詞在中國文化語境中，在漢語的語義情感判斷中，無疑是個貶義詞。但是在日本，「好色」卻是個中性詞，至少到了近世時期，隨著對日本「國學」及對「好色」之書《源氏物語》研究的深入，「好色」甚至變成了一個褒義詞。在意義上接近「風流」和「風雅」。此外，在漢語中，「好色」一般只就男性而言，但在日語中，既可以說男人「好色」也可以說女人「好色」，於是就有了西鶴的《好色五人女》和《好色一代女》。這樣一來，日語中的「好

色」一詞，就基本上剔除了漢語中的否定的道德價值判斷，而僅僅是一個情感狀態的描述性詞彙。

　　從社會倫理上理解「好色物」，當然是一個不可缺少的重要層面。若從否定的立場上說，無論是哪個國家、哪個時代，嫖妓賣淫都不能謂之高尚，甚而可以說是一種墮落和糜爛的生活。這樣的站在道德批評立場上的評判是最為簡單、最為省事的。然而，另一方面，西鶴的「好色物」是站在「好色」本身的立場上的，正如日本學者阿部次郎所說：西鶴的「戀愛觀中缺少狹義上的倫理的要素」[3]，因而在其「好色物」中，道德倫理意識是整體缺席的，這與中國明清小說中的類似作品如《金瓶梅》、《肉蒲團》中無處不在、君臨一切的倫理道德，形成了鮮明對照。既然缺乏倫理道德意識，那麼研究和評論者從倫理道德角度加以考察，就不免有緣木求魚之嫌了。當然，從正面的、肯定的角度說，在西鶴的「好色物」中，即便是花街青樓賣淫與嫖妓的男女，也有真摯的愛情存在。事實上西鶴寫了許多這樣的故事，然而他們最終都被金錢社會、道德社會所毀滅。從這裡就可以看出西鶴對社會現實直接、間接加以否定的一面，這也是其作品的價值之所在。以上即是站在「社會學批評」的立場上所能得出的一般看法。

　　或者，再進一步，用辯證唯物主義與歷史唯物主義的觀點來考察，如筆者在近三十年前所寫的一篇文章中所說的那樣：《好色一代男》等作品，「未能在積極的意義上產生自覺的反封建意識，但它所體現的反理性與反道德的傾向，卻是對傳統封建道德的一個衝擊。……西鶴所描寫和表現的固然是一種『惡劣的情欲』，但從歷史發展的角度看，它在反封建的最初階段上，起到了一定的積極作用。西鶴肯定人的情欲追求，是在物質本能意義上發出的解放個性的先

3　阿部次郎著，王向遠譯：〈江戶時代的文藝與色道〉，見《日本意氣》（長春市：吉林出版集團，2012年），頁182。

聲。當封建的理學思想在日本江戶時期占據統治地位的時候，這種解
放情欲是與『存天理，去人欲』的封建觀念相對立的。」[4] 然而，雖
然這些觀點在今天看來依然不能說是不靠譜的，但這卻不是西鶴本
人的創作意圖，而是我們的「後見之明」。這樣的評論只能是外圍上
的清理作品，卻難以穿透作品。對於「好色物」，還是要從日本獨特
的「好色」觀念、「好色」美學乃至「色道」中尋求理解。

　　據日本著名學者中村光夫在《「好色」的構造》一書中的看法，
在平安王朝時代初期，由空海大師從中國傳到日本的佛教真言密宗及
其經典《理趣經》，將男女交合視為神聖之事，帶有印度思想的強烈
印記。當時的宮廷貴族受真言密宗的很大影響，「按當時的真言密宗
及其經典《理趣經》的看法，男女性欲本來是『清淨』的東西，男女
交媾時進入恍惚之境，使人獲得了在人世中的最高的自由，達到了菩
薩的境地，在性欲高潮的瞬間，便進入了控制這個世界的超越的心理
狀態，也就是達到了解脫的境地」。同時，根據從中國傳入的漢醫學
而匯集編纂的《醫心方》等性學書，在王朝貴族中也流傳甚廣，使得
當時的日本人更多地從自然與養生的角度看待男女與好色問題。[5] 例
如紫式部在《源氏物語》的〈夕霧〉卷中，借源氏之口議論說：「多
麼大好的年華啊！真是人生中最光輝的時候，幹出那種風流好色之
事，別人也不該說什麼，鬼神也會原諒他。」[6] 中世紀僧侶作家吉田
兼好在《徒然草》中也認為，不好色的男人，就像一個沒有底的玉
杯，是好看而又不中用的東西。一些本來是禁欲修行的和尚，也以
「好色」為榮，花和尚的風流破戒，成為日本文學作品所津津樂道的
話題，尤其是室町時代一位名叫一休（一休宗純）的和尚，以其風流

4　王向遠：〈井原西鶴市井文學初論〉，載《北京師範大學學報》1988年增刊，頁11。

5　中村光夫：《好色の構造》（東京：岩波書店，1985年），頁108-109。

6　轉引自本居宣長著，王向遠譯：《日本物哀》（長春市：吉林出版集團，2010年），
　　頁81。

好色的行徑與詩篇，而被人廣為傳頌。到了江戶時代，在町人享樂風氣的帶動下，人們對於「好色」持更為寬容開放的態度，例如「俳聖」松尾芭蕉在〈閉關之說〉一文中寫道：「好色為君子所惡，佛教也將色置之於五戒之首。雖說如此，然戀情難舍，刻骨銘心。……戀情之事，較之人到老年卻仍魂迷於米錢之中而不辨人情，罪過為輕，尚可寬宥。」[7] 他認為老人沉溺於戀愛比沉溺於金錢要好得多。

　　然而在「浮世」中，在現實生活中「好色」，並不是輕而易舉的事情。西鶴的《好色五人女》描寫的五個「好色女」的故事，除了最後一個以喜劇收場外，都是為了「好色」而付出了慘重的、乃至生命的代價。這些「好色」有的是有夫之婦的出軌，有的是青年男女的戀愛，但結果卻都是悲劇性的。《好色五人女》表明：在現實生活中，社會倫理道德乃至法律習俗，對男女的「好色」構成一張防範和懲治的大網，一旦觸動這張大網，就要釀成災禍。即便在性道德相對寬鬆的日本，情況也是如此。《好色五人女》似乎說明了：「好色」不能是無條件地社會化，「好色」必須是有空間制約，有條件限制的。換言之，好色必須有其「道」。

　　在日本，江戶時代是一個求「道」最殷切的時代，幾乎所有傳統技藝都被「道」化。例如武士有了「武士道」，插花有了「花道」，劍術有了「劍道」等等，「好色」也不例外。當「好色」堂堂皇皇地入了「道」，便有了專門闡述色道的著作，如藤本箕山的《色道大鏡》，還有《濕佛》、《豔道通鑒》、《心友記》等等。所謂「色道」，概言之就是為「好色」設定前提和條件，具體而言就是把「好色」行為侷限在花街柳巷中，在此基礎上，對「好色」加以倫理上的合法化與道統化，哲學上的體系化，形式上的藝術化，價值判斷上的美學化，從而

7　松尾芭蕉，王向遠譯：〈閉關之說〉，見《日本古典文論選譯》（北京市：中央編譯　　出版社，2012年），古代卷下，頁399。

使「色」這種「非道」成為可供人們追求、修煉的，類似宗教的那種「道」，而只有成其為「道」，才可以大行其「道」。

那麼，西鶴的「好色物」是怎樣表現從「好色」中修煉「色道」的呢？根據藤本箕山《色道大鏡》及《色道小鏡》的要求，進入「色道」正如進入佛道一樣，是需要一步步修行，方能最終登堂入室。藤本箕山仿照《法華經》「二十八品」，將「色道」的修煉過程分為由低到高的二十八個品級。總體上就是先滿足好色之欲，甚至是過度滿足（用日語表達就是「滿足以上」），然後厭膩、超越。《色道小鏡》中的色道二十八品的最低等級，是沉溺於好色而難以自拔，然後逐漸在好色中加強自身修煉，在花街柳巷的交際中熟悉規矩規則，逐漸做到舉止瀟灑，應對自如，樂而不淫，持之有節，到最後看透了男色女色，能夠入乎其內、超乎其外，在「好色」中徹底悟道，「悟到此處的人，捨棄已有的修煉大功，而不再踏進青樓之門，是『即心即佛』也！」[8] 井原西鶴在《好色一代男》和《好色二代男》中，都提到或援引了藤本箕山的著作，可以看出在色道方面，西鶴是深受其影響的。

事實上，西鶴的「好色物」系列作品，彷彿是就是在「色道」修煉的不同階段展開的。最早的《好色一代男》處在色道的初級階段上，主人公世之介一生沉溺於好色，到了老年，也只是對日本之色感到厭膩，而對外部的世界仍充滿躍躍欲試的探求欲望。可以說「一代男」只是好色，只是享樂，而沒有達到「色道」。到了《好色二代男》中的「世傳」及其他好色人物，則進入了較高的層面。他們仍然沉溺於好色，並且悟到「浮世」之中沒有比「好色」更高的享樂了，沒有比妓院的「太夫」更好的女人了。但與此同時，似乎少了些「一代男」那樣的以肉欲驅動的瘋狂與亢進，對花街柳巷、人情世故的冷

8　藤本箕山著，王向遠譯：〈色道小鏡〉，見《日本意氣》（長春市：吉林出版集團，2012年），頁245。

靜觀察，甚至常常對好色表現出悲觀的態度。同時，更多地表現男女
交往中各自的心性與審美的修養，強調好色中的精神層面的重要，欣
賞那些作為花魁、作為當代都市文化之風向標的「太夫」們的美的言
行與舉動，並有意識地接受她們的薰陶。這些都屬於「色道」的修
煉。在這樣的薰陶與修煉中，那些原本來自小地方，雖有錢但見識不
多的嫖客們，便逐漸由拙笨的、土氣的、或半土不土（所謂「半可
通」）的人，變成了在妓院的複雜人際交往中，在熙熙攘攘的大都市
中，能夠得心應手、禮貌有節，善解人意，不卑不亢行事的「通
人」，再進而變成內外兼修的「帥人」。所謂「帥」，是當時「色道」
中最高的價值判斷用詞，西鶴「好色物」中通常寫作「帥」，讀作
「すい」（sui），也讀作「いき」（iki），江戶時代其他相關作家也寫
作「粹」或「意氣」。「帥人」其實就是從內到外都把握了「色道」真
諦的人，就是將妓院中的買笑賣笑的功利關係轉變為審美關係的人，
就是把花街柳巷變成審美場所的人。「帥人」對「太夫」的關係不能
以婚姻為目的、指向，不能動不動就想把自己中意的太夫娶回家中為
妻，而只是「遊」（遊玩消遣），只是尋求「慰」（撫慰、慰藉），並且
把「遊」和「慰」變成有規則規矩的、有審美價值的行為。這不僅是
一般的色道修煉的標誌，而且是色道修煉到相當高度的表徵。從這個
角度看，《好色二代男》比《好色一代男》更多地體現了西鶴的色道
觀，因而學者們在闡釋色道的時候，也更多地援引《好色二代男》中
的案例和描寫。

　　相比於「一代男」世之介六十一歲仍去海外做漁色冒險，「二代
男」世傳卻在三十三歲的盛年便「大往生」，解脫了。《好色二代男》
的最後一卷的最後一節這樣寫道：

　　　　二代男將三十三歲的三月十五，作為在世間的最後期限。沒有
　　　後嗣，一切都花光用盡，以便得以大往生。這樣做，是為了告

訴那些享盡世間奢華的男人：事物是有限度的。
一位知情的和尚說：「二十歲以前的遊樂，都是進入色道的階
梯。」然後在下一個十年，才能達到登堂入室的境地，才能欣
賞太夫的可貴可愛之處。假如四十以前不適可而止，那就會陷
入無盡的深淵。

　　作者說「二代男」是「大往生」了，就是死了。但究竟是病死的
還是自殺的，並沒有明寫。但這似乎不重要。顯而易見的是，作者讓
二代男在三十三歲上，即在「四十歲以前」，以這種「大往生」的方
式解脫而進入「色道」。
　　如果說《好色一代男》是以莫名其妙的方式通過早夭擺脫了「好
色」而入了「色道」，那麼以「好色女」為主人公的《好色一代女》，
則通過「一代女」一生的好色體驗和履歷充分表現了懺悔之情。「一
代女」是一個在好色人生中隨波逐流，一輩子都沒有入「道」的人，
到了六十歲後，才隱遁山中，從早到晚念佛，並且面對前來請教的三
個男子，懺悔了自己好色的一生。這也算是一種悟道和入道了。
　　總之，西鶴「好色物」，從《好色一代男》到《好色二代男》，再
到《好色一代女》，都有一個由「好色」的沉溺到好色的解脫的過
程，而貫穿其中的即是「色道」。「浮世」的快樂莫過於「好色」，但
「好色」須有「道」，「色道」就是將「好色」加以特殊限定，就是要
好色者領悟到「好色」的可能與不能，入乎其內出乎其外，成為有
「色道」修煉，有人生修養的「帥人」，最終洞察人生、超脫浮世，
使「好色」有助於悟道和得道。這就是西鶴「好色物」的真義。

三　西鶴的「町人物」

　　西鶴是町人出身，對町人的生活十分熟悉，他寫「好色物」實際

上寫的是町人，而以「町人」的商業生活為題材的「町人物」寫的當
然也是町人，讀者對象，也主要鎖定町人。

　　日本町人作為一個「階層」，是城市生活的產物，日本中世時代
的商人與所謂「町眾」則是其前身，而作為一個獨立的「町人階
級」，則形成壯大於十七世紀至十九世紀中期的江戶時代。江戶時代
的町人是屬於「士農工商」四民制身分等級中的「商」，與歐洲中世
紀後期、近代初期的市民階級有相似之處。但是日本町人在四民制的
身分等級中，形成了自己的特點，就是不依附官吏（貴族武士）、不
與官吏勾連、不做「官商」（這一點與中國傳統商人「升官發財」、
「發財升官」的哲學大相逕庭），只服從官府法律，而不認同、不踐
行官方倫理道德，特別是不認同武士統治階級提倡的禁欲主義即「清
貧」的哲學，而提倡適當享樂人生的反禁欲主義。在這樣的條件下，
町人有著明確的身分自覺與社會定位，就是不關心政事，不羨慕權
力，而只把追求財富金錢、適度消費與享樂作為人生價值實現的目
標，因而提倡重商主義的倫理，而在經商牟利中，又提倡以「誠」
（誠實、信用、率直）為中心價值觀，以精打細算、勤儉持家為榮的
商業道德。由此，產生了一大批町人階級自己的思想家、哲學家，如
西川如見、石田梅岩、富永仲基、山片蟠桃、海保青陵等；產生了自
己的文學藝術家，如井原西鶴、近松門左衛門、喜多川歌麿等。他們
都從不同方面闡釋、宣揚、表現町人的思想哲學、倫理道德與審美意
識。而井原西鶴則是文學領域町人思想與行為的最重要的描寫者和表
現者。

　　發表於一六八八年的《日本永代藏》是西鶴「町人物」的代表作
之一。題目中的「永代」，有「永遠」、「世世代代」的意思，「藏」是
「庫房、倉庫」，又可引申為「財富」的意思，「日本永代藏」意即
「日本永遠富有」，亦可以譯為「日本致富經」。

　　《日本永代藏》全書共五卷二十章，由許多小故事合成。其主觀

意圖是講述町人的成功訣竅及失敗教訓，以供世人借鑒。在西鶴看來，町人要發家致富，首先必須經商，這表現了他濃厚的重商主義思想。《日本永代藏》卷六第五節強調：「家世和血統無關緊要，對町人來說，只有金銀才是氏系圖。即使有大官顯貴的血統，而住在蓬門篳戶，窮困潦倒，那就不如一個耍猴的人。總而言之，町人希冀大福大貴而成為財主，是頭等重要的事情。」西鶴認為，善於經商是立身之本，處世之第一要諦，也是町人最可貴的才能。作為町人，即使對各種雕蟲小技十分精通，也無益於生計。只有會撥算盤，記好帳目，能識別銀質好壞才有出息。因此西鶴極力提倡町人的道德倫理主要有三：一是勤奮節儉，二是精打細算，三是聰明才智，四是誠實守信。關於勤奮節儉，西鶴筆下的成功者都是從點滴做起，靠勤奮節儉逐漸致富的。破產者也是由於奢侈過度、吃喝嫖賭所致。勤奮節儉的精神，為日本人民世代發揚光大，成為日本實現現代化並躍入發達國家的重要因素之一。「精打細算」即所謂「算盤精神」，也是由日本町人階級首創，並在《日本致富經》中得到集中具體的反映的，它已成為日本國民性格的一個重要的組成部分，並深深地影響了現代日本人。精打細算的算盤精神又與重視個人的聰明才智是相輔相成的。福澤諭吉指出，古來日本人所謂道德，含義非常狹窄，不包括聰明才智在內。[9] 把聰明才智作為對町人的一項基本要求大加提倡而首先發聲者，或許就是西鶴了。強調個人的才智，也就是強調個人的作用和價值，本質上是與封建的等級身分觀念不相容的。關於「誠實守信」的商業道德《日本永代藏》用了正反兩方面的許多例子，反覆加以申明，縱有勤奮節儉、精打細算，聰明才智，但若沒有商業道德，最終也將一敗塗地，不得長久。卷四第四節強調：「因為有利可圖，用廢

9　福澤諭吉著，北京編譯社譯：《文明論概略》（北京市：商務印書館，1959年），頁75。

棄的東西以假亂真撈取金錢，用冒牌貨騙人、用不正當手段娶來帶有
陪嫁錢的女人，借的寺院祠堂的錢因破了產就不予償還，參加賭博，
購買毫無用處的礦山，強賣人參，有夫之婦與其他男人通姦以取得錢
財，套狗剝皮，買來嬰兒卻讓其餓死，撈取溺死者脫落的頭髮而賣給
假髮店，如此等等的勾當，雖說是為了生計，但做違背道德之事，一
時享用卻難以長久度世。這些事一旦染身，就不知自己的所作所為有
多麼惡劣，這實在是令人切齒。所以，過日子還是應當循規蹈矩，這
樣才不愧為人。試想，人的一生只有短短的五十年左右，只要不做惡
事，做什麼不能生活呢？」

在《日本永代藏》中，也表現了西鶴町人思想中許多矛盾之處。
他希望町人在金錢的世界中找到自己的位置，以便與特權階級抗衡。
同時，他卻找不到町人階級在經濟上的獨立發展的道路。西鶴看到了
金錢的巨大作用和威力，他指出那個時代是「銀生銀」的時代，也詳
細描寫了放債、借債及利息，還有交易所、兌換所等方面的情形，並
對高利貸資本贏利予以肯定，但他尚未看到高利貸資本對町人社會的
消極作用，他的有關主張只是為少數上層町人服務的。西鶴所提倡的
倫理道德觀，基本上是以獲得金錢作為價值標準的。這樣，他一方面
主張「正直」，譴責不義之財和投機取巧；另一方面又認為靠正常手
段不能致富，有時不免津津樂道於運氣、機遇、偶然性甚至旁門歪
道。他既主張町人要靠自己勞動，又認為家裡不雇傭人不體面，表現
出剝削意識；他既主張勤奮努力，不得懈怠，又認為四十五歲以後可
以閒居，吃喝玩樂，頤養天年；既提倡技術改良與發明創造，又認為
像研製鐘錶那樣耗費三代人時光，對過日子不合算，還反對購買和開
採礦山，表現出濃厚的小農意識和急功近利的實惠主義觀點。這些積
極與消極、進取與保守的矛盾，都反映了日本町人階級的特質，反映
了歷史時代的侷限性。

一六九二年，西鶴發表了另一部描寫町人經濟生活的作品《世間

胸算用》（一譯《處世費心思》）。這是西鶴晚年的不朽名著，標誌著
他在創作上的新的飛躍。小說由五卷二十個故事構成，副標題是「除
夕日一日值千金」。小說以一年中經濟生活的結算日——除夕日為背
景，描寫了町人，主要是中下層町人的生活情景。除夕前後對町人來
說是一道難以逾越的關口。他們要在此間進行收支結算，要收回或支
付利息和欠帳，還要花錢購物準備過新年。總之，這是町人生活中最
重要的日子，也是頗「費心思」的日子。西鶴抓住了這個典型環境，
也就是抓住了為金錢所左右的町人社會生活的核心。

　　《處世費心思》是《日本致富經》在邏輯上的必然發展。如上所
述，《日本致富經》強調「銀生銀」的高利貸的作用，並把它作為致
富的主要手段之一，這當中包含著不可迴避的矛盾。《外世費心思》
對由此產生的矛盾進行了集中而具體的揭示、描寫和反映。在這裡，
首先是債主與債戶雙方的矛盾鬥爭。討債者四處出動，有的態度強
硬、咄咄逼人，有的精心策劃、巧施計謀、欲擒故縱、無孔不入。而
債戶更是狡如兔狸，絞盡腦汁對付債主。或蠻不講理、賴帳不還；或
外出躲避、逃之夭夭；或施偷樑換柱之計，互換男主人以矇騙要債
者；或夫婦佯裝吵架以拒債主於門外；或磨刀霍霍、裝瘋賣傻藉以嚇
人。債主與債戶的金錢之戰，在西鶴筆下繪聲繪色，精彩生動。這一
切都說明，高利貸資本固然對傳統生產方式起了一定程度的破壞和瓦
解作用，但它加劇了町人階級的貧富兩極分化。正如西鶴所指出的，
這世界是窮人的地獄，富人的天堂。雖有家藏萬貫的富商大賈，但更
多的是窮得難度年關的下層町人。小說中有貧困潦倒而耍無賴的「浪
人」（失去主子的流浪武士）之妻；也有為了糊口丟下嬰兒而給人家
當乳母的婦女；有鋌而走險、攔路搶劫的浪人，也有因借不到錢而被
妻子趕出家門的跑腳商。

　　還需要指出的是，西鶴在《日本永代藏》和《世間胸算用》中，
還寫到了對中國的看法及中日兩國的商業往來及文化交流。《日本永

代藏》卷五第一節中說:「中國人平心靜氣,從容不迫,處理家業也不忙忙碌碌、急於求成。伴隨琴棋詩酒度日,秋天在濱邊賞月遊玩,春天去山裡觀看海棠開放。三月的節日也不提前準備,過得悠閒自在。這是中國人的風俗習慣。在日本,若想仿效這種做法,是毫無道理的愚蠢行為。」表明了中日兩國的差別意識。西鶴還在許多地方表達了對中國人的好感,讚揚中國商人「正直」,批評日本某些商人在對華貿易中投機取巧、弄虛作假的行為。例如《日本永代藏》卷四第二節寫道:「中國人是正直的,他們絕不自食其言。在捲起來的絲綢裡面沒有以次充好、以假亂真之類的事情,中藥材之中不摻雜物。木是木,銀是銀,分得一清二楚,哪一年去取也不會有變。而狡猾的卻是日本的商人。針的長度越來越短,織布的寬幅越來越窄。雨傘上不塗油,無論如何都以省錢為第一;貨賣出去不承擔責任,只要自己淋不著,甚至可以讓親爹親娘赤著腳在大雨滂沱中行走。什麼事都是雁過拔毛,撈它一把。」並以在菸草中兌水增加分量欺騙中國商人,卻被中國商人識破,而自認倒楣,以此強調,「騙人是長久不了的。倘若正直,神也頷首;倘若潔白無瑕,佛也安心。」《世間胸算用》卷四第四節:說到一些日本的精明商人「枕邊離不開算盤和小帳本,終日挖空心思,想方設法企圖欺騙中國人中的馬虎人,做筆漂亮的生意。可是,如今的中國人也學會使用日語了,即便有多餘的銀子,除了以房產抵押以外概不出借,而且他們認為首先應購置合算的房產。所以中國人也不是賺大錢的對象。況且日本人在一般的事情上要心眼兒,無孔不入,中國人是不會淨讓日本人賺便宜的。」此外,他還提到了中國的生產業技術對日本的吸引力和影響力,例如南京的「金餅糖」及其生產方法。

從世界文學史上看,西鶴的「町人物」即「經濟小說」,是十分獨特的。在印度古典文學例如《五卷書》中,在阿拉伯的市井故事集《一千零一夜》中,在西方古典文學中例如薄伽丘的《十日談》、喬

叟的《坎特伯雷故事集》中，在中國的「三言兩拍」中，都有商人及
經商的描寫，但像西鶴的《日本永代藏》、《世間胸算用》、《西鶴織
留》這樣的通篇專門以商人的經濟生活、經商活動為題材、為主題的
作品卻是十分罕見的，西鶴的「町人物」在世界古典文學中可謂獨樹
一幟。對日本近現代文學也產生了深遠影響。二十世紀後半期在日本
很繁榮的「經濟小說」可以說是西鶴「町人物」的現代發展。在東方
各國的傳統社會中，為什麼只有日本出現了作為社會上一個特殊「階
級」（等級）的「町人」，並且出現了像石田梅岩、富永仲基那樣的町
人思想家或哲學家，井原西鶴與近松門左衛門那樣的町人文學家藝術
家？日本的「町人」與歐洲的市民、與中國明清時代的商人，有哪些
相同不同之處？這些都是饒有興趣的課題，而井原西鶴的「町人物」
不僅是我們欣賞閱讀的作品，也是日本歷史文化、比較文化與比較文
學的重要文本。

四　西鶴小說藝術的特色與審美價值

　　西鶴的文學，不僅題材主題上極富特色，而且藝術上也極有特色。
　　西鶴小說的藝術，與物語、和歌等日本傳統文學是密切相通的。
日本傳統文學的一個顯著特點，就是多寫兒女人情，表面上看沒有什
麼博大精深的氣象，沒有什麼耐人尋味的寓意，無非男歡女愛、風花
雪月，貌似很簡單，很好懂，但是它又很日常、很原態、很人性、很
情緒，與既定的觀念、與通行的道理、與社會政治、與倫理道德離得
很遠。讀者無法套用現成的道理、觀念來加以理解與說明，這就容易
造成一種感覺：乍看上去淺顯，甚至叫人無話可說，但要真正弄懂
它，徹底說透它，實在很難。在一千多年前平安王朝時代的文學，這
種情況就很明顯了。例如古典名著《伊勢物語》作為短篇物語集，均
由兩三百字的男女戀愛的小故事加一兩首和歌構成，簡單得不能再簡

單了，但是反而叫人覺得簡單得不簡單；著名的《源氏物語》在剛介
紹到中國的時候，中國讀者也覺得此書結構鬆散，篇幅雖相當於《紅
樓夢》，實際上是多個短篇故事的連綴，而且寫喜劇不夠滑稽搞笑，
寫悲劇不夠悲愴深刻，過於平淡無味了。但如今細心的讀者卻發現，
《源氏物語》的平淡實則是表面的現象，自然天成而不著痕跡的簡
單，比起一看上去就是刻意精心的結撰，更叫人有感而難言。與《源
氏物語》齊名的清少納言的散文集《枕草子》，無非是寫一個敏感的
女性在宮廷中的狹隘的見聞與感受，而且在論事論人寫景抒情的時
候，張口一個「をかし」（有趣），閉口一個「をかし」，絮絮叨叨
的，但仔細讀去，卻覺得絕不是「淺顯」、「單調」或「絮煩」可以概
括的。

　　日本文學從平安時代的《伊勢物語》、《源氏物語》、《枕草子》
等，發展到室町、鎌倉時代僧侶與武士的文學，再發展到江戶時代的
市井文學，在作者階層、作品類型等方面的構成發生了很大變化，但
有一點是始終未變的，那就是外貌的單純簡單，而且簡單得變本加
厲。例如，三十一個字音的「和歌」，到江戶時代演變成了將和歌的
「發句」（首句）加以獨立成體的十七字音的俳諧（俳句），成為世界
上最短小的詩體；在小說方面，雖然江戶時代出現了《八犬傳》那樣
的結構相對「複雜」的所謂長篇「讀本小說」，但那是直接學習了中
國明清小說寫法的。本來，在平安王朝時代就出現了的敘述技法高度
成熟的《源氏物語》的基礎上，後來的作家有可能變得更「複雜」
些，但事實上江戶時代除了讀本小說之外的其他市井文學固然在人物
設置等細節方面也受到了《源氏物語》的一些影響，但在敘事手法上
卻整個拋開《源氏物語》而另闢蹊徑，於小說體式上返璞歸真，更求
簡單。這樣一來，以「假名草子」為名的婦幼讀物、以市井町人為讀
者的「浮世草子」，在小說體式上都顯得相當「幼稚」，簡直令人不敢
相信被今人公認為「世界最早的成熟的長篇小說」的《源氏物語》早

在此前七百年就已誕生，不由得不給人以「退嬰」之感。

　　井原西鶴小說的簡單或單純，首先表現在結構體式方面。《好色一代男》，現代日本學者一般稱之為「長篇小說」（其實只能算是「中篇」，但日本沒有「中篇小說」的概念，非長篇即短篇），但基本上採用按主人公世之介從七歲到六十一歲逐年成長體驗的編年體的結構方式，這是相當原始的一種敘事結構。而且，場景與人物也隨著世之介的足之所至而隨時轉換，除了世之介這一個人物貫穿始終之外，沒有第二個貫穿全書的副主人公。《好色一代女》的結構也是如此，全書是「一代女」從小到老的好色的體驗史，不同的是採用了「一代女」晚年回顧以往的倒敘結構，而這一點敘事技法，據日本學者的研究，也是從中國唐代張文成的傳奇小說《遊仙窟》學來的。《好色二代男》在結構上則更隨意。「一代男」的私生遺棄子——名為「世傳」——被人撿起收養，成為步生父之後塵的「二代男」，這個結構似乎是受《源氏物語》中源氏與兒子薰君兩代漁色經歷的影響，但《好色二代男》全八卷四十節，只有第一節和最後一節寫的是「世傳」即「二代男」，其他的則是與他完全無關的一個個單獨的故事。在結構上，井原西鶴看似完全不講究、不用心，讀者在閱讀時，也完全不必前後照應。

　　西鶴「好色物」的貌似簡單，首先就體現在這樣散漫的、無結構的結構上。他面對紛紛擾擾的現實世界與町人的日常生活，只是用他的眼睛去看，用他的耳朵去聽，然後原樣加以描寫、反映，他的描寫與反映的方式是日本式的紛然雜陳、不加整理、照原樣形諸筆墨的「物紛」[10]方法，是一種無結構的結構。因此，看西鶴的「浮世草子」，如同看萬花筒，隨意一搖動，必有可觀之處，但又是無頭無尾，任你隨處著眼。這種「物紛」的寫法，也使得西鶴在語言敘事上

10　「物紛」是日本式的創作方法，關於這種方法的分析研究，請參見拙文〈「物紛」論——從「源學」用語到美學概念〉，原載《上海師範大學學報》2014年第2期。

自成一體，我們可以稱之為「饒舌體」。「饒舌」這個詞，在日語中與漢語的意思一樣，一是愛說話、愛廢話的意思，二是滔滔不絕、口若懸河的意思。換用日語固有的詞彙來說，就是「瞎掰」（しゃべる，音 shaberu）的意思。這樣的話看似囉嗦無意義，但又說得毫不造作、信口道來，興致勃勃乃至自成一體即「饒舌體」。「饒舌」的時候不必費心思量章法結構、遣詞造句，而是心口同步，甚至口比心快。這種「饒舌體」是如何形成的呢？原來，西鶴早年曾以俳諧創作知名，他的拿手好戲就是一個人連續吟詠俳諧，「五七五」、「五七五」的三句十七字音，不打腹稿，不斷地吟詠，中間盡可能地不停頓，可以一日獨吟千句，據說最終創造了一晝夜二萬三千五百句的最高記錄。這種俳諧吟詠的最大特點就是流暢快速，因而有「矢數俳諧」之名，形容像箭頭飛得那樣快。「矢數俳諧」除了快速以外，還有一個特點：就是每首俳諧都是各自獨立的，並非長篇敘事詩，因而每首俳諧的話題都需要重新轉換，只是轉換的幅度有大有小。不管轉換幅度大小，反正必須轉換。「矢數俳諧」這樣的靈活轉換話題、東拉西扯、說南道北、天馬行空、飛鳥行雲式的表達方式，極大地影響了後來西鶴的「浮世草子」寫作，可以說，「浮世草子」的漫無結構、雜然散漫的敘事方法就是「矢數俳諧」手法的一種移植。雖然，無論是《好色一代男》還是《好色二代男》，都是分卷、分章、分節的，而且卷數節數都顯得很整飭，但是這些分章分節，基本上是按篇幅字數來劃分的，就像切豆腐塊，切成塊只是為了方便接受，而與敘事章法結構無甚關聯。這樣的無結構的、自然散漫的、極為簡單的、無結構的結構，最大的好處就是鬆弛、放鬆，彷彿與人聊天，就在當下，不用瞻前顧後，說話人不累，聽話人也不太累。

西鶴的「浮世草子」及「好色物」的簡單、單純，不僅表現在結構敘事上，也表現在題材上。所謂題材的單純，就是將當時不同的人群，不同的生活內容分開來寫，而不是把它們置於同一個舞臺。西鶴

的小說有專門寫町人的，有專門寫武士的（如《武道傳來記》與《武家義理物語》）。在專門描寫町人生活的作品中，再析出「町人物」與「好色物」。「町人物」與「好色物」兩方面的題材，概括起來就是「賺錢」和「享樂」兩條。他是把町人的經濟生活、男女的情欲生活分開來寫了。「町人物」寫町人怎樣發家致富，或從反面說是如何導致傾家蕩產；「好色物」則是專寫町人有了金錢以後，是如何消費，如何嫖妓玩樂的。在「好色物」中，西鶴又進一步將「好色」的形態加以單純化。例如，寫「好色」題材中，又把「男色」與「女色」分開來寫，於是有了專門描寫男色（又稱為「眾道」）的《男色大鑒》；將花街柳巷為舞臺的男女賣淫嫖妓題材單獨來寫，就有了《好色一代男》和《好色一代女》；將日常町人家庭中的男女悲劇故事專寫一書，就有了《好色五人女》。

　　這種題材的單純化，與日本傳統和歌、連歌、俳諧的題材分類有很深的關聯。在日本「歌學」、「連歌學」的眾多論著中，題材分類甚細緻、使用規矩甚多，不同的題材以及相關詞語，不能隨意亂用。其要旨是題材使用的細化、單純化，目的是用最細小的題材，來適應和歌、俳諧這種世界上最短小的詩體。西鶴是俳諧（又稱俳諧連歌）出身的，他從俳諧創作轉向了小說創作後，題材細分的意識遷移到小說中來，是自然而然的。西鶴的「浮世草子」乃至整個日本江戶時代市井小說中的題材的單純化，與中國明清小說頗有不同。中國的明清小說雖然也有題材類型的劃分，但那些類型是後代的研究者給劃分出來的，而且也多少受到了日本學者的影響，例如魯迅在《中國小說史略》中較早將中國傳統小說加以系統分類，便是受到了日本學者岩谷溫的啟發。明清小說家並沒有明確細緻的題材分類意識，在創作實踐中也是採用全方位、全視角地綜合表現的方法，例如《金瓶梅》，雖被後來的小說研究者歸為「言情小說」一類，但卻非僅僅「言情」，而是把那時的社會歷史、政治經濟、家庭倫理、男女私情、身體與心

理等多樣的內容糅合在一起，可謂紛紜複雜；《紅樓夢》既曾被人視為「言情小說」，也曾被視為「政治小說」，可見其題材內容的複雜性和交叉性。

　　與題材的簡單化、單純化相輔相成，人物性格同樣簡單、單純。西鶴的「好色物」中的人物，無論是「一代男」、「二代男」，還是「一代女」、「五人女」，都是性格極為單純的人物，只是「好色」的化身而已。通常所說的「人是一切社會關係的總和」，在這些人物身上不能體現，因為他們的社會關係極其簡單和單純，無非妓女與嫖客或嫖客與妓女的關係；他們的行為指向也一樣簡單和單純，就是買春與賣春的金錢與肉體交換的關係；他們的性格特徵極其簡單和單純，就是對唯美的、唯情的追求，都是為了男色女色、為了身體之美而義無反顧，哪怕傾家蕩產，哪怕付出性命，都不計後果。

　　或許為了使人物的社會關係簡單化，西鶴的「好色物」就把人物寫成了「一代男」和「一代女」。所謂「一代男」、「一代女」就是沒有老婆孩子、沒有兄弟姐妹、又沒了（死了）父母，孤身一人，沒有子女，只活「一代」的人。「一代男」與「一代女」就是為了「色」和「好色」，寧願絕後，而終其一生的人，用中國話來說就是「絕戶」。至於「二代男」，實際上也是「一代男」，因為他是「一代男」一不小心生出來的遺棄子，他也和「一代男」一樣，終生好色，不同的是「一代男」六十一歲的時候往海外「女戶島」繼續探求色道，而「二代男」卻在三十三歲的盛年時，「一切都花光用盡」，而完成了「好色」的一生。《好色五人女》中的那些女子，雖然都不是青樓女子，而是尋常町人家的年輕女子，但在西鶴的筆下，「五人女」都是憑著「好色」的直覺而行事的人，他們會以莫名其妙的原因愛上一個男人，然後不管不顧，去冒險甚至去死。這樣的人物只是「好色」的化身，太單純了、太平面了，甚至單純得有些太抽象了，不具備複雜的社會內涵。

中國文學、西方文學名著幾乎都追求人物性格的複雜性，井原西鶴等日本作家卻非如此。西鶴筆下的「一代男」、「二代男」和「一代女」、「五人女」，這些人物都不是作為常人被描寫的，因此也不能使用「典型人物」這一通常的文論概念加以理解。一般認為，中國早期小說中的許多人物，與西方近代小說的「典型人物」相比，因為人物的善惡忠奸過於分明而具有「類型」的特徵，但即便是這種具有類型化傾向的人物，其性格也是豐滿複雜的。如果拿井原西鶴「好色物」中的人物跟中國小說中的「類型」人物相比，則「好色物」中的人物基本上沒有「性格」與「個性」的刻意描寫，而是將人物單純化為某種特殊行為（例如「好色」）的符號與代表。與其說是寫人物，不如說是寫「好色」；與其說是寫「好色」的人物，不如說是寫人物的「好色」。寫「好色」並非為了寫人物，而是為了寫「好色」而必須設計一個人物。這樣的人物不是西方文學、中國文學中塑造的那種立體、渾圓、複雜的人物形象，而是某種「異常偏執」行為的流動著的扁平的人體符號。這似乎不僅僅是井原西鶴「好色物」的人物特點，也是日本文學許多名作中的人物特點。例如《伊勢物語》中的美男子在原業平是風流多情的化身；《源氏物語》中光源氏是情種的化身；現代作家谷崎潤一郎的《富美子的腳》中的男主人公是異常性癖（拜腳癖）的化身；《癡人之愛》中的男主人公是癡漢的化身；川端康成《一隻胳膊》中的老人是性幻想者的化身……。日本文學中給人留下深刻印象的人物大都是這樣「變態」，作者凸顯人物某一方面的異常性格與行為表現，其描寫常常忽略人物性格的多面複雜性，而只是表現人物某方面的「氣質」。「氣質」（日語寫作「気質」，音「きしつ」）一詞不同於「性格」，「氣質」具有一定的滯定化、外在化、符號化、單面化的特性。日本江戶時代市井作家喜歡描寫「氣質」型的「單面人」，著力表現某一類人、某一類行為，而不是表現複雜人物的複雜性格。

　　不僅題材是單純的，人物性格是單面的，小說的環境也是單純的。西鶴「好色物」的另一個顯著特點，就是極力簡化人物活動的環境，使之極其單純。「好色物」的舞臺是「遊廓」、「遊裡」即妓院。「一代男」、「二代男」、「一代女」等人物即便一生中走南闖北，從關東到關西，從南部的九州到北方的北海道，走遍了整個日本列島，但環境卻依然是單純的，不出妓院及與妓院相關的場所。妓院當然也是社會環境的一部分，但那卻是一個不受世俗社會道德行為約束的特殊社會，江戶的吉原、京都的島原、大阪的新町等有名的遊廓都是政府允許經營的，在這裡有與普通社會完全不同的規矩法則，來到這裡，便是暫時切斷了與一般社會之間的關係。單純的「好色」人物也只能在這樣的特殊社會中才能有單純的「好色」舉動。

　　就這樣，西鶴「好色物」中，看似簡單而單純的散漫的敘事、看似簡單而單純的題材、看似簡單而單純的人物及人物性格、看似簡單而單純的環境設置，都是貌似的簡單與單純，要真正理解它、說明它、評論它，卻很不簡單；要研究它、說透它，甚至比一般貌似複雜的作品更困難。對於這種現象，我們可以用「偽淺化」來概括。偽淺化，就是看似淺顯而實非如此，是貌似淺顯而實則複雜。因為對這類作品，運用我們所習慣的產生於中國文學與西方文學中的現代文學理論乃至文化理論來解讀，雖然並非完全不可行，但常常使人感覺隔靴搔癢，有時甚至顯得方鑿圓枘。從文學創作、文學評論的角度來說，西鶴的「浮世草子」為小說究竟該怎麼寫、究竟該怎樣評論，提供了一種特殊的參照。

法西斯主義與日本現代文學[1]

　　明治維新以後的日本文學史，和整個日本現代歷史一樣，充滿著
發展與挫折、進步與反動、輝煌與黑暗、美好與醜惡。而最嚴重的挫
折、最大的反動、最黑暗和最醜惡的一頁，便是現代日本的法西斯主
義文學。在世界反法西斯戰爭勝利五十多年後的今天，翻檢這段日本
文學史，考察法西斯主義與日本文學的關係，對於我們全面了解日本
現代文學的面貌，進一步認識日本法西斯主義的性質和危害，都具有
特殊的意義。

　　日本的法西斯主義早在一九一七年以後便逐漸形成。和德國、義
大利的法西斯主義相同，日本法西斯主義也首先是作為反民主、反共
產主義的運動而登場的。當時，在「發揚國粹」、「防止赤化」的旗幟
下，日本民間出現了「關東國粹本部」、「大日本國粹會」、（1919）、
「猶存社」、「防止赤化團」（1920）等法西斯主義團體組織。北一輝
撰寫的、被稱為日本法西斯主義綱領的《日本改造法案大綱》也在一
九一九年出籠。到了二〇年代末，日本軍部控制了國家政權，法西斯
主義也由民間勢力發展為國家權力，從而進入了猖獗時期。法西斯主
義以暴力鎮壓、行政干預、思想滲透等形式全面介入日本文壇。

　　首先，法西斯軍部當局對日本左翼文壇實施殘酷的圍剿，左翼作
家被一批批地抓進監獄。一九三三年二月，著名的無產階級作家小林
多喜二被員警殺害，給日本文壇造成了劇烈衝擊。法西斯當局威逼利
誘，強迫獄中的左翼作家改弦易轍，放棄共產主義信仰，承認日本共

1　本文原載《社會科學戰線》（長春），1996年第2期。

產黨的方針路線是錯誤的，承認天皇制及侵略政策（「國策」）的合法
正確。在這種情況下，日共主要領導人佐藤學和鍋山貞親首先在獄中
發表了所謂「轉向聲明」，宣布「轉向」。這份題為《告共同被告同志
書》的聲明於一九三三年七月分別刊登在《改造》和《文藝春秋》兩
家雜誌上。以此為契機，獄中的絕大多數作家（據統計占總數的近
95%）紛紛發表「轉向聲明」。「轉向」作家大都在「保釋」或「緩期
執行」的名義下出獄。如此多的左翼作家「轉向」，即使在法西斯德
國和意大利也是不曾有過的。這固然是因為日本法西斯的殘酷彈壓，
但又與日本左翼作家信仰上的淺薄、狹隘的島國國民意識不無關係。
在德國和意大利，當年大批左翼作家千方百計流亡國外，繼續進行反
法西斯鬥爭，但日本左翼作家亡命海外的幾乎等於零。聲明「轉向」
的包括了左翼文壇的大多數著名的或活躍的作家，其中有德永直、中
野重治、片岡鐵兵、藤森成吉、村山知義、窪川鶴次郎、島木健作、
立野信之、林房雄、武田麟太郎、龜井勝一郎、高見順等。這些作家
的「轉向」，情況有所不同，有的是迫不得已的權宜之計，「轉問」後
自恨自責，如中野重治在〈論「關於文學家」〉一文中曾沉痛地說：
「……我背叛了共產黨，背叛了人民對我的信賴，這一事實將是永遠
不會抹殺的。」他在轉向後創作的小說《鄉村之家》（1935）中試圖
戰勝被迫「轉向」的恥辱，通過創作繼續走「帶有根本意義的道
路」；有的以自己「轉向」的經歷為題材，描寫監獄生活的體驗和
「轉向」前後的矛盾痛苦，如村山知義的《白夜》（1934）、島木健作
的《癩》（1934）和《盲人》、《重建》（1937）等；有的順應法西斯當
局提倡的「國策文學」，寫起了所謂「大陸文學」、「開拓文學」（均以
在中國的殖民地生活為題材）、「農民文學」等；有的則是真正的「轉
向」，日本文學史上幾個臭名昭著的法西斯文人，如林房雄、片岡鐵
兵等，都曾是這樣的真正「轉向」的作家。他們由無產階級作家搖身
一「轉」，由極左轉為極右，成為法西斯主義的吹鼓手，乍看上去似

乎不可思議，其實，這裡也隱含著某種必然的內在邏輯。佐野學、鍋山貞親在〈告共同被告同志書〉中就有這樣的話：「我們預想，不只是日本、朝鮮、臺灣，將來會建立一個包括滿洲及中國本土在內的巨大的社會主義國家。」可見，左翼文學所具有的國際主義觀念，也容易蛻變為「八紘一宇」（意即全世界是一家）、「東亞共榮」之類的法西斯觀念。這些人的「轉向」其實就是叛變或變節。片岡鐵兵在獄中發表的〈我敢於宣言〉（1933）的轉向宣言，說自己參加無產階級文學運動是迫於「歷史的壓力」，說自己蹲了監獄以後，才「對自己有了真正的認識」，認識到自己以前「以貧苦大眾為對象的人道主義的亢奮，是一種狂妄自大」；他宣稱只有「轉向」，才能使自己從一個無產階級作家的痛苦中解救出來，回歸到「本來的自己」，「我要理直氣壯地說：我的轉向，對於像我這樣的知識份子來說是必然的，一點虛偽的東西也沒有。」林房雄比片岡鐵兵講得更為「深刻」和露骨，他在〈關於轉向〉一文中寫到：「轉向不單是方向的轉換，而是人的更生。光把衣服脫光還不行，光用涼水洗身還不行，必須脫胎換骨，洗心革面。這不是外表的問題，而是內心的問題。」他宣稱：「馬克思主義絕不可成為日本人永恆的心理支柱。……它也許算得上是一種主義，但決不是讓人樂於為之犧牲的大義」，「不為馬克思主義殉身的轉向作家，因為還是個日本人，就應該在大義面前從容赴死。」那麼，林房雄在這裡所說的「大義」是什麼呢？就是日本天皇制的「大義名分」，就是以天皇制為核心的日本民族主義，也就是法西斯主義。林房雄指出：在世界上，只有日本先有天皇，然後才有國民，才有國家。他在文章末尾以榮幸和感激的語氣寫道：「要是生在國外的話，我們這些人不被流放就被槍斃，而我國皇恩浩蕩，一個人也不殺，卻給我們指出了轉向的道路。」林房雄還在〈勤皇之心〉（1941）一文中懺悔說：「我也曾是個左翼作家，當我寫到這裡的時候，我為自己所犯下的罪過不寒而慄。……神的否定、人間獸化、合理主義、主我

主義、個人主義，走上這條道路必然要否定『神國日本』。現代日本的文學家，半自覺不自覺、有意無意地走過這條路，於是貽誤青春，危害國家，這罪該如何來贖，該如何來償？!」

不管是被迫的還是真心的，一九三三至一九三四年間，畢竟有那麼多左翼作家「轉」了「向」，出現了由「轉向作家」創作的大批所謂「轉向文學」。這些「轉向文學」是在日本法西斯主義高壓政治下，日本文壇上的畸形產物。正如日本學者本多秋五在《轉向文學論》中所說，轉向文學是「純悴日本的國產」。這在世界現代文學史上，都是奇特的。

在圍剿左翼文壇，強迫左翼作家「轉向」的同時，法西斯當局又採取種種手段向左翼之外的文壇滲透。而本來就具有右翼傾向的作家，和法西斯當局一拍即合。九·一八事變前後，有些作家，如三上於菟吉等，公開和法四斯軍部相勾結，發表法西斯主義言論。在此情況下，一九三一年四月號的《新潮》雜誌發表了佐藤雪夫的〈法西斯主義文學批判〉一文；次年，舟橋聖一也在《近代文學》雜誌的卷頭語中對文學的法西斯化提出了警告。一九三二年四月號的《新潮》雜誌還籌畫召開了一次「關於法西斯主義與法西斯主義文學」的座談會。出席座談會的作家三上於菟吉聲稱：自己以前奉行的是個人主義，深以為恥；而現在「日本精神」卻在自己身上復甦，那就是「為日本獨特的民族主義而犧牲的精神」。作家佐佐木津三、近松秋江也發表了同樣的論調。對此，作家大宅壯一寫了一篇文章，批評三上等人「向法西斯主義轉換」，而三上卻有恃無恐，公開在一九三二年一月七日的《讀賣新聞》上發表〈我的傾向梗概——軍部與我〉的文章，回答大宅壯一，聲稱「只希望在新組織（按：指法西斯軍人統治）下生存」。緊接著第二天，著名通俗小說作家直木三十五在《讀賣新聞》上公開發表〈法西斯主義宣言〉：「我對全世界宣告：我是法西斯主義者！」像這樣公開宣稱自己是法西斯主義作家，即使在當時

的意大利和德國，恐怕也是不多見的。可見日本文壇上的法西斯主義
猖獗到了何種程度！而且，不僅有宣言，還成立了法西斯主義的文藝
團體。就在這些「宣言」發表一個月之後（2月4日），《讀賣新聞》
做了這樣的標題報導：「軍部提攜／法西斯主義文學運動／右翼文壇
五氏／五日準備開會。」而且還刊登了右翼文壇五氏——久米正雄、
三上於菟吉、直木三十五、白井喬二、佐藤八郎的照片。二月五日，
以上五位作家及吉川英治、平山蘆江、竹中英太郎等和數位陸軍將校
會聚一堂，日本文學史上法西斯軍人和文學家的最早的結盟團體「五
日會」便誕生了。「五日會」中的陸軍軍官根本博中佐、武藤章少
佐、坂田一郎中佐等人，都是極力主張以武力侵華以達到「國家改
造」之目的的極端軍國主義者。在這些少壯軍官的支持下，以直木三
十五為首的一些作家以通俗文學為基本形式，開始了一場法西斯主義
的鼓噪，站在維護和順應法西斯軍人統治的立場上，鼓吹大日本民族
主義，宣揚國粹主義，煽動國民的戰爭狂熱。數月後，直木三十五飛
抵硝煙瀰漫的上海，在回國的船上寫完宣揚法西斯主義的作品《日本
的戰慄》，於一九三二年六月由中央公論社出版。同年六月，這些法
西斯主義勢力進一步擴大隊伍，組成了「國家主義文學同盟」，吉田
實任書記長，核心成員有直木三十五、近松秋江、生田長江、三上於
菟吉等人，並創辦機關雜誌《文學同盟》。在此前後，其他法西斯主
義的文學刊物，如《法西斯主義》（1932 年 3 月創刊）、《日出》
（1932年 8 月創刊）等紛紛出籠。一九三四年一月，直木三十五、吉
川英治等人串通齋藤內閣的警保局長松本學，以「五日會」為基礎，
發起成立了「文藝懇話會」，加緊進行法西斯主義文學活動。這個
「文藝懇話會」除每月一次的例會外，還有所謂「慰靈祭」、「文藝家
遺物展覽」、參觀軍事設施等活動，接著又創辦會刊《文藝懇話會》，
設「文藝懇話獎」，會員不斷擴大。許多著名作家，如川端康成、橫
光利一、佐藤春夫、正宗白鳥、山本有三、加藤武雄、島崎藤村、宇

野浩二、岸田國士等，都入了會。這個「會」被學者們稱為當時日本法西斯主義文學的「橋頭堡」。

　　如果說「五日會」及「文藝懇話會」是法西斯文學的「橋頭堡」，那麼，「日本浪漫派」就是法西斯主義文學的重鎮了。這個以創辦於一九三五年的《日本浪漫派》雜誌為中心的文學流派由作家龜井勝一郎發起，先後參加的同仁有保田與重郎、中島榮次郎、神保光太郎、中谷孝雄、緒方隆士、太宰治、山岸外史、芳賀檀、伊東靜雄、萩原朔太郎、佐藤春夫、中河與一、三好達治、外村繁等五十餘人。這個「日本浪漫派」推崇十九世紀德國浪漫派，批判近代以來的民主主義、「進步主義」，宣揚日本古典中所反映的大和民族的審美意識以及古代的社會秩序，歌頌日本神話傳說中的英雄，具有強烈的大日本民族主義傾向，日本文學史家認為它是「昭和十年代的民族主義傾向的中心。」尤其是蘆溝橋事變前後，「日本浪漫派」的法西斯主義面目暴露無遺。該派核心人物保田與重郎在〈一位戴冠詩人〉、〈日本之橋〉（均1936）、〈明治的精神〉（1937）等一系列文章中，鼓吹日本民族的「使命」，宣揚大和民族的優越意識。他聲稱：「今日世界唯一浪漫的東西，有理念的東西，本身便是有價值的東西，並非虛有形式的東西，以混沌的原因為歸宿的東西，這些只有在日本一應俱全。」（〈一位戴冠詩人〉）該派核心成員芳賀檀極力稱頌拿破崙、尼采和希特勒，他寫了〈古典的親衛隊〉（1937）一文，鼓吹獨裁崇拜和英雄至上主義。中河與一則在〈民族文化主義〉（1937）中指出：「所謂民族就是全體，全體就必須是永恆的。不過一提到民族這個詞，就令人馬上想起法西斯主義，我認為這不是什麼誤解。正因為如此，我要在『民族』這個詞後面加上『文化』這個詞。」太平洋戰爭爆發以後，在以所謂「近代的超克」為題的座談會上，龜井勝一郎發言說：「現在我們正在進行的戰爭，對外是促使英美勢力的覆滅，對內是從根本上治療近代文明所帶來的精神的疾病。」他在提交的論文《關於現代

精神的備忘錄》的結尾處寫道:「比起戰爭來,和平更可怕。……寧要王者的戰爭,不要奴隸的和平。」一九三七年,在「文藝懇話會」因內部分裂而解散的同時,「日本浪漫派」主要成員佐藤春夫等人又勾結警保局長松本學,成立了「新日本文化會」,創辦機關雜誌《新日本》,該雜誌編委會成員除淺野晃、藤田德太郎以外,其他五人(林房雄、萩原朔太郎、中河與一、佐藤春夫、保田與重郎)都屬於「日本浪漫派」的成員。因此,這個「新日本文化會」其實是「日本浪漫派」的一個分支。此外,屬於「日本浪漫派」系統的還有創辦於一九三二年的《考凱特》、創辦於一九三四年的《四季》雜誌等。「日本浪漫派」主要成員神保光太郎在一九四一年編輯出版了由《四季》雜誌同人富士川英郎、高橋義孝翻譯的《納粹詩集》,神保在編者序言中說:「應該採取什麼方法來確立我們民族的詩歌呢?在現在努力的征途上,日本詩人最想知道的,是納粹詩人如何從事詩歌創作,他們歌唱什麼,怎麼寫作,怎麼生活。我認為這是我們現在的日本詩人共同關心的問題。」就是在德國納粹詩人的啟發下,《四季》派詩人在戰爭中寫下了大量宣揚法西斯侵略的詩歌。

　　當一九三七年日本全面發動對華侵略戰爭以後,法西斯當局掀起了所謂「國民精神總動員運動」,整個文壇的法西斯化進一步加劇。前幾年是部分文學團體、部分作家鼓吹法西斯主義,而到了這時,絕大多數作家都被「動員」起來,連以前一貫保持不左不右「中立」狀態的人,像小林秀雄那樣的主張藝術至上的批評家,也傾向於法西斯主義了,他在〈關於戰爭〉一文中寫道:「有一家雜誌,問我:作為一個文學家,你對戰爭有何思想準備。我想不必有什麼特別的思想準備,必須拿起槍來的時刻一旦到來,我將高興地為國捐軀,……無論是誰,戰時都要以一個士兵的身分參戰。」小林秀雄的這種近乎不假思索的想法,反映了日本文壇大多數人潛在的民族主義情緒在戰爭狀態下的萌動。法西斯當局正想利用這些作家的名聲和影響,擴大戰爭

宣傳。一九三八年八月，久米正雄、片岡鐵兵、川口松太郎、尾崎士
郎、丹羽文雄、淺野晃、岸田國士、瀧井孝作、中谷孝雄、深田久
彌、林芙美子、白井喬二等十四人作為陸軍從軍作家啟程前往漢口。
接著，菊池寬、佐藤春夫、吉川英治、吉屋信子等八人作為海軍從軍
作家也登上了大陸。十一月，又有中村武羅夫、長谷川伸、關口次
郎、北条秀司等近十人作為海軍從軍作家赴廣州。這些從軍作家號稱
「筆桿子部隊」。太平洋戰爭爆發後，日本法西斯當局又仿效納粹德
國，用「徵用令」的形式，更多地徵用作家赴前線當記者、報導員或
「宣撫」人員，分別被派往被他們占領的東南亞等地區，「筆桿子」
部隊的規模進一步擴大。同時，在法西斯當局的直接授意和「指導」
下，成立了規模空前的「日本文學報國會」（1942）。該會會員約四千
名，除在國外的武田麟太郎和極個別作家（如中里介山、內田百閑）
拒絕入會外，凡稱得上「作家」的人幾乎都入了這個「報國會」。會
長是日本文學、文化界的元老、一貫主張對外擴張的德富蘇峰，常任
理事有久米正雄、中村武羅夫，理事長有長與善郎等。該會的宗旨首
先是「確立作為皇國文學家的世界觀」，「協助（當局）制定文藝政策
並實行之」。還創辦《日本學藝新聞》雜誌（不久改名為《文學報
國》），編選《愛國百人一首》、《大東亞詩集‧歌集》等書，製作「街
頭小說」、「街頭詩」，舉辦「文學報國運動講演會」等。該會先後策
劃召開了三次「大東亞文學者大會」（第一、二次在東京，第三次在
中國南京），提出了旨在把日占區的東亞（主要是中國）文壇統一在
日本法西斯主義旗幟下的「大東亞文學」的口號。與此同時，日本國
內文壇的法西斯主義統治也變本加厲，凡與法西斯侵略無關的文學均
被當局扼殺，如一九四三年谷崎潤一郎的《細雪》就被指斥為「有閑
文學」、「戰爭旁觀」而被勒令中止連載。在這嚴厲的言論管治之下，
只有法西斯文人保田與重郎、淺野晃、龜井勝一郎、芳賀檀、林房
雄、中河與一、佐藤春夫、武者小路實篤、藤田德太郎之流的文章充

斥雜誌報端，法西斯主義把日本文壇變成了一片乾涸的沙漠。

那麼，那些被派往中國大陸及亞洲其他地區的所謂「筆桿子」部隊都幹了些什麼呢？

法西斯軍部給他們的任務就是以戰地採訪、戰爭小說等形式，宣揚日本侵略軍的「英雄精神」，鼓舞士氣，煽動國內讀者支持侵略戰爭。法西斯當局給這些作家做了十分明確而又具體的規定和限制。據火野葦平的記述，這些規定和限制主要有：「一、不得寫日本軍隊的失敗；二、不能涉及戰爭中所必然出現的罪惡行為；三、寫到敵方時必須充滿憎惡和憤恨；四、不能表現作戰的整體情況；五、不能透露軍隊的編制和部隊名稱；六、不能把軍人作為普通人來描寫。可以寫分隊長以下的士兵，但必須把小隊長以上的士兵寫成是人格高尚，沉著勇敢的人；七、不能寫有關女人的事。」（見《火野葦平選集》第四卷・後記，創元社 1958 年版）顯然按照這七條來寫作，作家就完全失去了自己的創作主體性，完全成了法西斯侵略的「筆桿子」了。首批被派往中國的作家石川達三，在南京大屠殺之後的第十七天來到南京，親眼目睹「皇軍」殺人、強姦、掠奪的殘酷暴行，寫成了中篇小說《活著的士兵》，並在《中央公論》雜誌三月號上刊出。很快，法西斯書刊檢查當局就發現《活著的士兵》背離了他們的要求，於是惱羞成怒，立即將石川達三以及責任編輯逮捕，並以「描寫皇軍士兵殺害、掠奪平民，表現軍紀鬆懈狀況，擾亂安寧秩序」為罪名，判處他四個月監禁、緩期三年執行。然而不久，軍部便再次派他到中國前線，讓他寫肯定侵略戰爭的書，給他以「恢復名譽」的機會，於是石川達三便在一九三八年九月來到武漢，並寫了《武漢作戰》，在一九三九年《中央公論》一月號上刊載。這部小說和《活著的士兵》截然不同，一開頭就為日軍侵華辯解，認為戰爭的原因在於「蔣介石的抗日容共政策」，在於「蔣將軍拒絕和平談判，揚言〔中國〕可取得最後的勝利」。石川達三也以此取得了軍部的信賴。另一位「筆桿子部

隊」的重要作家火野葦平當年是以「伍長」的身分從軍，來到「徐州會戰」前線的。他的長篇小說《麥子與士兵》完全站在法西斯侵略的立場上，按照軍部的要求，美化日本侵略軍，把他們描寫成勇敢為國捐軀的英雄，壯日本侵略軍的聲威，長國民好戰的氣焰。《麥子與士兵》中有這樣一段描寫：「我在這行進的隊伍中感到了一種雄壯的力量，覺得那是一股有力的浩蕩洶湧的波濤。我感到自己身處在這莊嚴的波濤之中。來到這廣漠的淮北平原，面對的是一望無際的麥田，我為踩在這片大地上的頑強的生命力而驚歎。……我將有力的雙腳踏在麥田上，眺望著蜿蜒行進的軍隊，那充溢的、氣宇軒昂而又勢不可擋的雄壯的生命力撞擊著我的心扉。」正如評論家小松伸六所說，這「是力的讚美，是民族美意識的高揚，是戰爭協力的口號和形容詞」，（《日本文學全集》第六十七卷，小松伸六：《作家與作品》，集英社昭和四十六年）《麥子與士兵》就是這祥為法西斯侵略呐喊助威，煽動國民的法西斯狂熱，這部作品成為當時日本的最暢銷書，發行一百二十萬冊以上，造成了極為惡劣的影響。然而，日本戰敗後，火野葦平還為這部法西斯主義作品做辯解，說什麼：「戰爭是以殺人為基調的人間最大的罪惡，最大的悲劇，這裡集中了一切形式的犯罪，強盜、強姦、掠奪、放火、傷害等等，一切戰爭概莫能外，即使是神聖的十字軍的宗教戰爭，也可以證明這一點。作為一個作家倘若不立體地表現這一切，那麼作為文學就難說是完全的。托爾斯泰的《戰爭與和平》、雷馬克的《西線無戰事》、卡羅沙的《羅馬尼亞日記》、海明威的《永別了，武器》等作品之所以能打動我們，就在於以高度全面的人道主義精神描寫出於這些戰爭的罪惡……」這話本身並無大錯，然而問題是他的小說完全不能與他提到的那些名家名作相提並論，他的立腳點絕不是「高度全面的人道主義精神」，而是為罪惡戰爭歌功頌德的法西斯主義。接著，火野又寫了以日軍侵華為題材的《土與士兵》（1938）、《花與士兵》（1939），這兩篇小說與《麥子

與士兵》合稱「士兵三部曲」，並獲「朝日新聞獎」。日軍戰敗後，他也因這三部曲而被作為「文化戰犯」受到了開除公職的處分。

不只是小說墮落為法西斯侵略的宣傳品，詩歌也成為歇斯底里的法西斯口號。戰爭期間，日本大多數詩人都染指過「戰爭詩」，其他題材的詩均遭到壓抑和摧殘。連日本傳統的以景寫情、表達內心剎那間感受的和歌、徘句也動輒獲罪。如一九四一年，有一首「秋天到了，一只紅柿子留在枝頭」的和歌，法西斯當局認為這是同情遭鎮壓的殘存的共產黨，下令嚴厲追查。在這種情況下，詩人們連「菊花枯萎了」這樣的句子都不敢寫了。只有歌頌、支持侵略戰爭、對日軍的「勝利」高呼「萬歲」的「詩」大行其道。如蘆溝橋事變後，佐藤春夫立即寫了一首《我站在蘆溝橋頭放聲高唱》，為日軍入侵中國高唱讚歌。類似的「戰爭詩」還有加藤愛夫的《從軍》（1938）、山本和夫的《戰爭》（1938）、佐川英三的《戰場歌》（1939）、西村皎三的《遺書》（1940），山本和夫編的《野戰詩集》（1941）、佐藤春夫的《戰線詩集》（1939）、北原白秋及東京詩人俱樂部編的《戰爭詩集》（1939）等等。太平洋戰爭爆發後，這樣的「詩」更是聒噪一時，高村光太郎、三好達治等人成為走紅的「戰爭詩人」、「國民詩人」。直到日軍宣布投降之際，高村光太郎還寫出了「失去鋼鐵武器的時候，精神的武器自然會更強大」這樣的不服輸的詩。一九四四年，火野葦平在一首讚美日軍襲擊珍珠港的詩中寫道：「這個時候／在太平洋的珊瑚環礁／我們的軍人／迎擊醜惡的敵人，炸碎他們／日本的眾神一聲怒吼，長毛勾鼻的夷狄們／像傻子似的／沉到赤道下的太平洋裡，爛掉。……」殺氣騰騰的法西斯主義好戰的狂熱溢於言表。

在這樣嚴酷的法西斯高壓統治下，日本文壇也就難以產生反法西斯文學。事實上，日本文學史家們都承認，在日本的確沒有產生反法西斯主義的團體組織，也沒有出現歐洲那樣的反法西斯主義文學或抵抗文學。沒有一部作品像法國的《午夜叢書》那樣以反法西斯主義為

主題。只有逃亡到中國的極少的作家，如鹿地亘、池田幸子、長谷川英子（綠川英子）和侵華戰俘中的少數覺悟者，如坂本勝夫、秋山龍一等創作過明確反對日本侵略的作品，被學者稱為「在華日本反戰文學」[2]。日本本土的文學中，不積極支持戰爭，對戰爭採取消極態度，堅持創作的個性和藝術性，或對法西斯主義不順從、不合作的作家，就已是難能可貴的了。在這些作家中，首先值得一提的是一九三三年至一九三五年間出現的小松清、舟橋聖一、伊藤整等人發起的所謂「行動主義文學」。日本的行動主義文學受法國行動主義文學的影響。法國行動主義文學運動的作家有紀德、羅曼・羅蘭、阿拉貢等人，他們的主要組織者是法國共產黨，主要綱領是反對法西斯，保衛人類文化。但是日本行動主義卻和法國的行動主義有著很大不同，日本的行動主義既反對法西斯主義、軍國主義，也反對馬克思主義和無產階級文學，其本質是發揮知識份子「能動精神」的自由主義，企圖在法西斯主義文學橫行的情況下保持作家的創作自由，因而他們的反法西斯主義是軟弱無力的。在行動主義文學解體之後，武田麟太郎在一九三六年創辦的《人民文庫》雜誌也顯示出一定程度的反法西斯傾向。它的作者大都是左翼文學的殘存力量，同時也團結了不同藝術傾向的其他作家。武田麟太郎在《人民文庫》的《致詞》中明確提出要「抨擊文藝懇話會」，同時，《人民文庫》也載文對《日本浪漫派》進行了批判，指出保田與重郎的文學主張是「英雄獨裁主義，是與人道主義相對立的」。不過，這些批判和抨擊都是在文藝團體流派和文學爭鳴的範圍內進行的。一九三六年十一月十一日，《人民文庫》還刊載了由法國作家阿拉貢等人署名的「擁護國際文化著作家協會」的一封來信。阿拉貢本希望武田麟太郎等人能在日本組成作家反法西斯主義文學戰線，但在當時的情況下，武田麟太郎不可能直接回答阿拉

2　詳見呂元明著《被遺忘的在華日本反戰文學》（長春市：吉林教育出版社，1993年）。

責，只有以刊登來信的方式表示回應。即使是這樣，《人民文庫》仍
多次遭到禁止發行的處分，在堅持了近兩年後，於一九三八年停刊。
從一九三八年以後直到二戰結束之前，凡與法西斯「國策」不一致的
刊物全都被迫停刊了，對法西斯主義文學的不合作，不順從的「抵
抗」只表現在某些有藝術良知的作家的默默的寫作中。在這些作家
裡，屬於左翼作家系統的有宮本百合子、久保榮等，屬於頑強堅持藝
術個性的老作家陣營的有德田秋聲、永井荷風、谷崎潤一郎等。此外
歷史小說作家中島敦，風俗小說作家廣津和郎、丹羽文雄、阿部知
二、壺井榮、細田佐之助，還有堀辰雄、伊藤整、川端康成等，都算
是大節不虧、良心不昧的作家。

　　總之，在一九三一至一九四五年間的十五年戰爭中，法西斯主義
對日本文壇的干預和滲透是嚴重的、全面的、深刻的，許多作家在法
西斯侵略中扮演了不光彩的甚至是醜惡的角色，對法西斯侵略負有一
份不可推卸的罪責，所以日本戰敗後才有那麼多作家被判為「文化戰
犯」或受到處分。從日本文學發展進程上看，這股法西斯主義潮流，
導致了文學的嚴重的凋敝、蕭條和後退。由於依附於反動的法西斯主
義政治，文學觀念上也嚴重後退了。在法西斯主義全面統治文壇之
前，日本文學是呈全方位開放態勢、大力吸收和接受西方文學的。法
西斯主義干預文壇之後，為了適應種族主義文化和「皇道精神」的宣
傳的需要，許多作家狂熱鼓吹日本文化的優越，排斥和貶低外國文化
與文學，有的作家主張掃除英美文化，連對英美文化很有造詣的岸田
國士那樣的作家，也竟揚言：「我們的信念是把『英美的』文化從我
國、從東亞清除出去，……那種認為英美也有可學之處，而念念於
心、徘徊留戀的態度，必須斷然拋棄。」（《作為力的文化》）這種法
西斯主義的文化主張，使日本文壇出現了長時期的封閉、保守、僵化
的狀態。正如郁達夫在一九三九年的一篇文章中所指出的：當時「日
本的文化、文學，以及一切，在這二十世紀的時代裡，是一種完全稀

有的反動，與後退的現象」。(《抗戰兩週年敵我的文化演變》)另一方
面，在法西斯主義的禁錮之下，日本現代文學曾經有過的那種團體流
派自由競爭、彼此消長的繁榮局面消失了。只有法西斯主義文學是合
法的文學，其他思潮流派均遭到壓抑和摧殘，作家的創作個性也無從
發揮。所以在法西斯主義猖獗的十五年中，日本文壇沒有產生多少像
樣的作品。作為該時期最有代表性的「戰爭文學」，不過是侵略戰爭
的宣傳品。曾有人把火野葦平的《麥子與士兵》與托爾斯泰的《戰爭
與和平》相提並論，但在我們看來，不消說它的立場的錯誤，藝術上
也是相當粗糙的，只不過是從軍日記的拼湊罷了。郁達夫在〈日本的
侵略戰爭與作家〉一文中說它「支離破碎」，是一針見血的。倒是與
法西斯當局不合作的作家，卻寫出了一些好的作品，如川端康成的
《雪國》、谷崎潤一郎的《細雪》等，都顯示出超越那個黑暗時代的
藝術價值來。法西斯主義對日本文壇造成的惡劣影響和嚴重危害充分
表明：法西斯主義不僅是反正義、反人民、反進步、反和平的，而且
也是反文學、反藝術的。這是日本文學的那段歷史給世界文學提供的
一個深刻教訓。

三島由紀夫小說中的變態心理及其根源[1]

　　日本當代著名作家三島由紀夫（1925-1970）的創作是一種十分複雜的文學現象。從社會學角度看，三島的小說是對戰後日本社會的否定性反映；從文學角度看，它是向日本傳統武士道精神的回歸；從美學角度看，它宣揚的是所謂「殉教的美學」；而從心理學角度看，三島的小說則表現了倒錯、虐待、嗜血、趨亡等綜合性的變態心理。正是這些變態心理的描寫構成了三島小說的基本內容。分析這些變態心理及其根源，是理解和闡釋三島小說的關鍵。

　　三島由紀夫的成名作《假面的告白》（1949）作為自傳體長篇小說，以驚人的坦率全面描述了「我」的變態人格。「我」生而為男，卻從小就有男扮女裝的「裝扮欲」，學生時代就愛上了一位同性同學，並因此而拒絕了一位名叫園子的姑娘的求婚，是為性倒錯；「我」生來身體孱弱，卻崇尚暴力，陶醉於折磨和殘暴，是為虐待狂；「我」天性「血量不足」，卻有強烈的夢想流血的衝動，視鮮血為「美麗的色彩」，是為嗜血傾向；生在戰時，不懼死亡，卻對可能突然到來的死亡抱有一種「甜甜的期待」，是為趨亡心理。《假面的告白》與日本近代以告白自我身邊瑣事和情緒感受的「私小說」大異其趣，其中充滿了大量的人格分析和心理分析，具有強烈的自我解剖傾向。它以變態的人物、變態的心理為描寫對象，從而奠定了此後三島創作的基本方向。

1　本文原載《北京師範大學學報》（北京），1991年第4期。

　　三島由紀夫的第二部重要的長篇小說《愛的饑渴》（1950）更集中地表現了施虐與趨亡的心理。女主人公悅子平日與丈夫並不和睦，但在丈夫患傷寒病生命垂危之際，她卻「瘋狂地在丈夫龜裂的唇上接吻」。丈夫死後，她每夜接受公公那枯骨一般的手的愛撫，一面思戀著家中的一位年輕的園丁三郎。但當三郎強行求歡的時候，悅子卻揮鍬將他砍死。在悅子看來，正因為丈夫行將死亡，所以才可愛，正因為三郎可愛，才應該使他死亡。可以說，正是作者的施虐與趨亡心理才促使悅子殺死了三郎。

　　這種施虐心理到了長篇小說《禁色》（1951）更進一步地發展為變態的復仇。一輩子都被女人背叛的老作家檜俊輔，與絕不愛女人的男青年悠一邂逅相識。於是，俊輔以悠一那古希臘式的男性美為誘餌，一個接一個地向女人復仇，盡情地發洩他對女人們的仇恨。失去了「現實存在」資格的悠一，卻從俊輔的復仇情感中復活，開始有了生命。當俊輔發現自己愛上了這個美男子的時候，他承認了自己最後的失敗，便將自己的大筆遺產贈給悠一後自殺身亡。《禁色》中的俊輔和悠一兩個變態的人物，可以說是作者的兩個分身。作為一般男性審美與情感對象的女性，卻成了他們的惡魔和敵人，成了他們復仇的對象了。

　　從表面上看，三島以上三部作品表現的只一種變態的性愛心理，但事情並非這麼簡單。它們不是一般的反道德的性愛頹廢之作，其中有著深刻的社會學根源。表現在男女關係上的這些倒錯、施虐、嗜血、復仇與趨亡的傾向，實際上是作者與戰後日本社會之間對抗關係的一種象徵和隱喻。日本評論家野口武彥在《禁色・解說》中很有見地地指出：在《禁色》中，三島由紀夫把對戰後現實的兇暴的復仇情緒放進這個故事中去了。事實正是，青少年時代就受宣揚大日本民族主義的「日本浪漫派」影響的三島由紀夫，對日本民族和作為其象徵的天皇制抱有一種狂熱的信念。日本的戰敗及新憲法、民主政治的確

立，對日本人民來說是值得歡呼的解放，對三島來說卻無異於當頭一棒。他對日本戰敗和戰後社會產生了一種深深的滅絕感、對抗意識和悖反心態。這種心態在文學上的表現便是描寫和渲染變態的倒錯、虐待和毀滅。這種文學主題在他一九五七年發表的著名長篇小說《金閣寺》中被進一步展開了。《金閣寺》不僅是三島變態心理表現的集大成，而且也更自覺、更明顯地展示了這種心理與戰後日本社會之間的關係。

　　《金閣寺》是受一九五〇年有人放火燒掉日本著名的古建築金閣寺的犯罪事件的啟發而寫成的。但作者很大程度地撇開了對事件本身的描述，而著意塑造和表現變態的人格與心理。主人公是一名叫溝口的少年。他患有嚴重的口吃症。口吃症在他和外界之間設置了一大障礙。語言表達和交際的不暢，不可避免地導致了他的內心世界與外部現實之間的離異，從而造成了他與現實格格不入，甚至是敵對仇視的心理。他喜歡歷史上的暴君故事，決心「做一個口吃的、緘默不語的暴君」，讓自己的默默無言「使一切殘虐正當化」。把不被別人理解看成是最大的驕傲。同時，他內心的孤獨也在飛快地膨脹。他目睹了他所愛慕的有為子姑娘背叛了她的情人──一個逃兵，又與自己的情人同歸於盡的驚險場面。在那裡他親眼看到了背叛、流血和死亡，並感到那場面中的有為子「澄明而美麗」，「令我心醉」。然而就在他殘虐與孤獨的心中也有著美的偶像，那就是金閣。溝口的父親──一位鄉下的寺院主持──從小就告訴他：世上最美的要數金閣了。在溝口幼小的心靈中，金閣就是一切的美，是美的實質，是超越現實的海市蜃樓。當溝口遵循父親遺願到金閣寺當小和尚後，面對眼前的金閣，他意識到金閣的美早在他存在之外就已經存在了，於是感到了一種被美排斥在外的不安和焦躁。不過那時恰在戰爭期間，金閣隨時都有可能毀滅於戰火，想到金閣的毀滅，溝口感到──

在這個世界上，我和金閣有著共同的危難，這使我得到鼓舞，
因為我在自身與美的天國之間找到了一架虹橋。有了它，美的
天國就不能拒我千里，將我置之度外了。

能摧毀我的火也能摧毀金閣，這個想法真使我心醉，共同逢凶
罹禍源於我們共同的厄運，金閣和我廁身的世界屬於同一層
次，它和我脆弱而醜陋的肉體毫無二致⋯⋯

可是戰爭結束了，金閣寺依然故我，它「超越了戰敗的衝擊和民
族的悲哀，或者說它是在裝作超越」，自此，金閣與溝口的關係發生
了變化。雖然金閣比以往任何時候都顯得壯美，然而，溝口與金閣同
居一個世界的夢想成了泡影，「美在彼而我在此」，金閣作為一種永恆
的不變的美，與渴望騷動、施虐和毀滅的溝口形成了截然的對峙。

溝口如何消除這種對峙壯態呢？在這裡作者依然從人物的變態心
理的發展中尋求解決。對溝口來說，消除與金閣的對峙狀態的最終手
段不可能是與之統一，而是與之「倒錯」，即以自己的醜對付金閣的
美，以自己虐待的惡行褻瀆金閣的神聖，以自己毀滅金閣來消除金閣
的永恆。作者細緻縝密地描述了溝口這種醜惡而可怕的變態心理的發
展過程，並力圖表明：溝口和金閣都生活在醜惡、虐待和毀滅的環境
中，作為美與善之象徵的金閣與這個環境毫不協調，美和善在這裡顯
得蒼白無力，而只有行惡的溝口才能感受到惡的可行性和作惡的愉
快。正在這個時候，一個美國士兵教唆他踩了一位懷孕的妓女的肚
子，他從這次作惡中感到了「一剎那間的甜美」。金閣寺的方丈卻對
此事不加追究，又使溝口證實了「惡的可能」。進入大學之後，溝口
又認識了一位名叫柏木的同學，從此更深深地陷入了惡。柏木具有與
溝口一樣的外部障礙──嚴重的跛足。溝口頭一眼便發現了柏木的殘
缺的美，認為他的肉體上的缺陷「具有一種無可匹敵的美」。接著，
柏木給溝口講述了一大通驚世駭俗的行惡的哲學。柏木不以自己

跛足而自卑，反而把它視為他的獨特的存在，並引申為一種病態的惡魔式的審美觀。他「憎恨永恆的美」，因而瘋狂地追求瞬間的快樂，他聲稱自己是「懷著不被人所愛的堅定信條做愛之夢的」，因而用情欲代替愛情；他在與少女的關係中陽痿，卻瘋狂地蹂躪了一個六十歲的老太婆。只有施虐、褻瀆和犯罪才能給他帶來興奮。他一次次地以卑鄙可惡的方式玩弄女人，然後再一個個地拋棄。柏木的這些行惡哲學和「現身說法」，又把溝口向惡的道路上推動了一大步，溝口覺得從那以後，「一切都換了一種意味似地出現在眼前」。柏木教給他「一條從裡側達到人生的黑暗通道。這條路乍一看似乎是通往破滅的獨木橋」，但「它可以使自卑化為勇氣，把世間所稱的惡德再度還原為純粹的力能」。從此，溝口便開始以惡征服美、以瞬間征服永恆、以毀滅征服存在。作為溝口的光明一面的鶴川對行惡的溝口毫無約束力，自己卻脆弱地死亡。鶴川的死吹滅了溝口身邊唯一的一點光亮，使他陷入了罪惡的黑暗中。

然而，那金閣卻橫現在溝口與女人之間，使溝口在低劣的情欲和女人的肉體之前卻步，金閣作為一種絕對的靜態的觀念一次一次地妨礙溝口進入那動態的、享樂的、作惡王國。於是溝口下定決心：「總有一天，我要統治你。為了使你不再來干擾我，總有一天我要把你變為我的所有」。正在此時，他因偶然發現了方丈私生活的醜惡秘密而激怒了方丈。方丈宣布將不再把溝口作為繼承人。這樣，金閣寺與溝口的現實的對立突然形成了。溝口便把由來已久的毀滅、趨亡的衝動轉向了金閣。這時，一個在書中多次出現的主旋律又迴蕩在他的心頭：「左衝右突、逢人便殺。逢佛殺佛，逢祖殺祖，逢羅漢殺羅漢，逢父母殺父母，逢親眷殺親眷，方得解脫，不拘於物，通脫自在。」溝口終於感到，自己過去之所以總是被拒於美的門外，就是因為「殺技不足」，在障礙面前只知退卻，不知毀滅。他下定決心，一定要燒掉金閣。終於，在一個月明風急之夜，他點燃了金閣，並在金閣的毀滅中領略了瞬間的輝煌。

　　如果說，《金閣寺》之前的《假面的告白》、《愛的饑渴》、《禁
色》等小說主要是在兩性關係的範圍內表現變態心理，那麼《金閣
寺》中主人公溝口的變態心理則主要體現在他與客觀的物質的對
象——金閣——的關係之中。在這裡，金閣已超出了它的物質屬性，
它是一個象徵，它象徵著戰敗之前的日本所有的價值和最高的美。同
時，金閣又是「狂亂不安的造化」，它是十四世紀末由武士將軍足利
義滿及其幕下建造的，因此，它是日本武士精神的結晶和象徵。作者
力圖表明，由於戰敗，日本的一切傳統的價值、榮耀和驕傲都喪失殆
盡了，金閣的存在也變成了一種不合時宜的、靜態的，與戰後日本社
會的和平、民主秩序不相協調的東西。作者在書中明確寫道：「日本
的戰敗對我意味著什麼？……它不是一種解放，斷然不是。它只是不
變、永恆，是融入日常中的佛教時間的復活。」於是，溝口在戰後和
平的氣氛中感到了一種壓抑和窒息的焦躁。他渴望著「行動」，這
「行動」便是行惡和毀滅。在作者看來，日本的一切「美」都應隨著
戰敗而予以徹底毀滅。與其讓象徵日本美好傳統的金閣靜止地、不和
諧地存在於戰敗後的日本，不如讓它毀滅，讓它作為日本傳統武士道
精神的祭品，在毀滅中保持它的神聖、純潔和永恆。在這個意義上，
金閣的毀滅就是金閣的永存。為了凸現這種意圖，書中兩次提到了
「南泉斬貓」的禪宗疑難公案。方丈師傅和柏木對這個公案做了兩種
不同的解釋。但統觀全書，南泉和尚所斬掉的那隻貓與其說是美的誘
惑，不如說是靜態的美的表徵，如同金閣。柏木認為南泉斬貓是因為
美可以委身於任何人，同時不能為任何人所私有，「縱令貓死掉了，
留下的美感並沒有死」，究其實質，它與溝口燒掉金閣是一樣的。這
種以物質的毀滅求得精神永存的唯意志傾向，難道不正是日本傳統武
士在失敗和絕望面前所慣常採用的自殺手段的一種變相嗎？這種自殺
是武士道精神的核心，它企圖以肉體的毀滅求得精神上的剛正完美與
超越。

　　然而在我們看來，溝口對金閣的焚燒，連傳統武士有時還會有的捨身取「義」的「壯烈」都沒有了。溝口的行為無疑是作惡、是犯罪。三島在這裡宣揚的是以醜惡征服美，以犯罪對付社會，宣揚的是價值觀的倒錯和罪惡的可行性。一句話，宣揚的是面對日本的戰敗而無可奈何的絕望之下的反常規、反理性的瘋狂！三島由紀夫在金閣的毀滅中宣洩了這種悲哀和絕望。這是他早已具有的殘暴的虐待心理的一次大爆發。這是一種自虐，不是指向個體的自虐，而是對日本傳統民族精神的自虐。小說的主人公溝口，確切地說是作者三島本人，在燒掉象徵民族精神的自虐行為中獲得了一種消極的快感。

　　從這種變態的虐待和趨亡心理入手，我們對三島六〇年代以後的小說也可做變態心理學層面的解釋。六〇年代以後，三島由紀夫公開宣揚軍國主義，鼓吹恢復日本傳統的武士道精神，鼓吹保衛天皇和以天皇制為中心的歷史文化傳統。他在短篇小說《憂國》（1960）中直接描寫了一位軍官在忠義不能兩全的矛盾之中剖腹自殺，宣揚了對天皇的忠誠。但在他的最後一部多卷體長篇小說《豐饒之海》四部曲（包括《春雪》、《奔馬》、《曉寺》、《天人五衰》，1966-1971）的第一部《春雪》中，卻通篇描寫了對天皇的「冒瀆」。侯爵家的公子松枝清顯與伯爵家的小姐聰子自幼要好，後又相互愛戀，但清顯卻對聰子忽冷忽熱、若即若離。聰子把握不住清顯的感情，只得接受皇上敕許與親王訂婚。這時的清顯反而肆無忌憚地向屬於親王的聰子求愛，與聰子不斷幽會，並使她懷孕。這種行為冒犯、冒瀆了天皇，但清顯卻從中嚐到了這種「冒瀆的快樂」。狂熱尊皇的三島由紀夫在這裡讓主人公冒犯、褻瀆天皇，這並不像是有的評論者所說的「反映了三島在尊皇這個問題上的矛盾和苦悶」（見《春雪》中譯本前言）。實際上，三島對天皇制的忠誠是不折不扣、絕無矛盾的。他讓主人公冒犯天皇，如同溝口燒掉神聖的金閣一樣，表現了一種無可奈何的自虐心態，消極地宣洩了「神聖的」天皇在戰後喪失其神聖性的價值破滅的悲哀。

　　值得我們注意的是：在《豐饒之海》四部曲裡，作者的變態的心理描寫同狂熱而反動的政治與文化主張是多麼密切地聯繫在一起。《春雪》中冒瀆了天皇尊嚴的清顯早夭，十八年後在《奔馬》中轉生，成為一個企圖以武力推翻昭和政府的法西斯軍人飯沼勳，事敗後面對大海剖腹自殺。前期小說的變態的毀滅、趨亡傾向，在這裡發展為赤裸裸的政治性的武士道的自戕。在四部曲之三的《曉寺》裡，飯沼勳轉生的泰國的月光公主到日本留學，又沉溺於醜惡的性倒錯、同性戀中。到了四部曲的最後一部《天人五衰》中，一直目睹清顯——飯沼勳——月光公主轉生秘密的年過半百的本多繁邦，其病態的性欲發展到了嗜虐的程度。他收養了月光公主轉世的少年安永透為養子，任憑安永透對他百般虐待和折磨並以此為樂。《豐饒之海》四部曲以佛教轉世輪迴的構思，形象地展示了作者本人人生與思想的歷程——《春雪》中的貴族紈褲少年，發展到《奔馬》中的狂熱的軍國主義者，再發展到《曉寺》中的性變態者，最後是《天人五衰》中的陰沉沉的嗜虐狂。也就是說，狂熱的政治熱情與倒錯、虐待、嗜血、趨亡等變態心理是互為表裡、互為因果的。變態心理的根源主要在於反動的政治狂熱遭到壓抑後的焦慮、悲哀和無可奈何的絕望。這種心理促使他在《豐饒之海》的稿子交出版社的當天，跨入自衛隊總部並剖腹自殺。

　　三島由紀夫創作的複雜性也正在這裡。三島文學中的變態心理既不是一般的頹廢主義，也不是有人所說的「唯美主義」。他被人劃為「戰後派」，但又與反對和揭露戰爭，期望和平與民主的戰後派作家們截然相反。三島由紀夫的小說在道德的墮落中有著清醒的理智，在唯美的頹廢中有著強烈然而又是反動的政治信念和追求。他小說中人物的倒錯心理，是他與戰後日本社會畸形對抗關係的一種藝術的投射和隱喻；虐待（施虐與自虐）心理是他面對喪失了「神聖」性的日本傳統時一種無可奈何的憤恨情緒的發洩；嗜血心理基於他殘暴的武士

陰魂的復活與沖動；趨亡心理則基於三島由紀夫以毀滅、死亡求得精
神上的永存的「殉教」傾向。一句話，三島文學的倒錯、虐待、嗜血
與趨亡等變態心理是日本傳統武士道精神在當代社會中的畸變。

日本後現代主義文學與村上春樹[1]

一

　　談日本的後現代主義文學，首先要澄清的一個問題是：日本有沒有後現代主義文學？這個問題在日本國內外都存在著爭議。美國後現代主義的先驅理論家丹尼爾・貝爾在一九七三年出版的《後工業社會的來臨》中，按工業化程度把當代世界劃分為後工業社會、工業社會和前工業社會三種形態，他認為只有美國屬於「後工業社會」，而把日本劃為「工業社會」，並且認為後現代文化是後工業社會的產物。言下之意，除美國之外的其他各國──當然包括日本──尚沒有產生後現代主義文化。而美國的另一個後現代主義著名理論家弗・傑姆遜則認為當代資本主義是繼市場資本主義、壟斷資本主義之後出現的「晚期資本主義」時代，而晚期資本主義是一種多國化的、世界性的資本主義，與晚期資本主義相適應的是，後現代主義文化也是一種世界性的文化，而不是某一國的特殊現象。他據此認為，日本基本上是一個後現代主義國家。[2]在日本國內，一直到八〇年代之前，「後現代」、「後現代主義」這個詞僅在少數學者、理論家中使用，並沒有普遍流行。日本的後現代主義文化是在建築藝術中首先表現出來並逐漸被人認可的。六〇年代末，一批年輕的建築師設計建造出了一些反現代主義的建築。一九七八年，竹山實翻譯出版了英國學者查理斯・詹

1　本文原載《北京師範大學學報》（北京），1994年第5期。
2　弗・傑姆遜，唐小兵譯：《後現代主義文化理論》（西安市：陝西師大出版社，1986年），頁150。

克斯的《後現代主義建築語言》一書，從而使後現代主義的建築觀念
漸漸為人理解和認可。日本的後現代主義建築集中地表現了後現代主
義的無中心、無權威和多聲部、多樣化、求新求奇的特點。一九八三
年，日本建築學家磯崎新設計的筑波中心大樓，堪稱日本後現代主義
建築的代表，評論家稱這座建築的設計主題就是「權威的崩潰」。到
了八〇年代以後，後現代主義建築風格已普遍被理解和接受。不過，
在文學領域，情況似乎要複雜得多。因為文學和建築、繪畫等藝術形
式不同，許多本質問題往往不是可以憑外在觀察就可以下判斷的。所
以，在日本，人們可以列出大半後現代主義建築及其建築師的名單，
而在文學領域卻沒有人能夠列出這種名單。究其原因，是因為老一代
作家、批評家的創作標準、批評標準業已定型化、權威化，他們對一
九七〇年代以來出現的諸多文學現象不理解，不滿意，不推崇。日本
最有影響的幾個文學獎（例如芥川獎）的評委大都是這樣的作家。他
們認為，七〇年代以後，日本沒有出現什麼像樣的文學流派，新一代
作家的作品證明了日本文壇的不景氣、一種蕭條甚至是一種墮落。因
此，他們自覺或不自覺地拒絕稱他們為「後現代主義」，因為假如承
認新一代作家是「後現代主義」的，那就無疑等於承認了新一代作家
的先鋒性和創新性。對於這種情況，年輕一代作家也表示了強烈的不
滿。後現代主義的代表作家村上春樹一九九一年在與美國青年作家約
翰‧麥克納尼的對談中曾說：「二十年前我寫小說時，他們曾大談所
謂日本文學的衰退。如今，他們仍舊調重彈。然而日本文學並沒有衰
退，不過是評價的標準發生了變化罷了。不知為什麼，許多人討厭這
種變化。那些老傢伙，多數生活在封閉狹窄的圈子裡，他們的守護神
是他們對於『純文學』的共同認識，至少現在仍是如此。外面的世界
正在發生變化，但是他們卻對此不感興趣。」[3]另一位後現代主義作

3　原載日本《昴》雜誌1993年第3期。

家島田雅彥也對文學界的保守憤憤然，他甚至認為：「日本已經回到了陳腐發臭的時代」。[4]

　　現在看來，日本屬於後現代國家，這一點不但是傑姆遜，而且也是日本人所承認的。一方面，日本在最近二十幾年以來，已經發展為和美國一樣的「後工業社會」、「信息社會」了。也就是說，它已經具備了後現代主義文學產生的社會基礎。早在十年前，日本學者、「內向派」文學批評家柄谷行人就在《批評和後現代》中指出：在日本，「關於後現代的討論已經形成了一種風暴，它已經超越了少數學者和批評家的範圍」。評論家加藤典洋也說：「在『後現代』這個詞流行的背後，是中年職員為了不使自己落後於時代，在擁擠顛簸的班車上，皺著眉頭拼命地鑽研那些電腦和資訊科學的入門書、說明書，……」[5] 東京大學教授樺山紘一在一九八六年召開的一次「作為文化的尖端技術的考察會」上也指出：「我們正處於後現代社會形成的過程中。我們一直堅信不移的那些文化構造，事實上已經在所謂後現代社會中被消解，用時下流行的話來說，就是『脫構』或『解構』」。[6] 也就是說，日本當代社會已經發展到後現代社會了。這除了日本社會自身的發展邏輯之外，戰後美國後現代文化的大量輸入和影響也是日本後現代主義文學形成的必要條件。誠然，後現代主義文學是產生於後工業社會、資訊社會基礎之上的，但文化本身具有傳播性，即使暫時尚不具備後工業社會條件的國家，也不妨通過輸入和借鑒而出現後現代主義文學，譬如美國的一些學者就認為奈及利亞已經出現了後現代主義作家作品，許多人認為近幾年中國也出現了後現代主義文學，道理就在這裡。而日本無論在內部條件和外部條件上，都具備了後現代主義發育和成長的充分條件。

4　島田雅彥：《永劫回歸機械的華美》（東京：岩波書店，1988年），頁146。

5　轉引自笠井潔著：《遊戲這種制度》（東京：日本作品社，1985年），頁60。

6　林雄二郎編：《尖端技術和文化的變容》（東京：日本廣播出版協會，1988年），頁87。

　　我認為，日本後現代主義文學產生於本世紀六〇年代末和七〇年代初。在這一時期，日本已經成為經濟高度繁榮的發達的資本主義國家了，絕大多數人認為自己屬於中產階級，社會生產力和社會購買力同步繁榮，勞動生產率的提高，使人們占有了較多的業餘時間；在「汽車文化」普及的同時，人們頻繁出入高爾夫球場、網球場、棒球場、餐廳、咖啡廳、舞廳、歌廳等，一種高層次的消費文化已經形成。於是，以一種全新的視角、全新的態度描寫這種發達繁榮的工業社會、消費社會的文學作品應運而生。日本文學正在悄悄地發生著革命性的轉折。

　　日本的後現代主義文學和歐美國家的後現代主義文學一樣，不是一個流派，而是由不同團體流派、不同作家形成的大體一致的創作思潮。大體說來，自六〇年代末和七〇年代初至今，屬於後現代主義的文學流派有：（1）內向派；（2）都市文學派；（3）兒童派。這三個團體流派在時間上先後相續，在創作上具有廣泛的共同點。「兒童派」核心作家島田雅彥承認內向派作家是他們的「父輩」作家，因為「兒童派」和「內向派」在反映當代個性文化喪失這一點上是一致的。其實，如果「內向派」是「兒童派」的「父輩」作家，那麼，對「都市文學派」來說，「內向派」則是他們的「兄輩」作家了。這兩個流派都以後現代的視角表現當代都市人的生存狀態。總之，「內向派」、「都市文學派」和「兒童派」構成了最近二十幾年來日本後現代主義文學的主流。

　　以前，許多評論家都把「內向派」劃歸現代主義文學的範圍。其實，「內向派」是有別於現代主義的。首先，「內向派」的基本特點是創作視野的收縮和內傾。日本的現代主義流派，自二〇至三〇年代的新感覺派、新心理主義、直到戰後的「戰後派」，都是具有強烈的社會意識的，現代主義作家們在人與社會的關係中尋求創作的支撐點。如橫光利一的《機械》、安部公房的《牆壁》、《沙女》等現代主義名

作，都把人與社會的對立、人的異化作為創作的出發點。然而「內向派」一出現，便呈現出與前此的現代主義迥然有別的特點，這使許多評論家感到不習慣，感到困惑。評論家小田切秀雄是「內向派」的最早發現者，他認為這個新的流派的特點是「只想侷限在個人的圈子裡」，「脫離意識形態」，所以他不無貶意地稱這些作家為「內向的一代」。評論家松原新一也在這一流派出現時，歎息「參與社會的文學正在消失。」現在看來，小田切秀雄當時給這個流派取名為「內向的一代」（內向派），是十分恰切的，正是「內向」這個詞，準確地概括和揭示了這個流派的「後現代」性質。美國後現代主義理論家哈桑認為，後現代主義有別於現代主義的特徵有很多，但最根本的兩個特徵是「不確定性」和「內向性」（又譯「內傾性、內在性」）。在哈桑看來，所謂「內向性，就是人對社會環境的適應，是主體的內縮，它不再具有超越性，不再對精神、價值、真理、終極關懷、善惡等問題感興趣，而是退縮到個人的生活和感覺中。而這些正是日本「內向派」作家的最主要的特點。內向派評論家秋山駿認為：六〇年代以後，日本的都市社會大規模形成，被稱為「團地」的現代化公寓樓群拔地而起，其特點是沒有個性，沒有人情味，千篇一律。公寓的一層層牆壁和玻璃把人們隔開，把人們孤立開來，那牆壁不只是鋼筋混凝土的牆壁，而是一種抽象的牆壁，所有的人都被自己以外的人所拋棄，所有的人都彷彿處在孤獨的沙漠裡。這樣一來，主體、自我便失去了外在對象，失去了自我存在的證據，於是描寫自我的迷失（無個性）與價值的消解（無意義）便成為「內向派」作家的共同特色。內向派的代表作品，古井由吉的《杏子》和後藤明生的《夾擊》表現的都是這種無個性和無意義。《杏子》中的女主人公、精神失常的杏子是喪失了自我的孤獨的存在。而《夾擊》則描寫了主人公徒然的尋找：「我」「丟失了」一件二十年前去京都趕考時穿的舊軍大衣，找了整整一天，動作上的尋找，思緒的聯想回憶，結果一無所獲，不了了之。這

裡實際上表現的是自我與外在的「失去聯繫」，而「尋找」也只是一種沒有結果的純粹的「過程」，它所尋找的僅僅是自我的一種感覺，歸根到柢，是自我在一個封閉的圈子裡團團亂轉罷了。這樣的作品當時許多人抱怨「看不懂」，它們和以前的現代主義作品顯然不同：現代主義的情節有時儘管荒誕，但卻隱含著某種形而上的比較確定的意義，而內向派作家卻一味表現「無意義的人，在無意義的地方，過著無意義的生活」；現代主義小說為自我的喪失而掙扎和反抗，而內向派卻陷人了一種「輕薄的虛無主義」（小田切秀雄語），玩味著內心的感受。

這種「內向性」，到了一九八〇年代，在一群更年輕的作家身上就體現得更為明顯了。這些青年作家群體被評論家稱為「都市文學」派，事實上，從表現都市生活這一角度看，內向派文學同時也是都市文學。所以說，都市文學派是內向派的合乎邏輯的發展。或者說它是日本現代都市社會、消費社會進一步發展的產物。「都市文學」也和「內向派」文學一樣，它不是一個具有共同理論主張的文學流派，而是一種不約而同的創作思潮。進入八〇年代以來，都市文化已形成了一個為數可觀的作家群體，現在看來，說整個八〇年代日本文壇的主潮是都市文學也不過分。這股創作思潮興盛伊始，評論家川本三郎在一九八一年就發表了〈「都市」中的作家群——以村上春樹和村上龍為中心〉一文，最早敏銳地提出了「都市文學」這一概念。川本三郎在稍後撰寫的題為〈都市的感受性〉的論文裡，認為以村上春樹為首的「都市派」文學的特點是符號性、無機性、斷片性、非個人化。一般認為，除了村上春樹和村上龍之外，屬於「都市文化派」的還有田中康夫、中上健次、立松和平、桐山襲等一批新進作家。

在「都市文學」派尚處於鼎盛之時，另一個新的後現代主義創作群體——「兒童派」又登場了。八〇年代中期，《東京新聞》上的一篇評論文章把六〇年代以後出生的一些具有創新精神的年輕作家稱為

「兒童」派。這些作家包括小說家島田雅彥、小林恭二，詩人城戶朱理，評論家富岡幸一郎等。說他們是「兒童」派，本含有年輕稚嫩之意，但該派作家對這個名稱，或欣然接受，或表示默認。「兒童派」作家年輕氣盛，他們似乎比「內向派」、「都市文學」派更具有「後現代」氣質。他們既反對傳統舊文壇，同時也對稍早於他們的都市文學派表示不滿。島田雅彥等人曾公開批評村上春樹，說他只會寫獨白，不會寫對話；小林恭二則諷刺村上春樹只能寫過去，不能寫未來。總的來看，「兒童派」作家和都市文學派作家的主要不同點在於：兒童派文學摒棄了村上春樹那種以個人感受為中心的自傳式的寫法，他們作品的取材和描寫的範圍比村上春樹要寬廣一些。「兒童派」的「後現代」性首先體現在他們試圖描寫出當代信息社會、高科技社會中人的心理和行為。例如島田雅彥就致力於描寫當代人的無節制的消費、享樂的欲望。並對由此可能帶來的毀滅性後果表示了憂慮。「兒童派」的「後現代」性還表現為對文本的「瀆犯」。例如島田雅彥的小說《彼岸先生》是以日本近代作家夏目漱石的名作《心》為範本改寫出來的，它體現了後現代主義作品的所謂「互文性」，同時島田雅彥聲稱《彼岸先生》是對《心》的「瀆犯」，是對原有文本的「解體」。總之，以島田雅彥為核心的兒童派作家企圖在反叛既有敘事方式的基礎上，建立自己的新的敘事方式。這一努力在小林恭二的代表作《小說傳》和島田雅彥的代表作《神秘的跟蹤者》、《夢遊王國的音樂》中都已經表現出來。

　　日本當代文壇是一個十分複雜的存在，日本的後現代主義文學也是一種十分複雜的文學現象。我們從總體上說內向派、都市文化派、兒童派是日本的後現代主義文學流派，但這並不是說屬於這些流派的每一位作家都是典型的後現代主義作家，更不能說在三個流派之外，就沒有其他後現代派作品了。事實上，還有一些典型的後現代主義文學，但日本文壇並沒有把他們劃歸於哪一派。例如六〇年代末期就在

文壇成名的小說家丸山健二，堪稱是日本後現代主義的先驅作家，他在《現在是正午》（1968）、《我們的假日》（1970）等作品中首先創造了典型的後現代文體，表達了典型的後現代感受。內向派、都市文化派等的最早淵源可以追溯到他。尤其是村上春樹，在創作上與丸山健二有十分明顯的繼承關係。還有八〇年代在日本文壇成名的高橋源一郎，也是一個不可忽視的日本後現代派的重要人物，他的獲一九八八年度三島由紀夫獎的小說《優雅而又感傷的日本棒球》是名副其實的後現代主義小說，他大量採用解構、反諷、遊戲等後現代寫作手法。評論家秋山虔說：高橋源一郎的作品「像玩撲克牌一樣把各種故事斷片拼接起來，在每個片段中，作者都在做語言的遊戲、遊戲的文學。」[7]

二

作為村上春樹有關主要作品的中文本譯者[8]，我認為可以把村上春樹的作品作為日本都市文學，乃至日本後現代主義文學的典型文本加以解剖。因為他的作品鮮明地、集中地體現了後現代主義作品的一系列特點。

首先，村上春樹的作品充分體現了後現代主義文化的總體氛圍：消費性。在那裡，主人公都是不知饜足的消費者，以消費的態度面對周圍的一切。村上小說中有一些出現頻率最高的中心詞，如啤酒、咖啡、威士卡；外國遊戲機、唱片、電影、電視、外國小說，還有女人。這些東西構成了主人公日常生活中的基本的消費品。村上在他的

7　秋山虔：《生的磁場》（東京：小澤書店，1982年），頁410。

8　本文寫作時，作者已經譯出了村上春樹的《1973年的電子遊戲機》和《尋羊冒險記》，但接著中國加入《世界版權公約》和《伯恩公約》生效，因事先未獲得翻譯版權許可，而一直未能出版（作者補注）。

《聽風的歌》中，曾讓主人公做了一個饒有趣味的統計：在一九六九年八月十五日至一九七〇年四月三日的八個月期間，他在大學聽了三五八次課，性交五十四次，吸煙六九二二支。一九七〇年暑期，主人公「我」和朋友「鼠」一起，喝光了足以灌滿二十五公尺長的游泳池的巨量啤酒。剝掉的花生皮可以鋪滿數百米長的馬路。村上筆下的主人公全部以消費者的姿態，近乎本能地消費現代社會所能提供的一切：物質的、肉體的、文化的。飲食男女、聲色口腹之樂，就是他基本的生活內容，完全使自己沉溺於現代都市消費社會的汪洋大海之中。在這裡，特別需要指出的是村上作品對「性」的消費性態度，正如美國學者 W・墨非所指出的：性是後現代主義所關注的中心，「被保留用作探索有效知識的特點的術語是色情和肉欲，而不是穩定性」。[9]在村上的作品中，性描寫占有極其重要的地位。對於作品中的人物來說，性就是日常，日常就是性，兩性交往和交合就如喝一杯咖啡、聽一首爵士樂曲一樣輕鬆隨便和自然。沒有社會規範的束縛，沒有內心道德律令的干預，沒有責任感，也沒有悲劇性或喜劇性，一切都是平平常常，一時需要而已，別無其他。這種對性的消費性態度顯然有別於傳統現實和現代主義。現實主義中是在性的描寫中揭示人的社會關係；現代主義則在性的描寫中探究人的生存本質，尤其是形而上的存在本質，而這種後現代主義卻「滿足於卑微的形而下的愉悅」。為了切斷性的現實主義或現代主義性質，使性成為孤立的兩性的日常，村上在他所有的小說中都使性超乎家庭束縛之外，他樂意描寫那種萍水相逢、邂逅相遇式的不穩定的兩性關係。正因為是脫離了社會關係的純粹的性，村上的性愛描寫露骨卻又天真，帶有兒童遊戲似的超然。所有的兩性關係都沒有悲劇發生，至多不過有失落之後的

9　約翰・W・墨菲：〈後現代主義對社會科學的意義〉，見王岳川、尚水編：《後現代主義文化與美學》（北京市：北京大學出版社，1992年），頁171。

一絲淡淡的惆悵罷了。這種性愛的不穩性、飄忽性、隨意性和重複性，其結果便帶來性愛價值的喪失。村上的暢銷三百萬冊的長篇名作《挪威的森林》便集中表現了這一點。這裡有女主人公直子的靈與肉的背離，也有「我」的性愛選擇的迷失，而永澤的一番話則似乎道出了「後現代」性愛的真諦：和自己睡覺的女孩兒越多，自己越是麻木，越是無感覺。「任憑搞多少都是一個模式」，大多是一次性消費，連對方的長相都懶得記下來。在《世界末日與冷酷仙境》中，主人公甚至認為：「在與眾多的女子睡覺的過程中，人似乎也越來越具有學術性傾向，性交本身的歡娛隨之一點點減退。」這就是後現代的「重複」法則。「重複」使一切都成為「日常」，使一切都符號化、模式化、平板化、麻木化，因此一切也就在這種重複中消解了。

村上作品的另一個重要的特點正是體現在這種「消解」上，——自我的消解，意義的消解。自我的消解也就是自我的迷失，也就是自我失去了外在對象的印證，從而喪失自我存在的證據。這一點顯然是與內向派作家後藤明生的《夾擊》是一脈相承的。村上的長篇四部曲——《聽風的歌》、《一九七三年的彈球遊戲》、《尋羊冒險記》、《舞吧、舞吧、舞吧》——體現的正是「迷失——尋找——迷失」這樣一種循環。在《一九七三年的彈球遊戲》中主人公懷著若有所失的心情，去尋找一條似曾相識的狗，後來又費盡周折，尋覓一台美國進口的、日本僅存的彈球遊戲機；在《尋羊冒險記》中，主人公「我」又半推半就地受一個右翼組織指派，千里迢迢尋找一隻長有星形斑紋的羊，羊好不容易找到了，一直跟隨他尋羊的情人、一個高級娼妓卻又不翼而飛；可是在《舞吧、舞吧、舞吧》中，「我」又重遊故地，尋找昔日的情人。所有的這些尋找，其間似煞有介事、歷盡曲折，但無論找到沒找到，似乎都看不出非要找到不可的理由，最終不了了之。在這裡，「尋找」本身是一個純粹的過程，這是一個無必然性，也無充分必要性的「過程」，而結果只有茫然，或者說沒有結果。這樣一

來，作者便消解了「尋找」的意義，從而也消解了人物行為的意義。村上春樹在《一九七三年的彈球遊戲》中曾表白說，一直不斷地尋找點什麼，人活著才有點樂趣；在《世界末日與冷酷仙境》中，主人公「我」在「冷酷仙境」中，對著一塊獨角獸骨「讀夢」不止，卻不知道這有什麼意義。小說的中那個女孩對「我」說：「意義那個東西和你的工作本身沒有多大關係」。人活著，不在於弄明白為什麼要做，重要的是要做點什麼，尋找點什麼，不管什麼都行。這似乎正是村上創作的一個出發點，是典型的後現代主義的人生態度，也是村上的創作態度。這種消解意義的傾向在村上作品中表現為無主題、無中心、無含意。正如他在〈為故事冒險〉一文中所說的：「小說中的所謂主題已經完全失去了意義。也許從結果看，會出現所謂主題，但並不是一開始就確定我要寫某一主題。我確信，那種狀況下寫出的小說毫無意義。說到底，如今的年輕人沒有值得描寫的對象了，只不過因為活著，才感覺到生存中的苦悶、善惡、矛盾和紛雜，爾後，便產生了表現的欲望。這種表現欲確實具有特殊性質，與想當小說家之類的功名欲與野心不同。人人都想表現點什麼，人人都有表現欲」。這是一種近似遊戲的、超功利的創作態度，拒絕為某種目的寫作，拒絕形而上的意義的探求。事實上，不必說村上的大多數作品確實沒有什麼傳統意義上的主題，而且，就連作品中的許多貌似玄虛、似有深意的荒誕情節，如《大象失蹤》中的大象神秘地不翼而飛，《盲柳與睡女》中的公共汽車走的那條莫名其妙的線路，《世界末日與冷酷仙境》中的「影子人」等等，這些荒誕情節與現代主義中的有關荒誕情節迥然不同。現代主義小說寓真實於荒誕，寓哲理於荒誕，而村上筆下的荒誕情節只表現出一種感受，其間真假難辨，莊諧並出，並沒有確定的意義，也就無法加以闡釋。作者以此來表達一種平面化的都市生活感受：生活在現代都市，每一個人都是一個渺小的個體，在這都市的花花世界裡有許多奧秘，有許多不可思議的東西，你無法理解，無法把

握，但也不必為此焦慮，你只有去感受，帶著一種消費者的眼光，一種好奇的、天真的眼光去感受，去玩味，從而獲得一種「輕鬆和瀟灑」。村上的成功之處，就在於成功地塑造了這種「感受型」、「消費型」的後現代人格，其特點是平面化、符號化、無性格化、無邏輯性、無機性和非理性。他們不再像現代主義小說中的人物那樣為自我與社會的異化而痛苦，而反抗，恰恰相反，像《尋羊冒險記》中的「我」那樣，面對來自社會權威的壓力，他們妥協順從。他們處於一種方向迷失、自體懸空的失重狀態中，表現出一種百無聊賴，無可無不可的狀態。他總是在緊張嘈雜的現代都市中保持著一種超然的優閑，在酒吧間、咖啡館交換著漫無邊際的對話，或獨自待在公寓裡胡思亂想。這就是後現代主義作品中的人物的生存常態：不再為沉重的壓迫而喘息，卻因輕飄飄的失重而茫然，這就是所謂「生命中不能承受之輕」！處於這種失重狀態的人物，沒有痛切的感覺，沒有深沉的痛苦，沒有執著的信念。有的只是一點點哀愁，一點點憂傷，一點點無奈，一點點調侃，一點點惆悵。這就是村上筆下的後現代人的綜合感覺。

　　日本的後現代主義從六〇年代末七〇年代初初露端倪，到現在已有二十來年的歷史了。儘管對後現代主義，日本國內的評論家和研究者還有不同看法，但是日本的後現代主義事實上已經成為日本文壇上不可忽視的創作潮流，它不僅在日本國內擁有眾多的讀者，而且在世界上也產生了不小的影響。近些年後現代主義作家高橋源一郎、島田雅彥，特別是村上春樹等，已在國際文壇上引起了關注，他們的作品已經成為世界後現代主義文學的一個重要部分。筆者希望對日本後現代主義文學的譯介和評論，能為中國的文學創作和文學評論提供一種有益的參照。

為有源頭活水來

——日本當代中國題材歷史小說簡論[1]

　　當代日本歷史小說，按其取材類型，基本上可分為日本歷史題材小說和中國歷史題材小說兩大類。所謂「中國題材歷史小說」，就是以中國歷史為舞臺背景、以中國人為描寫對象的小說。按筆者考察，在日本當代歷史小說中，日本歷史題材的作品大約占到百分之九十以上，中國歷史題材的作品約占百分之十，其他國家的題材極少，可以忽略不計。換言之，當代日本的歷史小說，從題材上看是由中國歷史和日本歷史兩方面構成的。從一九四〇年代以後直到今天的半個多世紀中，主要以中國歷史小說創作而知名的作家，有中島敦、武田泰純、陳舜臣、伴野朗、宮城谷昌光、塚本青史等，而更多的作家是日本題材與中國歷史題材雙管齊下，其中有海音寺潮五郎、井上靖、司馬遼太郎、柴田煉三郎、原百代、三好徹、北方謙三、荒俣宏、津本陽、田中芳樹、安西篤子等，近年來又出現了桐谷正、井上佑美子、藤水名子、酒見賢一、新宮正春、東鄉隆、中村隆資、真樹操、立石優、太佐順、森福都、菊池道人等中國歷史小說新作家，加在一起有二十多位。而且戰後半個世紀以來，在中國題材歷史小說創作領域中，作家們也形成了明顯的作家「世代」與「群體」，形成了代代相繼的梯隊結構。假如按照日本人劃分年齡階段的方法，將十年作為一「代」（例如「三十代」指的是三十歲至三十九歲）來看當代中國題

---

[1]　本文原載《社會科學家》（桂林），2007年第6期。

材歷史小說作家梯隊結構的話，那麼，從一九五○年代至今的半個多世紀，已經有五代作家陸續登場──

　　第一代：一九一○年代出生，一九五○年起步：井上靖、海音寺潮五郎等；

　　第二代：一九二○年代出生，一九五○年代末起步：司馬遼太郎、陳舜臣等；

　　第三代：一九三○年代出生，一九七○年代起步：伴野朗等；

　　第四代：一九四○至一九五○年代出生，一九九○年代起步：宮城谷昌光、塚本青史、田中芳樹等；

　　第五代：一九六○年代前後出生，一九九○年代末起步：藤水名子、井上佑美子、酒見賢一等。

　　這就形成中國題材歷史小說家世代之間的縱式結構，而且從橫向上大部分作家之間具有明顯的師承或私淑、乃至同學朋友關係，具有一定的群體性和連帶性。如「日本歷史小說第一人」司馬遼太郎與「中國題材歷史小說第一人」陳舜臣是大學同學，關係密切；司馬遼太郎以海音寺潮五郎為師，創作上受到海音寺潮五郎的提攜；伴野朗、田中芳樹以陳舜臣為師，在創作上受到陳舜臣的影響；宮城谷昌光私淑海音寺潮五郎，在創作上受到海音寺潮五郎的影響。總體上看，老一輩中國歷史小說家，對新一代的作家的崛起有相當的垂範、帶動作用。田中芳樹在一段文字中，曾談到這個問題。他寫道：「魯迅說過：地上原本沒有路，走的人多了，它便成了路。所謂『中國題材』的創作現在正成為一條大路，都是那些篳路藍縷的前輩先生的恩惠。」[2] 這段話既表現了後輩作家的知恩和謙遜，也表明了由於世代交替，互相提攜與互相影響的關係，表明當代日本的中國歷史小說家

2　陳舜臣、田中芳樹：《談論‧中國名將の條件》（東京：德間文庫，2000年），頁174-175。

們已經形成了一個「文壇」。雖然這個「文壇」的規模還不太大，作家人數不太多；雖然中國題材歷史小說在日本當代歷史小說中所占的比重只有百分之十左右，但由於作家的勤奮和多產，作品數量卻頗為可觀。據筆者的大體統計，戰後半個多世紀以來，中國題材的歷史小說，光長篇作品大約就有二百種左右，短篇作品數量更多，收編成集的短篇小說就有幾十部，三分之二以上是一九八〇年代後出版的。其中，陳舜臣一個人的長篇小說就有三十部，宮城谷昌光長篇小說就有十幾部，而且多卷冊長篇居多。中國題材歷史小說中，獲得直木獎等各種文學獎的作品，成為暢銷書或常銷書的作品，所占比例也不小，影響也相當大。

　　一九五〇年代以來，特別是一九八〇年代至今，中國題材的歷史小說創作呈現出越來越繁榮的景象，其中有多方面的原因。

　　首先，中日歷史文化是同根同源的關係，一直以來，日本人將中國的古典視為自身文化遺產的一部分，對於中國古代歷史文化，從文化人到普通讀者都沒有多大隔膜感。儘管近代以後中日之間經歷了戰爭等種種波折，但即使在主張「脫亞入歐」的明治時代前期，中國歷史文化也沒有被「脫」掉，而且即使是「脫亞論」的首倡者福澤諭吉本人，其漢學修養就相當不錯，他能讀懂文言文、擅長漢詩和書法。在近代以西化教育為主導的教育體制下，日本這幾代人的中國歷史文化的修養整體上看是差多了，但一九七二中日邦交正常化以來，特別是隨著中國改革開放、中日經貿、文化關係越來越密切，日本國民對中國越來越關心和關注，閱讀有關中國方面書籍的人越來越多，學漢語的人也越來越多，這些都成為中國題材歷史小說繁榮的現實的與心理的基礎。

　　小說家們從中國歷史文化中取材，固然存在著語言上的巨大阻隔和障礙。但是，由於日文中也使用漢字，漢字就成為日本作家理解中國文化的一個有力的紐帶。漢字使日本作家產生了一種文化上的連帶

感。作家們不是將中國歷史文化作為純粹的異國文化，而是將中國歷史文化作為日本文化的源頭，以尋求日本人精神故鄉的心情進行創作。正如宮城谷昌光所說：「閱讀古代中國的史料，很有意義。我想，探尋一個詞在中國的原意，豈不就是探求日本人思考的源流嗎？」又說：「我寫以中國古代為舞臺的小說，並非要向現在的日本讀者炫耀自己得到的知識。而是有一個強烈的念頭，想弄明白日本究竟是什麼，所以才寫。」[3] 他甚至覺得，使用漢字成了自己思維靈感的重要源泉，一旦對漢字的使用加以控制、對漢字的興趣減弱的時候，連故事情結的構思都會受到嚴重制約。想想除日本之外，原本像日本一樣也使用漢字的東亞有關國家，一九五〇至一九七〇年代後，卻在某些狹隘的民族主義者的主導和主張下，為淡化和擺脫中國文化的影響，將其民族語言中本來就有的漢字人為地完全剔除，寧願付出因同音詞過多而有可能讓人不知所云的代價、寧願付出讓自己的國民讀不懂用漢文寫成的大量民族歷史文獻的代價，而也在所不惜。相比之下，在日本，儘管明治年代有人在討論文字改革的時候，曾提出廢除日文（包括漢字），使日語拉丁化，但正如五四時期中國的漢字廢除論一樣，只不過是特殊背景下西化思潮的一種反映而已。事實上，日本一直沒有試圖用廢除漢字的方法來「純潔」其民族語言，而是把漢字作為其民族語言、民族文化的有機組成部分。這是一種健康的、開放的文化襟懷。日本文化能夠一直充滿活力，日本文學的高度發達，中國題材歷史小說的創作的繁榮，無疑都得益於此。

　　除了有著同根同源的文化，除了漢字的紐帶之外，日本對中國歷史典籍及文學作品翻譯也相當重視，積數百年之功，迄今已經相當完備。許多重要作品都有數種不同的譯本出版，特別是規模宏大的《中國古代文學大系》（全六十卷）和《新釋漢文大系》（全一百一十六

3　宮城谷昌光、秋山虔：〈いま〈樂毅〉問いかけるもの〉，《波》1999年10月號。

卷）等叢書的問世，作為常銷書，為作家們閱讀中國文獻提供了很大
的方便。那些不懂漢語的日本作家，只要利用各種各樣的譯本就可以
系統了解中國歷史文化，從中國歷史典籍中取材也就變得切實可行
了。同時，日本漢學在日本學術史上已經成為一種源遠流長的學術傳
統，學者們對中國歷史文化、對中國文學的研究歷來相當重視，他們
對中國古代文獻典籍的研究的水平並不在中國學者之下。例如對甲骨
文的研究、對《史記》的研究，對唐詩的研究等，甚至令中國同行欽
歎。這種研究進一步強化了日本人對中國歷史文化的親近感、認同
感，也為作家們學習、理解中國歷史文化，提供了大量可資參考的
資料。

　　另一方面，日本的歷史小說具有悠久傳統，十二世紀的《今昔物
語集》、《平家物語》等戰記物語，都屬於歷史小說或歷史文學。上千
年的取材，使得日本的歷史題材幾乎被寫盡了。有時候一個重要人
物、一個重要事件，竟有十幾部、乃至幾十部長篇小說去寫，作家們
不免感到，再寫下去，勢必難出新意。因此，在博大精深的中國歷史
文化中尋求靈感和題材，是有見識、有頭腦的作家的必然的選擇。一
九九四年，中國題材歷史小說的新一代作家藤水名子曾在《長安遊俠
傳》的出版招待會上說過：「以日本為舞臺的時代小說已經有很多偉
大的作家了，好像再也沒有躋身其中的餘地了，所以我就寫以〔中
國〕大陸為舞臺的作品。」藤水名子的感受和選擇在中國題材歷史小
說作家中，恐怕是很普遍的。一旦做了這樣的選擇，光輝燦爛、綿長
悠久的中國歷史文化，就打開了日本作家的眼界，豐富了他們的想像
力，成為他們取之不盡的題材寶庫。

　　日本的中國題材歷史小說創作，體現出了某些基本一致的傾向。

　　第一個是主題傾向，總的來說是褒揚中國歷史文化。

　　從主題傾向上看，作家們在作品中普遍表現出對中國歷史文化的
景仰心情，對中國社會和中國人民所抱有的善意的理解和尊重。日本

當代中國題材的歷史小說作家，基本上都是主張中日友好的人士，至少是重視中日關係的人士。一九五〇至一九六〇年代及中國的「文化大革命」年代，在中日兩國沒有正常邦交的情況下，有關作家由於種種機緣，來往於日中之間，起到了橋樑與溝通作用。例如，那時的井上靖、陳舜臣、司馬遼太郎等，多次來中國訪問和取材，他們回去以後所寫的紀行文章，對中國的看法雖有不可思議之處，但基本上是尊重中國國情的，是善意的。其中井上靖先生生還擔任了日中文化交流協會會長等職務，為中日兩國的交流付出了很大努力。即使是對「文化大革命」那一特殊時期的中國，有關作家仍抱著善意的理解心情。如中國題材作家伴野朗曾作為朝日新聞社的記者常駐中國，在一九七三年與他人合著的圖片資料集《中國大觀》中，所收照片均是反映文革時期中國社會光明面的，而對當時政治的混亂和經濟的凋敝局面並無反映、指摘或批判，這或許是因為當時外國記者在中國採訪的允許範圍有限，也反映了戰後朝日新聞社的對中國的一貫立場和態度，同時也表現了伴野朗本人超越意識形態的、對中國歷史文化的尊敬及對現代中國的尊重。

對中國的現實是如此，對所描寫的中國歷史更是如此。在有關作家的作品中，弘揚中國文化，將中國歷史人物英雄化，是一種普遍的傾向。即使是寫中國歷史上有一些負面評價的、有爭議的人物，他們也從弘揚中國歷史文化的角度出發，不對歷史人物做過多的道德評價，甚至站在肯定的角度上作出相反的評價。例如，在宮城谷昌光的筆下，淫蕩的夏姬是一個值得同情善良的女人，原百代的《武則天》站在現代女性主義的立場上，努力描寫出作為一個明君聖上、一個偉大女性的武則天的形象，扭轉了長期以來站在男權主義角度對武則天的荒淫殘忍的定性和歪曲。再如，從《漢書》開始，史學家們均站在維護王朝正統性的立場上，視王莽為謀反者和篡逆者，而給予否定的評價。塚本青史在以王莽為題材的長篇小說《王莽》中，卻從另外一

個視角來看王莽。在塚本青史筆下，王莽是一個少有大志、刻苦讀書、篤信孔孟學說、富有責任感、勇於改革的政治家，其改朝換代也受到了民眾的熱烈支持。而淺田次郎在《蒼穹之昴》中，甚至對晚清的慈禧太后、李鴻章，都從另外的視角予以正面的描寫和評價。

　　第二個是取材傾向，表現為大都取材於古代，主要是先秦兩漢魏晉，而近現代史取材偏少。

　　日本作家的中國歷史小說，多選中國古代史題材，而近代題材史較少，其原因是多方面的。這主要是因為上千年來，中國古代歷史文化已經融入日本文化中，對於中國歷史上的許多人物、典故，日本已經「視為己有」，不把它看成是純粹的外來文化。這其中，與三種中國典籍在日本的深刻影響極有關係。第一部書是司馬遷的《史記》。《史記》早在平安時代就傳入日本，歷代日本學者都有大量的訓讀、注解、翻譯和研究。日本人對西漢之前中國歷史的了解，主要是靠《史記》。當代中國題材的歷史小說家的第一本案頭必備書當然也是《史記》。有些作家，如海音寺潮五郎、宮城谷昌光的有關作品幾乎全部取材於《史記》。作家們不光從《史記》中取材，也從《史記》學習觀察事件、描寫人物的角度和方法。例如伴野朗在《感謝司馬遷》一文中認為：《史記》有三個特點，第一是「記述的正確」，第二是「現場優先主義」，第三是有自己確定的歷史觀，所以他說：「這一生能夠與司馬遷及其《史記》相遇，是最大的幸運和快事。感謝您，司馬遷！」[4] 對日本作家的取材傾向有較大影響的第二部書就是《三國志》及《三國演義》，在日本歷史上曾形成了好幾波「三國熱」，諸葛亮、曹操的名字在日本可謂家喻戶曉。在近一個世紀裡，有那麼多的作家寫三國志，那麼的漫畫家畫三國志，那麼多的學者談論三國

4　伴野朗：〈司馬遷に感謝〉，見《中國歷史散步》（東京：集英社，1994年），頁251-252。

志，許多都是大同小異，作家們競相寫三國題材，出版社競相出版三
國題材。但迄今為止，讀者群體非但沒有厭倦，沒有萎縮，卻一天天
增長著、更新著，直至近日，高熱不退。這表現了日本作家、出版者
和讀者身上的一種強烈的趨同傾向：一種類型的作品一旦暢銷，作者
和出版者則群起而摹仿之，讀者規模也相應地隨之擴大，久而久之，
某種作品便出現了定型化傾向。而出現了定型化，則往往意味著培育
出習慣了這種定型化的穩定的讀者群。這是一個很值得玩味的閱讀現
象。對日本作家的取材影響較大的第三種典籍是《十八史略》。《十八
史略》是宋末元初的學者曾先之編纂的以各時代的正史為底本的史料
集，該書早在室町時代末期（16世紀後期）傳入日本，後來在日本
出現了不少對此書的注釋書和訓讀書，流傳廣影響大，乃至出現種種
冠以「十八史略」、「新十八史略」之類的讀物。由於該書資料截至宋
代，所以憑此書日本人無法了解宋代以後的中國歷史。總之，在日
本，由於後來還沒有其他史書像《史記》和《十八史略》產生那樣的
影響，因而一般日本人、也包括取材於中國歷史的作家，對西漢以前
的歷史最熟悉，也最感興趣，其次是對宋代以前的歷史較為熟悉。作
家們在取材的時候，既受到現有的中國歷史知識結構的制約，也有必
要考慮讀者現有的接受視域和閱讀興趣，於是造成了中國歷史小說取
材上重古代史（尤其是春秋戰國時代和三國時代）、輕近古史的傾
向。近年來，年青一代作家意識到了這個問題，並有意加以改變，如
田中芳樹，他認為作家們在中國幾千年的歷史中，只在幾個領域反覆
挖掘，「反覆折騰，真是太可惜了」，所以有意避開先秦兩漢三國時代
的取材傾向，而側重隋唐宋元明等時代，反映了他在題材上獨闢蹊徑
的創新追求。

　　至於中國近現代史方面，則取材更少。近現代史剛剛過去一百來
年，因為缺乏足夠的時間距離，由於中日歷史文化同源異流、爾後分
道揚鑣，因而中國近現代文化不能蒸餾至日本文化的體系中，再加上

日本在中國近代史上所扮演的角色並不光彩，日本文化界學術界在歷史認識問題上存在若干誤區，許多話題令日本人、包括日本作家難以把握或不願觸及，而且在戰後成長起來的這一代作家的知識結構中，由於教育體制、教科書的編寫等多種原因，中國近現代史知識也相對薄弱。因而，日本文學中的中國近代歷史題材作品在一九九〇年代之前極少。在這種情況下，華裔作家陳舜臣有意識地改變這種狀況，將相當多的精力投入到中國近代史題材的歷史小說創作中，除了許多短篇作品外，更寫出了幾部相當有分量的、有特色的長篇巨著，主要有《鴉片戰爭》、《太平天國》、《大江不流》、《桃花流水》、《山河在》、《青山一髮》等，一九九〇年代中期後又有新一代作家淺田次郎出版了近代史題材的《蒼穹之昴》。總體來說，近現代題材還相當薄弱。而且，陳舜臣的《鴉片戰爭》應該說是他用功最大、規模也最大的優秀作品，他的許多作品都獲了獎，可是《鴉片戰爭》卻沒有獲獎；淺田次朗的《蒼穹之昴》當年成了暢銷書，卻也與獲獎無緣。這說明文學界對中國近現代題材的作品還缺乏足夠的重視。

第三，從作品形態上看，有尊重歷史與疏離歷史兩種傾向，表現出真實與幻美、史料與虛構、歷史發掘力與文學想像力之間的矛盾運動。

對於歷史小說創作而言，如何處理作家的想像、虛構與歷史真實、與史料記載之間的關係，既是一個基本的理論問題，也是一個重要的實踐問題。早在明治文學中，作家森鷗外就提出了「尊重歷史與疏離歷史」問題，並與其他作家展開了討論。在中國歷史題材的小說創作中，作家當然也不能迴避這個問題。總體看來，當代作家在這個問題上呈現出了一定的規律性，就是在創作初期，都表現出以虛構為主的「疏離歷史的傾向」，爾後逐漸向歷史真實、向史料靠攏和傾斜，最後甚至逐漸有歷史小說家慢慢變成了「歷史家」。例如，作家司馬遼太郎的第一篇歷史小說《波斯的幻術師》是一篇以古代波斯為

背景的幻想性的歷史小說，後來在小說創作中逐漸寫實，回歸歷史，形成了所謂「司馬史觀」，成為明治歷史、特別是維新史方面的專家；陳舜臣第一篇小說《枯草之根》是有歷史小說色彩的推理小說（伴野朗亦如此），陳舜臣前期的創作以這類推理小說為主，中期以後逐漸靠攏中國史料，據史寫實，後期創作，則漸漸以一個中國歷史學專家的面目出現，寫出了《小說十八史略》（五卷）等大量通俗歷史讀物，近來出版的《陳舜臣圖書館》（三十卷），只收錄其歷史小說作品，而與歷史無關的推理小說類則不收錄，可見最終是要定位在「歷史」上面。宮城谷昌光則是從寫現代題材的虛構小說開始創作的，田中芳樹則是在以冒險、言情為題材的作品出名後，涉足中國歷史小說創作的。從這些作家的創作歷程中可以看出，一般來說，中國題材歷史小說家是逐漸由「疏離歷史」走向「尊重歷史」的，對歷史小說而言，「疏離歷史」的傾向就是求幻、求美的傾向，「尊重歷史」的傾向就是求真、求實的傾向。而且作家年齡越大越傾向於尊重歷史史實，願意創作具有寫實風格和有可靠歷史依據的作品。這一方面是因為作家隨著年齡增長，歷史知識的修養越來越豐厚，另一方面是不同年齡段的審美訴求有所側重，不同年齡、不同創作階段的作家都經歷了由「求美」到「求知」的趣味轉換，對讀者而言同樣如此，年輕讀者喜歡幻美，追求美中之真；而成年人、特別是中年以上者，則以求知為上，喜歡真中之美。不同年齡段的讀者有不同的閱讀需求，也決定了不同傾向的歷史小說都有自己的讀者群。一九六〇年代前後出生的年輕一代作家的中國題材的歷史小說，基本撇開史料，寫出了想像奇特、乃至出格的「歷史小說」，逸出了歷史小說的「本格」，也受到了評論界的批評。因為年輕，中國歷史的修養不足，「才」大於「學」，但他們還是有特定的讀者群，那就是和他們一樣年輕、甚至更年輕的讀者。作者是分層次的，讀者也是分層次的。什麼層次的作者滿足什麼層次的讀者。當代日本二十歲左右、以吃喝玩樂為基本追

求的年青人（主要是大學生們），他們不想讀「太難」的小說，他們只想借著讀小說，沉浸到幻想的世界尋求輕鬆，娛樂而已。而淡化史料，強化傳奇性和娛樂性的所謂「中國歷史小說」，可以滿足年輕人的好奇心和想像力。但從長遠來看，這些年輕人也會逐漸成長，等到了一定的年齡段之後，他們對歷史文化的求知欲望、審美能力就會提高。到那時，他們就會不滿足於這類淺陋、純娛樂的作品，他們或許會成為嚴肅的中國題材歷史小說的讀者。根據以上所說老一輩作家的創作規律，沒準兒這些年輕作家，到了不那麼年輕的時候，學問的修養提高，想像力與時俱進，就會寫出「本格的」中國歷史小說。而且大量文學史的史實可以說明，三十歲以前能夠寫好歷史小說的人很少見，歷史小說作家需要相當時間的歷史學修養和歷史知識積累，所以歷史小說家大都是屬於「大器晚成」，日本的幾位歷史小說大家都是如此。陳舜臣四十歲前後才一鳴驚人，宮城谷昌光四十多歲才寫出了名堂。從嚴格意義上的歷史小說的立場來看，日本新生代作家的作品大都處於「未熟」狀態，因此，新生代作家有關中國歷史的娛樂幻想小說雖然有種種不足，但對引導更多的年輕人進入中國歷史文化的廣闊天地，無疑具有重要作用。

井上靖：戰後日本文壇中國題材歷史小說的開拓者[1]

一

　　如果說，日本作家中國題材歷史小說的創作主要是從《三國志》的再創作開始的，那麼，戰後中國歷史題材小說的「本格的」的展開，則開始於井上靖（1907-1991）；換言之，井上靖是當代日本的中國題材歷史小說的主要開拓者。

　　井上靖從學生時代起就對中國歷史文化感興趣，日本發動侵華戰爭期間，即一九三七年九月曾應召入伍，來到中國華北地區，得以接觸現實的中國，次年一月因病回國。戰後的一九四七年他以描寫戰後混亂世態為主題的短篇小說《鬥牛》獲得權威的文學獎芥川龍之介獎後，便開始涉足中國歷史小說創作領域，一九五〇年四月井上靖發表了中國歷史題材的短篇小說《漆壺樽》，成為戰後日本最早染指這類題材的作家，接著又陸續發表了短篇小說《玉碗記》（1951）、《異域之人》（1953），長篇小說《天平之甍》（1957）、《敦煌》（1959）、《蒼狼》（1959）、《楊貴妃傳》（1965）等。一直到臨去世前，還寫完了長篇小說《孔子》。雖然中國歷史題材的作品在井上靖創作中所占的比重不足百分之十，但中國題材的創作貫穿他的一生，在其全部創作中也是最有特色的一部分，從取材的角度看是富有開拓性的。五〇年代

---

[1]　本文原載北京大學《東方文學研究通訊》（北京），2005年第4期。

到六〇年代前半期，由於戰後日本社會的戰爭創傷與社會震盪，日本
作家較為關注日本的現實問題，加上中日兩國當時沒有正常的國家關
係，中日交流有種種不便，日本作家們大都對中國不太關注，所以寫
中國題材作品的人很少，而且只限於在戰爭題材中涉及到中國，以中
國現實為題材的作品只限於遊記散文之類。井上靖是日本戰後文學中
第一個寫中國歷史題材的小說家，從而使戰前中島敦、武田泰淳等作
家開創的中國題材的小說傳統，在戰後得以延續。

　　井上靖在中國題材歷史小說方面的開拓性，首先在於他最早將中
日古代文化交流作為小說題材，這在此後成為日本的中國歷史題材小
說的基本題材和主題，井上靖在這個領域首著先鞭。

　　早在戰後初期的一九五四年，井上靖就發表了短篇小說《僧行賀
的淚》。其中的主人公行賀和仙雲，是日本歷史上的真實人物，他們
在日本天平勝寶四年（西元 752 年）渡海來到中國唐朝學習佛教，屬
於第十批遣唐船。仙雲來到中國後，被大陸文化所深深吸引，在中國
各地參觀遊覽，最後來到西域，並生起了到天竺朝拜釋迦牟尼家鄉的
念頭。為了尋找同行者，他到胡商（西域商人）居住區遊說。而另一
個主人公行賀則是一個沉靜的學問僧，常常埋頭抄寫經文而樂此不
疲，等到三十一年後如願回到日本，卻產生了一種不想跟任何人交流
的心理，面對奈良東大寺和尚們的提問，他竟然一句也回答不出來。
從而表現了特立獨行者的孤單感。

　　四年後的一九五七年，井上靖又一次以中日佛教交流為題材，寫
成了長篇小說《天平之甍》。《天平之甍》是根據唐代中國和尚鑒真東
渡日本、弘揚佛法的歷史事實寫成的。鑒真東渡在中日文化、特別是
中日佛教交流史上是一個重大事件，日本古代的正史《續日本紀》卷
二十四對鑒真東渡日本有明確的記載，其中寫道：

　　〔天平寶字七年〕五月戊申，大和尚鑒真物化。和尚原本為揚

州龍興寺之大德（中略）。天寶二年，留學僧榮睿、業行等，語和尚曰：「佛法東渡，傳至吾國，但雖有其教，卻無傳授之人。幸望和尚東游，以興教化。」辭真意切，懇請不止。和尚乃於揚州買船下海，然途中遇大風浪，船隻破碎，和尚一心念佛，人皆免於死難。七年後，更復渡海，亦遭風浪，飄至日本以南，時榮睿獻身，和尚悲痛哀傷，以致雙目失明。勝寶四年，本國使節訪問唐朝，業行乃傾吐夙志，終得遂其願。鑒真與弟子二十四人，乘副使大伴宿禰古麻呂之船歸朝，並於東大寺安置供養。

　　這裡提到的人物除鑒真外，還有日本留學僧榮睿、業行，均是《天平之甍》中的主人公。《太平之甍》中的主要人物除了《續日本紀》記載的榮睿、業行外，還有普照、玄朗、戒融等。這五個人物均為日本有關史料（如《延曆僧錄》、《唐大和尚東征傳》）中記載的真實人物。現代日本學者、早稻田大學教授安藤更生先生在這些史料的基礎上，又對鑒真東渡的具體事實進行了詳盡的研究，對有關人物的事蹟做了考辨。這些史料及其研究成果，都對井上靖的《天平之甍》有一定的影響。

　　井上靖的《天平之甍》以鑒真和尚東渡為中心，塑造了中國和尚鑒真為了信仰與理想而百折不撓、義無反顧的獻身精神。為了東渡日本弘揚佛法，鑒真和尚克服了種種困難，五次航海均遭失敗，在雙目已經失明的情況下，仍不改初衷，經過了十一年的漫長歲月，終於在第六次航海時到達日本。他在日本奈良城建立了唐招提寺，大殿的中式屋脊，也就是所謂「甍」——兩端裝飾著從中國運來的鴟尾，象徵著中日兩國文化的融合。除鑒真的形象外，日本留學僧榮睿、普照、戒融、玄朗等人物形象也各具性格。榮睿對中國文化極為憧憬，他誠心邀請鑒真和尚東渡日本，對學習和傳播中國文化有著極強的責任感

和使命感，他最大的心願就是要把自己從中國學到的知識帶回日本去，為此他做好了犧牲的準備。在臨上船起行前，他提議說：「我們三人最好分乘不同的船，哪怕最後有一艘船能到達也好。」最終他自己未能達到日本，中途遇難而死，為了所追求的理想和事業而現出了生命。業行面對豐富無邊的佛教經文及中國經典，深感以個人的吸收和消化能力根本無法掌握，他說：「自己拚命學習，費了好幾年的功夫仍然不行……自己如何用功，都微不足道，要是早明白這一點就好了。」基於這種認識，他蟄居一室之中，閉門謝客，天天抄寫經文，然後要把抄寫的經文帶回日本。他在唐朝居住了數十年，所去過的寺院、所去過的地方屈指可數，然而，所抄寫的經文卻洋洋可觀。然而，就是這些拿自己的心血和生命抄寫的經卷，卻在返回日本的海途中，被風浪捲入大海。另一個主要人物戒融則從另外一種角度看待中國，他性格豪放，喜歡特立獨行，到達唐朝後，他為這廣袤的土地和豐厚的文化所感動。對他來說，比起印度來，中國對他有著更大的吸引力。他說：「這個國家無所不有。在這個廣闊的土地上到處走走，一定會有所收穫。」於是他不願像業行那樣埋頭於書卷經文，而是一個願意走萬里路的行動家。最後他私自出奔，成為一個托缽僧，不知所終。最後一個人物玄郎，則具有更多的世俗性格，他並無大志，性格也較軟弱。剛到中國不久，就想回日本，說：「我想回日本……日本人不待在日本，無論如何也沒有自己真正的生活。」然而，他最終卻沒有回日本，而是在中國還俗，並與中國的女子結了婚，生了孩子，在中國扎下了根。最後貫穿全書的重要人物是普照。在榮睿死後，普照繼承了榮睿的事業，憑著他鍥而不捨的韌性和幸運，最後終於成功地將鑒真和尚帶到日本，成為五個主要人物中僅有的一個有始有終的成功者。

　　井上靖通過對五個不同人物的描寫，概括了留學僧中的不同類型、不同性格及命運，反映了古代日本人在到達中國後，面對完全不

同的異文化，所採取的不同的人生方式、所做出的不同選擇。無論是
榮睿那樣的悲壯的犧牲者、業行那樣的默默的奉獻者，還是戒融那樣
的率心由性的好奇的探險者、玄朗那樣的世俗生活者，乃至普照那樣
的最終成功者，都從不同的角度充當了日中文化交流的使者。這恐怕
也是作者所最終要表達的主題。

二

　　在井上靖的中國題材歷史小說創作中，以古代西域為舞臺背景的
作品——簡稱「西域小說」最有特色。他在當時無法親歷這些地區進
行體驗觀察的情況下，憑藉對歷史資料的解讀、利用豐富的想像力，
寫出了一系列相關作品，從而開拓了當代日本文學的一片獨特天地，
從而改變了千年來日本文學的島國視野，將廣袤無垠、充滿沙塵和黃
土味的「大陸性」引進了日本文學中。
　　關於西域，他在一篇文章中這樣寫道：

> 西域這個詞，涵義原本就非常模糊。這是中國古代史書上用的
> 一個詞，最初用來概括中國西方異民族所居住的地帶，就用這
> 個稱呼來指代他們，所以過去印度和波斯都被納入這個稱呼
> 中。總之在中國人看來，在自國的西方由那些未知的外民族建
> 立國家而定居的地帶，都統稱為西域。因而在西域這個詞裡面
> 充滿了未知、夢、謎、冒險之類的東西。後來所謂西域不再包
> 含印度和波斯，而是特指中央亞細亞地區，直至今日。民族之
> 間爭戰的歷史事件以這片廣袤的土地為舞臺而不斷地上演著。
> 未知、夢、謎、冒險等諸要素都集中於此地。[2]

2　井上靖《遺跡の旅・シルクロード》（東京：新潮文庫，1986年），頁260。

　　正是「西域這個詞裡面充滿了未知、夢、謎、冒險」，引起了井上靖的無限遐想，激起了他對古代西域地區浩瀚無際的大漠戈壁、各民族交融的相遇與交匯形成的奇特文化的嚮往。據說井上靖從小學時代就喜歡讀關於西域的書，形成了一種強烈的西域情結。戰後井上靖登上文壇後，在寫作日本當代社會題材的同時，也開始發表有關西域題材的作品。一九五〇年發表的第一篇西域小說《漆壺樽》，以日本奈良東大寺正倉院收藏的古代西域文物——漆壺樽為題材，從一個側面表現了日本與古代中國及西域之間的文化交流，表現了井上靖對西域歷史文化的濃厚興趣。一九五一年發表的第二篇西域小說《玉碗記》同樣以收藏在正倉院的古代西域文物——玉碗——為切入點，在寫法上與《漆壺樽》基本相同，可以說是《漆壺樽》的姊妹篇。小說中的主人公、年輕的考古學者推定這只玉碗如何由波斯、經由絲綢之路、渡過東海，到達日本，進一步表現了井上靖對西域歷史文化的憧憬之情。一九五三年井上靖發表第三篇西域小說《異域之人》。《異域之人》的主人公是漢代的班超。班超出使西域在中國歷史上非常著名。井上靖懷著憧憬和親近的感情描寫了班超的一生，特別是客居西域的三十年間的經歷。作品寫班超四十二歲時奉朝廷之命出使西域，在西域他充分發揮了自己文韜武略，與匈奴人戰鬥，與西域各族人民和平相處，為漢朝邊關的鞏固和安定、為中原與西域人民的相互交流奉獻了自己的一切。小說最後寫道：班超七十一歲的老齡時，感到了力不從心，思鄉心切，當他獲准回到洛陽時，在洛陽街頭看到西域的「胡風」、「胡俗」已經傳到中原，街上到處可以看到人民身穿胡人風格的服裝，銷售胡地的商品。而他自己由於在西域居住時間太長，樣子也變得像是胡人，以至小孩兒們都指著他喊「胡人」……《異域之人》是日本第一篇寫班超的小說，表現出一種蒼涼、孤寂的藝術風格，這既奠定了此後井上靖西域小說的審美基調，對後來其他作家的創作也產生了一定的啟發和影響。九〇年代後日本至少出現了兩部寫

班超的長篇小說（伴野朗的《大西征》和 PHP 文庫所收《班超》），而井上靖的短篇《異域之人》可以說是班超小說的源頭。

　　到了五〇年代後期，井上靖的西域小說創作進一步展開。並開始探討把西域古老的城市國家作為小說的舞臺。一九五八年，他發表中篇小說《樓蘭》。樓蘭是一個位於羅布泊畔的名叫樓蘭的古代西域小國。中國的《漢書·西域傳》中對樓蘭曾有記載，但過於簡略。許多問題（如樓蘭國屬於那個民族等）都語焉不詳。而這恰恰能夠給井上靖提供藝術想像的空間。現代西方考古學者斯坦因·海德第一個到樓蘭遺址考察發掘，並發現了一具年輕的女性乾屍。井上靖在閱讀了海德記載樓蘭之行的《彷徨的湖泊》一書的日文譯本後，便對樓蘭產生了寫作的衝動。他把那個年輕的女子想像為自殺而死的美麗王妃，在無法親臨現場考察的情況下，憑藉他從書本上獲得的關於西域的知識，並根據《漢書》上的簡單記載，力圖再現古代樓蘭的歷史風貌。就這樣，一九五八年他發表了《樓蘭》。在《樓蘭》的一開頭，井上靖就寫道：「古代，在西域有一個名叫樓蘭的小國。樓蘭這個名字出現在古代東方史上，是在紀元前二、三十年前後。而它的名字在歷史上消失則是在紀元前七十七年，總共才存續了五十五年的短暫時間。這個樓蘭國在東方史上存在，距今也有兩千年了。」在他筆下，樓蘭是一個羅布泊畔的弱小國家，在東邊的漢和西邊的匈奴的夾縫中備嘗艱辛。漢代的統治者，以保護樓蘭不為匈奴劫掠為名，讓他們從美麗的羅布湖邊遷走，而移居到一個名叫鄯善的新的地方。若干年過去了，當鄯善的武將們計畫著從匈奴手中奪回樓蘭的時候，奇怪的是羅布泊已消失得沒有蹤影，樓蘭的街巷已經淹沒在黃沙之中……這部中篇用嚴格的小說標準來衡量，難以稱之為小說，雖然不乏詩意，但它的重心不在塑造人物形象，而是力圖以有限的史料、憑藉想像和虛構鋪述情節，復原古代一個西域小國的歷史，從藝術上角度看過於平直。儘管如此，《樓蘭》卻充分顯示了井上靖對西域「未知」的探索

熱情，表現了他追尋西域之「夢」、破解西域之「謎」的「冒險」的
行程。

　　這行程的第二站，是西域的另一個著名城市——敦煌。

　　位於甘肅省西部的敦煌，和古代樓蘭一樣，是一個謎一般極具魅
力的古代都市。敦煌是古代絲綢之路的起點，也是重要的交通要道、
商業樞紐、軍事重鎮和中原文化與西域文化交流的中心。特別是敦煌
南郊的鳴沙山莫高窟石窟，更是充滿神秘色彩，它從北魏時代開始開
鑿，到唐代其規模數量進一步擴大，一直到元代，共開鑿了四百九十
二個洞窟，其中現在能夠確定開鑿時代的洞窟就有二百三十二個。除
了大量的佛教壁畫、雕塑外，有些洞窟還收藏著數量龐大的佛教經卷
和大量珍貴的歷史文獻，卻長期不為人所知，直到清末才被人發現。
敦煌莫高窟中的這些文物何時收藏？由什麼人所收藏？為什麼要如此
收藏？都是一系列的難解的謎團，中外研究者也眾說紛紜。敦煌莫高
窟的歷史本身就是一部跌宕起伏的小說，也為小說創作提供了廣闊的
想像空間。一些西方探險家出版了關於敦煌的著作，現代中國的學者
們也寫了若干介紹敦煌的文章與書籍，這些自然也引起了對西域還有
憧憬的井上靖的注意。於是，井上靖就決意將敦煌的歷史加以小說
化。這的確是一個富有創意的想法，因為在二十世紀五〇年代，無論
在中國還是在世界上，以敦煌及莫高窟的歷史為題材的長篇小說還是
一個空白。井上靖在動筆之前，翻閱了大量文獻資料以及現代學者的
敦煌學研究成果，例如羅振玉的《雪堂叢考》及其他學者編寫的《敦
煌佛教史概說》、《敦煌藝術敘錄》、《敦煌變文集》等著作資料，還數
次趕往京都請教日本敦煌學專家藤枝晃教授。在基本尊重有關歷史事
實的基礎上，井上靖在《敦煌》中進行了大膽的想像和虛構。

　　井上靖將《敦煌》的時代背景設置在西元十一世紀初的宋代。小
說中西夏王李元昊、敦煌太守曹賢順、延惠等，都是歷史上的真實人
物。但是井上靖並沒有以這些真實的歷史人物為主人公，而是虛構了

三個主要人物——趙行德、朱王禮、尉遲光——作為主人公，其中主角是宋代舉人趙行德。小說一開始就寫趙行德從湖南鄉下來到宋代首都開封，不料在開封殿試前，因不小心睡過了頭而錯過了考試時間。在市場上他救助了一位差點兒被殺害的西夏女子。西夏女子送給他一塊帶有西夏文字的布條，這引起了趙行德對西夏文字的強烈興趣，他決心到西夏去。途中，他加入了屬於西夏的朱王禮率領的一支漢人部隊，並受到了朱王禮的重用。在戰爭中他搭救了一位回紇族的王女，並與之相愛。趙行德要到西夏都城興慶學習西夏文，便把王女託付給朱王禮。但西夏王李元昊卻強迫王女做自己的姜，王女不從而跳城牆自殺。一年半後，趙行德得知王女之死，堅信那王女是為他守貞而死的，不勝悲傷。從此，趙行德開始鑽研佛經。在轉戰中，趙行德結識了唯利是圖的無賴商人尉遲光。尉遲光的母親篤信佛教，並常向莫高窟千佛洞施捨，因而尉遲光對莫高窟很熟悉，遂決定將自己的財寶藏於莫高窟以免戰火。趙行德利用這個機會，成功地將大批佛經與尉遲光的財產一起，藏入敦煌鳴沙山的洞窟中。後來朱王禮、尉遲光死去，這些佛經一直深藏而不為人所知，直到清末才被王道士發現⋯⋯

　　井上靖的《敦煌》以這三個虛構人物的故事，試圖解釋莫高窟千佛洞的由來，在情節構思上是富有創意的，雖然若干細節不免牽強，如趙行德只因為對西夏文字感興趣，就放棄回鄉而去遙遠的西夏冒險，似乎並不符合中國傳統科舉考試者的一般心理。但這與其說是趙行德對西夏文字和歷史感興趣，不說是作者井上靖借趙行德的這個人物，表達了自己對包括西夏在內的西域文化的好奇與憧憬。此外，莫高窟秘藏的經卷文獻也不可能憑一人、一時之力所能辦到。但井上靖在《敦煌》這部小說中，卻有發揮自己的想像力的自由。從藝術上看，在《敦煌》中，井上靖將史詩的合理利用和推測、時代氛圍的營造、人物性格的描寫與形象的塑造，有機地結合起來，那段被淹沒在層層黃沙之下的歷史和人物，在《敦煌》中獲得了生動的再現和鮮活

的生命。這是極其難能可貴的。類似的作品，占有天時地利的中國作
家也沒有寫出來。不過，從另一角度來說，由井上靖來寫敦煌，更能
使中國讀者為我們所擁有的燦爛的歷史文化而自豪。正如老作家冰心
在為中文譯本《井上靖西域小說選》所寫的序言中所說：「我要從井
上靖先生這本歷史小說中來認識、了解我自己國家西北地方，當年美
夢般的風景和人物。這是我欣然執筆作序，並衷心歡迎這個譯本出版
的原因。」又說：「我感謝井上先生，他使我更加體會到我國國土之
遼闊、我國歷史之悠久、我國文化之優美。」[3] 總之，《敦煌》作為
一部成功的小說，作為井上靖西域小說的代表作，是當之無愧的。這
部作品後來譯成了中文、英文等外文版本，並在日本被改編為電影搬
上銀幕，產生了很大的反響。

三

　　在中國的歷史人物傳記文學中，井上靖主要以長篇小說的形式，
先後寫了三個人物：成吉思汗、楊貴妃、孔子。這三個人物之間似乎
沒有任何聯繫，但井上靖選擇了他們，並似乎不非只是出於隨心所
欲。成吉思汗是蒙古族首領，以武功聞名；楊貴妃是唐明皇的妃子，
是中國美人的代名詞；孔子是思想家，是中國儒者的鼻祖。三人分別
是中國歷史上武人、美人和文人的代表。井上靖選擇這三個歷史人
物，有利於從不同的角度展現中國歷史文化。

　　憧憬大陸文化的井上靖，對蒙古歷史文化感興趣是很自然的。他
以蒙古為題材寫過兩部長篇小說，一部是《蒼狼》（1960），一部是以
元世祖忽必烈東征日本為題材《風濤》（1963）。忽必烈遠征日本，即

3　謝冰心《井上靖西域小說選·序》（烏魯木齊市：新疆人民出版社，1985年）。

所謂「蒙古襲來」[4]，歷來是日本文學藝術中常見的題材，但《風濤》卻把舞臺置於高麗，認為蒙古遠征日本，在高麗徵兵造船，最大的受害國實際上高麗，從而表明了自己獨特的歷史觀。在表現這一主題的同時，也從一個側面表現了十三世紀東亞國家元朝、高麗和日本之間的關係。

　　《蒼狼》是以古代蒙古人的梟雄成吉思汗（亦稱鐵木真）為主人公的。成吉思汗屬於蒙古族，但鑒於蒙古人曾入主中原並建立元朝，所以站在多民族的中華文化的歷史角度看，成吉思汗也屬於中國歷史人物。成吉思汗這個連當年歐洲的拿破崙都自歎弗如的鐵蹄人物，在日本也有很大的名聲。鑒於歷史上發生過「蒙古襲來」的事件，日本的歷史學者和文學家一直對蒙古問題、對成吉思汗抱有好奇心。據井上靖在《蒼狼》書後自述，在他寫長篇小說《蒼狼》之前，曾讀過有關成吉思汗的著作，較早讀到的如小谷部全一郎的《成吉思汗乃源義經[5]也》，該書稱成吉思汗就是日本的源義經，引起了學界熱烈爭論，該書對井上靖的選題和構思有一定影響。日本戰敗前夕，井上靖還讀了著名東洋史學家那珂通世博士的《成吉思汗實錄》，並產生了將蒙古民族的發展強盛的過程寫成小說的念頭。關於成吉思汗的文學作品，就是近代幸田露伴的劇本《成吉思汗》、現代作家尾崎士朗的劇本《成吉思汗》、柳田泉的《壯年的鐵木真》等。井上靖搜集了大量關於蒙古和成吉思汗的書籍資料。他在閱讀蒙古古代典籍《蒙古秘史》（又稱《元朝秘史》）等著作過程中，意識到蒙古民族的興隆全是依仗了成吉思汗這個人，假如沒有成吉思汗這個人，那麼蒙古及亞洲

4　西元十三世紀蒙古強徵朝鮮人等組成水軍，試圖東征日本，但由於風浪等原因兩次均未能上岸，船翻人亡。日本歷史上稱為「元寇」或「蒙古襲來」，文藝作品對此多有表現和描寫。

5　源義經（1159-1189），源氏武士首領源賴朝的弟弟，小名牛若丸，參與剿滅平氏武士的戰鬥，後與源賴朝不合併對立，最終兵敗自殺。作為一個悲劇人物，源義經在《平家物語》和此後的日本文學中常常出現。

的歷史將完全是另外的樣子。於是，井上靖決定以成吉思汗為中心人物來描寫蒙古民族的強盛史。他說：「我寫成吉思汗，但不想把它寫成建立了橫跨歐亞的大帝國的英雄故事，也不想把它寫成一部史無前例的殘酷的侵略者成吉思汗的遠征史。寫成吉思汗的一生的時候，就必須寫到這些。但是，關於成吉思汗，我最想寫的，就是成吉思汗那種不知饜足的征服欲望到底是從哪裡來的？這是一個謎。」又說：「之所以生起一種想寫某一歷史人物的欲望，在我主要是對那個人物感到不可思議……我之所以想寫成吉思汗的一生，是因為我對這個人物有一點理解，但卻又很不理解的地方。那就是他的征服欲的根源。這也是一個秘密。」[6]

　　因而，井上靖的《成吉思汗》既是成吉思汗的傳記小說，也是以成吉思汗為中心的蒙古民族崛起史，同時作為文學作品，也是成吉思汗精神世界、尤其是他的「不知饜足的征服欲」的心理探險史。寫成吉思汗如何作為一個蒙古族的部落首領，如何在與其他部落的反覆不斷的激烈爭戰中，逐漸壯大，並將蒙古全民族統一起來，然後又開始向西方、南方的亞洲、歐洲進行大遠征，所到之處金戈鐵馬、攻城略池、攻無不克、戰無不勝，殺人如麻、雷厲風行。其鐵蹄踐踏之下無不血流成河，導致當地國破家亡、改朝換代，整個歐亞世界，全在成吉思汗的掌握之中。井上靖在表現成吉思汗反覆的征服戰爭的同時，也十分注意表現推動他的征服欲望的內在心理「秘密」，那就是他出生的奧秘。為什麼成吉思汗在征戰過程中，將掠奪女人看成天經地義的家常便飯，而對於其父親是何人卻不以為意？主要是因為成吉思汗的母親皓艾瓏原本就是其父親艾斯噶掠奪來的。成吉思汗的血管裡，或許流著異族的血。這種懷疑和煩惱一直伴隨著成吉思汗的一生。而且他本人的妻子包爾泰也在戰爭中被敵人掠奪去，再次搶回後，生下

6　井上靖《蒼狼‧〈蒼狼〉の周圍》（東京：新潮文庫，1964年），頁362-363。

了一個兒子鳩琪。鳩琪被看成是成吉思汗的兒子，後來成了成吉思汗
得力的助手。後來鳩其戰死，成吉思汗無比悲傷。父子的出生都成了
難解之謎。成吉思汗也有自己最心愛的女人，叫呼蘭，她為成吉思汗
堅守貞操，後來呼蘭在成吉思汗征服金國的過程中生下了一個嬰兒，
因戰爭無暇顧及孩子，遂將孩子送給了一個不知其名的人撫養。這就
是當年的蒙古人，他們都遵循草原上的「蒼狼」的法則──幼崽在哪
裡都能得到餵養，一切都要憑自己的運氣和奮鬥來求得生存。井上靖
將小說題名為「蒼狼」，依據的就是蒙古人的古代神話傳說，他們認
為自己民族是上天派下來的一匹灰色的狼與一隻潔白的牝鹿生下來
的，這個民族自命為「狼」的後代。井上靖在《蒼狼》中充分表現了
蒙古民族「蒼狼」的性格，群體性、爆發性、殘酷性、堅忍性、血腥
性、擴張性，同時不要任何無謂的感傷。成吉思汗就是在這樣的群體
中生活和成長的英雄。當然，井上靖對這些並沒有加以道德上的、乃
至文明論的評判，而是帶著感歎、審美的目光來描寫成吉思汗及古代
蒙古人的這些性格特徵，對蒙古民族典型的大陸草原性生存環境、生
活方式、乃至蒙古族與成吉思汗個人的性格加以詩意化，從而將苛
烈、廣袤的大陸性風格引進了日本文學中。這與井上靖的其他西域小
說是共通的，所以也有評論者人將《蒼狼》視為一部「西域小說」。

　　《蒼狼》是一九六〇年發表的，幾年後的一九六三年，井上靖發
表了另一步中國歷史人物傳記小說《楊貴妃》，彷彿從金戈鐵馬、馬
嘶狼嗥、煙塵滾滾的蒙古戰場，而進入唐代後宮的浪漫世界。隨著唐
代詩人白居易的〈長恨歌〉傳入日本，楊貴妃成為古今日本人最熟知
的幾個中國歷史人物之一，楊貴妃也是日本文學藝術中表現最多的幾
個中國歷史人物之一。傳說中的楊貴妃美麗可人，她與唐明皇李隆基
的愛情以及最後悲慘的死，都與日本以《源氏物語》為代表的日本文
學以纖細的感傷為主調的審美情趣相吻合，激起了日本人的同情和感
歎，故日本古代詩歌、戲劇、繪畫等文藝作品中，以楊貴妃為題材的

綿綿不絕，楊貴妃成了「美人」與「可憐」[7]的代名詞。近代以來，
有著名作家菊池寬的劇本《玄宗的心情》，還有奧野信太郎、飯澤匡
等的同一題材的戲劇，都被搬上了舞臺。但是，寫楊貴妃的長篇傳記
小說的，井上靖卻是第一人。井上靖的《楊貴妃》從楊玉環被召入宮
寫起，一直寫到馬嵬兵變，楊貴妃被縊身死。以楊貴妃的命運為中
心，同時描寫了貴妃身邊的若干人物，除唐明皇外，還有李林甫、安
祿山、高力士，還有楊貴妃的哥哥楊國忠及楊貴妃的三個姐姐等。作
品通過楊貴妃命運的變遷和悲慘的死亡，通過對這些人物錯綜複雜的
關係的描寫，表現了唐代政治、社會及宮廷生活的動盪與危機。

　　井上靖所描寫的最後一個中國人物是孔子。孔子作為中國思想文
化的最大象徵、作為對日本歷史文化產生了相當影響的人物，在日本
幾乎家喻戶曉。井上靖一直對孔子充滿敬仰之情，早就打算寫孔子。
但由於孔子的生平資料有限，要為孔子寫一部長篇小說實非易事。井
上靖曾到孔子的家鄉山東省曲阜等地參觀訪問，尋求創作靈感。一九
八七年六月，八十歲高齡的井上靖做了食道癌手術身體有所恢復後，
便開始在《新潮》雜誌上連載《孔子》，到一九八九年五月連載完
畢，持續整整兩年，一九八九年九月由新潮社出版單行本。井上靖在
小說寫完後不久的一九九一年一月去世。可以說《孔子》是井上靖的
最後一部長篇小說，也是井上靖一生的壓卷之作。

　　《孔子》這部小說在構思上獨具匠心。井上靖沒有把它寫成以描
寫孔子生平為核心的普通的傳記小說。實際上，在井上靖之前，中國
的孔子研究家（如匡亞明）就寫出了以孔子生平思想為中心的長篇傳
記性、評傳性作品。倘若不改變思路，難免會踏入舊套。井上靖的高
明之處，就在於他沒有把《孔子》寫成描繪人物一生經歷的普通的傳
記文學，也沒有以孔子生平中某一重要事件為中心寫成一般的歷史小

7　日語中的「可憐」平假名為かれん，有「可憐」、「可愛」兩重意義。

說。書名雖為「孔子」，但孔子只是舞臺背後被講述的人物，而不是前臺上的主人公。前臺上的主人公是一個虛構人物——孔子的弟子「焉姜」。而在史料記載的孔子的所有弟子中，並沒有焉姜這個人。井上靖把焉姜設定為蔡國人，後來成為孔子的弟子，在經歷蔡國滅亡的亂世之後，焉姜回憶起先師孔子的教誨，對先生的思想有了更深的共鳴和理解。全書基本的情節構成是以焉姜向「孔子研究會」的年輕人講述往事的口吻，展開對孔子的回憶和議論。而且「孔子研究會」的年輕人不是被動聽講，而是不斷地向焉姜提出問題，並與焉姜進行對話和討論。井上靖將焉姜講述的「現在時」設定為孔子去世三十三年後，那時《論語》尚未成書。眾所周知，《論語》作為孔子及其弟子的言論匯編，是在孔子死後幾百年才逐漸成書的。但是，關於《論語》的成書過程經緯，現存的歷史資料，包括《論語》本身及《史記》、《漢書》等都極少記載，這給歷史學家造成了很大的困惑和麻煩，卻給了文學家以馳騁想像的空間。井上靖的《孔子》通過焉姜的講述，將孔子死後其弟子如何開始回憶、搜集、整理和編輯孔子的言論的情況做了生動的描述。而且焉姜常常圍繞《論語》中的某一句話，以現身說法的方式，講述某一話語形成的來龍去脈，解釋其中的含義，以此闡述孔子的博大精深的哲學思想。焉姜對孔子的理解，當然就是井上靖對孔子的理解。由此可以看出，晚年的井上靖對世界、人生、社會的許多看法，已經達到了圓熟融通的境界，而這一境界又通過對孔子思想的理解與闡釋的方式表達出來，這就形成了《孔子》作為「思想小說」的鮮明特色。

　　井上靖的中國題材歷史小說在他的全部創作中數量雖不很多，但都占有重要地位，非常有特色，在題材上也非常具有開拓性。他是戰後最早著手寫作中國題材歷史小說的著名作家，為此後日本文壇的中國題材歷史小說的起步和繁榮開了先路；他又是第一個將目光投向中國西北地方（西域）的作家，後來其他作家對西域、對古代絲綢之路

的強烈興趣及其隨之而來的「西域小說」創作，不可能不受他的影響；井上靖又是第一個將成吉思汗、楊貴妃、孔子等中國歷史人物寫成長篇小說的作家。一個不懂中文的作家，對中國歷史文化有如此大的熱情，有如此豐富的知識，有如此高水平的藝術表現，是非常可貴的。

　　更可貴的是，井上靖關於中國題材的歷史小說的創作及其相關的文學活動，還為日中兩國的文化交流與相互理解發揮了重要作用。他本人先後三十多次來中國取材和訪問，並且擔任了日中文化交流協會會長等職務，成為兩國友好的使者。他的作品也在中國也得到了相當全面的翻譯、評論和研究。一九六三年以後到二〇〇〇年，中國陸續翻譯出版的井上靖作品單行本譯本多達三十幾種，其中幾乎全部的中國題材的小說都被譯成了中文。有的作品有多種譯本，如《天平之甍》和《敦煌》各有兩種譯本，《蒼狼》有三種譯本，《楊貴妃傳》和《孔子》各有四種譯本。一九九八年，安徽人民出版社還出版了《井上靖文集》全三卷。二〇〇二年，人民文學出版社又出版了三卷本的《井上靖中國古代歷史小說選》，有關井上靖的評論文章也有幾十篇，還有若干碩士論文以井上靖為選題。總之，井上靖是在中國翻譯最多、評論和研究最多、影響也最大的當代日本作家之一，井上靖的中國歷史題材的文學創作活動本身，也已經成為當代中日文學與中日文化交流中的重要標誌之一。

當代日本文學中的「三國志」題材
——對題名「三國志」的五部長篇小說的比較分析[1]

　　自明治時代以來，在日本影響最大的中國古典作品首推「三國志」。從二十世紀四〇年代吉川英治的《三國志》開始，到今天為止，有幾十位日本作家以「三國志」為題材進行再創作，其中，戰後日本以《三國志》為書名的、系統表現三國志歷史場景和人物活動的作品，就有近十種，包括六〇年代柴田練三郎的《英雄在此》、《英雄的生與死》（通稱「柴煉三國志」）、花田清輝的《隨筆三國志》，七〇年代橫山光輝的《三國志》和陳舜臣的《秘本三國志》（又稱「陳氏三國志」），八〇年代林田慎之助的《人間三國志》，九〇年代以後「三國志」題材再創作更為繁榮，出現了志茂田景樹的《大三國志》、童門龍三的《新釋三國志》、北方謙三的《三國志》（又稱「北方三國志」）、三好徹的《興亡三國志》（又稱「三好三國志」）等。進入二十一世紀後又湧現出了宮城谷昌光的《三國志》、伴野朗的《吳・三國志》（又稱「伴野三國志」）、桐野作人的《破・三國志》等。有那麼多作家寫「三國志」，那麼多漫畫家畫「三國志」，那麼多出版社競相出版「三國志」，那麼多讀者讀「三國志」，使日本的「三國志」熱及「三國志」題材再創作熱在九〇年代後達到高潮。本文擬採用比較文學的文本分析與影響研究的方法，對當代日本文學中最有代表性的「柴煉三國志」、「陳氏三國志」、「北方三國志」、「三好三國

1　本文原載《北京師範大學學報》（北京），2006年第3期。

志」和「伴野三國志」這五部「三國志」的文本加以評析，以呈現日本當代文學與中國歷史文化之間的深刻聯繫。

一　「柴煉三國志」和「陳氏三國志」

　　二十世紀六〇年代末至七〇年代前期，柴田煉三郎和陳舜臣幾乎同時在雜誌上連載自己的「三國志」，從而拉開了當代日本文學中「三國志」題材再創作的序幕。

　　柴田煉三郎（1917-1978），日本著名通俗小說和歷史小說作家，著有《柴田煉三郎時代小說全集》（全二十六卷）和《柴田煉三郎選集》（全十八卷）。在柴田煉三郎的創作生涯中，關於中國的題材寫得不多，除了《三國志——世界的國民文學》等有關中國文化、中國文學的隨筆文章外，主要是對《三國演義》和《水滸傳》兩部古典名著的再創作。文學評論家尾崎秀樹認為，「柴田煉三郎作品中，能夠使人感到有著中國文學所培養出來的造型感覺，和支撐這種感覺的法國風格的現代主義。」[2] 一九六八年十二月，柴田煉三郎的《三國志·英雄在此》在《現代週刊》雜誌連載完成。這是繼一九四三年吉川英治的《三國志》問世後，日本作家第二次以長篇小說的形式對《三國志演義》進行再創作。該作品規模宏大，單行本分上、中、下三卷，在許多方面受到「吉川三國志」的影響，例如把關羽的身分寫成私塾先生，讓一個叫白芙蓉的女性陪伴劉備，與「吉川三國志」可謂同工異曲。作品一開頭寫劉備、張飛兩人偶然相識，而關羽此時缺席，沒有《三國演義》中著名的桃園三結義的情節，也算是「柴田三國志」一個特色吧。在情節結構方面，「柴田三國志」寫到諸葛亮向後主劉禪獻上〈出師表〉，決定北征，即戛然止筆。這種布局與「吉川三國

2　尾崎秀樹：《英雄ここにあり·解說》（東京：講談社文庫，1975年），頁530。

志」很接近。不過柴田煉三郎自己也覺得似這樣匆匆收尾，放棄了
《三國志》後一部分的許多精彩素材，未免可惜，遂在一九七四年五
月開始，從前書收尾處起筆，續寫《三國志‧英雄：生還是死》，在
《週刊小說》雜誌上連載，到一九七七年九月連載完畢，後來又結為
上、中、下三卷單行本出版。《三國志‧英雄：生還是死》在情節上
承續《三國志‧英雄在此》，可以說是《柴田三國志‧英雄在此》的
續篇，一直寫到司馬炎建立晉朝為止，涵蓋了《三國演義》的全部內
容。後來，集英社將《三國志‧英雄在此》與《三國志‧英雄：生還
是死》合為《英雄三國志》全六卷，使「柴煉三國志」完整合璧。

　　著名華裔作家陳舜臣（1924-　）的《秘本三國志》一九七四年一
月至一九七七年三月在《ALL 讀物》上連載，一九七七年由文藝春
秋社出版單行本，一九八二年該社又出版六卷本的文庫版。關於《秘
本三國志》的創作，陳舜臣在〈後記〉中強調自己不拘泥於中國原典
《三國志》，特別是羅貫中的《三國演義》，而是在基本史料基礎上進
行再創作，要寫出「我的三國志故事」。[3]《秘本三國志》顯然實現了
這樣一個目標。可以說，在迄今日本作家根據《三國志》再創作的所
有作品中，陳舜臣的《秘本三國志》是最大程度地擺脫原典、最富有
個人色彩的「陳氏三國志」了。

　　首先，在故事的整體構思上，陳舜臣還根據有關史料，虛構一個
此前的《三國志》故事中都沒有的人物——少容。作者把少容的身分
寫成是漢代的道教組織「五斗米道」的首領張魯的母親。在陳舜臣的
筆下，少容是五斗米道的核心人物，五斗米道與東漢黃巾起義信奉的
「太平道」所主張的武力造反的革命不同，而是主張非戰、妥協與和
平，並以行醫治病為手段，獲得了民眾的信任與支持。為了達到非戰

3　陳舜臣：《秘本三國志‧後記》，《秘本三國志》（東京：文藝春秋文庫，1982年），第
　　六卷，頁283。

與和平的目標，少容派遣自己養子陳潛，穿梭於全國各地搜集情報，以減少戰亂、顧及民生為宗旨，並在各大勢力集團之間斡旋，在魏、蜀、吳三國之間充當說客，因此，在情節發展中起了非常重要的作用。少容、陳潛及後來的張魯，在戰爭與和平的一些關鍵的時刻起了決定性的作用。三國之間的若干重要戰役，都是由他們一手策劃的，《三國志》英雄們的舉動，也大都是通過少容及陳潛的眼睛反映出來的。另一方面，作為推理小說家的陳舜臣，根據《三國演義》原著的某些細節進行了合理的推理和想像，並對一些重要的故事情節和人物關係，進行了重新的闡釋和設計。例如，在《青梅：煮酒論英雄》一章中，曹操對劉備說，現在是亂世，群雄爭霸，我們兩人攜手聯合，將他們——消滅如何？不過不便公開聯合，你可以裝作是我的敵人，潛入對方的陣營中，從內部把他們搞垮，以此計將群雄——消滅，最後就是你我的天下了。這就將蜀與魏的對立，寫成了兩方事先的密謀與合作了。

　　整個《秘本三國志》與其說是表現群雄爭霸，不如說是表現英雄們在爭霸中如何儘量減少戰火，而曹操、劉備、諸葛亮、司馬懿等人的英雄本色，也主要不表現為窮兵黷武的好戰，而是計謀和策略的運用，在這方面陳舜臣充分發揮了一個推理小說家特有的才能，將歷史史實與邏輯推理兩者有機結合起來，形成了《秘本三國志》獨特的藝術魅力。

二　「北方三國志」和「三好三國志」

　　二十世紀九〇年代，又出現兩種「三國志」，被成為「北方三國志」和「三好三國志」。

　　所謂「北方三國志」，指的是作家北方謙三的《三國志》。北方謙三（1947- ）擅長創作寫實、冷徹的偵探推理小說，著作甚豐，影響

較大。其中，以中國三國時代為題材的長篇歷史小說《三國志》，是北方謙三迄今為止規模最大、影響最大的作品。全書共十三卷，從一九九六年十一月至一九九八年十月，兩年之間由角川書店陸續出齊。全書約合中文一五〇萬字。北方謙三在創作《三國志》的時候，有意發揮自己的創作個性。他說過：「我不讀其他作家寫的《三國志》，而且《三國演義》也不看，只看「正史」，我的想法是要從正史中汲取情節，並構思自己的作品。」[4]他所說的正史，主要是指陳壽的《三國志》及其中的人物列傳。他認為後來作家創作的各種三國志，有不少脫離了正史，對人物性格有所扭曲，是不可效法的，要在尊重史實的基礎上創作出獨具一格的「北方三國志」，其次就是注意人物性格的合自然性與合邏輯性。由此出發，「北方三國志」第一章一開頭，和「柴煉三國志」一樣拋棄了《三國演義》中著名的「桃園結義」的情節，而讓劉、關、張三人在北方草原販運馬匹時相識，後來情誼漸篤，才成為生死之交。

「北方三國志」在情節的處理上是堅持史實與情理邏輯並重的寫實主義原則，在人物性格的塑造方面也是如此，這集中表現為對幾個主要人物的描寫上面。對於劉備，《三國演義》等作品中定型的形象是一個性格細膩溫良、頗有書生氣的人，「北方三國志」卻把他寫成了既狡猾、又講義氣的人，既能籠絡人心、又十分暴躁凶狠。「北方三國志」中的劉備常常是佩帶兩把重劍的赳赳武夫，他因脾氣暴躁，軍隊操練時一旦有士兵不合要求，則欲親手將其當場殺死。而此時張飛等為了維護劉備的名聲，便自願代劉備懲罰士兵。北方謙三認為中國的古典小說寫人物易走極端，往往好就好的不得了，壞就壞透了，《三國演義》對劉備的描寫就是如此。在北方謙三看來，劉備由一個織席販履的無名之輩，到成為蜀漢之主，不具備上述性格特徵是不可

4　北方謙三監修：《三國志讀本》（東京：春樹文庫，2002年），頁18。

想像的。因此北方謙三絕不像《三國演義》那樣，動不動就寫劉備放
聲大哭，認為那不符合劉備的性格邏輯。

　　關於張飛，人們熟悉的形象是一個粗魯不文、易怒好鬥、又剛正
不阿的人物。在《北方三國志》中，張飛在戰場上還是那個威武駭人
的張飛，但在日常生活中卻變成了一個十分和藹可親的人，而且還擁
有了一位溫柔體貼的愛妻董香。後來董香及其兒子張苞被吳國的敢死
隊殘殺，從此張飛借酒澆愁，最後不是死於自己的部下手中，而是被
周瑜的情人「幽」（北方謙三所虛構的一個女性形象）所毒殺。關於
諸葛亮，北方謙三認為，「這個人物在日本被嚴重誤解了」，諸葛亮實
際上是一個相當優秀的「民政的人才」，有管理國家的突出才能，但
並沒有什麼軍事上的才能，卻又不得不從事軍事指揮，這是諸葛亮的
不幸。北方謙三一改人們熟悉的諸葛亮形象，將一個能夠呼風喚雨、
預卜未來的神人，還原為一個有著自己的特長、也有著自己的性格缺
陷和自己的失誤、煩惱的普通人。「北方三國志」對《三國志》中一些
相對次要的人物，也做了藝術凸顯，例如馬超。北方謙三從這一形象
中，找到了他所喜歡描寫的日本「劍豪」那種自由不羈的狂放性格。

　　所謂「三好三國志」，是指作家三好徹創作的《興亡三國志》。三
好徹（1931-　）是推理小說和歷史小說作家。他是記者出身，曾數次
來中國，寫過以當代中國為背景的長篇推理小說《遙遠的男人》
（1978）和長篇小說《革命浪人——滔天與孫文》（1979）。1997年，
三好徹的《興亡三國志》（全五卷）由集英社陸續出版。

　　三好徹自述十多歲的時候就喜歡讀「吉川三國志」的少年縮寫
本，並深為所動。而當時他也和一般普通的日本讀者一樣，分不清
《三國演義》的故事與正史（陳壽《三國志》）的區別，而將《三國
志》的故事當歷史來看，後來知道曹操這個歷史人物是被《三國演
義》當作反面人物而加以醜化了。特別是當他讀到曹操的「驥老（似
應為「老驥」——引者）伏櫪，志在千里，烈士暮年，壯心不已」這

首名詩時，對曹操的印象完全改變了。他憑直覺感到，「寫出這樣的詩句的人，怎麼能是個反面人物呢？」並由此決定：自己要重寫曹操，重寫《三國志》。[5] 三好徹憑直感覺到，就從這首詩來看，那個三國鼎立的時代肯定是以寫出如此名篇的曹操為中心而旋轉的。中國傳統文化中最推崇「文武雙全」的人，也就是日本人所說的「文武兩道」。三好徹認為在曹操是「文武兩道」的最佳典型。於是他決定以曹操作為中心人物來構思《興亡三國志》。三好徹為寫這部作品做了長期的準備，據他說包括準備材料和寫作在內，前後用了十二年的時間，期間他兩次到中國來採訪和考察，最終完成了《興亡三國志》五卷。

　　為曹操「平反」，用正史《三國志》來矯正《三國演義》對曹操形象的歪曲，這在日本幾乎成了《三國志》再創作者們的共識。但以曹操為中心來寫「三國志」，似乎還是首次，這也形成了「三好三國志」的一個特色。為了寫好曹操，作者根據自己對曹操形象的理解，在細節上有大量的再創作。三好徹認為這種再創作中的細節虛構「既可以補足史書中的疏漏，又能夠有助於描寫出更接近史實的曹操的形象」。[6] 例如，為了凸顯曹操作為全書中心人物的地位，作者在全書的大幕拉開後首先讓曹操出場，而不是像《三國演義》那樣以「桃園三結義」開頭。作者一開始就寫了在東漢的都城洛陽，官府在眾人圍觀中對張角的太平道首領馬元義處以「車裂」之刑的場面，曹操和袁紹就在這圍觀的人群中與劉備相識。同時，三好徹在表現曹操作為一個政治家和戰略家、軍事家的同時，始終注意表現其詩人詩性的一面。他認為詩與政治的密切結合，也最適於表現曹操的形象。三好徹的作品擅長塑造那種具有叛逆性、反抗性的和為了實現自己的理想而

5　三好徹：《興亡三國志》（東京：集英社文庫版，2000年），第一卷後記，頁640。
6　三好徹：《興亡三國志》（東京：集英社文庫版，2000年），第一卷後記，頁641。

義無反顧的英雄人物，顯然在曹操這個人物身上作者找到了自己的藝術感覺。

三 「伴野三國志」

進入二十一世紀後，「三國志」又出現了新生代，那就是著名中國題材作家伴野朗（1936-2003）的《吳‧三國志》，評論界稱為「伴野三國志」。

伴野朗對《三國志》進行再創作，是從一九九二年寫《孔明未死》一書開始的。這是以諸葛孔明為主人公的長篇小說。伴野朗在該書單行本後記中談到：以前讀三國志時，讀到孔明死於五丈原，就感到很難受，為了扭轉這種痛苦感受，他就想寫一篇不讓孔明死去的小說。《孔明未死》一書可以說是「伴野三國志」的試筆。作品中對史實的大膽背離，偵探小說手法的大量運用，所謂「臥龍耳」、「青州眼」等諜報機關的出現，都為後來的「伴野三國志」打下了基礎。

「伴野三國志」的題名是《吳‧三國志》，該作品共分十卷，篇幅與上述的「北方三國志」相當。二〇〇一年一月至五月由集英社陸續刊行，二〇〇三年二月至十二月由集英社出版文庫本。和此前的《三國志》題材的作品相比，「伴野三國志」有明顯的特色。首要的特色就是整個作品以吳國為中心。而此前的幾乎所有作品中，吳國都處於則是相對次要的位置。這主要是因為吳國除了周瑜之外，缺乏像曹操、司馬懿、劉備、關羽、張飛那樣有著較高審美價值的人物。北方謙三在談到這個問題的時候時曾說，吳這個國家，在周瑜死了以後，就失去了魅力。而伴野朗似乎意識到，要在《三國志》的再創作中寫出新意，以吳國為中心將大有可為。

伴野朗長期從事記者工作，二十世紀八〇年代後期曾作為報社的特派記者在上海待了三年，並有機會遊覽長江及江南廣大地區，留下

了深刻的印象。對中國江南和長江的體驗，顯然是伴野朗的《三國志》創作「發想」的契機。他意識到，「吳國與長江有不可分割的聯繫，我的作品的主題應該是——「燃燒的長江」。[7] 他本來打算用「燃燒的長江」作為書名，後來出版社的編輯認為，書名不帶「三國志」的字樣，絕對不好賣，所以才改為「吳・三國志」，而將「燃燒的長江」作為副標題。

　　「吉川三國志」，因以蜀魏為中心，故以諸葛亮死於五丈原為結尾。後來諸家的《三國志》大都受「吉川三國志」的影響，均寫到諸葛亮的死為止。「伴野三國志」既然以吳國為中心，就不能承襲這樣的套路。伴野朗認為，以諸葛亮的死結尾，不是真正完整的《三國志》，因為蜀國滅了，曹魏被司馬氏篡奪了，但是吳國還繼續存在，完整的《三國志》應該繼續把吳國的存在接著寫下去。從這一認識出發，伴野朗開始了藝術構思。他在正史中發現了一個線索，那就是《三國志・吳書・孫權傳》裴松之的注中，有這麼一句話，《志林》曰：堅有五子：策、權、翊、匡，吳氏所生；少子朗，庶生也，一名仁。[8] 這條記載令伴野朗豁然開朗，他由此知道原來孫堅還有一個名為「朗」的兒子。這個孫朗在《三國演義》及此前的所有《三國志》作品中都沒有出現過，除了裴松之的那一條簡單的注釋外，沒有任何史料談到孫朗的事蹟。但是正因為如此，伴野朗認為孫朗正是他要找的理想的主人公：「對於作家來說，這確實是個理想人物。我發現孫朗的瞬間，就決定將他作為我的長篇小說的主人公。就在那一時刻，我的《吳・三國志》的構想就決定下來了。這並非言過其實。和孫朗的相遇，簡直就是命定的。」就這樣，「孫朗」這個人物就成了「伴

7　伴野朗：《吳・三國志・孫策の卷・あとがき》（東京：集英社文庫版，2003年），頁394-395。

8　伴野朗：《吳・三國志・孫策の卷・あとがき》（東京：集英社文庫版，2003年），頁394-395。

野三國志」中貫穿整個作品的主人公。

　　「伴野三國志」的創意，還突出地表現為將三國成敗的原因，歸結為三國之間暗中的激烈的「情報戰」或稱「謀略戰」。伴野朗是記者出身，記者的職業要求和職業敏感，使他深知「情報」是何等的重要。他認為，雖然在《三國志》中讀不到關於情報戰的記述，但他確信在那個時代，三國之間是存在著激烈的情報戰的。他進而認為，《三國志》的有些情節表明當時的情報搞得非常細緻。例如曹操，為了延攬人材，對當時重要的人物的情報都了然於心。當時的曹操想把徐元直（徐庶）召來，事前對徐做了深入的了解，知道他對老母非常孝順，於是才設下計謀將徐母騙至許昌，徐元直不得不隨母而至。中國還有句老話：叫作「說曹操，曹操就到」，可見曹操的情報是何其多也，曹操對情報的反應又是如何之快。為了表現三國之間的情報活動和情報戰，「伴野三國志」為三國設立了專門的情報（諜報）組織機構。其中，魏國的情報組織叫「青州眼」，其首領是曹操的庶子曹棄（伴野朗虛構的人物）。吳國的情報組織叫「浙江耳」，孫朗就是「浙江耳」的首領。蜀國的情報組織叫「臥龍耳」。「臥龍耳」的首領是春秋時代墨第七十五代孫「孫曆」。這個「孫曆」當然也是伴野朗虛構的人物。「伴野三國志」中的這些諜報人員，既像是春秋戰國時代的刺客和說客，又像是現代的特工人員，文武舌劍並用，並在諜報戰中常常發生火拼，並由此結下冤仇。尤其是曹妙、葛初等女性活躍其中，頗有看點。「伴野三國志」中每一次戰鬥的爆發，或每一次戰爭的避免，都是諜報戰的必然歸結，而每一次戰爭的勝敗，又都與諜報戰——「戰場背後的攻防」密切相關。

　　「伴野三國志」在藝術上的特色，可以用「實而虛之，虛而實之」這八個字來概括。總體來說比起此前的有關作品來，「伴野三國志」的虛構成分更多。如果說《三國演義》是「七分真實，三份虛構」，那麼「伴野三國志」則是五分真實、五分虛構，虛實摻半。歷

史史實與推理、冒險結合在一起，在虛虛實實中，構築了伴野朗獨特的三國志世界。

四

不可否認，對「三國志」進行再創作，已經成為當代日本文學中的一種獨特現象。

日本「三國志」題材創作的這種繁榮現象，有著深刻的文化心理根源。「三國志」題材如此受日本人的歡迎，除了「三國志」歷史故事本身生動精彩、富有藝術魅力之外，首要的原因是其中的人物和情節所表現的思想感情十分契合日本的民族文化心理。例如其中的忠君思想、王朝正統思想，與日本的皇道思想不謀而合；尚武精神，與日本的武士道頗為一致；崇尚義氣的道德觀念，又與日本傳統的「義理」、「人情」相投。

日本的「三國志」題材創作的繁榮現象，又與近年來日本文學中中國歷史題材創作的全面繁榮有著密切的關係。日本歷史小說有著悠久的傳統，上千年的取材使得日本的歷史題材幾乎被寫盡寫透了。有時候一個重要人物（如豐臣秀吉、西鄉隆盛、阪本龍馬等），竟有十幾部、乃至幾十部長篇小說去寫。作家們不免會感到，再寫下去勢必難出新意。因此，在博大精深的中國歷史文化中尋求靈感和題材，是有見識、有頭腦的作家的必然選擇。本來，日本人將中國的古典視為自身文化遺產的一部分，對於中國古代歷史文化，從文化人到普通讀者都沒有多大隔膜感。儘管近代以後中日之間經歷了戰爭等種種波折，但即使在主張「脫亞入歐」的明治時代前期，中國歷史文化也沒有被「脫」掉，而且即使是「脫亞論」的首倡者福澤諭吉本人，其漢學修養也相當不錯，他能讀懂文言文，擅長漢詩和書法。在近代以西化教育為主導的教育體制下，日本這幾代人的中國歷史文化修養整體

上看是差多了，但自從一九七二年中日邦交正常化以來，特別是日本
國民對中國越來越關注，閱讀有關中國方面書籍的人越來越多，學漢
語的人也越來越多，這些都成為中國題材歷史小說繁榮的現實與心理
的基礎。在這當中，漢字是日本作家理解中國歷史文化的一個有力紐
帶，即使沒有學過漢語的作家，同樣也可以通過日中兩國共用的漢
字，激發對中國歷史文學的興趣和求知欲。當代中國題材歷史小說著
名作家宮城谷昌光甚至覺得，使用漢字成了自己思維靈感的重要源
泉，一旦對漢字的使用加以控制、對漢字的興趣開始減弱的時候，連
故事情節的構思都會受到嚴重制約。他說過：「閱讀古代中國的史
料，很有意義。我想，探尋一個詞在中國的原意，豈不就是探求日本
人思考的源流嗎？」[9]同時，日本漢語典籍的完備翻譯，又為作家們
學習、理解中國歷史文化提供了大量可資參考的資料。日本學者翻譯
家們積多年之功，將許多重要的中國古典文獻翻譯出版，特別是規模
宏大的《中國古代文學大系》（全六十六卷）和《新釋漢文大系》（全
一百一十六卷）等叢書的問世，作為常銷書，為作家們閱讀中國文獻
提供了很大的方便。就「三國志」題材創作而言，近年來筑摩書房出
版了陳壽《三國志》的全譯本，為作家們仔細鑽研三國時期的歷史史
料提供了極大方便。可以直接讀漢文的伴野朗，多次在有關作品後記
中對陳壽《三國志》的翻譯出版表示感謝。有了日文譯本，那些不懂
漢語的日本作家也可以利用各種各樣的譯本系統了解中國的歷史文
化，從中國歷史典籍中取材也就變得切實可行了。而且，研究中國歷
史文化的「日本漢學」在日本學術史上已經成為一種源遠流長的學術
傳統，日本學者們的漢學研究水平並不在中國學者之下，這種研究也
進一步強化了日本人、日本作家對中國歷史文化的親近感和認同感，
並有助於加深中國歷史題材作家們對中國歷史文化的理解。

9　宮城谷昌光，秋山虔：〈いま〈樂毅〉問いかけるもの〉，《波》1999年10月號。

　　從創作藝術上看，從事「三國志」題材創作的有關日本作家，並不是在同一平面炒作「三國志」，而是力圖推陳出新、寫出新意，這就必然需要某種程度地對原有的《三國演義》加以「顛覆」和重構。而顛覆和重構三國志的主要方法和途徑有兩條，一是努力回歸史實，從中國的正史中尋找史料依據，來矯正《三國演義》中的歷史與時代的偏見與侷限。二是充分發揮由於「大眾文學」善於虛構故事的優勢，對《三國志》的情節做了大膽的發揮與延伸。這些作家幾乎都是推理小說作家，他們把現代推理小說的一些寫法帶進了歷史小說及「三國志」的再創作中，其中有許多大膽的發想與構思，是匪夷所思又是基本合乎藝術規律與審美邏輯的。正是由於回歸事實與大膽虛構這兩種相反相成的創作方法的矛盾運動，日本作家的「三國志」再創作才打上了強烈的時代印記和日本文化印記。

日本當代中國題材歷史小說家宮城谷昌光[1]

一　殷商題材的三部長篇小說

　　《王家的風日》（1991）取材於殷商代的殷紂王時期，這個時期屬於缺乏可靠歷史記載的史前史時期。宮城谷昌光的《王家的風日》以《史記》中的簡略記載為基本依據，以箕子、商紂王兩個主要人物為中心，以殷紂王時代為舞臺背景，力圖呈現歷時六百年的殷商王朝的歷史和文化。貫穿全書的主要人物箕子在《史記》中雖然出現過，但身分面目不甚清晰。《殷本紀》記載紂王淫亂不止，不聽大臣勸諫，反而將其中一人的心剜了出來，於是「箕子懼，乃佯狂為奴，紂又囚之」；在《周本紀》中，又記載周武王滅殷紂王后，將被囚禁的箕子解放出來。武王推翻殷二年後，問箕子殷朝滅亡的原因何在，但「箕子不忍言殷惡，以存亡國宜告」，意即不忍心說殷商的壞話，只說如何讓已滅亡的殷朝的黎民百姓生活下去。由此可推測，箕子這個人是殷朝的一個王公大臣無疑，也有研究者認為箕子是殷紂王的叔父。宮城谷昌光根據這樣的記載，將箕子設定為殷王朝的宰相和殷紂王的叔父，並將箕子描寫為殷商時代的思想家和殷商文化的代表人物，把他作為一個殷商文明的化身和「中國人頭腦的原型」。同時，宮城谷昌光又塑造了殷紂王（受王）這個中國歷史上著名暴君的形

1　本文原載《長江學術》（武漢），2006第4期。

象，描寫他的野蠻暴行，特別是所使用的火刑、炮烙、烹殺、醢人肉等駭人的情節。但宮城谷昌光主要並不是從倫理道德的角度描寫紂王的暴虐，而是把他作為人類「野蠻」的代表，以便與箕子的「文明」構成相反相成的矛盾關係，這就抓住了由野蠻時代走向文明時代的殷商時代的基本特徵。宮城谷昌光依靠自己從殷商甲骨文的觀照中、從上古史料的研讀中得來的靈感，廣泛反映了殷商時代中國人的政治、宗教祭祀、語言文字、風俗習慣等。可以說，借助殷商王朝的興亡，來演義上古時代中國歷史文化的演進和變遷，顯然是宮城谷昌光在《王家的風日》中要表達的基本主題。所以當小說寫完後，宮城谷昌光自己也覺得：《王家的風日》實際上是「獻給商民族的頌歌」。[2]

宮城谷昌光取材於殷商時代的另一部小說是《天空之舟》（1990），副題是《小說・伊尹傳》。《天空之舟》一開頭就寫剛剛生下伊尹的母親預知大洪水來臨的神秘的夢，彷彿將讀者帶進了充滿異變的大禹治水的遠古時代。伊尹的母親按照夢中的神秘啟示，將孩子置於桑樹中，使孩子躲過了滅頂之災，漂流到了異國。大洪水以及桑樹舟漂流的故事，是一個古老的故事原型，也是世界各國英雄故事中常見的情節。宮城谷昌光以大洪水的故事開頭，一下子將讀者帶進了遠古的蠻荒時代。大洪水淹沒了一切，伊尹在桑樹舟上順黃河漂流，到了濟水流域的諸侯有莘氏的部落，有莘氏給他取名為「摯」，交御廚收養，從事烹調。這一情節的設計顯然是《史記》的「負鼎俎，以滋味說湯」的敷衍。摯十三歲時，作為廚師刀法已經出神入化，操刀解牛，游刃有餘，令觀者歎為觀止。這不禁使讀者想起《莊子》中的庖丁解牛的情節。摯的才能傳到夏王室，常常被召進王宮，學習天文地理。但畢竟身分低賤，受到夏王子桀的欺淩和迫害。當桀成為夏王朝君主的時候，群雄割據，天下大亂。摯心灰意冷，隱居荒郊。那時

2　宮城谷昌光：《王家の風日・後記》（東京：文春文庫，1994年），頁474。

新崛起的商王求賢若渴，親臨草廬延請摯，摯深為感動，從此登上了
政治舞臺。此處寫商王湯親顧茅廬求賢，與《史記》中的伊尹「負鼎
俎，以滋味說湯」完全不同，情節構思上顯然是受到了《三國演義》
中的「三顧茅廬」的影響。伊尹此後協助湯王滅掉夏朝，成為殷商王
朝的開國功臣。就這樣，在《史記》中面目不甚清晰的伊尹，夏商之
交的亂世英雄，在《天空之舟》中成為血肉豐滿的人物。

　　宮城谷昌光的殷商題材的第三部長篇小說是《太公望》（1998）。
太公望在日本也較為知名，在宮城谷昌光前後，有關作家曾寫過太公
望，例如，近代著名作家幸田露伴寫過《太公望》，旅日華人作家邱
永漢也寫過《太公望》，日本學者還出版了多種研究太公望的專門著
作，如高田穰的《太公望的不敗的極意》、悴山紀一的《太公望呂
尚》等，當代日本還有專門以太公望為主人公的漫畫也很有人氣。在
《太公望》之前，太公望曾作為非主要人物，在宮城谷昌光的《王家
的風日》和短篇小說《甘棠的人》中登場。宮城谷昌光決定寫一部以
太公望為主人公的長篇，與他對太公望在中國歷史上的重要性的認識
有關。他覺得：「商王朝實際上是靠太公望一個人扳倒的。」抱著這
樣的想法，宮城谷昌光決定寫《太公望》。《太公望》上中下三卷，是
迄今為止在日本文學中以太公望為主人公的篇幅最大的作品。宮城谷
昌光從望幼年時代寫起，寫望所屬的羌族及其父兄全家如何被商王殺
戮，望如何逃出，發誓殺死商王，從此開始了反對商王朝的鬥爭，後
來如何與以周公為中心的諸侯策劃密謀，又如何將入獄的周公救出，
如何壯大力量，最後革了商紂王的命。《太公望》以太公望的生平為
線索，將殷周之交的風雲激盪的中國歷史呈現了出來。宮城谷昌光的
《太公望》出版兩年後，作家芝豪又出版了同名長篇小說《太公望》
（2000），將太公望寫成了軍事天才和中國兵法的始祖。由此，太公
望在日本的名望更擴大了。

二　春秋戰國十大人物的復活

　　宮城谷昌光以長篇小說的形式所描寫的春秋時代的第一個人物就是《夏姬春秋》（1991）中的夏姬。夏姬是鄭國公主、歷史上有名的美人和淫婦。在中國古代文獻中，按傳統的道德標準，對夏姬的評價基上負面的和否定的。在日本，夏姬的名氣似乎僅次於同時代的西施，作為可愛的美人而受到喜歡，現代日本女性將「夏姬」二字作名字者也不乏其人。在宮城谷昌光之前，曾有近代作家中島敦、現代作家海音寺潮五郎、當代中國文學翻譯家、作家駒田信二在有關作品中描寫過夏姬。在宮城谷昌光看來，夏姬是中國春秋時代第一美人，「比西施還要美」。宮城谷昌光在談到《夏姬春秋》的創作時說：「我在寫夏姬春秋的時候，有意避開老套的表現手法，不是從正面描寫這位絕世的美女，而是從背面加以描寫。這是我對夏姬的愛的表現。」[3] 帶著對夏姬的這種審美感覺來塑造夏姬的形象，使宮城谷昌光刻意迴避對夏姬的淫蕩的渲染，而是通過眾多不同的男性對夏姬的覬覦、染指、合法與不合法的占有，而表現夏姬的魅力，表現夏姬的命運的流轉和變遷，並從這一側面描寫列國之間的關係與交往。在小說中，夏姬少女時期便為胞兄及其他公子所染指，婚後丈夫早逝。在困窘中為了保住其子的貴族身分，而不得不獻身於陳國國君及大臣們。兒子雖享受了王公貴族的榮華富貴，卻因無法忍受母親夏姬的墮落而弒君，僭越為王，但後來又遭到楚國討伐而敗亡。夏姬也被擄掠到楚國，楚王將她賜給一個武將，但不久她又成新寡……在這裡，夏姬的個人的命運與鄭國、陳國、楚國之間的關係交織在一起，由此傳達出春秋戰國時代特有的時代氛圍，同時也對夏姬的命運遭際寄予了同情。

3　宮城谷昌光：《中國古代の美女》，見隨筆集《春秋の色》（東京：講談社文庫，1997
　　年），頁36。

　　宮城谷昌光以長篇的形式所描寫的春秋時代的第二個人物是《重耳》（1993）中的重耳。《重耳》的基本情節與《左傳》、《史記》相同，但作為上中下三卷的篇幅較大的長篇，細節大為豐富，小說的主題是寫春秋戰國時代永恆的主題──列國征戰和國內權力鬥爭。上卷的主人公是重耳的祖父、晉的一支、曲沃之王「稱」，寫「稱」如何征服本家「翼」，建立了統一的晉國，其中有大量古代戰爭場面的描寫。中卷開始寫道重耳的父親詭諸。晚年的晉獻公詭諸貪戀女色，將作為人質擄掠來的異國公主驪姬立為正室，驪姬遂招致宮內有關人物的嫉恨。驪姬為了自保，處心積慮地欲將自己幼小的兒子奚齊立為太子，謀求將來登上王位。為此，她利用了晉獻公的昏庸，密謀陷害對她的計畫構成威脅的申生、重耳、夷吾三兄弟，挑撥獻公與這三個兒子的關係，讓父子生隙成仇，使得已經被立為太子的深深孝敬父親的申生自殺身亡。下卷描寫重耳為避殺身之禍也倉皇逃出，接著驪姬又派宦官閹楚追殺重耳。重耳便被迫開始了漫長的流亡生涯。其間驪姬母子被殺，重耳的異母兄弟夷吾（惠公）即位後，繼續追殺重耳，但在從者介子推等人保護下每每有驚無險。重耳在列國備嚐酸甜苦辣，與列國君主發生種種恩怨。在流亡十九年後，重耳在身邊眾多家臣及秦國的幫助下，終於率兵打回國內，推翻晉惠公，即位為晉文公，並使晉國成為春秋五霸之一。可見，《重耳》既是重耳流亡與奮鬥史，也是一部生動的晉國興衰史、春秋列國關係史。

　　宮城谷昌光描寫的春秋時代的第三個人物是《介子推》（1995）中的介子推。介子推這個人物，在上述的《重耳》一書中已經作為重要的人物登場。在重耳身邊的重要人物中，介子推的身分低微，不是重耳的直接臣下，而是重耳的重臣先軫的配下。然而就是這個小人物，在中國歷史上、特別是在民間文學中，卻成為廣為人知的「大人物」，而受到人們的景仰，因為他代表了中國傳統文學的一種理想人格。也許正因為如此，宮城谷昌光覺得在《重耳》中對介子推的描寫

還不過癮，因而接下去創作了以介子推為主人公的長篇小說《介子推》。在小說中，宮城谷昌光對介子推的生平事蹟的描寫與評價基本依據了《左傳》和《史記》，但也有許多的豐富與虛構。在他的筆下，介子推作為一個非常孝敬老母、老實本分、而又有高遠理想的農夫，其唯一的超人之處就是擅長拳棒、曾以木棒打死咬傷自己的老虎。他之所以決定離開母親去投奔重耳，就是認定重耳是他心目中理想的君主，所以在重耳流亡列國的困難時期，捨生忘死保護重耳，都是發自內心的、無功利的，甚至重耳本人也不知曉。所以，當重耳即位後對功臣論功行賞，而唯獨落下介子推時，介子推並不介意。但當他看清做了晉文公的重耳原來和別的貪得無厭、處事不公的君主並沒有什麼不同之後，他絕望了，於是悄悄地離開了宮廷，和老母一起隱遁到了故鄉的深山中。宮城谷昌光曾在一篇文章中談到，在重耳苦盡甘來之時，介子推卻悄然而去，「想到這事，就感到心酸」。[4]宮城谷昌光從介子推這個人物身上，發現了中國傳統的儒家的政治理想和道家的人格典範，因而對介子推最後不辭而別、悄然隱居的原因寫得十分充分，十分合乎人物的性格邏輯。宮城谷昌光在《介子推》中不取悲劇結尾，他寫介子推及身邊的幾個人物快活地在山中生活和談笑。宮城谷昌光通過介子推形象的塑造，表現了那個兵荒馬亂的殘酷時代人們對和平與寧靜生活的渴望。

在長篇小說《沙中的迴廊》（2001）中，宮城谷昌光又描寫了重耳身邊的另一個侍從——士會。和介子推一樣，士會也有著超群的武術並精通兵法，受到晉文公重耳的賞識，由一個微臣，到晉景公時代晉升至宰相，顯示出了傑出的政治才能。宮城谷昌光從《重耳》到《介子推》再到《沙中的迴廊》，通過三個主人公及其生涯的描寫，

4　宮城谷昌光：《重耳と介子推》，見《春秋の明君》（東京：講談社文庫，1999年），頁110。

反映了構成晉國歷史題材的興亡歷程，也構成了內容聯貫的晉國題材
三部曲。宮城谷昌光所描寫的春秋戰國時代的第五和第六個人物，是
齊國的著名宰相晏子——亦即晏弱和晏嬰父子。在四卷冊長篇小說
《晏子》（1994-1995）中，宮城谷昌光把晏嬰塑造為震撼自己靈魂的
人物。為此他查閱了大量的史料，包括《左傳》、《史記》、《晏子春
秋》等，以藝術想像解決了史料中的一些自相矛盾之處。在經歷了數
年的沉澱與構思之後，他決定將晏弱和晏嬰父子合稱「晏子」，寫成
同名長篇小說。宮城谷昌光將晏弱和晏嬰父子合稱「晏子」，顯然與
海音寺潮五郎在長篇小說《孫子》中將孫武和孫臏合稱「孫子」屬同
一思路，這樣一來就加倍地延長了小說的時間跨度和藝術容量。《晏
子》是宮城谷昌光在一九九五年之前出版的篇幅最長的作品，它以晏
弱和晏嬰父子的生平事蹟為中心，以齊國的興衰為軸線，將當時齊國
及晉、魯、衛、楚、萊、鄭、吳、莒等列國在史料和經書上出現過的
有關重要人物，共六十餘人都納入了故事架構中。鑒於有關晏子的中
國史料很豐富，可供宮城谷昌光選擇與發揮的故事原型也很多，所以
《晏子》的情節蘊含也相當綿密充實。從作品中可以看出，宮城谷昌
光除了參照《左傳》、《史記》的記載外，關於晏子的部分主要依據
《晏子春秋》。《晏子春秋》是以晏子的事蹟為中心的歷史傳說故事
集，共八篇二百一十五章，每章都講了一個有關晏子的獨立的故事，
而且大都生動傳神。宮城谷昌光將《晏子春秋》中那些相對獨立的小
故事，按照人物生平與性格演進的邏輯，有選擇地納入了一個有機的
框架結構中，並在一些細節上有所豐富和發揮。例如晏子出使楚國，
面對楚王令他鑽狗洞進來等一系列蓄意的羞辱，晏子如何機智地加以
回擊，維護了自身及其國家的尊嚴等等情節，都寫得有聲有色，十分
精彩耐看。作為有一定文史修養的中國讀者，有關的故事早已耳熟能
詳而缺乏新鮮感，但對於絕大多數日本讀者而言，《晏子》中的這些
故事此前恐怕聞所未聞，其產生的藝術魅力可想而知，《晏子》出版

後銷售四十三萬冊，成為暢銷書。歸根結柢，《晏子》的成功取決於
宮城谷昌光出色的想像力，更得益於《晏子春秋》等中國古典本身的
藝術魅力。

　　宮城谷昌光所描寫的第七個春秋戰國時代的人物是孟嘗君。五卷
冊長篇小說《孟嘗君》（1995）的主人公孟嘗君（本名田文）。宮城谷
昌光在《孟嘗君》的前言中，提到由於資料不齊，寫孟嘗君時他一直
感到有心無力，但在查閱史料時，「意外地發現了一個特殊人物——
白圭」，便把這位大商人與孟嘗君聯繫起來。[5] 我們查閱史料，即可
知道宮城谷昌光原來是在《史記・貨殖列傳》中「發現」白圭其人
的。白圭是魏國的大商人，司馬遷在《史記・貨殖列傳》中以二百來
字寫白圭如何擅長做買賣而獲得了商業上的成功。原本白圭與孟嘗君
應毫無關係，但宮城谷昌光卻設想田文被生母及家臣送給了風洪（後
改名白圭）撫養，白圭即成了田文的養父。這一大膽的「發想」大大
地開拓了《孟嘗君》的舞臺空間，白圭實際上成了《孟嘗君》前半部
分的主人公，由於白圭的生平幾乎沒有史料可依，宮城谷昌光便根據
作品內在的需要而展開想像，遂使白圭這個人物血肉豐滿起來。據說
在《孟嘗君》連載的過程中，白圭的經歷與命運牽動著讀者的心，一
位女性讀者曾給宮城谷昌光來信，說：「母親幾乎天天嚷著：白圭今
天怎麼樣啦？」可見白圭形象塑造的成功。儘管由於白圭著墨很多，
但對白圭的描寫還是與孟嘗君的命運流轉緊密相關的，並沒有出現喧
賓奪主的問題。在《孟嘗君》中，宮城谷昌光緊緊圍繞著孟嘗君的出
生、流浪、刀下餘生、戰場馳騁、養士三千、位及人臣等曲折動人的
經歷，使小說的情節顯得十分緊湊，可讀性很強。此外，宮城谷昌光
完全從正面塑造孟嘗君的形象，將他寫成一個多情多才、重義輕利、
有勇有謀的人，這與司馬遷在《史記》中對孟嘗君的「好客自喜」的
總體評價也有出入。

5　宮城谷昌光：《孟嘗君1》（東京：講談社文庫，1998年）。

　　宮城谷昌光所描寫的春秋戰國時代的第八個人物是《青雲扶搖》（1997）中的范雎。宮城谷昌光的小說題名「青雲扶搖」（原文《青雲はるかに》）似出於此。司馬遷的《史記》對范雎的生平遭際具體生動的戲劇性描寫，為宮城谷昌光在《青雲扶搖》中對范雎形象的再塑造打下了基礎。宮城谷昌光在《青雲扶搖》中，是將范雎作為時代的俊傑來描寫的，寫他的辯才，寫他在秦國發展史上的貢獻。在這一點上與司馬遷稍有不同。司馬遷對范雎這樣的口辯之士雖如實描寫他們的聰明智慧，但對這類人憑三寸不爛之舌挑撥離間獲取官位並沒有多少好感。《青雲扶搖》則完全將范雎塑造為英雄豪傑，將口辯、復仇作為戰國時代特有的時代精神加以表現，既寫范雎的有節制的復仇，也寫他的傑出的政治與軍事才能。

　　宮城谷昌光所描寫的春秋戰國時代的第九個人物是《樂毅》（1999）中的樂毅。宮城谷昌光在四卷本長篇小說《樂毅》中，基本史料來自《史記》，但只以《樂毅列傳》的開頭幾十字介紹樂毅身世的文字做基本依據。那段文字極其簡略，卻為宮城谷昌光的藝術想像提供了空間。宮城谷昌光的四卷本長篇小說《樂毅》對《史記》中記述較詳的樂毅如何助燕伐齊的故事只在小說最後一部分有所描寫，而是小說將主要矛盾設定為趙國與樂毅的家鄉中山國（今山西省境內）之間的侵略與反侵略之間的關係，並以此為中心展開故事情節。而按上引《史記》中的記載，中山國先後被魏、趙所滅的時期，樂毅恐怕尚未出生或至少還處在幼兒時期。宮城谷昌光為了表現樂毅的傑出的軍事才能和愛國精神的主題，而將樂毅的生年提前了許多。小說描寫了樂毅為了保家衛國，在敵強我弱的形勢下，所進行的一次次頑強出色的戰鬥，但最終因中山國的君臣昏庸，疏遠排斥樂毅，導致亡國的結局。樂毅最終為賞識自己軍事才能的燕昭王延請至燕國……全書是圍繞著樂毅為「天才軍事家」這一主題而展開故事情節的。

　　宮城谷昌光所描寫的春秋戰國時代的第十個人物是《子產》

（2000）中的鄭國宰相子產。此前，宮城谷描寫了好幾位宰相，但子產的形象在眾多的帝王將相中有所不同。《子產》描寫了子產如何在昏庸無能的國君統治中使鄭國得以安全生存，並建立了太平安定的社會；描寫了子產如何以民為本、如何善於傾聽民意、如何廣納賢言，如何對鄭國進行內政與外交上的一系列改革，並為此如何與政敵展開較量，突出表現了子產以德、以禮、以法治國的理念和行動，以及他作為「春秋時代最高知識人」的言語表達智慧和人格魅力。總之，宮城谷昌光是借子產的形象塑造，表達了對理想的政治家和改革者的憧憬，而《子產》對當代日本讀者的魅力，似乎主要也在於此。吉川英治文學獎的評委們對《子產》的讚譽和推崇，也主要是從這一點著眼的。例如評委之一、作家杉本苑子說：應該讓永田町（東京地名、日本政府所在地）的那些「不知羞恥的政治家諸公們」好好看看這本書。

　　通過十大人物形象的塑造，宮城谷昌光不僅使這些古代人物得以復活，而且通過這些人物，將春秋戰國時代深邃的歷史圖景展示了出來。自從海音寺潮五郎的《中國英傑傳》、《孫子》以來的近半個世紀中，還沒有一個人在春秋戰爭題材中做如此系統全面地開拓和耕耘，更沒有一個人在春秋戰國題材方面取得如此的成功。

日本歷史小說巨匠海音寺潮五郎的中國題材[1]

一

　　海音寺潮五郎（1901-1977）是日本現代著名歷史小說家，本名末富東作，中學時代就對中國語言文學感興趣，並開始自學漢語，一九二三年考入國學院大學師範部，一九二六年畢業後先後在家鄉鹿兒島和京都等地做中學教師，教授國語和漢語，之後不久開始創作活動。二十八歲時初次用「海音寺潮五郎」的筆名發表《沫雨草紙》，三十一歲時長篇小說《風雲》連載，受到了高度評價，此後各種大眾文學雜誌的約稿紛至，使海音寺潮五郎辭去教職全力投入寫作，成為一個職業作家。一九三六年三十五歲時以《天正女合戰》和《武道傳來記》兩篇作品獲得第三屆直木獎。一九四一年底他被徵召為海軍報導員前往馬來亞，次年回國。一九四三年發表以馬來亞華僑為題材的《馬來華僑記》。一九四五年日本戰敗投降後，海音寺潮五郎對盟軍的占領及其政策有很強的牴觸情緒，戰敗初期一年多時間裡完全停止寫作，回到自己的家鄉埋頭閱讀中國古代文獻，並用歷史小說創作來抵抗時流。一九五〇年代後一直到去世前夕的二十多年間是海音寺潮五郎創作的成熟和豐收期，在日本歷史題材和中國歷史題材兩方面展開其藝術世界。在日本歷史題材方面，他以長篇小說《武將列傳》、

1　本文原載《蘇州科技學院學報》（蘇州），2006年第6期。

《兩棵銀杏》、《天與地》、《茶道太閤記》、《平將門》、《火山》、《風鳴樹》及晚年未完成的巨著《西鄉隆盛》奠定了自己在日本歷史小說領域中一流作家的地位。同時，在中國歷史題材方面也頗有創獲，有長篇小說《蒙古來了》和小說《孫子》、短篇小說集《中國英傑傳》和《中國妖豔傳》等。另外還有不少歷史知識隨筆和散文作品。一九六九年他六十八歲時，朝日新聞社出版了《海音寺潮五郎全集》二十一卷。一九七七年七十六歲時獲日本藝術院獎，同年十二月去世。一九七九年，講談社的《海音寺潮五郎短篇總集》全八卷出齊。

海音寺潮五郎在學生時代就對中國歷史文化很感興趣，開始嘗試創作不順利時，曾下決心不再做小說家，而終身做一個中國文學的研究家，埋頭鑽研中國古代文獻。這種對中國歷史文化的特殊愛好，在後來的以中國歷史文化為題材的小說創作中得到了充分體現。

海音寺潮五郎中國歷史題材小說方面的第一部大作是《蒙古來了》。這部長篇小說於一九五三年在《讀賣新聞》上連載，後來又加寫終章《圓成真覺》，一九五四年由講談出版上中下三冊單行本。這是一部以十三世紀時元朝蒙古人計畫侵入日本為題材的長篇歷史小說。嚴格地說，《蒙古來了》並不是純粹的中國題材，但鑒於蒙古人在當時已經統治了整個中國，而且小說中大量涉及到蒙古人、漢人與日本人的關係，甚至還寫到了西域文化乃至西方宗教文化與日本的關係，可以說是一部以戰爭——因為戰爭最終沒有在日本本土展開，對日本來說只是準備戰爭——的題材來表現當時的中日關係及國際文化關係的具有廣闊世界視野的大作品。

海音寺潮五郎在《蒙古來了》中，首先著意表現在蒙古大軍壓境、日本全國處於危機時刻、不同政治勢力之間的明爭暗鬥。當時正是日本的「南北朝時代」的形成時期，由於朝廷內部爭奪皇位，導致後醍醐天皇遷幸吉野（南朝），與幕府將軍足利尊氏擁立的京都朝廷（即持明院統，北朝），形成了南北兩個天皇長達五十多年的並立的

局面。《蒙古來了》將這種國內矛盾與國際危機交織在一起，描寫幕府和朝廷在蒙古大軍壓境的情況下，如何處理與蒙古的關係，從而表現相關人物的人格與形象。在海音寺潮五郎的筆下，是備戰還是講和，不僅在朝廷中，而且在鎌倉幕府內部都引起了激烈的矛盾衝突。這些衝突又與皇位繼承權問題、幕府內部的權力鬥爭問題密切地聯繫在一起。此時，蒙古人派來了使者勸降，幕府內部圍繞如何對待蒙古使者問題，分化為「強硬派」與「柔軟派」兩派。強硬派以現任天皇及其支持者為代表，主張驅逐蒙古使者，與蒙古一決雌雄；柔軟派認為可以接受使者提出的修好的要求，不必開戰。其中，在朝廷中懷才不遇、對現任天皇不滿的中納言（官稱）西苑寺兼實是「柔軟派」的代表，他堅持「柔軟派」的目的是為了使強硬派失勢，以迫使現任天皇退位，同時還因為自己在商人那裡投了資，打仗也會損害自己的收益。而鎌倉幕府的第八代「執權」（官稱）、屬於北條時宗家族的赤橋義直也出於自己的野心，在皇位繼承問題上支持「上皇」（退職的天皇）反對現任天皇，和西園寺兼實一起主張柔軟外交。另外，他們知道許多富有的商人也反對打仗，對商人來說，若日本與蒙古開戰，必然會影響商業買賣。為了共同的利益，西園寺兼實、赤橋義直與日本富商、經營妓院的老鴇筱嫗及中國富商陳似道聯合起來。

　　與「柔軟派」相對的是十八歲就任「執權」的北條時宗為代表的「強硬派」，而對時宗的強硬政策影響最大的人物是與北条家族有姻親關係的豪族河野六郎通有。通有的祖上很早就從事海洋貿易，對世界局勢頗有了解。他早就得知蒙古人為了侵入日本而命令朝鮮人打造了一千艘戰船，不可等閒視之。起先他勸說北条時宗要儘量避免戰爭，並表示自己願意當使節從中斡旋，但遭到時宗拒絕。後來，「柔軟派」的西園寺兼實來拉攏通有，並和他商量一條計策：說可以把因被蒙古亡國而逃到日本的波斯公主賽西利亞抓起來，交給蒙古，以換取蒙古人的和平修好。但性格剛直而善良的通有認為這種手段太卑

劣，而予以拒絕，同時他自己親會賽西利亞，從她那裡確認蒙古這個
國家絕不可能與別國平等交往，蒙古的目的就是將所有國家都加以降
服。為了親自調查蒙古人的實際情況，通有毅然潛入中國本土，證實
了賽西利亞的說法是正確的。他回國後改變了自己的反戰態度，轉而
支持北条時宗的強硬戰略，將賽西利亞保護起來，同時準備與蒙古人
決戰。

　　海音寺潮五郎在小說中明確地否定了「軟弱派」而褒揚了「強硬
派」。他將河野六郎通有作為理想人物加以描寫，表現他的剛直、無
私無畏、強烈的正義感與責任感，將他描寫為一個理想武士的典型。
在日本戰敗後不久，海音寺潮五郎就創作這樣的以歌頌日本傳統武
士、對主張使用武力的強硬的主戰派加以肯定的作品，顯然不是偶
然，而是代表了日本戰後「反抗戰敗」、不滿盟軍占領日本的現實這
樣一種情緒在歷史小說中的折射。在一九四六至一九四九年間，美軍
占領當局對日本軍國主義抱有相當的警覺心，對有關文章與文學作品
實施較為嚴格的審查。一九四七年，海音寺潮五郎的歷史小說《風
雲》就受到審查而未能發表，理由是小說表現了「封建的」東西。海
音寺潮五郎對此十分不滿。進入一九五〇年代後，美國對日本的政策
發生了重大轉變，美日關係由戰勝國與戰敗國的關係，轉變為盟國關
係。在這種情況下，海音寺潮五郎表現主戰思想、歌頌傳統武士道精
神的《蒙古來了》得以問世成為可能。儘管如此，當時的反戰思想仍
是日本社會的主流，所以當《蒙古來了》發表完畢後，有關報社舉行
了一個關於《蒙古來了》的專題座談會，有的評論家就在座談會上尖
銳指出：《蒙古來了》是一部宣揚日本「再軍備」的「反動小說」。海
音寺潮五郎自己似乎早意識到會有這樣的指責，他在小說剛開始連載
的時候，寫了一段《作者的話》，說：「在目前的情況下，讀者中或許
有人會解讀為：這是一部企圖促進再軍備的小說，或者把其中蒙古看
成是現在的中共。然而，我完全沒有那樣的政治的意圖。文學的層

次，遠比政治高得多。」他又在該小說的單行本「後記」中說：

> 讀這部小說，單單從中讀出這種意思來，那肯定是先入之見，
> 是帶著有色眼睛來看的。連讀也不讀就下結論的，則更不值一
> 駁。實際上我的意圖比這高得多。即使在太平洋戰爭中，我都
> 沒有寫宣傳當時意圖的國策小說。我堅信，用文學來表現那些
> 昨是今非、今是明非、像貓眼一樣變換不定的政治和政策，簡
> 直就像黃金器具來盛糞土一樣。[2]

他接著強調指出，正面表現日本人擊退蒙古侵略是正確的，他認為：
「當時的日本人的行動，就像頑強地擊退拿破崙的侵略、擊退希特勒
的侵略的俄羅斯國民一樣，就像堅持八年抗戰勇敢執拗地抵抗、最後
終於打敗日本侵略軍的中國一樣，是應該加以稱讚的英雄壯舉。為什
麼不能寫這個？豈非不可思議嗎？當時，在世界上能夠擊退蒙古人侵
略的，只有日本。我們應該挺起胸脯表示自豪才對。」海音寺潮五郎
這話說得不錯。但有一點史實應該記住：嚴格地說，並不是日本靠實
力擊退了蒙古，而是日本海上颳起的「神風」[3]，將不習水性、沒有
海上作戰經驗的蒙古人擊退了，換言之，主要是老天爺幫了忙。當
然，儘管如此，海音寺潮五郎覺得應該「挺起胸脯感到自豪」，也完
全是可以的。

　　《蒙古來了》的價值，不僅在於表現了日本人的抗擊蒙古侵略的
「自豪」，而且還有一個更應該注意的層次，就是表現了當時日本與
中國及其西方各民族之間的文化交流。上文已提到，小說中的波斯公
主賽西利亞是一個重要人物。在海音寺潮五郎筆下，波斯國被蒙古滅

2　海音寺潮五郎《蒙古來たる》（下）（東京：文春文庫，2000年），頁528-529。
3　日本人認為當時海上颳起大風將蒙古軍隊的戰船掀翻，是神助日本，故謂「神風」。

了以後，國王一家輾轉印度、阿拉伯、中國，試圖使祖國復興。賽西利亞在中國（宋朝）與父母死別。那時在蒙古的威脅下宋朝岌岌可危，賽西利亞與家臣們乘船逃走，中途多有失散，她與幾個波斯人最後到達日本，被經營對華貿易的河野通有一家庇護起來。有一次，有日本當地舞女表演音樂魔術節目，三個與主人賽西利亞走失的波斯人聽了以後，連說這與波斯的音曲太像了，並應請求當場演奏了波斯樂曲，從此和這個舞蹈隊成了夥伴，加入舞女的行列並在日本各地巡迴表演，最終由此找到了賽西利亞。值得注意的是，海音寺潮五郎把賽西利亞寫成景教徒。賽西利亞到了日本，也就意味著景教傳入了日本。換言之，海音寺潮五郎認為，作為基督教的一支而在中國發展起來的景教，在日本戰國時代末期已經傳入了日本，而且認為，波斯的音曲、魔術和舞蹈，對日本的音樂舞蹈產生了影響，而流傳至今日的日本的雅樂和能樂，都有波斯影響的存在。這是海音寺潮五郎在小說中所表達關於東西方文化交流一種看法。對此，學者們一開始就提出了反論，例如海音寺潮五郎的朋友、與他一起發起創辦《文學雜誌》的作家村雨退二郎就認為，基督教傳入日本不會像海音寺潮五郎所描寫那樣早，將基督教傳入日本上溯到戰國時代末期是沒有根據的。對此海音寺潮五郎表示不接受，他認為那個歷史時期在中國本土已經有各種民族互相往來，包括波斯人在內的西方各民族在蒙古大軍的威脅下亡命日本，是十分可能的。他並指責批評者是「無知無識並且缺乏推理能力或想像力」，並因此與村雨退二郎結束了朋友關係。應該說，從「推理」與「想像力」的角度看，海音寺潮五郎的描寫是無可厚非的。日本的音樂舞蹈受到唐代音樂的影響，而唐代的樂舞又受到西域各國的影響，這已經為學者的研究所證實。至於通過什麼途徑、以何種交流方式發生這種交流與影響，除了學術研究有待證實外，像海音寺潮五郎這樣，在文學創作中對此發揮想像力，是有益無害的嘗試。

二

　　海音寺潮五郎從戰後不久（50年代中期）開始寫作以中國歷史為題材的短篇小說，後來不斷有作品發表，相關作品有二十餘篇。這些作品後來都收入《中國妖豔傳》（文春文庫，1991年）和《中國英傑傳》（文藝春秋社，1971年）兩部集子中。

　　戰後初期，由於當時美軍占領當局對表現日本傳統的封建主從關係、義理人情等有關武士道精神的作品，予以嚴格的審查，使海音寺潮五郎一時不能寫作此類題材。因那時物價飛漲、生活困難，海音寺潮五郎不得不寫一些小說、賺些稿費維持家計，便自然而然地利用了自己此前在中國古代文學閱讀中的積累，寫起了以中國歷史文化為題材的中、短篇小說。海音寺潮五郎寫的最多的，是中國歷史上的妖冶淫蕩的女人，如《妖豔傳》、《軑侯夫人傳》、《美女和黃金》、《蘭陵的夜叉姬》等。其中，中篇小說《妖豔傳》的主人公是中國歷史有名的美人淫婦夏姬。該作品取材於海音寺潮五郎在中學時代就閱讀過的《春秋左氏傳》（左氏春秋），由於左氏春秋是編年體的歷史書，對有關人物事蹟的記載較為零星雜亂，關於夏姬的記載也散見於不同年分中，海音寺潮五郎在左氏春秋有關夏姬記載的基礎上，也有一定的虛構和誇張。在他筆下，夏姬是個絕色美人，一直到五十歲仍然可使男人神魂顛倒；夏姬又是一個蕩婦，在陳國同時與三個王公大臣保持肉體關係，最後導致陳國滅亡；在她的家鄉鄭國，夏姬與異母兄弟靈公與子公同時有染，並導致靈公死於非命；在楚國也因為淫亂而導致滅國。就這樣，因三國的王公大臣等人迷戀夏姬的肉體，而造成了三個國家的覆滅。中篇小說《美女與黃金》則取材於海音寺潮五郎喜歡的《史記》卷八十五〈呂不韋列傳〉。寫大商人呂不韋如何在陳耳老人（作者完全虛構的人物）的指點下，依靠美女與黃金，讓原本作了趙國人質的秦國公子子楚登上王位，自己出任相國的故事。在該作品

中，也出現了一個與夏姬類似的妖冶淫蕩的美女桂姬。這個出身歌女
的可憐的桂姬，有過種種離奇曲折的經歷，變成了一個不饜足的淫蕩
而又善於權謀的女人，最後成為統一天下的秦王嬴政的母親（太
后），但仍然淫亂不止。短篇小說《蘭陵的夜叉姬》具體的出典不
明，寫的是蘭陵第一大戶家的獨生女青蓮，從一個尼姑那裡習得劍術
和魔法後，變成了一個淫蕩、兇殘的女人。這幾個寫淫婦的作品都有
一定的獵奇性的娛樂性，談不上有多少文化與美學的蘊含。海音寺潮
五郎從中學時代就結了婚，七十五歲時又再婚，對女性似乎有較多的
體驗和了解，有評論家認為它們表現了海音寺潮五郎的「女性觀」，
即「女性的好色、殘忍，原本比男人厲害得多」[4]。

　　海音寺潮五郎的另一類中國題材的短篇小說屬於那種借他人酒
杯、澆自家胸中塊壘的寄託性的作品。這些小說並非取材於中國正
史，而是取材於中國傳說故事，具有一定的幻想色彩。如《天公將軍
張角》就是在太平道教祖張教的仙術的描寫中，表現了作者的自己關
於「世界上的一切都是相對的」這樣一種人生認識。以唐代傳奇小說
《昆侖奴》為底本再創作的《昆侖的魔術師》，借其中的主要人物、
會仙術的磨勒的口，感歎人是怎樣地為「猜疑心」所苦。寫於戰敗後
不久的短篇《遂州畸人傳》將小說的舞臺置於中國唐代的「遂州的桃
花村」，寫一個八十八歲的武士老人如何在玩弓箭、養小鳥中度過自
己的晚年，這顯然與作者當時不滿盟軍占領、回鹿兒島老家埋頭讀漢
籍的那種心情有關。《渡過鐵騎大江》把舞臺置通過一個叫宋麗華的
女子在戰爭中的不幸遭遇，表達了作者對戰爭的否定。

　　海音寺潮五郎的中國歷史題材短篇小說中，也有十幾篇是以中國
歷史上的帝王將相等英雄人物為題材的，這些作品在一九七一年由文
藝春秋社輯為《中國英傑傳》一書。這些大都取材於中國歷史典籍，

4　磯貝勝太郎《中國妖豔傳》文庫版「解說」（東京：文春文庫，1991年）。

包括《春秋》、《史記》、《漢書》、《後漢書》、《三國志》等，出現的人物大都是春秋戰國秦漢時代的人物，其中關於項羽、劉邦的最多，有《英雄總登場》、《鴻門之會》、《背水之戰》、《垓下之戰》、《功臣大肅清》、《呂氏家族鏖殺》等，這些小說顯示了海音寺潮五郎在中國歷史文化方面的修養。小說的藝術形式也顯然受到《史記》「列傳」的「史傳文學」的影響。作者寫這些作品的主要目的是將中國歷史知識小說化、通俗化，以使日本讀者在不知不覺中學習中國歷史。據說，新一代中國歷史小說的著名作家宮城谷昌光，在出名之前所讀的關於中國歷史文化的第一部書就是海音寺潮五郎的《中國英傑傳》。他在一篇文章中寫道：「可以說長達五五〇年間出現的英傑，都被這本書網羅殆盡了。比起讀歷史書來，還是讀這本書更能了解歷史。在呈現中國歷史的生動有趣這一點上看，我不知道還有比這更好的入門書。」⁵

三

　　一九五〇年代以後，日本經濟進入高速發展時期，許多企業管理者想起了中國古代的兵法家孫子，並努力將孫子的兵學思想運用于現代企業的經營管理中。原來日本人對孫子早就不陌生，早在聖武天皇時代，學者吉備真備就在日本介紹了孫子。據說，武田信玄及其軍師山本勘助就學習過孫子，武田旗印上的風、林、火、山就是從孫子那裡學來的。到了江戶時代，更湧現出了一批孫子研究家，包括著名學者林羅山、山鹿素行、狄生徂徠，新井白石、吉田松陰等。日本在侵華戰爭及太平洋戰爭中失敗後，一些學者及當年的將領認為，日本軍隊當時過分迷信德國及西洋的兵法、而輕視了孫子兵法，也是日本戰

5　宮城谷昌光《中國歷史逍遙①　中國英傑傳》，見宮城谷昌光《春秋の色》（東京：講談社文庫，1997年），頁50。

敗的一個原因。在這種情況下，一九五〇年代經濟起飛時期的許多日
本人，再次開始重視孫子，並逐漸形成了一股「孫子熱」。在這股
「孫子熱」中，出版界也發現了出版商機。一家名為《每星期日》的
雜誌，想到了要請人寫關於孫子的小說，於是自然想到了當時已很有
名氣的海音寺潮五郎。對此，海音寺潮五郎在一九六四年《孫子》初
版本（全一卷，每日新聞社）的「後記」中有過交代，他寫道：

> 說實話，寫這部作品並非出自我的想法，而是受《每星期日》
> 雜誌編輯部的委託。
>
> 最初，當他們告訴我希望我來寫孫子的小說時，我很猶豫。前
> 些年開始出現了孫子熱，與經營戰術相關的孫子兵法的現代日
> 語譯本出了不少。但我想，沒有比「流行」這種東西離真實更
> 遠的了。「我討厭流行」，這是我的一個口頭禪。
>
> 所以，那時我是這樣對他們講的：
>
> 「孫子到了現在，已經是『熱』的餘波，等我的小說寫出來的
> 時候，『熱』就退了。那從經營角度來說，〔雜誌社〕就虧本
> 了。如果你們喜歡中國的事情，另外還有好多材料啊！例如楚
> 漢軍談——劉邦與項羽的爭霸戰爭之類，怎麼樣？還有那麼多
> 英雄、豪傑、智將、策士、奸人、美人、妖術、形形色色，應
> 有盡有，都很有意思呀！」
>
> 可是編輯部最終還是想要孫子。我只好屈服，接受了……一旦
> 寫起來，卻覺得很有意思。西元前數百年的青銅器時代的事
> 情，對我卻有很大的新鮮感。作家有很多種類型，我就屬於那
> 種新奇型的。我就是喜歡了解自己不知道的時代及其事件，並
> 充滿興致。[6]

6　海音寺潮五郎《孫子》（三卷本）（東京：每日新聞社，1988年），下冊，頁232-233。

　　以海音寺潮五郎的中國文化修養和藝術創造力，當然是最合適的寫作《孫子》的人選。然而，把孫子寫成長篇小說，難度非常大。在構思中，海音寺潮五郎將「孫子」作為兩位兵法家的合稱，一位就是孫武，也就是兵法十三篇的作者；另一位就是孫武的後代孫臏。這顯然是從司馬遷那裡得到的啟發。司馬遷在《史記‧孫子吳起列傳》中，將兩位相隔百年的孫子一併介紹。司馬遷對兩位孫子的記載均具有相當的戲劇性，但可惜太簡略，相關文字只有一千四百餘字。關於孫武，司馬遷記載他有兵法十三篇，寫他曾應吳王闔閭的要求，以宮中美女模擬軍隊，當場演練。在演練中宮女們起初以為兒戲，嘻嘻哈哈，孫武欲按軍法當場將做隊長的兩個齊王寵妃斬首。齊王勸阻，孫武說：「將在軍，君命有所不受」，遂斬首之，令其他宮女肅然，宮女隊儼然正規軍。「於是闔閭知孫子能用兵，卒以為將」，並屢戰屢勝，威震諸侯。由於《史記》中關於孫子的記載過於簡略，並有傳說的色彩，以至一些現代學者認為孫子這個人實際上並不存在。關於孫臏，司馬遷寫到他是孫武後代，與龐涓一起學習兵法，龐涓妒其能，「斷其兩足而黥之，欲隱勿見」，後來孫臏被人秘密接到齊國，受到齊將領田忌重用。孫臏以其兵法，最後打敗龐涓，使龐涓兵敗自刎。龐涓臨死前曰：「遂成豎子之名！」司馬遷對孫臏的生平比孫武記述得詳細得多，但也較為簡略。除《史記》之外，《吳越春秋》、《戰國策》中也有一點孫武和孫臏的記載，但都不如《史記》詳細。

　　海音寺潮五郎靠這些有限的材料，最終寫成了約合三十萬字的長篇小說，是很不容易的。因為可靠的史料太少，更多的需要虛構和想像來填補，所以海音寺潮五郎認識到這不能是傳記小說。但他還是模仿了《史記》的列傳體例，將孫武與孫臏兩個人物，分為孫武卷和孫臏卷兩卷，分頭寫作。為了讓人物的活動獲得廣闊的舞臺空間。海音寺潮五郎將孫子和孫臏置於他們所處的那個時代中，把他們的人生與當時的重大事件、特別是重要的著名的戰役聯繫起來。例如，《史

記》上記載孫武做了吳王闔閭的將領,「西破強楚,入郢,北威齊、
晉,顯名諸侯,孫子與有力焉」。海音寺潮五郎認為,既然這樣,那
麼孫武肯定在當時的軍事、外交中有相當的作為,作為小說,就是從
這些作為中把孫武的形象塑造出來。關於孫臏的形象,《史記》主要
寫孫臏與龐涓之間的矛盾衝突,海音寺潮五郎在《史記》的基礎上,
又加了許多藝術的虛構,如少年時代的龐涓有志於兵學,到孫家拜
訪,遂與孫臏結交,還寫他們共同拜吳起為師。關於吳起這個人,
《史記》把他作為兵法家,與兩個孫子一併作傳,但吳起排在孫臏之
後,並未寫吳起與孫臏有何關係。海音寺潮五郎作了合理的藝術虛
構。又寫龐涓在魏國作將軍時,孫臏曾暗中給了龐涓很多幫助,這就
凸顯了龐涓的忘恩負義與嫉賢妒能。在戰爭描寫方面,海音寺潮五郎
在《史記》列傳中的關於馬陵之戰、桂陵之戰的簡單記述中,對孫臏
如何以出色的兵法大敗魏軍,做了具體的藝術發揮。

　　小說《孫子》體現了海音寺潮五郎鮮明的思想與藝術個性。日本
學者會田雄次曾指出,海音寺潮五郎在日本歷史題材的小說中,對歷
史人物的評價有三個基本標準:就是不屈的意志、剛毅的性格、為了
實現自己的理想而不計得失利害。[7] 這是一種典型的鹿兒島(舊薩摩
藩)人的性格,所以海音寺在最後的大作《西鄉隆盛》中,對自己的
薩摩同鄉、明治維新時期的英雄的悲劇人物西鄉隆盛,作為自己的理
想人格予以高度的評價。同樣,在《孫子》中,海音寺潮五郎也把自
己的人格理想投射到孫子的形象中,他在初版「後記」中強調指出:

　　　孫武和孫臏晚年都淡泊名利,隱居起來了,這才是達人[8] 的歸
　　　宿。像伍子胥、吳起、龐涓、商鞅等人的最終結局,不能稱為

7　會田雄次《歷史小說の読み方》(東京:PHP 文庫,1988年),頁87。
8　「達人」意為達觀之人、瀟灑之人、明白人、賢人、高人。

真正的賢人，不能說是真懂兵法。功成名就，趕快引退，置身
名利之外，頤養天年，是中國賢人的理想的處世法。所以，范
蠡逃出越國來到齊國做起了庶民陶朱公，張良最後也跟從赤松
子作了仙人。
假如把兵法運用於現實，卻不把兵法運用於這一點上，那就丟
掉了兵法的精髓。兵法不僅是克敵之術，歸根到柢也是戰勝自
我之術。只將兵法運用於經營學，無異于用正宗名刀來殺狗。
我們必須領悟孫子交給我們的成為高士的方法。[9]

　　這就是海音寺潮五郎對孫子兵法的根本的認識和理解，他將自己
的這種認識和理解貫穿於整個作品中。這裡可以看出，海音寺潮五郎
作為一個文學家，其人格氣質固然如日本學者所言具有鮮明的鹿兒島
人的性格色彩，但從根本上看，這種寧靜致遠、激流勇退的人格追求
和人生理想，淵源畢竟還是中國文化。海音寺潮五郎從青年時代就讀
中國典籍，深受中國文化精神的浸潤，他推崇的這種人格精神與中國
傳統文化、特別是以儒家和道家為基礎的中國文人的價值觀是完全一
致的。另一方面，海音寺潮五郎作為現代日本作家，又具有自由主義
知識份子的現代價值觀，他曾強調自己不接受唯物主義史觀，說「唯
物史觀也好，法西斯主義也好，我都討厭。我喜歡自由主義。」在這
種信念之下，他在歷史小說創作中，一般不太注意表現時代的、社會
政治經濟的因素對人物性格與命運的支配，而是特別強調人物自身精
神世界的獨特與獨立性，具有強烈的東方式的精神主義傾向；同時也
不像一些日本大眾文學家那樣，以種種手段取悅和迎合讀者，而是堅
持自己的審美趣味。也許正是因為如此，評論家才把海音寺潮五郎稱
為「現代日本的最大的正統歷史小說作家」。所謂「正統」，強調的似

9　海音寺潮五郎《孫子‧後記》（東京：每日新聞社，1988年），下冊，頁236-237。

乎主要是海音寺潮五郎不媚時流的思想與藝術特徵。這一特點也充分
反映在《孫子》中。其結果，本來被一般日本人運用於現實商戰的孫
子兵法，卻被海音寺潮五郎從現實世界拉回了精神世界，求諸於外、
克敵制勝的兵法在《孫子》中成為求諸於內、自我修養的兵法。這就
從一個角度把握了中國文化的精髓，也把握了《孫子兵法》的精髓。
實際上，《孫子》之所以在世界兵法中獨具一格，就在於它不像西洋
的兵法那樣宣揚好戰、流血和暴力，而是充滿了東方式的人道主義與
東方人的柔性智慧。海音寺潮五郎的《孫子》所努力表現的，也正是
這一點，這既是對兵法的實用主義的理解的一種反撥，也是對中國傳
統兵學文化的正確的藝術闡釋。同時《孫子》也表明，晚年的海音寺
潮五郎對中國文化中的理想人格，已經從了解、理解，達到了深度共
鳴的層次。

華裔日本作家陳舜臣論[1]

一　讓中國人進入推理小說

　　陳舜臣（1924-）是日本當代最重要的歷史小說家、推理小說家和文化名人之一，祖籍福建泉州，後移居臺灣，從祖父那輩起僑居日本神戶，陳舜臣本人就出生於日本神戶，是日本華僑的第三代。陳舜臣一九四三年畢業於大阪外國語大學印度語言專業，接著在該校任西南亞細亞語研究所助手，戰爭結束後辭職，從事祖傳商業貿易。一九四八年回臺灣任中學英文教師一年，一九五〇年返回日本，繼續從事家庭經商活動。五〇年代後期開始嘗試創作，一九六一年以處女作、長篇推理小說《枯草之根》獲推理小說的權威獎項——江戶川亂步獎，並一舉成名，此後專事創作，在推理小說、歷史知識小說、歷史讀物、遊記散文等多種領域大顯身手，可謂著作等身。除了每年出版數部單行本外，一九八七年陳舜臣六十三歲時，講談社就出版了《陳舜臣全集》二十七卷，二〇〇〇年中央公論社出版了《陳舜臣中國歷史短篇集》五卷，二〇〇三年集英社將陳舜臣的中國題材歷史小說及歷史讀物收集起來編為《陳舜臣中國圖書館》全三十卷（另有《別卷》一卷）出版。陳舜臣還陸續獲得了各種重要的文學獎，包括江戶川亂步獎、直木獎、推理作家協會獎、每日出版文化獎、神戶市民文化獎、大佛次郎獎、翻譯文化獎、讀賣文學獎、吉川英治文學獎、朝日獎、日本藝術院獎、井上靖文化獎、大阪藝術獎、「瑞寶章」三等

1　本文原載《勵耘學刊》（北京），第3、第4輯（2006年）。

功勳獎等。一個作家得到這麼多的獎勵和榮譽，在日本作家中是罕見
的，在華裔作家更是非常難能可貴的。作為華裔作家，陳舜臣精通漢
語，能夠閱讀中國古典與現代著作，而且會寫漢詩。一九六〇年代
後，他也曾多次到中國大陸旅行和採訪，對中國歷史文化有著一般日
本作家難得的深入理解。中國歷史文化，也就成為陳舜臣創作的取之
不盡的靈感與題材的源泉，他的絕大多數作品都是以中國為題材、或
以中國為舞臺，或跟中國有關聯。換言之，當代日本文學愛好者所具
有的關於中國的知識和印象，相當一部分來自於陳舜臣的作品。從日
本文學史上看，迄今為止，作為華裔作家而在日本文壇上占重要地位
的，迄今似乎只有陳舜臣一個人。

　　而讓中國人、中國歷史文化進入推理小說的，更是沒有先例。

　　陳舜臣的創作是從推理小說開始的。他的處女作是長篇推理小說
《枯草之根》（1961），其最大看點是：登場人物大部分是中國人。其
中有借助到香港赴任的機會順便到日本來的馬克‧顧夫婦，南洋著名
的實業家席有仁，曾在日本的一家小公司任社長的李源良、幫助神戶
市議員吉田莊造從事黑市交易的金融界的徐銘義，中華料理店「桃園
亭」的老闆陶展文。此時，經常陪陶展文下象棋的好對手徐銘義，突
然在自己公寓的一個房間被神秘絞死。陶展文為了解開此謎，展開了
一系列偵查。關於陶展文，作者寫道：

　　　陶展文正好五十歲，但看上去最多也就四十上下。因為身板結
　　實、沒有贅肉的緣故。他總是穿著單薄衣服，到了嚴冬也很少
　　穿棉衣。十二月份以後有了暖氣，他在店裡常常脫去上衣，身
　　上只穿一件半袖的襯衫。舉起兩手打哈欠的時候，胳膊上的肌
　　肉歷歷可見。在「桃源亭」，廚房後頭有一個三鋪席大小的小
　　房間，那就是主人陶展文的窩。（中略）以前他總是親自掌
　　勺，品嚐鹹淡滋味，而原本打下手的小舅子衣笠健次現在也出

息了，不知從什麼時候起，他就把一切都交給了健次。（中略）他順乎其然就鑽進了他的小屋，在那裡仰讀閒書，無聊的時候就出去遛遛彎兒。[2]

　　這段描寫使陶展文一出場就給讀者留下了強烈印象。作者接著介紹陶展文祖籍陝西，父親是個官僚，並且精通拳腳武術，身體強壯，他年輕時曾和父親學拳術，後來到日本東京留學，學習法律，能說一口標準的日本語，後來和日本女人結了婚，開了一家中華料理店，同時對中藥也有研究。總之，這是一個典型的能文能武、多才多藝、懂得生活並會享受生活的中國男人，也是代表著作者的審美與價值取向的理想人物。這個陶展文在《枯草之根》中是第一次登場，參與殺人案件的偵破，方顯示出他是一名天才的偵探。後來陶展文又在陳舜臣的其他推理小說，如短篇集《崩潰的直線》、短篇小說《王直的財寶》等作品中多次登場，成為陳舜臣推理小說中的名偵探。陶展文在推理破案方面，既重視外部觀察，更重視當事人的心理與性格的分析。在徐銘義遇害後，他發現殺人現場與被害人的性格之間有很大的矛盾，並由此發現了罪犯設下的騙局，並最終找出了兇手。

　　《枯草之根》的獨特之處，主要在於出場主要人物都是中國人這一點上。據說著名偵探小說家羅納德‧諾克斯曾在《偵探小說十戒》中的第五戒中斷言：在偵探小說中「絕不可讓中國人登場。為什麼？要說明簡中理由並不容易，可以說，主要是因為在我們西洋人看來，中國人頭腦絕頂聰明，而道德方面冷酷而單純。」陳舜臣的《枯草之根》就是要證明，諾克斯的這種看法純屬一種偏見。在陳舜臣的筆下，作為中國人的陶展文，既是一個餐館的經營者，也是一個出色的偵探，不僅在頭腦聰明方面，而且在對人生與社會的道德判斷、心理

2　陳舜臣：《枯草の根》（東京：講談社文庫，1975年），頁24-25。

分析方面，都顯示出相當出色的嚴謹、縝密與細緻來。陶展文是繼戰前的美國作家 E·D·畢卡斯在英語文學中塑造的優秀華人偵探查理·張之後，世界偵探推理小說中又一個出色的華人偵探形象。他不是一個「道德方面冷酷而單純的人」，出於對人的關愛，陶展文對每次殺人案件都寄予強烈的關心。而他偵查破案主要靠他對人性的透澈分析，即把罪犯首先看作「人」來看待。作者寫道：「陶展文對這種事件所吸引，是因為這其中交織著人與人之間的複雜關係，呈現出人生的斑點紋路。殺人事件是人生的強烈投影。只有對人生不絕望的人，面對人與人之間的種種事情才抱有強烈的興味。」[3] 小說標題「枯草之根」，似乎就是暗示人性、人的深層本質就像枯草之根，它深埋在地下，卻又是活生生的存在。

在接下來的短篇小說《三色之家》（1962）、長篇小說《破裂》（1962）和長篇小說《虹的舞臺》（1973）中，陶展文作為偵探，顯示出了破案的特有的方法方式和智慧。這個從容不迫、以柔克剛的偵探，被評論者稱為「坐在安樂椅裡的偵探」，蘊含著中國傳統儒將的氣質和風範。這裡沒有一般推理小說中的劇烈動作、喧嘩與騷動、血腥與恐怖，而是恐怖事件發生後，一切真相都在陶展文的偵查和分析中如層層剝筍似的逐漸呈現，從而給推理小說帶進一股新風。作家田邊聖子曾評價說：「陳舜臣的推理小說，沒有高聲喧嘩，可以說是處在寧靜的、深沉的氣氛中。（中略）犯人與受害者亂作一團、眾聲鼎沸的情景完全沒有，也沒有那種嘩眾取寵的、色彩絢亂的文字。文章極其透澈平明、進退有度、恰到火候。那麼平易明晰，因而又是那樣風雅。」她並把陳舜臣的此類風格的推理小說稱為「靜謐的推理小說」[4]，這是極有見地的。著名文學評論家、學者秋山虔認為：陳舜

3　陳舜臣：《割れる》（東京：德間文庫，1987年），頁70。

4　田邊聖子：〈黃河の如き推理小說〉，《陳舜臣讀本：who is 陳舜臣？》（東京：集英社，2003年），頁363。

臣的《枯草之根》這樣的推理小說出現後，「推理小說」這一名稱已
經變得不恰當了。推理小說「已經不再是推理。而具有人性洞察的深
度、社會觀察的尖銳視點、瀟灑儒雅的批評精神，已經成為小說的關
鍵。老實說，我感到日本推理小說在這關鍵的一點上是薄弱的，所以
我不太愛讀。（中略）以處女作推理小說開始起步的陳氏的文學究竟
植根於何處？這一點值得注意。我們已經看到在日韓國人的文學已意
識到自己植根於何處的、從何處出發的，然而這一發問卻是自白式
的、性急的、稍顯單調的。與此相反，作為在日中國人的陳氏，卻把
一系列豐富的推理小說作為自己的出發點的。這是為什麼？這不是將
文化加以血肉化的人才具有的神韻嗎？」[5] 在這裡，秋山虔先生把陳
舜臣的推理小說的風格形成看作是中國文化的「血肉化」的結果，是
十分到位，切中肯綮的。戰後，日本的推理小說形成了傳統的「本格
派推理小說」和以松本清張、森村誠一為代表的「社會派推理小說」
兩派之分，陳舜臣的推理小說由於其獨特性，既不能劃歸為「本格
派」，也不能劃為「社會派」。有評論家認為，如果要給陳舜臣的推理
小說歸為一個派，「那就稱為社會派色彩濃厚的人生派，乃至人間派
吧」[6]。「人間」在日語中就是「人」的意思，是說陳舜臣的推理小說
是寫「人生」的，是寫「人」的。這是一個很畫龍點睛的概括，點出
了陳舜臣推理小說的一大特點。

　　那時的陳舜臣也許已經意識到，自己作為一個華裔作家，一個精
通漢語包括古代漢語的作家，和一般日本作家比較起來，中國歷史文
化是自己顯著的優勢，也應該成為自己獨特的創作資源。應該將中國
文化「血肉化」，融匯到自己的創作中去。不久之後，陳舜臣將推理
小說與歷史小說這兩種小說形式結合起來，也就是將中國的歷史文化

5　秋山虔：《燃える水柱・解說》《陳舜臣讀本：who is 陳舜臣？》（東京：集英社，
　　2003年），頁360。

6　宗肖之介：《割れる・解說》（東京：德間文庫，1987年），頁280。

與推理小說創作結合起來。實際上，這也是陳舜臣「人間派」推理小說特徵的進一步凸現和深化。

這一動向，在上述的《枯草之根》推出一年後的小說集《方壺園》中得到了明顯的體現。此前的《枯草之根》、《破裂》等作品，是以中國人為主人公，以現代日本為舞臺的推理小說，而在推理小說集《方壺園》（1962）中，陳舜臣將推理小說的舞臺放到了中國及亞洲大陸，放到了綿長的中國歷史文化的長河中。《方壺園》中的七篇小說，除了《從相冊中》和《梨花》的舞臺是日本，其他作品的背景都在日本之外，主要是中國。《方壺園》的背景是晚唐時期的長安，詩人李賀在此登場；《大南營》是「日清戰爭」（甲午中日戰爭）時代的遼東，《九雷溪》是國共內戰中的福建，人物原形則是瞿秋白。另外《獸心圖》的背景是印度莫臥兒王朝時代的印度。這些推理小說的背景和舞臺具有強烈的歷史色彩，因而可以說是具有歷史小說色彩的推理小說，這逐漸形成了陳舜臣創作中的一大特色。此後，他的推理小說的大部分都以中國歷史作背景。由於陳舜臣在青少年時代經歷過戰爭歲月，他在其推理小說中也特別表現出了對中國近現代史及中日戰爭史的強烈關注。他的許多推理小說，就直接取材於中國現代史及中日戰爭史。例如，短篇推理小說《香港來信》（1964），寫的是一個戰爭時期曾是日軍特務的杉原，二十多年後到香港去，和當年差一點把他槍斃的重慶國民黨方面的鄭子健見面，並認識了一個名叫豔珠的女人，豔珠向鄭子健和杉原提出了一個奇特的請求，說他七十二歲的父親——一名老諜報人員潘信澤，現在得了老年性妄想症，希望能夠親眼看到自己的情報能使國共兩黨和解。豔珠流淚請求鄭子健和杉原幫助老人目睹這樣的場景。於是，在潘老人的住所，他們模擬進行了一場談判，「毛澤東」和「蔣介石」的扮演者都找到了，而日本方面代表者就由杉原來擔任。潘老人目睹了「令世界震驚的重大的秘密談判」後無比欣喜，而其他人則把這場模擬看作是獻給老人的禮物。

　　獲得日本推理作家協會獎的長篇小說《重見玉嶺》（1969）也是
以日本侵華戰爭的歷史為背景的。戰爭時期曾在中國的玉嶺（作者虛
構的地名）度過的日本某大學東方美術史教授入江章介，戰爭結束二
十五年後隨日本人訪華團一起故地重遊。當年正是日中戰爭時期，憧
憬玉嶺磨崖石刻的入江章介來到中國玉嶺，並對中國文化、中國民眾
有了更多的理解。他熱戀一位中國女子李映翔，他明知道李映翔是抗
日游擊隊隊員，為了獲得她的愛，入江竟然還殺了人，但由於種種原
因，兩人最終未能結合。二十五年後入江重訪玉嶺，終於解開了這個
心理之謎。該作品將歷史與現實、推理與戀愛融合在一起，表現了入
江章介在戰火年代的獨特的愛情體驗。在作品中，陳舜臣並沒有試圖
對歷史上的大是大非的沉重話題明確作出自己的政治性價值判斷，他
在這類題材中要著意表現的是超越民族、超越時代的人情、人性的東
西。而這一點，正是陳舜臣「人生派」、「人間派」推理小說的特徵，
又體現了日本文學的審美意識的主流。

　　獲得了直木獎的中篇推理小說《青玉獅子香爐》（1969）也以現
代中國歷史為舞臺，以戰爭為背景。這部作品是從文物這一角度切入
中國歷史的，故事情節就以北京故宮中的文物為中心。小說寫清朝政
權被推翻後，一九二四年，直隸第三軍總司令馮玉祥發動政變，將溥
儀從故宮中趕走，其中的文物由清室善後委員會負責管理，決定設立
圖書館和博物館開始清點工作。孫中山死後的一九二五年，故宮博物
館成立，但此後由於國內外局勢動盪，故宮中的文物面臨危險。不久
北洋軍閥張作霖入主北京，故宮文物遂置於軍閥手中。一九二八年蔣
介石北伐勝利逼迫張作霖退回東北，張隨後在回東北的途中遭日軍爆
破身亡，隨後文物安全有了一定保障。但好景不長，一九三一年，發
生日本人入侵中國東北的「滿洲事變」，華北也岌岌可危。一九三三
年，國民政府決定將故宮中的有關精品文物南移，當時僅精品文物就
裝了兩萬多箱。先是運到上海，然後轉移到南京，接著又到了漢口、

長沙、陝西寶雞、四川成都、重慶，隨著中日戰爭的擴大，這些文物也不斷輾轉遷徙。戰爭結束時，這些文物都在重慶附近的樂山、峨嵋、安順一帶。當國共兩黨內戰爆發後，國民政府決定將這些文物轉移到臺灣。當最後這些文物到達台中市霧峰鄉的倉庫時，它們在旅途中已經流轉了近二十年的歲月。小說中關於故宮文物遷移的這些描寫基本上符合歷史事實。據陳舜臣說，有一次他在東京的一家書店裡買到了一本故宮博物院的那志良先生寫的題為《故宮四十年》的書，讀後深受啟發，覺的是寫小說的好材料，就想通過文物的流轉遷徙來表現當年的中國歷史。為了將有關史實小說化，就不能單純敷衍歷史事實，為此他虛構了一個人物──玉雕手藝人李同源。作者寫他懷著對戀人李素英的愛情而精心打磨的青玉獅子香爐，被故宮博物館鑒定並收藏。這個青玉獅子香爐也隨著故宮中的珍貴文物，在戰火中輾轉二十多年，最後，李同源終於在一個特殊的場合，和李素英、和青玉獅子香爐相見。……作者將珍貴文物在戰火危險中的命運、將主人公李同源及素英的命運兩條線，或平行或交叉同時推進，具有陳舜臣所追求的「驚險性」效果，在這一點上，它屬於「推理小說」。但也有論者認為《青玉獅子香爐》不應該算是推理小說，而是另外的小說類型。這一看法也從一個角度說明陳舜臣的推理小說具有其獨特性，那就是以寫歷史事件、以寫人物為中心，而不是像通常的推理小說那樣以破案和推理為中心。此外值得注意的是，他在小說中雖然涉及到日本侵華的歷史，但並沒有對日本侵華做正面批判，也迴避對日軍暴行的描寫。當寫到日本戰敗後，故宮博物院的工作人員對留在日軍占領下的南京的約三千件文物進行清點調查的時候，發現這些文物均完好無損，不由地感歎說：「原來日本人也是尊重文物的呀！」當然不能把這句話視為侵華戰爭時期日本人對待中國文物的結論性的判斷，因為在日本侵華戰爭期間曾從中國掠奪走了大量文物，這是現代歷史上普通的常識，陳舜臣也不會不知道，但由於華裔日本人的特殊境遇和

身分，作為一個用日本語寫作、以日本人為讀者的華裔作家，他在涉及中日關係的問題時，儘量保持其特有的客觀中立的姿態，這是可以理解的。但是，在故宮中安安全全放了幾百年的這些珍貴文物，之所以迫不得已非搬遷不可，之所以要為搬遷文物付出如此大的代價，直接的原因當然是日本的侵略。對這一背景，陳舜臣也有清楚的交代，所以決不是「原來日本人也是尊重文物的呀！」這句話可以論定的。

　　陳舜臣的另一部推理小說代表作《北京悠悠館》（1971）同樣以中國為舞臺，以二十世紀初日俄戰爭的歷史為背景。那是 1903 年日俄戰爭前夕，兩年多前以鎮壓義和團為口實出兵「滿洲」（中國東北地區）的俄羅斯人，不但沒有撤兵跡象，反而在加強在那裡的存在，於是就與日本在「滿洲」的「利益」相衝突。而日本人決心要和俄羅斯開戰，但又擔心一旦「清國」（清政府）與俄羅斯簽訂了有關條約，日本的開戰就失去了「大義名分」。於是，為開戰的「大義名分」而困擾的日本政府，決定賄賂收買「清國」政要，以阻止「清國」與俄羅斯簽訂條約。出身書畫古董商人家庭的土井策太郎，應日本外務省的派遣來到了中國北京。他首先和外國語學校時代的老同學、從事諜報活動的那須啟吾見面，請他幫助與中國的書畫拓本界的名人文保泰聯繫。而文保泰與政要多有聯繫，於是收買工作就按預定計畫在文保泰的住所「悠悠館」進行。但不料有一天文保泰卻在悠悠館的密室中被人殺害，賄賂品也隨之不翼而飛。土井遂陷入了神秘莫測的諜報戰的漩渦中，並遭到過逮捕和監禁，由此而牽出了清政府的人脈及其政治動向，也引出了小說中的一系列人物，包括負責聯繫清政府要人的文保泰的小女兒芳蘭、對社會現狀不滿的王麗英、李濤等人，更有在小說的後半部分取代土井而做偵探的張紹光。作者通過種種人物的活動，反映了清朝末期社會政治的複雜狀況，也生動地描寫了當年北京城的風土人情，特別是東四大街一帶的情景，如那須啟吾所居住的高級住宅區金魚胡同，文寶泰的悠悠館所在的鐵獅子胡同，

土井和自己所愛的女人王麗英經常散步的鼓樓大街，土井和張紹光初
次見面的隆福寺等，都給人留下了深刻印象，寫作此作品時陳舜臣還
沒有來過北京，憑藉歷史材料和地圖能夠如此細緻地描寫北京風物，
表現了作為作家的出色的想像力。這部小說被評為第十三屆日本推理
作家協會獎，受到了評論界的高度評價。

　　陳舜臣的推理小說，大部分以中國為背景或以中國人為主人公，
除上述之外，還有以臺灣的菩薩山殺人事件為題材、以中日戰爭為背
景的長篇《憤怒的菩薩》（1962）、以辛亥革命為背景的長篇推理小說
《火焰中的繪畫》（1966）、以清末民初的歷史為題材的推理小說集
《紅蓮亭的狂女》（1968）、以中日戰爭為背景、以中國香港為舞臺的
長篇《無字的墓標》（1969）和《失去的背景》（1973）、以臺北為背
景的《什麼也沒看見》（1971）、以中國唐代長安為背景的小說《長安
日記——賀望東事件錄》（1973），以中國人為主人公的推理小說集
《崑崙河》（1971）等。從創作時間上看，陳舜臣的推理小說大都創
作於二十世紀七〇年代初期之前，此後推理小說創作顯著減少，並且
具有推理小說與歷史小說雜糅的傾向更為顯著。其中有代表性的作品
是1982年出版的長篇小說《珊瑚枕》（上卷《風雲少林寺》，下卷《幻
夢秘寶傳》）。這部小說是以中國少林寺武術家陳元贇來日傳授中國武
術為題材的。據陳舜臣在該書「後記」中說，陳元贇，俗稱陳五官，
生於中國的明代，是歷史上的真實人物，年輕的時候在中國的少林寺
修行，三十歲前後來日本，仕於尾州藩，和當時的日本文人們有詩詞
唱和。陳元贇向日本人傳授少林武術，也向日本介紹中國的茶道和陶
藝。他著有《珊瑚枕》一書，但後來丟失，那本書寫的是什麼，完全
是一個謎。陳舜臣將小說題名為《珊瑚枕》，也就是借用了陳元贇的
那本書的書名。在陳元贇之後，中國的僧隱元和朱舜水等，相繼渡海
來日。隱元在京都的宇治建立萬福寺，成為日本黃檗比宗的鼻祖；朱
舜水則投身水戶藩主德川光國門下，在日本頗有名氣。陳舜臣認為，

陳元贇雖沒有此二人那樣有名，但他所傳授的技藝，已經融入日本文化，所以不能忘記他的業績。基於這種想法，陳舜臣根據有限的史料傳說，以藝術想像填補有關史料的空白，描寫陳元贇的生涯及其時代。小說以中國的揚州、臺灣和日本的平戶為舞臺，以陳元贇為中心，描寫了三十幾個人物，展現了明末時期中日文化交流的一個側面。在藝術上，則將尋寶、離散、凶殺、冒險等情節融為一爐，帶有強烈的推理小說風格。到了九〇年代，陳舜臣的推理小說只有以唐三彩被盜及復仇殺人事件等為題材的中短篇推理小說集《神獸之爪》（1992），也表現為推理小說與歷史小說的嫁接。此時，陳舜臣的創作已經進入了中國題材歷史小說創作的階段。

　　總之，陳舜臣以中國人為主人公、或以中國歷史文化為背景的推理小說，在創作中獨闢蹊徑，讓中國人、中國歷史文化進入推理小說，打破了推理小說拒絕中國人登場的禁忌，是對日本推理小說題材上的拓展，同時也借助推理小說弘揚了中華歷史文化，這在日本乃至世界推理小說史上都有一定的開創意義，對中國作家的創作也會有啟發價值。

二　中國古代歷史人物畫廊

　　從二十世紀六〇年代後期，陳舜臣將主要時間和精力投入中國歷史題材的創作，他曾多次來中國各地採訪，參觀歷史古蹟，收集文獻資料，寫出了多卷本的《小說十八史略》、《中國歷史》、《中國五千年》等歷史著作，成為中國歷史方面的權威學者。跨文化的特殊優勢，使陳舜臣在中國歷史題材創作方面具備了一般日本作家難以具備的得天獨厚的條件。

　　陳舜臣從推理小說轉向中國古代歷史題材的標誌性作品是《中國任俠傳》及《續中國任俠傳》（1973）。為什麼要寫中國的「任俠」

呢？陳舜臣在該書「後記」中認為，中國歷史上的英雄豪傑，直到明
治時代還有很多日本人熟悉，但是此後就漸漸地不太為日本讀者所知
曉了。他說自己作為一個在日本長大的中國人，對日本的「少年講
談」和中國的武俠書都很愛看，和日本朋友夥伴談起從前的英雄人物
的時候，覺得日本人只知道後藤右兵衛和猿飛佐助，卻對中國的英雄
一無所知，於是就產生了一種衝動，想對他們說：「中國也有這樣的
豪傑！」但是，昭和初期的日本少年，完全不相信中國有什麼英雄豪
傑。在這種情況下，陳舜臣覺得：「自己不能介紹故國的英傑，是一
個很大的遺憾」。他甚至說：「發掘被埋沒的俠義之心，是我畢生的工
作。」這就成為他日後寫作《中國任俠傳》的最初動機。在《中國任
俠傳》中，陳舜臣選擇了八、九個古代任俠，分八章為他們作傳，其
中包括《荊軻一片心》中的荊軻、《孟嘗君的客人》中的孟嘗君、《盜
虎符》中的信陵君、《頭飛身外》中的平原君和春申君、《季布》中的
季布、《我是幸運兒》中的郭解、《男兒的時代》中的趙群、《相似的
男人》中的田仲。在《續中國任俠傳》中，陳舜臣又描寫了八個任
俠，包括《宿世之緣》中的劇孟、《我的敵人是丞相》中的朱雲、《送
行到地獄》中的原涉，《再見吧赤眉的巨人》中的「巨人」徐次子、
《伏波將軍走過去》中的「伏波將軍」馬援，《不入虎穴焉得虎子》
中的班超，《從棺材中走出的男人》中的田僧超、《彌勒亂入》中的李
修。這十六個任俠中，前十五個都是先秦兩漢時代的人物，所依據的
史料主要是司馬遷的《史記》，其次是《漢書》和《後漢書》，只有最
後一個故事的背景是隋朝。

　　在這些任俠故事中，陳舜臣努力發掘並弘揚中國文化中的「俠義
之心」或謂「俠的精神」。他認為《史記》中的荊軻所說的「士為知
己者死」，是最典型的俠的精神，而「所謂俠之心，可以說是在野的
精神」，即跟朝廷相對的民間的精神。陳舜臣指出，「非常簡單的事實
是，對於中國人來說，他是不是『士』，是以他在野還是為官來區別

的。所謂『士』就是『不仕』，就表現為在野，這其中就有一些人是任俠。」這種概括非常的精當。任俠精神就是不畏權勢、為了正義與理想敢於奮不顧身、挺身而出的精神。然而遺憾的是，隨著中國的「官本位」文化越來越強化，中國的正統歷史書成為帝王將相的家譜，這種在野的「士」特別是俠義之士在《史記》之後的正史中越來越少，近乎消失，而只在民間的小說，如明清武俠小說《水滸傳》、《三俠五義》、《兒女英雄傳》等作品中餘緒尚存。在陳舜臣看來，春秋戰國時代發育成熟的俠義精神，作為一種文化傳統是代代相傳的，近代的秋瑾、譚嗣同等英雄人物的基本精神就是俠義的精神。陳舜臣有感於中國俠文化的式微，將這種以新的藝術形式表現任俠精神的工作，看成是對中國文化中的俠義之心的「發掘」。而且，陳舜臣也清楚地意識到，中國傳統的俠義行為，既有值得肯定的一面，也有應該否定的一面，例如暗殺和恐怖的手段就不能予以肯定。但他同時表示，他的《中國任俠傳》、《續中國任俠傳》作為歷史小說不是宣揚道德教訓，而是給讀者提供審美愉悅的文學作品，把具有審美價值的任俠人物刻畫出來。

　　一九八五至一九八七年，陳舜臣在《小說新潮》雜誌上連續發表了八篇短篇作品，一九八七年底以《中國畸人傳》為題出版了單行本。這本書在時間上似乎有意承續《中國英傑傳》。《中國英傑傳》中的人物大都屬於先秦兩漢時期，而《中國畸人傳》則是三國至隋唐時代。這種「英傑」和「畸人」的時代劃分也是頗有見地的。前秦兩漢是中國的群雄蜂起、社會動盪、尚武鬥勇的時代，這個時代的代表人物是「任俠」；而魏晉南北朝至隋唐，封建政治統治體系日益成熟，戰亂相對減少，而政治環境卻更加險惡。一些有自己獨立思想的人該如何處世為人，他們的性格和命運便成為一個突出的時代和文化問題，也由此產生了一批「畸人」，意即「奇人」。陳舜臣從這一歷史時期中選擇了八個所謂「畸人」，分別是：《終身如履薄冰》中的阮籍；

《嘴硬的二十世孫》中的孔融；《最後的賢人》中的王戎；《神仙的系譜》中的葛洪；《第三樓的人》中的醫學家陶弘景；《燃燒的牆壁》中的音樂家萬寶常；還有詩人王瀚、杜牧。作者選擇這八個「畸人」，大都是在中國歷史上以性格怪異、行為怪癖、特立獨行、不媚權勢的「怪人」，或者激流勇退、明哲保身、圓滑處世、又在某一方面和某一領域又卓有建樹的「能人」。他們的生活和遭際代表了中國精英文化階層傳統生活方式的縮影，也為中國歷史文化添了異彩。

　　陳舜臣的中國歷史人物列傳的第三部作品是《中國人傑傳》（原文《中國傑物傳》，1991）。和上述的《中國任俠傳》一樣，《中國人傑傳》也從中國歷史上選擇了十六個「人傑」加以描寫。但與《中國任俠傳》的斷代式取材不同的是，這十六個人分別從春秋戰國時代延伸到中華民國時代，是從中國兩千多年有文獻記載的歷史中遴選出來的，其中包括：范蠡、呂不韋、張良，漢宣帝、曹操、符堅，張說、馮道、王安石、耶律楚材、劉基、鄭和、左宗棠，最後一個人傑是辛亥革命的核心人物之一黃興。自然，中國歷史上的傑出人物成千上萬，陳舜臣從中選取這十六人，並非全是最有代表性的人物。關於選擇的依據問題，他在「後記」中說：「這些人物（人傑，即在各方面特別突出的人物）有很多，但我是以我的感覺從中國歷史中遴選出來的。要問遴選的標準是什麼，那我只好回答：我依據我的愛好。」[7]綜觀全書，陳舜臣的所謂的「愛好」當然不只是一個感情或感覺問題，他是有自己的價值標準的，那就是他的人道主義和超越民族文化差異的文化融合主義。他所描繪和弘揚的也正是這些人物身上所體現的人道主義和超越民族差異的文化融合的精神。例如，關於五代十國時期的馮道，在不同時代、為不同的帝王作宰相。按中國傳統道德來看，這是「不忠」，甚至是變節行為，但陳舜臣的評價標準當然不再

7　陳舜臣：《中國傑物傳・後記》（東京：中公文庫，1994年），頁372。

是這種傳統道德。由於有了馮道的安民養民的政策，在政權交替的時代使很多人得以免於戰火，所以馮道應該算是中國歷史上的一個人傑。再如，耶律楚材本屬於遼人皇族的後代，遼被女真族的金所滅後，耶律楚材卻又仕進於金，成吉思汗成滅金後，他又得到成吉思汗的重用。換言之，他現在所服務的，原本都是自己的敵人。但由於耶律楚材的存在，嗜殺成性的野蠻的蒙古帝國的屠殺政策有所改變，而逐步文明化，耶律楚材在文明進步史上是發揮了他的作用的。更重要的是，耶律楚材作為契丹遼人，卻能夠超越民族與文化的鴻溝，作為元朝宰相而發揮一個政治家獨特的作用，是難能可貴的。

　　或許由於這樣的原因，陳舜臣在《中國人傑傳》連載完畢之後，決定接著寫一部以耶律楚材的生平事蹟為題材的長篇小說。

　　一九九四年長篇小說《耶律楚材》上、下兩卷由集英社出版。關於耶律楚材這個人，即使是在中國，現在的一般讀者也是很陌生的。這位西元十三世紀的政治家在《元史》中有他的傳，他本人也有《湛然居士集》十四卷和旅行西域的遊記《西遊錄》，但他的生平經歷並不符合中國傳統的「一女不嫁二夫，一臣不仕二主」的道德，故他死後長時間內並不被看重。一直到了清代，和元代蒙古一樣作為外民族而入主中原的滿清皇帝康熙，才開始在北京給耶律楚材修墓、建祠堂，並親自撰寫碑文予以表彰。晚清學者王國維編纂了《耶律文正公年譜》，二十世紀初的柯劭忞在《新元史》中也給了耶律楚材以高度評價。如此，耶律楚材才逐漸為人所知。不過在日本，似乎不少學者文人對耶律楚材十分重視，耶律楚材的《西遊錄》在中國失傳，但其寫本流傳到日本，得以保存至今；據說上世紀四〇年代的著名作家、最早創作中國題材歷史小說的中島敦曾打算寫有關耶律楚材的小說，但由於英年早逝而未果。九〇年代初，陳舜臣曾和人類學者江上波夫等人一起到蒙古旅行，萌發了寫耶律楚材的長篇小說的念頭。接著他又去北京旅行，參觀了玉泉山、西山、頤和園中的有關耶律楚材及其

時代的文物古蹟，隨後開始動筆。對於歷史小說而言，耶律楚材確實
是一個極好的創作選題，陳舜臣通過對耶律楚材的一生事蹟的描寫，
不僅反映了中國遼、金、元三個不同時代不同民族政權的興衰交替，
而且更反映了中華民族在歷史上如何通過戰爭與和平（政治），逐漸
實行了文化的交流與融合，而耶律楚材本人就是不同民族文化融合的
傑出的代表。作為北方少數民族出身的政治家和文人學者，耶律楚材
不僅在漢詩漢文方面是能手，而且在天文、地理、曆法、醫學、卜筮
等方面都有很高的造詣。作者陳舜臣作為一個僑居日本的華人，對中
日兩個民族在近現代的政治、軍事、文化的衝突，有著深刻的體驗，
他將這樣的體驗不動聲色地融匯到了《耶律楚材》中，使得《耶律楚
材》具有相當厚重的文化內涵和藝術魅力。否則，像《耶律楚材》這
樣令日本讀者莫名其妙的人名和書名，還能夠勾起讀者的閱讀興趣、
並有較大的發售量，是不可想像的。

　　對於中國歷史上實現民族融合的歷史人物的關注與憧憬，促使陳
舜臣在九〇年代後期，在患腦出血、右半身麻痺、喪失記憶達一個月
之久的情況下，身體剛剛恢復後就用不習慣的左手，開始動手寫一部
規模宏大的長篇《成吉思汗一族》。該作品在《朝日新聞》上連載兩
年後，一九九七年由朝日新聞社出版四卷單行本。關於為什麼要寫這
麼一部作品，陳舜臣曾在一篇文章中說：「對於出身於殖民地臺灣的
我來說，民族和國家的問題，就像呼吸一樣附著在我的身上，揮之不
去。……這是一個從學生時代就糾纏著我的宿題。我對蒙古人的歷史
問題這樣關心，別人會納悶『為什麼那麼熱衷於此？』而感到不可思
議。」[8] 這部小說分《草原的霸者》、《征服中原》、《走進滄海》、《斜
陽萬里》四卷，將蒙古成吉思汗一族由草原向四周海陸擴張、建立蒙
古帝國，最終式微的興亡過程，做了全景式的生動的描繪。這既是蒙

8　陳舜臣：《チンギス・ハーンの一族》（東京：朝日新聞，1997年6月3日）。

古人的歷史，也是蒙古人與漢族等周邊民族的關係史；既是蒙古人對其他民族的軍事征服史，也是蒙古人在文化上被漢民族等文化先進民族逐步同化、征服的歷史，從而體現了陳舜臣關於「民族與國家」問題的觀念，也展現了陳舜臣作品所特有的大陸文化的恢宏博大的藝術風格。

　　元代是「民族與國家」問題最為突出的時代，陳舜臣以元代歷史為背景的長篇小說，還有《小說馬可‧波羅：中國冒險譚》（1979）。這是一部以意大利旅行家馬可‧波羅在元朝中國逗留十七年間的經歷為題材的長篇小說。但這部作品與其說是寫馬可‧波羅，不如說是以馬可‧波羅的足之所至、目之所及，來描寫宋元之交中國社會歷史、乃至東北亞各國歷史的方方面面，包括南宋與元朝蒙古人的戰爭，元代中國與朝鮮、與日本人的關係等關乎「民族與國家」的一系列重要問題。許多宋元時期的重要歷史人物（例如南宋丞相文天祥等）都有出場。陳舜臣使用的主要史料顯然是《馬可‧波羅遊記》，但對於《馬可‧波羅遊記》中許多語焉不詳的記述，陳舜臣則充分發揮了一個小說家、特別是推理小說家的想像力，加以合理推測，有些描寫頗有推理小說的趣味。例如，馬可‧波羅與佛教信徒徐長風有一段對話。徐長風告訴馬可‧波羅說：忽必烈就要遠征日本了，忽必烈害怕投降過來的十幾萬宋軍官兵鬧事，想借此機會把他們棄掉。「遠征日本，忽必烈勝敗都無關緊要。勝了的話，元朝的版圖擴大了；敗了的話，可以實現棄兵的目的。豈不是兩全其美嗎？」日本當代歷史小說作家白石一郎為本書寫的「解說」中認為，以上這一段對話是陳舜臣對蒙古遠征日本的新解釋，表現出陳舜臣獨特的「蒙古襲來」史觀。[9] 這一獨特的「棄兵」史觀後來被另一位歷史小說家伴野朗所接

9　白石一郎：〈小說‧マルコ‧ポ─ロ〉，《中國冒險譚‧解說》（東京：文春文庫，1983年）。

受，並成為伴野朗的長篇小說《元寇》（1993）中的一個引人注目的
主題之一。

　　陳舜臣對於中國歷史題材的選擇，有明顯的傾向性和選擇性。除
了上述的中國任俠、奇人、人傑，以及對民族國家之間的戰爭與和平
有著重要影響的人物之外，陳舜臣對中日交流史上起到重要作用的政
治家、宗教家、大商人乃至海盜，都有強烈興趣，並以此為題材創作
了若干長篇小說。

　　按照描寫對象的時代先後順序，陳舜臣的《曼陀羅的人——空海
求法傳》（上下卷，1984）是描寫中日早期文化交流的作品，它是以
渡海來中國唐朝學習佛教的空海大師為主人公的長篇小說。《曼陀羅
的人》不是空海一生的完整的傳記作品，而是專寫空海留學唐朝的經
歷，所以將小說的舞臺完全置於中國唐朝。作品一開頭就從時年三十
一歲的無名僧人空海乘坐遣唐船到達中國福建省，受到了杜知遠等中
國人的熱情接待寫起，寫空海此後在明州（寧波）、杭州等地與中國
佛教及文學文化界的人士廣泛接觸和交往，互以詩篇相唱和、以書法
相贈答，其詩才書藝引起了中國人的注目和讚賞。接著寫空海從寧波
來到中華文化中心的長安，空海在那裡為盛行的景教等新宗教文化所
吸引，不久就結識印度密教在中國的傳承者惠果，並拜惠果為師，系
統學習修煉密教並繼承了密教第八世的法燈。惠果留下遺言，要空海
將密教「傳向東國」。此後，空海又與吐蕃使節等切磋與交流，最後
寫空海懷著在日本傳布密教的滿腔熱情而回國。陳舜臣的《曼陀羅的
人》和司馬遼太郎描寫空海生平的長篇小說《空海的風采》堪稱寫空
海的雙璧。

　　明代是中日交流史上的一個重要時代。日本的遣唐使在十世紀末
終止後，中日兩國政府之間的關係則是由於豐臣秀吉侵略朝鮮並覬覦
中國，兩國軍隊不得不在朝鮮兵戎相見。而此前具有海盜和海商雙重
性質的「倭寇」長期騷擾和侵犯中國東南沿海地區，就是明代中日關

係中最突出的歷史現象。陳舜臣的《戰國海商傳》就是一部以這個時代為背景，以中日民間海上貿易及「倭寇」為題材的長篇小說。

　　《戰國海商傳》（上下卷，1990）的時代背景是日本的「戰國時代」，即一四六七年之後的「應仁之亂」之後的一百年無政府狀態的混亂時代，故稱「戰國海商傳」。戰國時代的日本天下大亂，各武士集團逐鹿爭雄，為了擴充軍力而紛紛開闢海上商道，從事海上走私貿易，並常常騷擾中國沿海地區，歷史上稱為「倭寇」。《戰國海商傳》寫日本戰國時期武士頭目毛利元就的私生子佐太郎，應中國豪商曾伯年的請求，支援其推翻明朝的活動。中日兩國海商聯手，一面大肆從事海上走私貿易，一面與明朝朝廷軍隊對抗。由於陳舜臣創作該小說的立足點是海上貿易，所以他把「倭寇」單純視為「戰國海商」，並從正面加以描寫，而未將倭寇行為看作侵略行徑，所以在有關日本倭寇、包括與倭寇相勾結、引狼入室的中國人王直（一作「汪直」，歷史上實有其人）的描寫上，更多地表現他們敢於反抗朝廷禁令、追求貿易自由的冒險與開拓精神，更多地表現了他們在中日貿易中的積極作用、更多地表現中國商人主動請求日本海商來助一臂之力，而卻對歷史上有大量明確記載的日本倭寇在中國沿海地區的燒殺搶掠的強盜行徑涉及很少。這既是由作品的主題所決定的，同時，恐怕與作者的華裔日本商人的出身及陳舜臣商業本位的觀念不無關係。

　　較《戰國海商傳》在時代上稍後的作品，是以明代後期以鄭成功父子為主人公的《風兮雲兮》（1973）和《致旋風》（1977）兩部在內容上相互銜接的長篇小說。

　　《風兮雲兮》與《戰國海商傳》一樣以明代倭寇問題為基本背景，主人公是鄭成功的父親鄭芝龍。鄭芝龍的事蹟在中國有關史料中有所記載，但相當簡略。陳舜臣根據有關史料及日本的有關傳說，對鄭芝龍的生平做了重構和描畫：他是福建省泉州南安縣人，字飛黃（飛皇、飛虹），父親是下級官吏，據說芝龍天生聰穎，臂力超群，

但怠於讀書，行為放縱，被父親趕出家門，遂去了澳門，在從事走私生意的舅父黃程手下做事。那時有一個名叫安福虎之助的日本武士在國內兵敗後逃出，流亡到了中國的澳門，被一個名叫周弘的做紡織品出口生意的人僱用為保鏢，改名為安福虎。在蘇州逗留期間，安福虎受一個病死的日本武士的委託，希望他能在中國找到豐臣秀賴的遺子。原來，豐臣家曾把秀賴年幼的兒子偷偷送到中國，以保留後嗣，以圖日後東山再起，但後來孩子卻不知下落。安福虎在修德寺的大念和尚那裡發現了一個名叫豐宣吉的少年，確信他就是秀賴的公子，並帶著大念和尚和豐宣吉坐上了去日本的一隻船。而那時十九歲的鄭芝龍也在這條船上，他是去日本幫舅父黃程推銷貨物的，兩人由此相識。鄭芝龍到日本平戶後，在一位名叫「老一官」的老人的幫助下，成為在日本的中國大商人顏思齊的繼承人，並在其他海盜集團的爭鬥中逐漸成為老大，還和日本女人田川氏結婚生子，長子名叫福松，即後來的鄭成功。時值明末朝廷腐敗，李自成等流寇蜂起，朝廷為自固而尋求鄭芝龍歸順。鄭芝龍也試圖借朝廷之力壓制其他海盜對手，便接受歸順，並被任命為都督，成為統領海軍的官商合一的巨頭。期間，安福虎又返回中國活動，後來和守備山海關的明朝將領吳三桂認識，並成了鄭芝龍與吳三桂之間的連絡人，使兩者南北夾擊李自成。但此時李自成已經攻入北京，明朝滅亡。後來，安福虎到了南京，從分別了十二年的和尚那裡得知豐宣吉並不是豐臣秀賴的遺孤，而是具有明王朝血統的中國人。……在《風兮雲兮》中，作者取日本人安福虎之助和中國人鄭芝龍兩條線索，以中日兩國為舞臺平行展開故事情節，展現了晚明時期中日兩國在政治、經貿、宗教上的種種關聯和交流。

　　在接下來的《致旋風》中，鄭成功成為主要人物，所以在該書出版文庫版的時候，書名也改為《鄭成功——致旋風》。小說寫鄭芝龍和日本女子田川氏所生鄭成功，幼名福松，出生於日本平戶，七歲時

回到中國福建泉州，不久就學於南京的太學。明朝滅亡後，滿清軍隊
南下，鄭成功和父親擁戴明唐王龍武帝，和父親一起舉兵抗清。但不
久父親鄭芝龍見形勢不利，接受了滿清招安，而鄭成功則與父親分道
揚鑣，堅持抗清。他以東南沿海為據點，依靠與日本等東南沿海諸國
的貿易而得到的豐厚資金，建立起了強大的水軍，在中國東南沿海及
長江三角洲地區縱橫馳騁，最後從荷蘭人手中收復了臺灣島。由於鄭
成功的生平歷史文獻記述較詳細，陳舜臣在小說中的基本情節尊重史
料，同時在細節上多有虛構，使人物形象更加生動豐滿。鑒於鄭成功
有日本血統，歷來日本史學家及作家，對鄭成功父子都很感興趣，早
在十八世紀初，著名古典戲劇家近松門左衛門就寫了《國姓爺合
戰》，歪曲鄭成功的形象，把鄭成功寫成了一個率眾侵入中國的日本
武士首領。[10] 陳舜臣的《致旋風》則依據史實，將鄭成功描寫為一個
在中國受教育、在中國建功立業的中國民族英雄。他曾說過：「作為
我們臺灣人來說，提起鄭成功來，就有自己親人那樣的感覺。直到今
天，還有人親切地稱他為『成功伯』、『成功爺』。」又說「對於臺灣
的漢民族來說，覺得鄭成功就是臺灣的老祖宗。（漢民族的人）真正
移居臺灣，是在鄭成功在臺灣建立政權以後。」[11] 作者就是懷著這樣
的崇敬之情來描寫鄭成功的，同時更以鄭成功為中心展現了中日兩國
交流與交往的歷史情景。可以說，陳舜臣是日本戰後文學中最早描寫
鄭成功的作家之一。在他之後，又有幾個作家出版了數種同一題材的
長篇作品，如荒俣巨集的長篇小說《海霸王》（1989）、伴野朗的長篇
小說《南海風雲兒鄭成功》（1991）等。這些作品，或多或少、直接
間接地接受了陳舜臣的啟發。

---

10 王向遠：《日本對中國的文化侵略——學者、文化人侵華戰爭》（北京市：崑崙出版
　　社，2005年），頁20-25。

11 陳舜臣：〈中國の「大」と日本の「小」〉，《陳舜臣読本》（東京：集英社，2003年），
　　頁131、135。

　　在十七世紀的中日關係中，琉球群島是一個特殊的存在。琉球，
當時是中國明朝的藩屬國。一六○六年，剛剛成立的德川幕府為了擺
脫國內政治經濟危機，鞏固自己的政權，覬覦琉球在中日海上貿易中
的特殊地位，決定舉兵入侵琉球。以樺山權左衛門久高為總大將的薩
摩藩（今九州）組成了由三千餘名將士、一百餘艘戰船的征討軍侵入
琉球，不到一個月時間中攻陷了琉球重要島嶼和港口，琉球王府被迫
講和。此前中國的明朝為幫助朝鮮反擊豐臣秀吉的侵略，耗時八年，
付出了十幾萬軍隊和大量國庫銀兩，再加上國內流寇四起，已無力再
顧及琉球。琉球孤立無援，只好投降日本，從此歸併日本薩摩所有。
一九九二年，陳舜臣以琉球的歷史為題材，出版了長篇小說《琉球的
風》三卷。作為陳舜臣後期的代表作，該作品以眾多的人物、複雜的
情節，反映了日本、琉球、中國之間錯綜複雜的關係，並表達了陳舜
臣的歷史觀和文明觀。全書的中心人物是在琉球行醫的來自中國的楊
家二兄弟——啟泰和啟山。啟泰是明代中國人、在日本薩摩行醫的楊
邦義與琉球女子真鶴所生，啟山則是真鶴和一個蒙古血統男人的私生
子，因此兩兄弟具有琉球、中國、蒙古的血統。他們幼年時期在中國
度過，後來由於倭寇侵襲，父母下落不明，在武術家震天風的幫助下
渡海到了琉球，寄居在身為「三官司」（官名）的謝明的家中，後來
啟泰受到謝明的信任，得以在尚寧王府做官，並與尚寧王妃看重的阿
紀姑娘相愛結婚；啟山則成長為優秀的舞蹈人才，後與琉球姑娘羽儀
相愛，並對她傳授此前在琉球不准女人涉足的舞蹈。啟泰的理想是要
建立一個「南海王國」，使琉球成為超越人種民族的貿易國家，擅長
舞蹈藝術的啟山則立志要在琉球、日本傳播中國的舞蹈藝術。這兩個
年輕人可以說是作者的一直主張的和平貿易、超越民族與國家、跨文
化交流的思想的具體體現者。除了楊氏兩兄弟外，重要的登場人物還
有在日本大軍壓境的情況下不得不和屈膝講和、並被當作人質帶到江
戶的琉球王尚寧，有祖先就一直住在琉球、在琉球傳播中國技藝文化

的謝明、拳術教師震天風，以及在《風兮雲兮》和《致旋風》中出現
的顏思齊、鄭芝龍、福松（幼年鄭成功）等人物，還有神出鬼沒的海
盜商人們。《琉球的風》以廣闊的跨文化視野、宏偉壯觀的歷史場
景、引人入勝的故事情節，反映了十七世紀琉球、日本與中國的關
係，表現了作者國家和平、民族融合的思想，發表後受到普遍關注。
一九九三年，根據該小說改編的電視連續劇在日本國營電視臺 NHK
陸續播出，給觀眾留下了深刻的印象。

三　中國近現代史題材的開拓

　　除中國古代歷史題材之外，陳舜臣也非常重視中國近現代史題材
的歷史小說創作。他在回顧和總結日本的中國題材歷史小說時曾說：
「對於迄今為止的日本的『中國小說』，我所不滿意的是時代過於偏
重古代。『喜歡歷史』的日本人，在有關古代日本的作品中，對於不
少記錄抱有具有一種劣等感，這恐怕是傾向於中國題材的一個原
因。」[12] 日本當代中國歷史小說作家的選題「依然是偏重於古代」，
而近代題材史較少，其原因是多方面的。除了陳舜臣所說的「劣等
感」之外，主要是上千年來，中國古代歷史文化已經融入日本文化
中，對於中國歷史上的許多人物、典故，日本已經「視為己有」，不
把它看成是純粹的外來文化，而對於剛剛過去一百來年的中國近代
史，則因為缺乏足夠的時間距離，未能蒸餾至日本文化的體系中，再
加上日本在中國近代史上扮演的角色常常並不光彩，許多話題日本人
難以把握、或不願觸及，而且在這一代作家的知識結構中，由於教育
體制、教科書的編寫等多種原因，中國近代史知識也相對薄弱。因

---

12 陳舜臣選，日本ペンクラブ編：《黃土の群星・選者あとがき》（東京：光文社文
　庫，1999年），頁413-414。

而，日本文學中的中國近代歷史題材作品在二十世紀九〇年代之前極
少。陳舜臣作為華裔歷史小說家，在自己的創作中似乎想有意識地改
變這種狀況。他將相當多的精力投入到中國近代史題材的歷史小說創
作中，除了許多短篇作品外，更寫出了幾部相當有分量的、有特色的
長篇巨著，主要有《鴉片戰爭》、《太平天國》、《大江不流·小說日清
戰爭》以及以在美國修築鐵路的華人勞工為題材的《天球飛旋》
（2000）等；現代史題材則有《殘系之曲》、《桃花流水》、《山河
在》、《青山一發》等。

　　陳舜臣曾說過：「我有一個雄心，就是一邊思考中國的近代史，
一邊將中國近代史寫成小說。而作為近代史開端的鴉片戰爭，當然應
該作為一個出發點。」[13] 到了二〇〇三年他又說：「將〔中國〕近代
史小說化，已經成了我的主要的工作。」[14] 這是一個富有雄心的創作
設計。為此陳舜臣付出了堅實和持久的努力。

　　為了創作以鴉片戰爭為題材的小說，陳舜臣收集、消化了豐富的
歷史文獻資料。他既查閱和利用了中國史學會編的《鴉片戰爭》資料
集六卷，也利用了英國方面出版的有關資料的日文譯文。據陳舜臣自
述，觸發他寫作《鴉片戰爭》的首先是近代著名詩人龔自珍（定庵）
的詩。他喜歡讀龔自珍的詩，「那帶著莫名的憂愁的詩，透露出當時
『衰世』的氣息。我老早就想，自己能不能將那個衰世加以小說化
呢？」[15] 另一方面，陳舜臣也從林則徐這個人物那裡受到觸動，當他
讀了日本古典《源氏物語》的英文本譯者亞瑟·威廉根據林則徐日記
寫成的《中國人眼中的鴉片戰爭》一書後，又與林則徐的日記原文對
讀，再次湧起了將鴉片戰爭寫成小說的衝動。他感到：「鴉片戰爭的

---

13 陳舜臣：〈鴉片戰爭·インダビュー〉，《陳舜臣読本》，頁69。

14 陳舜臣：〈青山一發·あとがき〉，《青山一發》（東京：中央公論社新社，2000
　　年），下冊，頁333。

15 陳舜臣：〈鴉片戰爭·インダビュー〉，《陳舜臣読本》，頁68。

英雄林則徐和龔定庵原來都是宣南詩社的文友。而且定庵有一個戀愛
事件，他的猝死也是一個謎。我感到，這樣一來，一個有吸引力的情
節就有了。」[16] 就這樣，陳舜臣在中國近代史料的研讀中形成了自己
的藝術構思，並逐漸進入創作狀態，他為這部作品耗費了三年的時
間，終於寫出了陳舜臣本人中國近代史題材的第一部大作、也是日本
文學中的中國近代史題材的第一部大作——《鴉片戰爭》。一九六七
年講談社出版了《鴉片戰爭》的上、中、下三卷單行本。三卷的題名
分別為《雷雨卷》、《風雷卷》、《滄海卷》，約合中文一百萬字，在陳
舜臣的全部小說中，也屬於篇幅最大的作品之一。

　　在《鴉片戰爭》中，陳舜臣的立足點顯然是要以小說的方式，全
面再現鴉片戰爭這一歷史過程及重大事件，為此，他沒有像通常的歷
史小說那樣設定一個歷史上的真實人物作為一個貫穿全書的主人公。
上述的龔自珍、林則徐作為那一時代的代表人物，當然也是《鴉片戰
爭》中的主要人物，但他們卻不是那種貫穿整個作品的核心人物，而
是在作品的有關事件和場合中出現的重要人物。在歷史真實人物之
外，作者另外設置了兩個主要的虛構的人物形象，並以他們貫穿全篇
故事情節，那就是福建廈門的富商、金順記公司老闆、時年四十來歲
的連維才和他的老管家溫翰。小說從鴉片戰爭爆發前夕、清道光十二
年（1832）開始寫起，寫那年的三月二日，對於時事早有所預感的連
維才，在他那靠海的布置成西洋風格的「望潮山房」中，與溫翰一起
查地圖、看大海，忽然發現海面上駛來了英國「阿墨斯特」號洋帆
船，意識到一個新的時代來臨了，就要「天翻地覆」了。就這樣，拉
開了陳舜臣《鴉片戰爭》的帷幕。作者描寫了從英國與中國之間開始
貿易，到鴉片戰爭爆發，再到鴉片戰爭中清政府失敗這一悲愴的近代
史篇章。連維才作為一個商人、作為貫穿全書的主要人物，被推到了

16 陳舜臣：〈鴉片戰爭・インダビュー〉，《陳舜臣読本》，頁69。

時代的風口浪尖之上。他一方面對外國的經濟入侵懷有強烈的抵抗心理，另一方面，作為一個商人卻又不肯放棄對利益的追求，但在外來資本與商品的壓榨之下，必然地遭到慘敗。即使如此，卻依然憧憬著未來中國的產業和經濟的自主化。除了連維財之外，小說中的重要的虛構人物還有連維財的情人西玲、連維財的幾個兒子——連統文、連承文、連哲文、連理文，還有溫翰的孫女彩蘭、西玲的弟弟簡誼譚等，都是描寫得很生動的人物形象。作為非虛構的歷史人物而登場的，主要是龔自珍和林則徐。對於林則徐，作者似乎只是把他作為鴉片戰爭中勇敢抗擊英國侵略的英明的政治家的形象加以表現的，換言之，是把林則徐作為歷史事件中的人物來處理的，因而，與連維財等虛構人物相比，林則徐的形象的個性塑造不夠鮮明。關於龔自珍，作者是把他作為一個警世的、預言的詩人來描寫的，他最早感受並表現了那壓抑的時代氛圍，最終不堪忍受時代的壓抑，而與自己的戀人妹清一同情死。作者通過這些不同人物的命運遭際，表現了鴉片戰爭前後那苦難的時代的中國，及苦難的中國人的生活情景。作品中的所有人物幾乎都帶有悲劇時代的特有印記——感傷的、虛無的情緒。

在《鴉片戰爭》的單行本中曾寫道：在《鴉片戰爭》的「執筆過程中，鴉片戰爭以後的一百二十年東亞苦惱的歷史，不斷地衝擊著我的心」。對中國近代歷史而言，鴉片戰爭只是一個開始；對陳舜臣的中國近代歷史小說的創作而言，《鴉片戰爭》也只是一個開始。

鴉片戰爭之後，中國近代史上又一個重大的事件就是太平天國起義。創作以太平天國為題材的小說，是陳舜臣在寫作《鴉片戰爭》的時候就確定了的選題，這是他創作上的必然的選題。在動筆之前，陳舜臣研讀了大量歷史資料，並赴太平天國的發祥地、洪秀全的家鄉廣西壯族自治區桂平縣金田村調查採訪。一九七九年六月陳舜臣在《小說現代》雜誌上連載長篇小說《太平天國》，至一九八二年五月連載完畢，接著由講談社陸續出版四卷單行本。這部宏大的作品中生動具

體地再現了太平天國歷史及其人物，小說描寫洪秀全在病中的幻覺中
接受基督教的啟示，以耶和華之子、耶穌之弟自命，組織「拜上帝
會」，聚眾起義反對清王朝，並占領永安州城，宣布建立「太平天
國」。民眾紛紛回應，很快形成了百萬大軍，然後勢如破竹地向北方
推進，兩年多後占領南京城，並將南京定為太平天國首都；接著寫到
太平天國占領南京後，如何出現內部分裂，如何在此後的北伐中漸漸
失利，最後在清政府軍隊的鎮壓和圍剿中終於走向破滅。小說對太平
天國的主要人物，包括「天王」洪秀全、洪秀全的堂弟洪仁軒、「東
王」楊秀清、「南王」馮雲山、「西王」蕭朝貴、「北王」韋昌輝、「翼
王」石達開以及洪秀全的妹妹、蕭朝貴的妻子洪宣嬌，還有羅大綱、
李新妹、蘇三娘、譚七、陳丕成等人物形象，都做了生動的描寫。在
小說的布局上，陳舜臣讓《鴉片戰爭》中虛構的幾個重要人物繼續在
《太平天國》中活動，包括連維財及其兒子連哲文、連理文，還有連
維財的情人西玲、大管家溫翰的兒子溫章等，他們在《太平天國》中
仍然起著承上啟下、貫穿情節的作用。這一方面可以表現中國近代史
的連續性，另一方面也表明了陳舜臣近代史題材小說的連續性，可謂
匠心獨運。同時，陳舜臣在作品中也體現了自己對中國歷史問題的獨
立思考和見地。他認為當年太平天國的起義是那裡的農民為貧窮生活
所迫而揭竿而起，所謂「社會革命」的說法只是一種先入之見，但同
時陳舜臣也看到了太平天國的歷史功績。當年出版社的編輯人員從銷
售的角度考慮，曾建議他將題目改為《太平天國之亂》，被他拒絕。
他認為如果站在清政府的角度看，太平天國當然是「亂」（叛亂、反
亂），當年的太平天國就被官府稱為「粵匪」或「長毛賊」。但是，幼
年的孫中山正是從太平天國的起義受到刺激和啟發，太平天國為此後
的辛亥革命做了鋪墊。可以說，這是對太平天國的較為公允的認識。

　　在鴉片戰爭、太平天國之後，對中國近代史造成巨大衝擊和震盪
的歷史事件，就是甲午中日戰爭了。陳舜臣以此為題材創作的長篇小

說叫《江河不流》（上中下卷，1981），副標題是《小說・日清戰爭》。所謂「日清戰爭」，即中國歷史書上所稱的「甲午戰爭」或「甲午中日戰爭」。由於中日兩國的立足點不同，對歷史及戰爭的價值判斷不同，所以對於那場戰爭，現在中日兩國還沒有通用的稱呼。對此陳舜臣認為：「在日本叫作日清戰爭，在中國叫作甲午戰爭。明治二十七年，清國的元號是光緒二十年（干支是甲午），也就是西曆一八九四年的那場『中日戰爭』，是以朝鮮為主戰場的，而且是以朝鮮的東學黨之亂為契機的，所以，朝鮮人將東學黨的興起稱作『甲午農民戰爭』。由於這些原因，我想，叫作『甲午戰爭』也許最為恰當吧？」[17] 但「日清戰爭」這個叫法在日本已經定型，陳舜臣的小說是以日本讀者為對象的，故使用了約定俗成的「日清戰爭」作為副標題，是可以理解的。

　　關於《江河不流》，陳舜臣在為連載此作品的《歷史與人物》雜誌寫的預告詞中曾說：「日本和中國，都在同一個時期內處於鎖國狀態……但雖處於同一時代，在日本是作為國家青春期的明治時代，在中國則是老衰期的清末，可以說是命中註定的邂逅吧。我主要立足於中國一側，以所謂『日清戰爭』為焦點，把兩國的相遇描寫出來。當時的中國人對於時局非常焦慮，形容為『青山沉睡、江河不流』。我對這句話印象很深，並想把它寫進作品中。」這就是表明了陳舜臣《江河不流》的創作出發點，即從文化的、歷史的（特別是中日關係史）角度，來表現「日清戰爭」。這在日本文學中，是一個可貴的嘗試。眾所周知，作為一個「愛好歷史」的民族，現代日本作家學者把明治維新以降的歷史，包括時間、人物等，都加以反覆地、多角度地描寫，例如，光一個西鄉隆盛，就不知有多少人寫過以他為主人公的長篇小說；光一次日俄戰爭，就不知被多少日本作家寫過。同樣，寫

---

17 陳舜臣：《奈良本辰也・歷史対談・日本と中國》（東京：德間文庫，1990年），頁205。

「日清戰爭」的書雖然沒有像寫日俄戰爭的書那樣多，但近年來也呈越來越多的趨勢。然而，近年來隨著右翼思想特別是「皇國史觀」的復活，在有關「日清戰爭」的形形色色的著作中，卻大多貫穿著一個基本思想，即把那場戰爭看成是日本的「大東亞戰爭」的最初一環，認為那場戰爭是一場打破清朝腐敗統治、顯示日本近代文明實力的偉大光榮的戰爭。陳舜臣的《江河不流》卻完全沒有「大東亞戰爭史觀」的禁錮，他的跨文化的身分、他的學術教養和文化良知，使得他能夠站在歷史與文化的高度審視那場戰爭。他在與作家、中國問題專家竹內實的對談中曾說過：

> 從個人的角度講，我是臺灣人，因為那場戰爭我成了日本人，二十來歲的時候又恢復為中國人。我想再一次進一步弄清楚，決定我的命運遭際的東西究竟是什麼。決定我本人命運的是戰爭……。（戰爭）「是什麼」？這個問題是我的一個很大的宿題，是現在還沒有解答的一個課題。[18]

他把那場戰爭看成是「不幸的歷史的原點」。在同一篇文章中陳舜臣還說：日本明治維新後提出的「富國強兵，在日本是擴張主義政策的反映，而最初的犧牲者就是朝鮮」；關於「日清戰爭」後臺灣被割讓給日本，日本對臺實行殖民統治的問題，有人對這種殖民統治加以肯定，對此陳舜臣認為：「我也聽到有一種說法，說還是日本統治的時代好。然而，事情並非如此。日本的統治是別種性質的問題。因為無論如何，那是被外國人支配。那種屈辱，（臺灣人）和朝鮮人是一樣的感覺。」這就是陳舜臣對那段歷史的基本認識——是一種超越國家和民族狹隘偏見的、超越意識形態束縛的歷史觀，這也是他創作

18　陳舜臣：〈不幸の歷史の原點「日清戰爭」〉，《陳舜臣読本》，頁85。

《江河不流》的基本的立足點。

與寫其他的歷史小說一樣，陳舜臣為寫作《江河不流》查閱和利用了豐富的歷史資料，對有關的事件和人物達到了瞭若指掌的程度。在這些資料中，作者特別提到他利用「臺灣國防委員會」收藏的有關中日韓關係的資料，尤其是當時的大量密電，這為作品的許多細節描寫和合理的藝術想像提供了條件。在藝術手法上，《江河不流》與《鴉片戰爭》有所不同，就是沒有讓一個虛構的人物貫穿全篇，所有的重要的人物都是歷史上的真實人物，如李鴻章、袁世凱、丁汝昌、唐紹儀、劉永福；朝鮮方面有親日激進派代表人物金玉鈞、還有大院君、外交官金允植等，日本方面有伊藤博文等。全書的主要人物是李鴻章、袁世凱，朝鮮方面的則是金玉鈞。作品從朝鮮東學黨叛亂、中日兩國派兵、中日矛盾激化、最後爆發海戰、中國海軍失敗、日本軍隊登陸旅順、中國被迫簽訂不平等條約，到割地賠款。作品雖有細節上的虛構，但整篇作品以歷史事件的推進謀篇布局，與其說是「歷史小說」，不如說是關於甲午中日戰爭史的生動的「演義」。此後陳舜臣關於中國近代題材的歷史小說，都有由「歷史小說」向「歷史演義」傾斜的趨勢。當然，「歷史小說」與「歷史演義」沒有截然的界限，但以中國文學的分類標準來看，「歷史小說」首先是小說，虛構成分多於歷史事實；而「歷史演義」首先是歷史，其次是通俗化、文學化的歷史。以此標準來衡量，陳舜臣的《江河不流》帶有更多的歷史演義的色彩。這是陳舜臣歷史小說的一種類型，並不影響它的文學價值。

辛亥革命是中國近代史上的最重大的事件之一，而辛亥革命的主要領導者是孫中山。對於孫中山，無論是在中國大陸、還是在中國臺灣、乃至在日本，無論是傳記著作，還是小說、劇本等文學作品，寫的都不少。陳舜臣要將中國近代史小說化，當然不可繞過孫中山。他寫了以孫中山為主人公的《青山一發》。陳舜臣在對大量的資料進行調查分析後認為，關於孫中山的描寫，有不少「神格化」的成分，而

神格化的原因，在於不同黨派對孫中山都有自己的解讀，因此有必要將神格化的東西加以剝離，這當然是一個非常困難的工作。相對而言，孫中山的前半部分較好把握，或許因為如此，陳舜臣只寫到一九一一年，即辛亥革命成功推翻滿清王朝為止。題目則定為《青山一發》，取自宋代詩人蘇軾的「杳杳天低鶻沒處，青山一髮是中原」的詩句。小說寫孫中山亡命國外（日本）策劃反清革命，到回到「中原」（中國）發動革命這一段歷史經歷。作為傳記小說，在《青山一發》中，陳舜臣在努力尊重歷史史實的前提下也有一定的藝術虛構，並表現了他對孫中山的獨特理解。他認為，孫中山倡導民族主義，根本原因是因為中國太弱，一旦中國能與列國並駕齊驅，孫中山就會放棄民族主義，因為而孫中山本質是一個「世界人」、「國際人」。這一看法也是小說的一個主題之一。為此，陳舜臣用了不少的篇幅表現了孫中山的「國際人」的風範，特別是和日本友人宮崎滔天、犬養毅、頭山滿等人的友誼，同時也表現了日本人對孫中山的支持，這也是日本作家在寫作孫中山時最喜歡的素材。《青山一發》二〇〇二年五月至二〇〇三年六月在雜誌上連載，二〇〇三年十月出版上、下兩卷單行本，從創作時間上看是陳舜臣的晚年（七十八歲）的新作，在思想和藝術上都達到了爐火純青的境界。

　　在上述中國近代史中的三個重大事件之外，陳舜臣的小說創作選題延伸到了中國現代史領域，又寫出了《殘系之曲》（1971）、《桃花流水》（1976）、《山河在》（1999）等長篇小說。這三部小說在創作時間的間隔和跨度上都較大，但從陳舜臣的整個創作生涯中看，它們在內容上是有著統一性、在時間上也是有著連貫性的。因此可以把它們看作是以中國現代史和現代中日關係史為主題的三部曲。

　　其中，《殘系之曲》的時代背景是一九二六年（日本的昭和二年）到一九三六年日本大規模入侵中國前夕；《山河在》的時代背景是一九二三年日本關東大震災到一九三二年一月日本軍隊進攻上海的

上海事變；《桃花流水》的時代背景是從一九三七年七月盧溝橋事變
爆發到第二年秋天日本進攻武漢前夕。這三部小說涵蓋了從一九二六
到一九三八年中國現代史和日本侵華史的十幾年間的歷史。而且，在
寫法上，這三部作品都有幾個共通點，首先就是與上述幾部中國近代
史題材作品的講史的演義風格不同，以虛構的主人公的遭遇，來展現
那個多災多難的時代生活。在《殘系之曲》中的主人公是一個日本華
僑，在中日交惡的時代，在兩個國家的夾縫中，他對自己的身分認同
產生了危機：自己到底是日本人，還是中國人？這其中自然凝聚著作
者本人的時代與自我的體驗。在《山河在》中，主人公是出生於上
海、成長於日本的華僑商人的兒子溫世航。隨著中日關係的起伏，年
輕的溫世航的命運也像一個航船，在波濤洶湧中上下顛蕩。他期待著
中日關係的好轉，然而一個個事件的爆發卻令他失望。為了打聽他的
一個朋友、社會活動家王希天（歷史上的真實人物）的失蹤線索，他
重新踏上了祖國，在香港和上海等地輾轉，目睹並體驗了中國現代史
上一系列變化、經歷了蔓延全國的抗日救亡運動。《桃花流水》寫的
則是在日本人家庭長大的漂亮的中國姑娘碧雲，在日本侵華的背景下
如何加入了抗日的秘密組織等跌宕起伏的人生經歷，並以她的經歷為
線索展現了中國抗日戰爭的一個時代的側面。這三部作品的另一個特
點，就是在時代悲劇與人物苦難的描寫中，透露出濃郁的詩意。三部
作品的題名都來自中國古代詩歌或詩歌意象。其中，《殘系之曲》出
自唐代李賀的詩，《山河在》取自杜甫的「國破山河在」的詩句，而
《桃花流水》則取自蘇東坡的詩。這種詩意主要是來自作者自身對時
代氛圍與人物命運的深切體驗。三部作品的主人公的身分和經歷與陳
舜臣有許多相似和重合之處，因此，在戰爭年代處於中日兩國的夾縫
中的那種特殊的生活體驗，既有文化身分上的認證危機，也有民族感
情上的痛苦咀嚼。而恰恰是這雙重的身分，卻提供了一個特殊的、可
貴的觀察時代的視角。對此，陳舜臣曾說過：「是中國人還是日本

人？主人公從哪個角度都可以凝視那個時代，我有我自己的視點。作
為作家，最重要的難道不是怎樣描寫自己所生存的時代嗎？」[19] 作為
有著這種雙重角色、特殊體驗的作家來說，陳舜臣對中日關係的認
識、對歷史問題的判斷就有著難能可貴的深刻和貼切。例如，作為中
國臺灣籍的華人，他對日本在臺灣的殖民統治的判斷是：

> 有人說，日本統治臺灣，比起日本對朝鮮的統治來要好一些。
> 我卻不這麼認為。那個時代，臺灣人是受日本人欺壓的。臺灣
> 人、臺灣的民眾黨（後來被日本強行解散）及新文化協會，一
> 直對日本進行著抵抗。
> 日本人對臺灣人的歧視，即使在日本本土也存在，但在臺灣就
> 更為嚴重。這一點我在《桃花流水》中有所描寫。可是，今天
> 臺灣的年輕人，對臺灣是被日本歧視過這回事卻一無所知。[20]

　　這是來自陳舜臣及那個時代的臺灣中國人的切身體驗，也是一種
可貴的時代體驗。正是因為有了這類的體驗，這三部作品比起以中國
古代史、中國近代史為題材的富於客觀性的小說來，更具有主觀性、
更具有體驗性，也更富有詩意，代表了陳舜臣歷史小說的另外一種
類型。

　　幾年前，陳舜臣說過：「人類會更和平相處嗎？戰爭會消失嗎？
不管怎樣，我們都應該懷有這種希望。所以我必須描寫那樣一個世
界。」回顧陳舜臣四十多年來的創作，無論是寫中國古代史題材，還
是近現代史題材，無論是偏重歷史事件的演義性小說，還是偏重個人
命運與體驗的歷史小說，都始終貫穿著陳舜臣創作生涯中一以貫之的

---

19 陳舜臣：〈高揚した時代に複雑な境遇〉，《陳舜臣読本》，頁90。
20 陳舜臣：〈高揚した時代に複雑な境遇〉，《陳舜臣読本》，頁91。

主題：那就是民族和國家之間的和平、民族和個人的幸福與尊嚴。二
〇〇二年，在七十八歲高齡的時候，陳舜臣又推出了「描寫那樣一個
世界」的、迄今為止最後一部長篇小說《桃園鄉》。據說這部作品他
構思了半個世紀。所謂「桃園鄉」，就是陶淵明在《桃花源記》中所
描寫的理想世界。陳舜臣把小說的舞臺置於十二世紀的中國，寫被金
所滅的遼人首領耶律大石，率眾向西遷徙，建立了西遼，以摩尼教為
信仰，試圖建立一個理想的和平國家。這部作品在陳舜臣的作品中較
為特異，它不像此前的歷史小說那樣重在再現歷史，而是借助歷史來
表達作者自己的思想。這部作品體現了陳舜臣對民族、國家、宗教問
題的總體思考，可以說是一部歷史題材的思想小說、理想主義小說，
標誌著作為作家的陳舜臣的思想已臻於圓熟的境界，顯示出陳舜臣作
為一個作家，既是一個現實主義者，也是理想主義者；既是一個嚴格
的寫實主義者，也是一個充滿熱情、幻想、喜歡假定與推理的浪漫主
義者。而且，在陳舜臣的全部歷史小說中還都暗含著一個共同的主
題：就是拋棄國家藩籬、民族差別、宗教偏見，反對戰爭和殺戮，建
立和平和諧的理想的人類社會，這也就是陳舜臣心目中的「桃園
鄉」。他說：「我明白：現實中這種東西並不存在，也不會存在。正因
為如此，人們必須把他作為理想目標，而不能放棄這個希望。」[21]

　　從這個意義上看，陳舜臣的全部創作，都是對這個「桃園
鄉」——他的精神家園——的朝聖的旅行。

---

21 陳舜臣：〈宗教、主義、思想の名をすてよう〉，《陳舜臣読本》，頁102。

古今中華任揮灑

——日本當代著名作家伴野朗的中國題材歷史小說創作[1]

　　伴野朗（1936-2003）畢業於東京外國語大學中國語學科，一九六二年起在朝日新聞社任記者，長期在中國北京、上海等地採訪，一九八六年五月起出任戰後第一任朝日新聞社上海分局局長三年，具有較好的漢語聽說能力和閱讀能力，對當代中國有較多的了解。他的創作靈感最初也來自中國的生活體驗，其處女作《五十萬年的死角》就是以北京原人化石神秘失蹤為題材的長篇推理小說，出版後因獲江戶川亂步獎而一舉成名。從此，伴野朗以中國題材為主開始了旺盛的創作活動，在二十多年的創作生涯中，在推理小說、冒險小說和歷史小說各領域，共出版了三十多種長篇小說及作品集，其中的大部分作品都以中國為題材。

一　帝王將相傳記小說

　　伴野朗的中國題材的歷史小說，從內容上看，可以分為中國帝王將相傳記小說、中國歷史名人小說和中國現代題材的小說三大類。

　　作為歷史小說家，伴野朗對中國的帝王將相很有興趣。他以長篇小說的形式所寫過的帝王將相，按歷史年代順序有：描寫秦始皇的《始皇帝》、描寫漢武帝的《太陽王‧武帝》、描寫唐玄宗的《玄宗皇

1　本文原載《南京師大文學院學報》（南京），2009年第2期。

帝》、描寫明代開國皇帝朱元璋的《朱龍賦》、描寫明代永樂帝的《永
樂帝》等；以將相為主人公的則有寫漢朝宰相韓信的《國士無雙》、
寫三國時期蜀國丞相諸葛亮的《孔明未死》等。

其中，《始皇帝》（上下卷，1995年）是一部以秦始皇的生平及
秦朝的興亡為經緯的歷史小說，基本故事情節依據《史記》，但在細
節上有大量虛構，特別是設置了一個叫楊羽的虛構人物，並把此人設
定為呂不韋的侍從，並以他將全書人物情節貫穿起來。另一方面，伴
野朗也明確地表達了自己對秦始皇功過的基本評價，認為「始皇帝作
為第一個實現這一〔國家統一〕理想的人物是值得銘記的。其是非功
過可以加以歷史的研究，但無論怎樣，以他的統一事業與他做的壞事
相抵銷的話，還是綽綽有餘的。」[2]

中國古代歷史上「秦皇漢武」素來並稱，伴野朗寫了秦始皇，又
推出了以漢武帝為主人公的《太陽王・武帝》（1997）。之前，他曾到
陝西省興平縣參觀了漢武帝的陵墓「茂陵」，深感高大雄渾的茂陵
「不愧太陽王之名」。伴野朗表示《太陽王・武帝》的目的就是「通
過那個時代及圍繞著他的眾多人物的描寫，將色彩斑斕的漢武帝的充
滿波瀾的生涯呈現出來」。《太陽王・武帝》從漢武帝劉徹的出生開始
寫起，寫劉徹作為漢景帝的第九個兒子，如何經歷了的複雜激烈的宮
廷鬥爭，成為漢朝的第七代皇帝。——這也是伴野朗在《太陽王・武
帝》中所講述的漢武帝的「第一個幸運」，因而第一章的標題就是
「幸運」。接著，伴野朗用絕大部分的篇幅，來描述漢武帝繼位後的
雄才大志、文韜武略。同時也寫了漢武帝的許多失誤和錯誤，在表現
晚年的漢武帝內心痛苦的同時，暴露了其殘酷無情的暴君的一面。在
塑造漢武帝形象的同時，伴野寫到了同時期漢武帝周邊的若干著名的
歷史人物，如驃騎將軍霍去病、出使西域的張騫，還有蘇武、李陵、

2　伴野朗：《始皇帝》（東京：德間文庫，1997年），上卷，頁9-10。

李廣利、司馬遷等。整部小說以《漢書》和《史記》等中國歷史典籍為基本依據，絕大多數人物是歷史人物，基本沒有設置虛構的人物。和《始皇帝》一樣，《太陽王‧武帝》寫得樸素老道，與他在其他作品、特別是推理小說及歷史推理小說中的奇詭恣肆的想像形成了對比，代表了伴野朗歷史小說創作中的一種寫實風格。

伴野朗以中國帝王為主人公的重要作品還有《玄宗皇帝》。這部作品寫的唐代由盛轉衰時期的唐玄宗的生涯，與上述的《始皇帝》和《太陽王‧武帝》的風格有所不同，《玄宗皇帝》表現了更多的浪漫和感傷的氣氛。小說從李隆基的祖母則天武后（武則天）六十四歲、李隆基七歲的時候開始寫起。從小就目睹武則天鐵腕治國的李隆基，在西元七一二年即位，成為唐朝第六代皇帝玄宗。他廣納賢臣，勵精圖治，形成了歷史上有名的「開元盛世」的局面。但晚年的唐玄宗由於長期國泰民安，而逐漸掉以輕心，特別是因寵愛兒媳婦楊貴妃而不能自拔，無端提拔楊貴妃一族，群臣怨聲載道，地方政權乘機叛亂，導致大唐帝國由盛而衰。在《玄宗皇帝》中，伴野朗充分利用了《舊唐書》、《新唐書》、《資治通鑒》等歷史文獻資料及現代中日學者的有關研究成果，將唐玄宗的曲折經歷和複雜性格呈現出來；同時，又以玄宗為中心，表現了盛唐頂峰時期政治、社會、文化的各個方面。

除了寫帝王外，伴野朗還寫中國歷史上的將相。二〇〇二年，他出版了短篇集《中國鬼謀列傳》（實業之日本社出版）。所謂「鬼謀」，就是奇謀、神機妙算的意思。伴野朗寫了中國歷史上的七位著名的有神機妙算之才的「鬼謀」將相，並將他們寫成短篇小說，其中包括：漢代劉邦的丞相蕭何，春秋戰國時代越王勾踐的名將范蠡，明代謀士、永樂皇帝的「太子少師」道衍（俗名姚廣孝），三國時代吳國的謀士虞翻，春秋時代的齊國宰相、《管子》的著者管仲、三國時代魏國的謀士賈詡、周文王的軍師太公望呂尚。這些將相謀臣中，有的在中日兩國廣為人知，如范蠡、太公望、管仲、蕭何等。此前，也

有日本作家寫出了以這些人為主人公的長篇小說，如當代日本作家芝豪（1944-）的長篇小說《太公望》（PHP 文庫，2000）、作家立石優（1935-）的長篇小說《範蠡》（PHP 文庫，2000）等，在史料運用和藝術想像方面都相當見功力。但伴野朗在《中國鬼謀列傳》中的另一些人物，如虞翻、道衍，即使在中國也是知之者有限，日本其他作家均無顧及，而伴野朗卻能將他們的事蹟寫成短篇小說，顯示了他對史料和人物的發掘能力。

　　伴野朗描寫中國古代將相的長篇小說，還有以春秋時代魯國將領吳起為主人公的《吳子起》（祥傳社出版）和以漢代著名將領韓信為主人公的《國士無雙》（有樂出版社，1995），兩書基本都取材於司馬遷的《史記》。其中，關於韓信，司馬遷在《史記・淮陰侯列傳》中，用了七千多字的篇幅做了詳細描寫，這在《史記》的列傳中算是很長的篇幅了。司馬遷對韓信從年輕時乞討無賴，到成為項羽手下的謀士、再到劉邦的謀臣，輔佐劉邦奪取天下，功勳卓著，後來因謀反之名被呂后誅殺，都做了詳細生動的描寫，本身已經具備了小說的骨架。伴野朗的《國士無雙》則在《史記・淮陰侯列傳》的基礎上，進一步豐富細節，除了使相關的歷史人物，如劉邦、張良、蕭何、樊噲、項羽、項梁、呂后等，都一一登場之外，還虛構了楊紅（被韓信救出的美少女）、賈姐（陰陽師）、風神（暗中幫助韓信的神秘的男人）這三個人物，使得小說更具傳奇性和趣味性。《國士無雙》主要是表現韓信作為一個天才軍事家的足智多謀，描寫韓信作為「戰爭藝術家」的戰無不勝，也表現了在險惡的政治環境中，一個居功自傲的將領最後竟死於政治陰謀的悲劇結局。

二　刺客・俠士・反骨・謀臣

　　伴野朗對司馬遷及其《史記》推崇備至，他的創作不僅在取材上

得益於《史記》之處甚多，而且創作方法上，特別是在「現場優先主義」方面，也受到司馬遷的影響，所以他說：「這一生能夠與司馬遷及其《史記》相遇，是最大的幸運和快事。感謝您，司馬遷！」[3] 對司馬遷的學習與追隨，在他的中國俠士、反骨、刺客的選題中有更進一步的表現。伴野朗為這三類人物分別寫了四本書，就是《刺客列傳》、《士為知己者死》、《中國反骨列傳》和《謀臣列傳》。

其中，《刺客列傳》（實業之日本社）的書名就直接來自《史記・刺客列傳》。在《史記・刺客列傳》中，司馬遷記載了春秋戰國時代五六個著名刺客及其刺殺行動。伴野朗在《刺客列傳》中，根據《史記》的記載而在細節上做了進一步的補充和豐富。他一方面對司馬遷《史記》中對所寫刺客的正面評價表示贊同，肯定了那種無功利的俠義精神，一方面也看到了刺客的暗殺的另一面；換言之，作為一個現代作家，伴野朗沒有無條件地肯定古代的「恐怖主義」行為。

短篇小說集《士為知己者死》（集英社，1993）中寫了四個人物，即被後人稱為「戰國四君」的齊國孟嘗君、趙國平原君、魏國信陵君、楚國春申君，分別取材於《史記》中的《孟嘗君列傳》、《平原君・虞卿列傳》、《魏公子列傳》和《春申君列傳》。司馬遷對這幾位人物廣攬賢士、仗義疏財、重義輕利給予高度評價。伴野朗則在司馬遷描寫的基礎上，借戰國四君的形象表現出那個特殊的時代氛圍。在伴野朗看來，春秋戰國時代雖是國與國之間弱肉強食的時代，但也是一個富國強兵的時代，是「中國歷史上最充滿活力、生氣勃勃的時代」，是能夠自由發表思想言論的百家爭鳴的時代，而「戰國時代又是男兒的時代。重義氣，為了義可以坦然地獻出自己的生命」。或許因為這樣，伴野朗將《史記》中的「士為知己者死」這句名言作為作

3　伴野朗：〈司馬遷に感謝〉，《中國歷史散步》（東京：集英社，1994年），頁251-252。

品的名字，體現了他對中國傳統的俠義精神的追懷。

　　一九九七年，集英社出版了伴野朗的另一部短篇集《中國反骨列傳》。所謂「反骨」在日語中有不阿諛、不媚俗、敢於特立獨行的意思。伴野朗以這樣的標準，在中國歷史上選擇了七位「反骨」人物，並分別寫成了七篇小說，合為一集。分別為：《救國的男兒——田單》，寫戰國時代齊國的田單；《直言之士——袁盎》，寫漢文帝時期的宮廷近臣袁盎；《雁書——蘇武》，寫漢武帝時代的將軍蘇武；《愚兄賢弟——諸葛謹》，寫三國時代吳國重臣、諸葛亮的弟弟諸葛謹；《義骨之士——楊阜》，寫三國時代初期的關中勇將楊阜；《書生的素顏——王羲之》，寫東晉書法家王羲之；《正氣之歌》寫南宋時代的民族英雄文天祥。這些人物的生活年代從戰國時代一直到宋代。伴野朗以中國傳統文化中的「反骨」的人格精神將他們統馭起來，並肯定和褒揚了「反骨」的人格價值。

　　短篇集《謀臣列傳》（實業之日本社，1998）則寫了中國歷史從春秋戰國到三國時代的七位「謀臣」。包括《鬼謀之人》中的張良、《遠交近攻》中的范雎，《光與影》中的李斯，《奇策》中的陳平，《聯橫》中的張儀，《有氣度的人》中的魯肅，《長紅痣的男子》中的郭嘉。這七位謀臣橫跨春秋戰國、漢代和三國鼎力等不同的歷史時期，與上述三部作品中的刺客、俠士、反骨，一同構成了中國古代文武兩道的主要人物類型。

三　走上國際舞臺的古代英雄

　　除了上述的刺客、俠士、反骨與謀士外，伴野朗對中國歷史上另一類人物——勇敢探求外部世界、縱橫於古代國際舞臺上，為中外文化的交流和融合做出貢獻的軍事、商業、宗教方面的探險家們，給予了高度的注意，並以他們為主人公寫了若干部長篇小說，主要有《大

遠征》、《大航海》、《西域傳──大唐三藏物語》和《南海的風雲兒・
鄭成功》等。

　　《大遠征》（1990）的主人公是西漢時代奉命出使西域的班超。
小說既把班超作為漢民族的征服者來描寫，同時也把他作為漢民族與
西域各民族的友好使者來描寫，這就準確地把握了班超的歷史定位。
值得注意的是，在《大遠征》中，伴野朗寫到了漢朝與日本之間的往
來，為此虛構了一個名為倭麻呂的擅長速跑的日本人。他受九州的一
個國王的派遣，和戀人一起冒險乘船來到中國，並最終到達長安，他
借助十幾年前因風暴漂流到中國的一個日本人的翻譯，與班超相識，
交談，班超還做了這個日本人的漢語老師，而倭麻呂作為日本人，也
最終實現了在廣闊天地奔跑的願望。雖然現在還沒有文字資料表明西
漢時代日本就與中國有往來。但伴野朗的想像也並非無稽之談。沒有
文字記載不等於不存在，想像是小說家天然的權力。伴野朗通過這一
虛構的情節和人物，將東海上的日本與大陸、西域聯繫起來。

　　伴野朗以西域為舞臺的作品還有《西域傳──大唐三藏物語》，
一九八七年由集英社出版單行本上下卷。這是以唐代佛教大師、旅行
探險家、佛經翻譯家玄奘為主人公的長篇傳記小說。在伴野朗之前，
日本文學藝術中已有對玄奘加以表現和描寫的作品，特別是此前老一
輩作家陳舜臣為玄奘寫過傳記《通向天竺之路》（朝日新聞社，
1986），對伴野朗的創作有一定影響，但是像伴野朗的《西域傳》這
樣以大規模的篇幅（約合中文四十多萬字）為玄奘的印度取經求法而
撰寫長篇小說，可以說沒有前例的。《西域傳》頭幾章描寫了隋朝的
時代、社會與宗教氣氛，寫出身貧寒的陳褘（玄奘的本名）的父親陳
惠是個虔誠的佛教徒，哥哥陳長捷也出家為僧，陳褘從小就深受家庭
與佛教的薰陶。他聆聽了一個僧人講述的東晉僧人法顯如何為求佛法
而西遊印度，佛教大師鳩摩羅什如何翻譯佛經等，很受感動，決心獻
身佛教，繼承法顯和鳩摩羅什的事業。陳褘十三歲時出家後改法名

「玄奘」，幾年後便在隋唐之交的亂世中，踏上了西去印度的旅途。玄奘的旅行是小說描寫的重點，在這一過程中，伴野朗最富於想像力的描寫，是讓玄奘與伊斯蘭教的創始人穆罕默德在撒馬兒罕的邂逅相遇。儘管兩人言語不通，只是簡單施禮，幾乎沒有交談，但伴野朗寫到這一場面是有象徵意義的。小說最後寫玄奘從印度歸來，帶來了舍利、佛像和六百多部佛經，並開始了規模巨大的譯經事業，直至入寂。伴野朗的《西域傳——大唐三藏物語》可以說是現代版的《西遊記》。《西域傳》在《西遊記》的神話小說之外另闢蹊徑，以寫實的手法生動地表現了玄奘為追求自己的理想和信仰而孜孜不倦、勇於探險的形象，並給一個古老的題材、一個耳熟能詳的歷史人物以新的藝術生命。

這種國際範圍的探險主題，在以中國明代為背景的《大航海》（集英社，1984）中也有突出的表現。《大航海》上下兩卷、篇幅與《西域傳》相當，其舞臺背景是中國的明朝，主人公是率領船隊七次遠端航海的鄭和。

伴野朗在《大航海》的序章中寫到了這部小說的創作緣起。那是在北京的一個秋天，伴野朗參觀位於天安門東側的歷史博物館。在那裡的明代展室中，他發現了一個長長的大玻璃箱子中收藏著一根長約十米的木片，好奇心使他留住了腳步，原來說明文字上寫的是「明代鄭和「西洋取寶船」的舵軸部分。在這裡，伴野朗立即對鄭和下西洋充滿了特殊的興趣，他感到在這裡和鄭和的相會似乎是「命運安排好的」。通過閱讀博物館的說明文字和後來查閱歷史資料，伴野朗對鄭和下西洋的壯舉越來越感到了震撼。按《明史》中的記載，鄭和使用的船應相當於現代的八千噸級的大船，而且是由六十二艘這樣的船組成、承載兩萬七千八百余名船員和眾多貨物的龐大船隊，相關史料及明代「寶船廠」遺跡的發現也使他確信，《明史》上的記載絕不是中國文學上常見的「白髮三千丈」式的誇張。這和八十七年後歐洲的哥

倫布的船隊的三艘二百五十噸、八十八人的規模相比，簡直是奇蹟。
而且，和鄭和下西洋比較，歐洲的大航海時代落後了近九十年！這一
壯舉震撼了伴野朗，並點燃了他創作靈感的火花。

　　但鄭和大航海這如此的壯舉，在中國文獻記錄歷史中很少，《明
史》中關於鄭和只有大航海以前的記載，而且只有三句話共十幾個
字。在喜歡記錄歷史的中國，對如此重要的事情卻如此輕描淡寫，伴
野朗感到疑惑並對此做了調查分析。例如明代嚴格限制宦官勢力，鄭
和身為宦官身分，又屬於元代阿拉伯血統的「色目人」後代，史書上
不便多寫，但實際上當年鄭和航海後是留下了大量資料的。鄭和去世
四十年後，明朝第九代皇帝成化帝時醞釀再次航海，但由於財政困
難，又擔心宦官勢力抬頭，朝廷內部官僚意見很不統一，在這種情況
下，兵部官僚劉大夏為阻止新的航海計畫，又將鄭和航海的所有資料
付之一炬。伴野朗要寫一部關於鄭和的長篇小說，所能依賴的只有少
量的歷史記載、有關紀念館（如雲南昆明建立的鄭和紀念館）的史
料、墓誌銘及有關學者的相關研究，其餘大量的情節和細節需要藝術
虛構來補充。《大航海》上卷就是在這極少量的史料的基礎上，將鄭
和航海之前的前半生的情況描寫出來了，又以「大航海」為中心，巧
妙地將有關歷史人物和虛構人物安排在同一個舞臺上，形成了一個和
諧的藝術整體。而且正是因為歷史資料少，為伴野朗充分發揮自己的
藝術想像力提供了廣闊的空間。而其中值得注意的最大的藝術虛構，
就是鄭和（上卷中稱「馬三寶」）在大航海之前曾經奉命航海日本，
並與一支倭寇的首領、楠木多聞相遇。眾所周知，以倭寇為媒介，明
朝民間及朝廷與日本的往來交涉較為頻繁。伴野朗讓航海家鄭和首先
東航日本雖然可能不是歷史事實，但是還是符合歷史邏輯的。下卷寫
了鄭和的船隊如何克服種種困難，數次航海大洋的種種曲折、驚險的
經歷。同樣顯示了伴野朗出色的藝術想像力。但這種想像是作為歷史
小說的符合常識與邏輯的想像，與同樣以鄭和下西洋為題材的清代小

說《三寶太監鄭和下西洋記》中的神話怪誕的寫法迥然不同。就這樣，伴野朗依靠對有關史料的充分調查與運用，依靠他作為推理小說、歷史小說家的卓越的藝術想像力，將大海航家鄭和的一生，具體生動地再現於現代讀者面前。

在中國明代的歷史題材中，伴野朗還以鄭成功為題材寫出了三部作品，即《鄭成功物語》、《訪神秘模糊的女人》和《小說・南海風雲兒》，均發表於九〇年代初期，後來一併收入《南海風雲兒・鄭成功》（講談社，1991）一書中。由於鄭成功具有中日兩個民族的血統，因而歷來為日本的學者、作家及有關人士所重視，尤其是在九州的平戶，即鄭成功母親的家鄉，人們對鄭成功抱有特殊親近的感情，為此，不少作家喜歡寫鄭成功。早在十八世紀初期江戶時代劇作家近松門左衛門寫《國姓爺合戰》後，寫鄭成功的作家就絡繹不絕。如當代華裔作家陳舜臣七〇年代出版了長篇小說《鄭成功》。一九八九年作家荒俣宏推出了以鄭成功父子為主人公的長篇小說《海霸王》。伴野朗為了寫鄭成功，在中國各地做了採訪旅行，參觀遊覽了當年鄭成功生活和戰鬥的許多地方，包括廈門、寧波、舟山群島、崇明島、瓜州、鎮江、南京，最後又訪問了臺灣的台南、高雄等地。回日本後又到九州採訪，並接連寫出了以鄭成功為題材的、由三篇作品構成的作品集《南海風雲兒・鄭成功》。

四　現代中國題材推理小說

伴野朗的以中國現代史為題材的推理小說，在其全部創作中占有重要位置。他的處女作和成名作《五十萬年的死角》就是中國題材的推理小說，他的創作就起步於中國題材的推理小說。伴野朗的中國題材的推理小說除個別作品取材於古代（如1994年出版的以日本唐代留學生、詩人阿倍仲麻呂及中國詩人李白為主人公的《長安殺人賦》）

之外，絕大部分取材於中國現代史，而且相當有特色。伴野朗的這些
以中國現代史為題材的推理小說與陳舜臣的有關小說不同，陳舜臣的
推理小說以中國人為主人公或以中國古代歷史為背景，但伴野朗卻是
直接從中國現代的重大事件和重要人物取材，帶有強烈的獵奇性、現
實感和衝擊力。

　　眾所周知，在中國當代文學中，由於政治、社會等多方面複雜的
原因，嚴格文學意義上的偵探小說、推理小說至今是一個極為薄弱的
領域，中國當代以表現公安人員執法破案為主題的法制文學，雖有推
理小說的因素，但卻不是世界文學意義上的偵探、推理小說。偵探推
理小說，並不預設宣傳目的，而是按下政治傾向，以智力博弈、推理
遊戲為中心立意布局。上世紀五〇年代後，日本繼英國、美國後成為
世界各國推理小說最發達的國家。日本推理小說發達的重要標誌之一
是題材的多樣化、舞臺背景的多樣化。伴野朗的推理小說充分發揮了
自己「中國通」的優勢，在以中國古代文化為題材的《五十萬年的死
角》而一舉成名後，又以中國現當代歷史為題材，創作了多種有鮮明
特色的作品，在日本推理、冒險小說中別具一格。除了陳舜臣外，伴
野朗的中國題材推理小說作品的數量與影響無人可比。伴野朗在這方
面的主要作品有長篇《蔣介石的黃金》（1980）、《上海緊急出動》
（1984）、《北京之星》（1989）、《遙遠的上海》（1992）、《發自上海的
奪回命令》（1992）、《白公館的少女》（1992）、《暗殺毛澤東》
（1995）、《霧的密約》（1995）、《沙的密約》（1997）和短篇集《上海
傳說》（1995）、《流轉的故宮秘寶》（1996）等。這些以中國現代史為
題材的推理、冒險小說，都以二十世紀中國的重大事件為背景、以重
要人物為題材。重要事件如中日戰爭、國共內戰、「無產階級文化大
革命」運動等；重要人物有蔣介石、毛澤東、周恩來等。其中，以周
恩來為主人公的小說《北京之星》和《白公館的少女》，以林彪事件
為題材的《暗殺毛澤東》三部長篇小說較有代表性。有些題材和事件

在當代中國仍是不能隨便染指的禁區，對此中國讀者可以不喜歡、不
欣賞、不接受，但在業已改革開放的當代中國、在世界各國國民充分
享受資訊化恩惠的今天，我們對此不可以無知。這是我們對於伴野朗
的有關小說應該採取的態度。

　　在以中國現代史為題材的有關推理、冒險小說中，上海是伴野朗
最喜歡的舞臺。二十世紀二〇年代以降，日本許多作家對上海情獨有
鍾，寫上海的作品蔚為大觀，以至學者完全可以寫出內容豐富充實的
《上海題材日本文學史》之類的著作來。伴野朗在上海常駐三年，對
上海的歷史、現狀都很熟悉。他在題為《上海消息》（朝日新聞社
1988，後改題《上海悠悠》再版）的隨筆集中，寫到了上海的歷史文
化、風土人情、街巷里弄、飲食美酒等，顯示了他對上海的細緻觀察
和深入了解。在他的推理小說中，也有若干以上海為背景的作品。其
中包括《第六個背叛者》（1980）、《左爾格的遺言》（1981）、《上海緊
急動員》（1984）、《上海遙遠》（1992）、《上海傳說》（1995）等。其
中，《上海遙遠》以抗日戰爭後期的上海為背景，描寫日本《中央日
報》上海特派員土屋慎介從《上海日報》的一則消息中察知，蔣介石
已經獲悉汪精衛要從日本秘密回國，並要對汪實施暗殺，於是土屋對
此進行了秘密跟蹤調查，並由此帶出了中國政界、學術界、軍界的一
系列人物及其故事，是一篇所謂「情報推理小說」。短篇小說集《上
海傳說》進一步體現了伴野朗的上海情結。他在該書初版本的「作者
的話」中寫道：「我在上海的三年間，努力追尋老上海的面影，走遍
了大街小巷……這部作品中的故事，就是要將三〇年代的上海再現出
來。那是被稱為『租界』的有『外國』存在的上海，我選取那一最富
有刺激性的時代，寫成了《上海傳說》。」《上海傳說》中有七篇作
品，包括《霧中的百老匯公寓》、《血腥的76號》、《郵船碼頭之怪》、
《靜安寺路的襲擊》、《愛憎的外灘》、《疑惑的跑馬廳》和《南京路的
幻影》等，都以一個名叫山城太助的日本特務人員為主人公。這位山

城太助中文名字叫程光，年齡經歷不詳，能說流利的普通話、上海話、滿語、廣東話、福建話等，是一個融入中國社會的間諜老手，也是日本特務組織「76號」的頭目。在伴野朗以日本為背景的作品，如《三十三個小時》（1978）、《第三次原子彈爆炸》（1994）等及以中國為背景的《第六個背叛者》、《上海緊急動員》中，都有他的身影。在《上海傳說》中，伴野朗以山城太助為中心，描寫了中日戰爭期間雙方的間諜戰，特別是日本的間諜組織「76號」，與中國國民黨高官陳果夫、陳立夫組織的間諜機構「CC 團」和以戴笠為首的「藍衣社」等組織之間的較量。這些作品以冒險推理和獵奇趣味為主，淡化了政治歷史的判斷，這也是伴野朗以中國現代史為題材的推理、冒險小說的一個基本特點。

　　最後值得一提的是，伴野朗作為一個記者出身的作家，不光對中國的古代、近現代的歷史文化感興趣並創作了大量相關作品，而且對中國的現實問題也極為關注並非常敏感，因此他的作品常常是歷史事件與現實舞臺相互交叉，具有強烈的「情報」意識和推理能力。二〇〇三年，也就是伴野朗忽然去世前不久發表的推理小說《暗殺陳水扁》，以臺灣「總統選舉」為題材，描寫時任「總統」陳水扁與「副總統」呂秀蓮在競選連任時，坐在車內在人群中穿行時遭到槍擊並受傷，但卻因此博得了選民同情而勝出。在伴野朗去世後不久進行的臺灣第三屆「總統」的自由選舉中，果然發生了這樣的暗殺陳水扁的事件，而且其細節竟然與伴野朗所描寫的不謀而合！當時的日本媒體對此曾有報導，感到神奇、不可思議。雖然不能排除槍擊者事前讀過伴野朗的這篇小說並加以模仿，但也從一個側面表明了伴野朗出色的推理能力。伴野朗一生中最喜歡發掘中國的歷史之「謎」並將其小說化，而他自己在晚年的《暗殺陳水扁》中也造出了一個不大不小的「謎」，不禁令人再歎三歎之。

當代日本作家的中國紀行[1]

　　從一九五七年開始，才有日本作家代表團應邀陸續訪華。到二十世紀六〇年代中期所謂「無產階級文化大革命運動」爆發之前，有五個日本作家代表團陸續應邀來中國訪問。「文革」期間和文革後的一九八〇至一九九〇年代，來中國旅行的作家更多。他們的中國紀行多角度地描寫了中國社會的變化，反映了中日關係的起伏變化和日本作家中國觀的變遷，不僅具有重要的文學價值，也具有重要的文獻價值。

一　二十世紀五〇年代至「文革」前的中國紀行

　　戰後日本作家第一次應邀來華訪問是在一九五七年，那一年有青野季吉、宇野浩二、久保田萬太郎三位作家一同訪華；第二次是一九五七年秋，以山本健吉為團長，包括中野重治、本多秋五、井上靖、十返肇、多田裕計、堀田善衛等七人訪華。進入二十世紀六〇年代後，圍繞著「日美安全保障條約」的簽訂問題，左翼學生團體和市民團體舉行了聲勢浩大的反對遊行示威，乃至發生了幾萬人衝擊國會的混亂事件，引起了巨大的社會動盪。而中國政府當時奉行的也是「反對美帝國主義」的基本外交政策，因而對日本民間團體組織的反美動向予以高度評價並明確聲援，認為此舉證明了「美帝國主義是中日兩國人民的共同敵人」。在這種情況下，中國加強了與日本民間團體組織的交往，其中包括與作家團體的交往，並試圖以此對日本的反美運

_____

1　本文原載《燕趙學術》（石家莊），創刊號（2007年）。

動施加影響。以此為契機，在「日中文化交流協會」的組織下，以日本作家野間宏為團長、包括作家井上靖、有吉佐和子、大江健三郎、松岡洋子、開高健，評論家平野謙、竹內實、龜井勝一郎及日中文化交流協會事務局長白土吾夫等七人組成的戰後第三個日本作家代表團，應中國人民對外友好協會和中國作家協會的邀請，到中國來訪問。其間，野間宏、松岡洋子曾在廣州做了關於日本人民反對安保運動的報告，受到熱烈歡迎。對此龜井勝一郎曾說：「我們所到之處受到了熱烈歡迎，當然那不是對我們個人。當時，《人民日報》連日來大篇幅地報導日本的反對安保條約的鬥爭。這當然是對參加鬥爭的日本人的熱烈歡迎。」[2] 此後，井上靖、平野謙、龜井勝一郎、有吉佐和子、白土吾夫等五人作為第四次日本作家代表團再次來中國訪問，並受到了中國官方的熱烈歡迎和款待。接著，堀田善衛、椎名麟三、中村光夫、武田泰淳作為第五次代表團訪華。一九六三年夏，戲劇作家木下順二率領的日本作家代表團來華。一九六四年三月底至四月中旬，作家武田泰淳、大岡升平、由其繁子、白土吾夫一行五人又來中國訪問。這幾次訪問過後，有關作家在回國後或多或少地提到或寫到了中國之行，從而在中日文學交流史上、在中國題材日本文學史上，留下了獨特的篇章。

最早以中國之行為題材寫出專門作品的，是著名小說家、戰後文學的代表人物堀田善衛。堀田善衛（1918- ）一九四四年曾應徵參軍，但接著因胸部疾病住院治療而被解除召集令。一九四五年，受國際文化振興會的派遣來中國，不久在上海迎來日本戰敗投降。一九四六年秋受到中國國民黨宣傳部的徵用，一九四七年回國回開始文學創作活動。在國民黨中央宣傳部工作期間，堀田得以了解了侵華日軍的

2　龜井勝一郎：〈中國の旅〉，見《龜井勝一郎全集》（東京：講談社，1972年），第14卷，頁28。

種種罪惡行徑，也親眼目睹了戰後初期的中國社會政治狀況，為此後的創作打下了基礎。一九四八年發表以上海體驗為題材的《波下》並開始登上文壇，一九五二年以反思戰爭為主題的短篇小說《廣場的孤獨》獲芥川龍之介文學獎並一舉成名，接著發表了以日本侵華戰爭為背景的作品還有《共犯者》、《祖國喪失》、《齒輪》、《歷史》、《時間》等。其中，《時間》（1953 年 11 月起連載，1955 年出版單行本）是以南京大屠殺為題材的小說，這也是日本戰後文學中最早的反映南京大屠殺的作品。這篇小說以一個在國民政府海軍部工作的中國知識份子陳英諦的日記的形式，揭露了日軍製造的大屠殺的真相。一九五七年堀田善衛來華訪問旅行後，出版了散文集《在上海》（1959 年筑摩書房初版），回憶並描寫了他在上海的一年零九個月的體驗，也描寫了訪問新中國的所見所聞，是日本戰後文學中最早以中國為題材為背景的作品之一。

　　《在上海》共有十九篇文章，他以一九五七年十一月的訪華為立足點，由近及遠，觸景生情，回憶了四〇年代中期在中國上海的觀察和體驗，並處處夾雜著對中國及中日關係問題的評論與感想。在第一篇《回想·特務機關》裡，作者寫一九五七年十一月十日自己與其他幾位日本作家坐在從南京駛往上海的火車上，陷入了漠然的回憶中。那是一九四六年秋他剛被國民政府宣傳部徵用時，一位中國年輕同事半夜發高燒，宣傳部托他到日本人經營的、現已被中方接收封存的一家藥房找藥。堀田由此描述了當時尚處於戒嚴狀態的上海的情景，也描寫了大批日本人被遣送回國後，一些財產什物被「沒收」，國民政府一些人趁機「發財」的情況。在找藥時他在政府所在地的一倉庫中偶然發現了堆積如山的被「沒收」的日本人的生活用品，遂生無限感慨，並寫下一首詩，其中前幾節如下：

　　　那裡堂堂正正地掛著政府機關的看板

進去一看，那邊的日本蚊帳堆積成山
這邊則是髒舊衣服的山、書本的山
軍用麵包的山、米袋的山、醬桶的山

問這是怎麼回事？才知道這裡除了糧食
全都是從遣送的日本人那裡沒收的物件

我看著這熟悉的破蚊帳、女人的紅衣服
淚水不由地湧出眼簾

我將一件皺皺巴巴的花衣服拿在手裡看
心想穿這衣服的日本女子如今是否平安
連這些穿舊的洗褪色了的裙子和破靴子
竟然也要沒收才算完？

這些「財產」全都灑滿了在華日人的眼淚
莫非也沾上了中華民族的辛酸與苦難？
有人被打上「侵略者」的烙印而被遣返
有人以「勝利者」之名沒收其財產⋯⋯

　　堀田善衛看到的這些所謂日本人的「財產」，是否完全屬於被「沒收」的東西，恐怕有疑問。戰敗後，中國政府花了大量資金和精力，在數月內將侵華日軍及其相關人員安全有序地遣送回日本，親歷的日本人多感恩不忘。但由於交通工具的緊張，日本人不可能將所有在中國使用的物品悉數帶回國內，破舊衣物更是不值，中國政府當然不得不將這些類似垃圾的東西統一收集起來。儘管堀田善衛詩中所寫不一定全部符合歷史事實，但他睹物生情，發了一番「詩的」感慨，

也真實地反映出了剛剛戰敗的日本人特有的心情。

　　從這個角度來理解，後人、特別是現在中國讀者，也可以充分理解堀田善衛等日本人當時的一些行為和感情傾向。例如，他對侵華戰爭期間曾經與日本人「協力」的中國人——這些人戰後理所當然被判為漢奸——抱有理解和同情。堀田在書中的〈關於異民族的交往〉一篇中，表現了對附逆文人柳雨生、陶亢德的懷念，這兩人在一九四六年分別以漢奸罪被判處三年徒刑。堀田自述他曾經和作家室伏高信的女兒一起悄悄地去看望過柳雨生一家。他寫道：「我們拿著遣返回國的同胞留下的日用品，晚上悄悄地去探望。……如果那時被抓住的話，我和室伏小姐恐怕會以『幫助漢奸罪』遭到追究吧？」在〈死刑執行〉一篇中，堀田善衛還寫到了當年他所親眼看到的公開槍決漢奸的場面。那時中國對漢奸的槍決每每公開進行。堀田善衛有一次偶然碰到，便擠在人群中到了刑場並目擊了下列的情景：

> 漢奸的背後插了一塊大牌子，上面用大黑字寫上了他的姓名和罪名。被拉到目的地後，那人被從護送車上揪下來，跪在草地上。在大聲宣讀完判決書之後，一個軍人拔出一只很大的手槍，對準他的後腦勺。我一下子蹲在了人群中。槍聲響了，然後響了第二聲，第三聲，可能又對準了心臟吧。於是一切結束了。群眾都若無其事，熙熙攘攘地散去，然而我還不能忘記，在那裡，也有把觀看這處刑場面當作樂事的人。而這，也構成了我永遠不能理解的「中國」的一部分。[3]

　　然而，作為日本人這些獨特的觀察和情緒化的感受，總體上並沒有妨礙堀田善衛對日本侵略戰爭、對中國抗日戰爭以及中日關係的正

3　堀田善衛：《上海にて》（東京：筑摩書房，1969年），頁162。

確觀察和分析。作為在日本戰敗前夕來到中國的日本文化人，作為在
戰後初期置身中國並得以實地體驗的日本作家，堀田對日本的侵略戰
爭對中國造成的危害、對中國抗戰付出的巨大的犧牲和代價，都有深
刻的觀察體驗。《何為慘勝》一篇中，堀田認為：「自從一九二七年田
中內閣為干涉中國國民革命而出兵山東以來，前後持續了十八年的對
中國的侵略、太平洋戰爭。在兩國人民終於從戰爭痛苦中解脫出來的
時候，日本慘敗了，中國慘勝了。」所謂「慘勝」，當然不同於一直
以來中國官方宣揚的「偉大勝利」，勝利固然「偉大」，但也不得不承
認那實際上是「慘勝」。「慘勝」這一詞最近才被研究現代史的中國有
關學者所重視並使用，而堀田早就得出了「慘勝」的結論，應該說是
有歷史眼力的。這種結論的得出，不僅出於他對十八年日本侵華史的
了解，更出於他對戰後初期中國可怕現實的親眼觀察。堀田所例舉的
戰後中國的可怕現實包括：國民黨政府對民主運動的鎮壓，對言論自
由的箝制，乃至對李公樸、聞一多等民主人士的殘殺；各地相繼發生
的饑荒、國共兩黨積極準備內戰，「看不見國家（政府）究竟在哪
裡」，一些社會邪惡勢力乘無政府狀態趁火打劫、掠奪「敵偽財產」，
以「救濟物資」為名進入的外國物資使中國國內的有關產業破產，物
價高漲，通貨膨脹，如此等等。堀田善衛當年在國民政府中工作，對
國民政府內的種種負面乃至黑暗面看的不少，因而對國民黨及國民政
府評價較低，相反對當年反國民政府的共產黨、毛澤東，乃至此後建
立的新中國卻相對抱有好感，特別是對共產黨將土地分給農民、解放
婦女等政策表示讚賞，對新中國成立初期所取得的建設成績也表示肯
定，這也是當年來華訪問的大部分日本作家共同的認識。

　　在「文化大革命」運動爆發前，先後三次參與日本作家代表團訪
華，並將頭兩次中國之行寫成長篇作品的，是龜井勝一郎。

　　龜井勝一郎（1907-1966），著名評論家。一九二六年進入東京大
學美術學科，此時思想上傾向共產主義，閱讀了大量馬克思主義的書

籍。一九二八年退學後不久，因「三・一五」事件牽連而被捕入獄，
保釋後擺脫了馬克思主義，轉而傾向佛教。在日本侵華戰爭期間，進
一步走向右翼的國家主義，與保田與重郎等發起創辦以排斥西方文
化、鼓吹天皇及天皇制崇拜、崇尚日本古典文化為基調的《日本浪漫
派》雜誌，並展開了旺盛的評論與寫作活動。戰後中止右翼活動，再
次傾向於左翼。在六〇年代初日本許多民眾反對日美安保條約的時
候，龜井勝一郎曾發表了反安保的聲明。二十世紀六〇年代他能夠被
邀請訪華，似與這一點密切相關。

　　那時中日沒有邦交關係，也不能直接通航，日本作家代表團需先
乘飛機到香港，然後進入中國內地。龜井勝一郎在《中國之行》中詳
細地記述了從香港進入中國內地後的一系列行程、會見及有關活動。
當然，那時日本作家代表團中沒有人只將中國之行視為遊山玩水的異
域旅行。龜井勝一郎在《中國之行》的開篇處就寫道：「這次是我的
首次國外之行，目的地是中國。在出發之前，一想起我要去的是（日
本的）『思想與造型的母國』，就很激動，與此同時，也想起了長達十
五年的日中戰爭。所以絕不是一次輕鬆之旅，而是一次心情沉重的旅
行，我們當然必須背負著這份沉重，因為這是歷史的沉重。」在出發
之前，他向中國方面提出了三項希望。第一，鑒於中國是日本的「思
想與造型的母國」，所以想了解新中國對古代文物遺址、古典美術的
保存情況，了解中國對佛教，對孔子、李白、杜甫、白居易怎樣看
待；第二，明治維新以後，「日本的所謂歐化過於性急」，而對經歷了
百年殖民地和半殖民地苦惱的中國及中國知識階級而言，怎樣看待近
代化？想傾聽一下有親身經驗的中國人講講民族獨立及其抵抗與挫折
的歷史；第三，中華人民共和國已經成立十年了，現在中國實行的是
共產主義，想了解中國對青年人實行共產主義教育的情況。總之，他
的想法是，到了中國後，「應該像一個小學一年級學生，在中國這個
巨大的學校入學，要拋棄先入為主的偏見，一切都虛心見習，舍此別
無其他。」

　　從《中國之行》中可以看出，龜井勝一郎正是帶著這種態度遊覽中國、看到中國的。《中國之行》描述了日本作家代表團一行從香港下飛機後，乘火車到北京沿途所見到的中國山河風景和鄉鎮市街，記錄了他們在廣州和北京出席的種種活動。他對當時中國各地良好的社會秩序留下了深刻的印象。

　　龜井勝一郎從廣州來到北京後，受到了陳毅副總理的接見，還參觀了北京的名勝古蹟，包括故宮、中國歷史博物館、萬里長城和明十三陵等，對中國歷史文化的悠久和輝煌表現出了由衷的讚歎。接著，龜井勝一郎一行乘專機從北京飛往上海，參觀了上海的魯迅墓。而最重要的是在上海接受了毛澤東先生的接見。龜井勝一郎在《中國之行》中用專章，詳細地記錄了毛澤東接見他們時的談話。

　　這些談話在當時的中國報紙廣播上做過報導，但和毛澤東的任何一次談話一樣，公開見報時當然是經過加工剪裁的。鑒於龜井勝一郎對當時新中國的讚賞和友好態度，他記錄了毛澤東的談話並在此後不久公開發表，應該是忠實可信的，雖然是日文的譯文，但熟悉毛澤東的中國讀者仍能夠從中看出毛澤東談話的鮮明風格，那就是作為「偉大領袖」那種放言無忌。例如，關於日本侵略中國，毛澤東說：

　　　　關於日本軍國主義的侵略，你們日本人中，也有人就這一問題向我們道歉。侵略當然是不好的，但是光看到不好的一面是不行的。日本軍隊在某種意義上對我們的中國革命是有幫助的。托「皇軍」（主席一邊微笑著，一邊特別使用了這個詞）幫忙，中國人民能夠自覺地團結起來了，所以我們應該感謝皇軍。[4]

4　龜井勝一郎：〈中國の旅〉，見《龜井勝一郎全集》（東京：講談社，1972年），第14卷，頁69。

　　當代中外一些中國歷史學者也指出，毛澤東早在延安時期與外國
記者談話的時候，也說過日本軍隊的侵略幫助中國共產黨發展起來了
之類的話；一九七二年毛澤東在接見原侵華日軍「衣師團」最後一任
師團長藤田茂的時候也說過「八路軍能夠變強大是托了日本人的福」
之類的話。[5] 同年，在與來訪的田中角榮首相談話的時候，毛澤東又
說過類似的話。若有關記載可信，則可以說這是毛澤東的一貫看法
了。但是，這樣的話在中國恐怕只有毛澤東能夠面對日本人說出來，
自然也不免引起了當場聆聽的日本作家們的驚訝。

　　龜井勝一郎一行接著參觀了蘇州，還參觀了上海郊區的幾個人民
公社。龜井說，當時日本國內對中國做的「人民公社」有種種懷疑和
議論。這次參觀了幾個人民公社之後，雖然看到的淨是糧食豐收、農
民物質和文化水平提高的景象，例如聽說上海的馬橋人民公社有八千
社員就有六千社員能夠「寫詩」，農民的文化水平都快要趕上唐代的
李白了。但儘管如此，龜井勝一郎坐在飛得不太高的小型專機上，還
是看見了遠離城市的中國農村的蕭條。那時正是中國歷史上少有的三
年大饑荒的初期，有多少人因沒有足夠的食物而餓死，但當時的中國
政府所展現給「外賓」的，卻是一派共產主義的繁榮景象。但儘管如
此，曾經信奉過共產主義的龜井勝一郎對人民公社仍然懷有疑慮。他
難以理解以人民公社那樣的方式會給中國農村帶來繁榮。他寫道：
「老實說，人民公社這種東西，我實在難以理解。」

二　「文革」時期的中國紀行

　　此後的中國，令日本人、令全世界大吃一驚的事情不斷發生。一

5　長沼節夫：〈天皇の軍隊・初版あとがき〉，見本多勝一、長沼節夫：《天皇の軍隊》
　　（東京：朝日文庫，1991年），頁409。

九六六年，毛澤東發動了所謂「無產階級文化大革命」，遂使全國陷入了嚴重的的社會動亂。「文革」爆發初期，得知中國作家遭到迫害的消息，日本作家安部公房、石川淳、川端康成、三島由紀夫等作家曾聯名寫了題為《文學真的是政治的工具嗎？》的文章，對中國發動「文革」不問青紅皂白地迫害文學家及知識份子表示抗議。日本報刊與媒體上對中國「文革」的批評與批判的報導也不少。但由於當時日本社會上對社會主義抱有好感的「左派」有相當的勢力，作家中對中國的「文化大革命」表示理解和擁護的也不在少數。即使不是「左派」的自由主義身分的文學家，雖然「文革」期間來中國旅行參觀過，但對「文革」時期的中國社會的真相一時也看不明白，在當時中國官方特意安排的參觀範圍內，產生了一些錯覺，甚至認為那確實是一場「革命」而表示贊同和理解。

這種情況，在「文革」前期的日本作家的中國紀行中，表現尤其顯著，茲以武田泰淳、加藤周一和池田大作三位有代表性的作家在「文革」前期的中國紀行為例加以評析。

武田泰淳（1912-1976）在中國的「文革」爆發後不久的一九六七年第三次來華訪問旅行。回國後，針對日本國內對中國「文革」的種種議論和批評，他發表了〈談談中國「文化大革命」〉（原載《中國》，1967 年 8 月）和〈什麼是造反派？〉（原載《每日新聞》，1968 年 7 月）兩篇文章。他指出日本報紙對中國的報導是「帶有特別色彩的」、片面的，實際上中國街頭上的大字報之類僅僅是中國景象中的一小部分，即使發生了「文化大革命」，「他們也和我們一樣一日三餐，也研究教育教學，也生產東西，也維持國家，也保障法律，也從事外交。如此，他們不過是普通的國民，不明白這一點，而把中國歸為另類，是非常不對的。」為了使日本人理解什麼是中國「文革」中的造反派，武田還拿日本作類比。他認為：毛澤東所說的「造反有理」是有道理的，「要說造反派，明治維新也是造反派弄起來的，因

為他們絕不是正統派。沒有那些造反派,就沒有明治維新,也就沒有日本帝國。」他還認為,中國造反派所進行的奪權鬥爭,在戰後的日本也有。「實際上戰後日本在一切領域,奪權鬥爭都在不知不覺地進行著。而且往往是造反派成為實權派而登場。在保守和穩定的日本,那些舊的造反派不是也不斷被新的、另一種的造反派所批判、所打倒嗎?」[6] 顯然,武田泰淳是在一般意義上、在進步與革新的意義上來看待中國「文革」中的造反派的。當時他自信他已對日本讀者說清了「什麼是造反派」,然而他沒有看到中國的造反派是為個人崇拜的狂熱所驅使、為權力鬥爭所利用的破壞型的非理性的「群眾」。武田泰淳作為有侵華戰爭體驗的日本軍人與作家,懷著對中國的負疚與懺悔心情,對戰後的中國決不說「惡口」(壞話),用心是善良的,但對「文革」時期的中國社會的真相卻沒有看透。

　　文學評論家、小說家加藤周一(1919-)於「文革」中期,即一九七一年九月末至十月下旬,隨中島健藏率領的日中文化交流協會訪華團來華訪問,參觀了北京、廣州、西安、延安等地,回國後發表了數篇紀行與感想文章,並於一九七二年結集為《中國往還》一書,由中央公論社出版。在這本書中,加藤周一介紹了那一時期中國社會的有關景象。例如全國都實行軍管,全國就像一個「人民的兵營」,人民不分男女均將解放軍的軍裝作為流行服裝。例如與日本的「農村城市化」正相反的「城市農村化」,即大量城市人員到農村勞動,城市馬路幾乎沒有幾輛汽車而只有自行車等等,結論是「中國還是反世界」(「反世界」的意思應為逆世界大勢而動)。同時加藤周一也讚賞了「文革」時期中國良好的社會秩序,認為當時中國「大眾很守規矩,其公眾道德之高,在世界上恐怕無與倫比。晚上走在街上絕對安

6　武田泰淳:《黄河海に入りて流る——中国・中国人・中国文学》(東京:勁草書房,1970年),頁407。

全，家裡的開著門，無需上鎖，公共場所，極為整潔」[7]。顯然，「文革」中出現的有組織和無組織的打砸搶，加藤周一看不到。他所看到的，只是當時中國政府希望「外賓」看到的東西而已。

日本最有影響的佛教團體「創價學會」會長學者、散文隨筆作家池田大作（1928- ）於一九七四年五月底到六月中旬曾應邀來中國訪問，參觀了北京、上海、西安、廣州等地，參觀了人民公社、少年宮、中小學校和北京大學，走訪了中國的家庭，還受到了李先念副總理的接見。回國後將他的見聞和感想陸續寫出來，在《週刊朝日》、《朝日新聞》、《文藝春秋》、《主婦之友》、《週刊現代》、《潮》等重要報刊上發表，隨後將這些文章編成《中國的人間革命》一書，當年年底由每日新聞社出版。在這本書中，池田大作本著日中友好的精神，抱著努力理解中國的心情和態度，來看待「文革」時期的中國社會，包括當時正在展開的所謂「批林批孔」（即批判林彪和孔子）運動。對於當時氾濫的「大字報」、「小字報」所造成的人身攻擊的情況，他相信李先念副總理的解釋，即給「大眾以批判的自由」；對於中國的大學廢除考試入學制度、工農兵推薦上大學，荒廢學業的情況，池田大作也認為這是「中國的教育革命」。總之，他把中國的「文化大革命」看成是「中國人間革命」予以理解和肯定。具有文學的敏銳觀察力和哲學家深邃思考力的池田大作，也因無法真正看到「文革」時期中國社會的混亂與崩潰的慘狀，從而得出了這樣的結論。

「文革」後期（1975 年以後）來中國訪問並發表紀行文章的日本著名作家也有幾位。首先是女作家曾野綾子。

曾野綾子（1931- ）曾於一九七五年三月底至四月初首次來中國訪問旅行了半個月。她在來中國之前就關注中國的局勢，並閱讀了不少有關中國的書籍資料，對當時的中國的政治、特別是正在進行的

7　加藤周一：《中國往還》（東京：中央公論社，1972年），頁11。

「文化大革命」有一定程度的了解。一九七三年八月，她發表了〈想起古老的記憶〉[8]一文，其中寫道：「坦率地說，根據報紙和其他的消息可以看出，現在中國的空氣，和戰爭時期日本的空氣非常相似。」「『文革』的高潮中實行的是國家總動員的方式，對於戰爭時期已經上中學的我，簡直太不陌生了」，例如「對於不同言論的封殺，對於作家的文藝創作的干預，在『全民皆兵』的口號下派軍人對人民公社和學校進行思想控制」。她談到中國要求全民一致，連穿衣服都要統一，這些都與日本的戰爭時期相似。例如全民學習雷鋒，當時最受毛澤東信任的林彪要求全國人民都像雷鋒一樣「讀毛主席的書，聽毛主席的話，照毛主席的指示辦事，做毛主席的好戰士」。對此曾野綾子認為：「將一個人的生活方式作為絕對的榜樣加以推行，在我們這一輩主要是在戰爭中體驗到的。」她最後的結論是：「中國，以我記憶中的（日本軍國主義）加以對照，或許還不能說是帝國主義的，但是和現在的日本比較則是不折不扣的帝國主義、極權主義的。當然我們不能因為它和日本人生活方式不同就說它不好，別的國家持怎樣的主義和主張，我們只能表示尊重，不能干涉；只是，中日友好關係只能在承認這種明顯的差異的前提下才能維持。」基於這種判斷，曾野綾子對訪華歸來的有關作者美化「文革」中國的文章和報導感到「奇怪之極」。例如，一九七四年十一月二十二日至二十六日，《每日新聞》連載了一個日本記者的署名文章〈在中國所看到的〉，其中寫作者在中國看不到有人飼養貓狗等寵物，起初感到很奇怪，便問其中緣由。中國的翻譯告訴那位記者：狗是看家用的，現在中國夜不閉戶，狗就沒用了；貓是吃老鼠的，現在經過人民的努力，老鼠被消滅乾淨了，貓就無用了，所以它們都失業了。這位日本記者更進一步發揮說：

8　引文見曾野綾子：《辛うじて「私」である日日》（東京：集英社文庫，1987年），頁138-142。

「愛寵物，是因為對人不信任，而在中國，同志、階級兄弟之間互愛
互助，養貓狗之類的寵物就沒有必要了。」對此，曾野綾子寫道：
「讀到這裡，我感到身上起了雞皮疙瘩。」[9]當曾野綾子來到中國實
際觀察後，感覺更證實了自己的結論。在一九七五年四月剛剛從中國
回國後發表的〈中國的鸚鵡學舌〉[10]一文中，曾野綾子總結了「文
革」時期的中國及中國人的四個基本特徵。第一，「一切都是『全面
的』、絕對的，例如「批林批孔」運動中將孔子說成是一無是處的惡
魔，同時又將毛澤東看成是完美無缺的神。第二，「中國人和我們的
明顯的不同，就是只說冠冕堂皇的話」，人們對外界的信息了解極少
且片面，《人民日報》等都是「徹頭徹尾的官報，只報導特定的外國
的某些信息」；對於日本的看法，連日語說得很好的年青翻譯都說：
「日本人被資本家剝削，到處都是失業者，那些無法生活的人只能苦
苦掙扎。」第三，中國人只關注自己，對於別國沒有了解的欲望，對
於日本及日本人的心理結構不想知道，更沒有人向她問起日本文學的
問題，曾野綾子認為這是以自我為中心的「中華思想」的表現。第
四，中國人無論何人，言語方式都一模一樣，例如走到哪裡，聽到的
都是「中日友好要子子孫孫（或世世代代）保持下去」。在有名的上
海少年宮，一個可愛的小女孩兒臨別時俯在她耳邊說的一句悄悄話就
是：「日中友好要子子孫孫（或世世代代）保持下去」！

　　曾野綾子不是中國問題研究者，她的中國旅行存取時間不長，中
國紀行作品數量也不多，但卻極有分量，體現了一個目光犀利、有思
想穿透力的作家對「文革」時期中國社會的深刻洞察，觸及了一些根
本的問題。雖然現在看來這不過是有獨立思考能力的人都會有的常

9　曾野綾子：〈中國報導のマカ不思議〉，見曾野綾子的散文集《辛うじて「私」であ
　　る日日》（東京：集英社文庫，1987年），頁197-198。

10　〈中国のおうむ返し〉，引文見曾野綾子《辛うじて「私」である日日》（東京：集
　　英社文庫，1987年），頁143-147。

識，但在那個年代如此思考、如此寫出來，作為一個日本作家而言是罕見的。

　　可想而知，這樣的中國紀行、這樣的中國評論，對習慣於傾聽「偉大光榮正確」的讚揚之聲的中國當權者來說，那將是多麼的刺耳。雖然那時中國還處在封閉狀態，但有關方面對外國人的有關中國的切中要害的文字，卻一直是高度關注的。對曾野綾子的文章及其觀點，中國有關部門當然也很快有所了解，並顯示出了警覺和敏感。這一點在此後的司馬遼太郎的中國紀行中就有所反映。

　　司馬遼太郎是在曾野綾子一九七五年四月初回國後，緊接著於同年五月來中國的。他所加入的是以井上靖為團長的日本作家代表團，與戶川幸夫、水上勉、莊野潤三、小田切進、福田宏年等作家同行。回國後，司馬遼太郎陸續在《中央公論》等雜誌上發表有關中國的紀行文章。一九七六年十月，他將有關中國紀行文章編輯起來，出版了紀行集《從長安到北京》。司馬遼太郎作為歷史小說家，他到中國來除了關心現實問題外，更多的是關心歷史文化問題。他用大量篇幅記述中國的名勝古蹟的觀感，並夾雜對中國歷史特點的分析。但是，從書中可以明顯的看出，具有鮮明自由主義立場的司馬遼太郎對中國社會的觀察十分冷靜，他對旅行過程中接觸和感受到的一些現象，表現出了明顯的由文化衝突造成的「違和感」。例如，在招待宴會上，陪同的中方作家、文化界的領導人嚴文井這樣問司馬遼太郎：

　　「您對曾野綾子女士怎麼看？」

　　司馬遼太郎寫道：

　　　　我知道嚴文井問的是什麼意思。曾野氏曾作為代表日本政府的
　　　　文化使節，在我們之前訪問過中國。她是一個具有日本作家所
　　　　少見的那種市民精神的人，而且在表現這種精神的時候極為鮮
　　　　明。她回國後，寫了一篇有關訪華印象的文章發表在報紙上。
　　　　我立刻意識到嚴文井的提問是與那篇文章有關的。

戰後的日本社會是一個容許多元價值觀存在的社會。關於中
國，曾野氏和我的意見並不一致，這是正常的。拿這樣的事情
質問一個遠來的客人，並作為招待宴會上的一個話題，簡直太
幼稚可笑了。……或許嚴文井氏與曾野氏有不同的看法（這是
當然的），借著尋問我的意見要來糾正我，可能的話還可以找
到自己的一個同調。這卻使我十分困惑。我不是政治家也不是
革命家，為著迎合什麼而在外國的首都批評祖國的熟人，沒有
這樣的義理，我也不應有這樣的立場。[11]

　　站在這樣的立場上，當時司馬遼太郎對嚴文井提問的回應是：
「我認為她（曾野綾子）是一個美人。」

　　在被帶到中國的「革命聖地」延安參觀的時候，司馬遼太郎寫
道：「中國從外國招人，陸續從所有國家和所有領域招人，把他們帶
到中國的大地，讓他們參觀中國的村莊，讓他們參觀設施和文物，通
過這些樂此不疲的接待，而使他們每個人都成為中國的理解者，中國
人把這些理解者，稱為『朋友』。」[12]司馬遼太郎似乎「看透」了「政
治掛帥」這一中國特色，因而對中國官方的招待並不感興趣，更談不
上有何感謝之意。他知道「在新中國，政治家立於一切價值之上」，
但對中國官方的招待似乎並不領情，當他們一行等正按預定日程在上
海參觀的時候，卻突然被要求提前返回北京，因為北京有一位「偉大
的政治家」要接見他們。對此，司馬遼太郎寫道：

這樣對待客人難道不是失禮的嗎？我雖然這麼想，但又自我安
慰：既然是招待旅行，就只有聽他們擺布了……然而無論怎麼

11　司馬遼太郎：《長安から北京へ》（東京：中央公論社，1976年），頁12。
12　司馬遼太郎：《長安から北京へ》（東京：中央公論社，1976年），頁33。

說都有點奇特的，就是我由此再次感受到了「命令」這種東
西，這是我很久以來──當兵復員以後──所沒有感受到的東
西了。[13]

對於中國的「政治家」至上、一般的人民（非軍人）都要服從
「命令」，司馬遼太郎「非常清楚」，因而對此也就表現出了過剩的敏
感和警戒。儘管如此，他還是不得不服從了「命令」，去北京接受了
「偉大的政治家」、「文革」後被作為「四人幫」之一而被逮捕入獄的
姚文元的接見。

到了一九八〇年初，司馬遼太郎又數次來到中國旅行。不過，那
都不是中國官方的「招待旅行」，而是他個人的「取材旅行」，而且時
過境遷了──中國已經從毛澤東時代到了改革開放的新時代。司馬遼
太郎分別到了中國的蘇杭地區、四川與雲南，還有福建，最後是臺
灣。並以此為題材寫了三本書：《中國‧江南之路》（朝日新聞社
1982）、《中國‧蜀和雲南之路》（朝日新聞社 1983）、《中國‧閩之
路》（朝日新聞社 1985）。這些書後來被列在他的紀行叢書《走在街
巷》[14] 中。在這些作品中，作者帶著一個歷史學者和歷史小說家的眼
光，睹物思史，撫今懷古，表現了對中國傳統歷史文化的強烈興趣，
顯示了司馬遼太郎在中國歷史方面所擁有的豐富知識，對中國各地的
民族風情、名勝古蹟、歷史文化做了生動的記述，發表了一些獨特的
感想和評論。然而，有時候，他對中國歷史與現實的看法也會因為某
種成見、偏見而導致謬誤，這在一九九四年出版的《臺灣紀行》中表
現得最為明顯。在《臺灣紀行》中，司馬遼太郎竟然重談日本軍國主
義的老調，不顧歷史事實，胡說臺灣歷來是「無主之地」而不屬於中

---

13 司馬遼太郎：《長安から北京へ》（東京：中央公論社，1976年），頁249-250。
14 《走在街巷》，原文為「街道をゆく」，共二十四種，由朝日新聞社1996年列入「朝
  日文藝文庫」出版。絕大部分是日本國內各地的紀行。

國領土。特別是在該書卷末附錄了他與「臺獨」領袖李登輝的對談〈場所的悲哀〉，與李登輝一唱一和，傾訴所謂「生在臺灣的悲哀」，對臺灣「獨立」表現了明確的同情與支持。作為一位影響很大的歷史小說家，司馬遼太郎支持和同情「臺獨」的立場對日本一般讀者會產生怎樣的惡劣影響，是可想而知的了。

三　「文革」後的中國紀行

一九七六年十月，隨著「文化大革命運動」結束，中國進入了一個新的歷史時期。在新舊時代交替的時期，有兩個著名日本作家來到中國，做了較長時間的調查採訪，並寫成了長篇報告文學，這兩個作家就是城山三郎和有吉佐和子。

首先是城山三郎（1927-　）。他曾在一九六三年訪問過中國，那時為了來中國訪問，竟然辭去了大學的教職。那年夏天，城山三郎是作為以戲劇家木下順二為團長的日本作家代表團的成員來中國訪問的，並受到了周恩來總理的接見。十五年後的一九七七年初春，城山三郎再次踏上中國土地。那十五年期間，正是包括日本在內的世界各國在戰後重整旗鼓，迅速國富民強的十五年，也是中共上層忙於權力鬥爭，並最終導致「無產階級文化大革命」，使中國大大落後於世界的混亂的十五年。城山三郎踏上中國伊始，就感到：

「這個國家在過去十多年時間裡，鐘錶莫不是都停擺了嗎？」
我再次訪問中國的時候，第一個觀感就是這樣。
首先，街頭的風景和十五年前幾乎一模一樣……[15]

15　城山三郎：《中国・激動の世の生き方》（東京：文春文庫，1984年），頁37。

　　他所看到的北京的「街頭風景」，就是不論男女，大都是灰藍色
的服裝，街上是「氾濫的人群和自行車」，橫衝直撞、無視紅綠燈混
亂的交通，飯店中經常出故障的「文革電梯」，由於電力不足而時不
時地停電，等等。而不同的是這次所到之處，看到的是全國都在批判
「四人幫」。城山三郎寫道：「這次旅行，我們到處都可以聽到對『四
人幫』的痛罵。作為來自異國的訪問者，不免感到困惑。但這也並非
故意對著外國人批判『四人幫』，因為在現在的中國，角角落落都在
批判『四人幫』，到中國旅行，不能不沉入這個大批判的海洋中。批
判『四人幫』，是重要的國策。」實際上，這也是「文革」時代中國
人的「政治掛帥」的「生活方式」的繼續。城山三郎在《中國・動盪
時代的生活方式》中，以那時在北京等地的見聞為經緯，更多地卻是
談中國的文化大革命，他寫到了以毛澤東為中心等中共高層的激烈的
權力鬥爭，介紹了「四人幫」的權力基礎與背景，描述了他所結識的
中國作家老舍、巴金、周揚、郭沫若等人在「文革」中的不同表現與
遭際。他還參觀了北京市的三個人民公社，覺得和十五年前一樣，
「無論到哪裡（人民公社），聽到的都是大同小異。就是解放前地主
多麼壞啦，農民的生活多麼苦啦，而解放後，在毛主席的領導下，實
現了農業集體化，成立了現在的人民公社，生產如何發展啦，生活怎
樣改善了……講的都是同時異口同聲的故事。」[16] 接著，城山三郎還
訪問了南京、蘇州、上海。這次中國之行結束後，城山三郎將所見所
聞所想寫成文章，於一九七八年七月至一九七九年二月的《每星期
日》雜誌上發表，後來結集為單行本，由每日新聞社一九七九年出
版，那就是以上援引的《中國：動盪時代的生活方式》一書。城山三
郎將那一時期的中國歸結為「動盪」（日文為「激動」）而又停滯的時
代，是頗為準確的。該書將中國紀行與中國評論結合在一起，懷著對

---

16 城山三郎：《中国・激動の世の生き方》（東京：文春文庫，1984年），頁229。

中國的善意，站在一個日本人的角度上，較為客觀如實地記述了「文
革」時期及毛澤東死後一段時期中國社會的生態，不僅具有文學價
值，也有一定的史料價值。

　　在城山三郎訪華一年後，日本著名女作家有吉佐和子（1931-
1984）再次來到中國，並得以長時間深入解體前夕的農村「人民公
社」，並以日本作家的獨特的視角寫出了《有吉佐和子中國報告》。有
吉佐和子對中國社會抱有很大的興趣和關心，曾五次訪問中國。第一
次是一九六一年作為以野間宏為團長的日本作家代表團的一員來華，
第二次是一九六二年與新婚丈夫一起來北京訪問三星期，一九六五年
帶著兩歲的女兒在北京住過半年，一九七四年在中日恢復通航後作為
中國民航邀請的客人來華。第五次則是在一九七八年。有吉佐和子是
來華訪問次數最多、時間最長的日本作家之一，與中國官方廖承志、
孫平化、唐家璇等領導人和郭沫若、老舍、夏衍、周揚等作家建立了
密切關係。也正因為如此，一九七八年五月到六月，有吉佐和子來華
訪問，向中國方面提出了要下中國農村的人民公社，與中國農民過
「三同」生活──同吃、同住、同勞動──的要求。在當時的中國一
般農村從來不對外國人開放的狀態下，有吉佐和子提出這樣的要求曾
使中國方面頗感為難。在《有吉佐和子中國報告》中，作者記述了當
時她怎樣與中國對外友好協會的負責人孫平化的軟纏硬磨，終於使中
國方面破例地同意她到農村去調查採訪。但晚上是讓她住在當地的賓
館或招待所裡，並沒有真正的「三同」；安排她去的農村，並不是一
般的農村，而是弄得比較好的城市近郊的幾個人民公社，包括河北遵
化縣的建明人民公社西鋪大隊[17]、砂石峪大隊，遼寧省旅大市（今大

---

17 由於長期的戰爭，新中國成立後語言使用上有泛軍事化色彩，例如「戰線」、「戰
　場」、「前線」、「武器」、「陣地」、「大隊」、「小隊」、「隊伍」等都被用於非軍事領
　域。「大隊」全稱「生產大隊」，是「人民公社」直屬下的農村行政單位，相當於現
　在的「村」。

連市）人民公社後牧大隊，遼寧瀋陽的五三人民公社，蘇州的長青人民公社等。她在那些地方同中國當地的農村幹部、普通的農民交流，有時還跟他們一起做農活，甚至還獲准採訪了正在被監視勞動的兩位「地主」、「富農」（其實他們既不是「主」，也不「富」，早就被剝奪成為真正的「無產階級」了）。回國後，她以這次中國的農村調查和體驗寫成了《有吉佐和子中國報告》。

　　有吉佐和子之所以對中國農村問題感興趣，與她當時的思想創作密切相關。戰後日本工業高度快速發展，帶來了嚴重的污染問題，一九七五年她出版了報告文學《複合污染》，對於大量使用化學肥料、劇毒農藥及其帶來的不良後果做了大量調查，在日本讀者中引起了很大反響。在《有吉佐和子中國報告》一書中可以看出，有吉佐和子每到一處，最關心的是化肥和農藥的使用問題。她反覆不斷地向中國農民宣傳：化肥、農藥是有害的，要盡量使用農家肥。當她發現在美國、日本已經明令禁止使用的 DDT 等劇毒農藥在中國還在使用時，就向當地人提出了忠告。有吉佐和子還在當地有關部門的配合下，向農業技術人員舉辦了關於農藥污染問題的演講。從《有吉佐和子中國報告》中還可以看出，有吉佐和子是將環境污染問題、公害問題作為一個超越國界的人類共通問題來看待的，這也是她要深入中國農村考察的根本動機。從二十世紀七〇年代後期開始，日本的公害和污染問題逐步得到控制，昔日曾被污染的河流湖泊，今日是魚翔淺底、水鳥嬉戲；而早已作古的有吉佐和子當然不知道，眼下的中國，污染問題不但沒有得到控制，而且日益嚴重化，許多地方喪失了大自然饋贈給人類的最可寶貴的藍天、清水和新鮮空氣。在這種情況下，重讀《有吉佐和子中國報告》，不禁令人感慨萬端。其實污染問題絕不是中國農村和農業的主要問題，但作為一個日本作家，她當時所看到的、所寫出來的，只能是這個問題。她所聽到的農民的話，堂而皇之者居多，遠不能反映當時「人民公社」所面臨的農民生產積極性低落、糧

食持續減產等一系列嚴重危機。但儘管如此,《有吉佐和子中國報告》作為迄今為止日本文學史上僅有的有關中國農村的調查報告,具有特殊的意義和價值。她畢竟向日本讀者傳達了十年動亂剛剛結束、真正的改革開放尚未開始那一特殊的過渡時期的中國農村的某些側面,這是難能可貴的。

二十世紀七〇年代,在中國題材的散文與紀行文學方面值得提到的作家,還有著名小說家水上勉(1919-　)。早在一九六七年,水上勉就曾發表過題為〈蟋蟀葫蘆〉的散文,深情回憶當年去日本訪問的中國作家老舍到自己家中拜訪的情景,他與此前素昧平生的老舍,圍繞著中國的蟋蟀葫蘆,及禪宗六祖慧能等話題進行了親切的交談,老舍邀請他來中國並答應到時候帶他到中國的古玩市場討喚蟋蟀葫蘆。最後水上勉寫道,他在日本的報刊上聽說老舍在「文化大革命」中去世了,不久他作了一個夢:抱著蟋蟀葫蘆跟著老舍來到慧能出生的村莊,「我抱著蟋蟀葫蘆,跟在老舍先生後面,沿著山坡上的石頭臺階登上去,但無論如何卻走不到寺廟的大門。惟有兩個人踏在石階上的腳步聲清晰可聞。」以老舍的拜訪為機緣,水上勉對中國越來越感興趣,後來他擔任了日中文化交流協會常任理事,多次來中國訪問,並出版《虎丘靈岩寺》(1979)等中國題材的紀行散文集,表達了對中國的山川風物及中國人民的美好感情。

二十世紀八〇年代後,中國進入了一個以發展經濟為中心的改革開放的時期,中日兩國的關係也在八〇年代達到最高峰,在胡耀邦和中曾根康弘主政的時代,在雙方政府的安排下,甚至出現了一次就有三千日本青年人同時來中國做友好訪問的壯舉。日本作家在這個時候訪問中國變得更容易,來往也更多了。其中,經常來中國訪問,發表中國紀行作品最多的,當推歷史小說家陳舜臣。

作為華裔作家的陳舜臣在二十世紀七〇年代初就在中日之間常來常往。這既是因為他「生長在日本,老家在中國,彷彿是兩棲動物一

樣的存在」[18]，也是因為他從事中國題材歷史小說創作，需要到中國取材。陳舜臣的中國紀行作品表現出了一個鮮明的特點，就是撫今思古、睹物思史，既是現實中國之旅，也是歷史中國之旅。例如他一九七六年出版的《敦煌之旅》（平凡社），記述了他從酒泉出發，越過嘉峪關，來到敦煌莫高窟，參觀洞窟雕塑壁畫的行程，同時又將他豐富的敦煌歷史、佛教、藝術的知識穿插其中。由於陳舜臣對中國歷史有所研究，所以他的《敦煌之旅》不僅寫出了個人的見聞感想，也以其豐富的歷史修養寫出了敦煌歷史的厚重。《敦煌之旅》是日本最早出版的關於敦煌莫高窟的文學紀行之一，也是繼五〇年代井上靖的歷史小說《敦煌》之後最重要的以敦煌為題材的作品，出版後影響很大，頗受好評，一九七六年該書獲大佛次郎獎，此後日本讀者、特別是作家、畫家、攝影家等到敦煌參觀見習的更加絡繹不絕。八〇年代陳舜臣又做了一次絲綢之路上的旅行，並寫出了《絲綢之路之旅筆記》（德間書店，1988 年），對絲綢之路上的甘肅、寧夏、特別是新疆的風物與歷史，包括以羊肉為主的飲食文化、以歌舞為主的民間文藝、以回教寺院為特色的建築藝術、以地毯為主的手工藝，以和田玉為代表的寶石，以葡萄、石榴為代表的水果特產，以及天山南麓美麗的自然風光等，都做了詳細的介紹和描寫。作者每寫到一種風物特產或藝術遺產，必引經據典，視通古今，從而寫出了絲綢之路文化的悠久與厚重。在寫過「絲綢之路」後，陳舜臣又寫出了「紙之路」。實際上，在中國文化對外傳播過程中，不僅有「絲綢之路」，也有「紙之路」。陳舜臣在《紙之路》（讀賣新聞社，1994 年）中，首次發明了「紙之路」這一提法。該作品以西漢蔡倫發明的紙為主題，描寫了造紙術在八世紀後向西方的傳播。從內容上看，這是以紙為中心的東西方文化交流史，但它又不同於一般的學術著作，因為他運用的是文學

---

18 陳舜臣：《敦煌の旅・あとがき》（東京：平凡社，1976年），頁322。

的筆法和紀行散文的寫法，日本評論家稱之為「歷史紀行」，是非常恰當的。早在若干年前，陳舜臣就以同樣的手法、同樣的文體寫成了《北京之旅》（平凡社，1978 年）、《中國歷史之旅》（東方書店，1981年）、《萬邦的賓客──中國歷史紀行》（集英社，1999 年），都以作者當下的旅行為經，以相關的歷史背景和文化蘊含為緯，寫出了集旅行記與歷史隨筆為一體的「歷史紀行」，在當代日本文學的中國紀行文學中，可謂獨具一格。[19]

　　如果說陳舜臣的中國紀行是「歷史紀行」，那麼東山魁夷和平山郁夫的中國紀行則可成為「藝術紀行」了。東山魁夷（1908- ）是日本當代極有藝術特色的、具有世界影響的水墨畫、水彩畫家和散文作家。他將東方傳統繪畫的墨色皴染與夕陽畫的明麗細膩兩種風格結合起來，創造了獨具一格的藝術世界。他對中國文化、對中國風土景色也抱有很大的興趣並給予很高的評價，從一九七六年起的三年中，東山魁夷每年都到中國來旅行和創作，並從中國特有的自然景色中獲得了藝術上的啟示。他寫道：

> 到和我國一海之隔的近鄰中國去，去接近那雄厚的大陸風景，去直接感觸悠久的歷史文化，是我很久以來的願望。……由於三次中國之行，我得以走遍中國的南方和北方，遊覽東部和西部。特別是欣賞了桂林和黃山那樣的彷彿山水畫一般的美景，真是我最大的喜悅。又橫貫頭戴萬年白雪的天山山脈，在準葛爾盆地和塔里木盆地中遊歷了沙漠清泉般的村鎮，更是難得的幸事。三年中，能夠在這廣袤的天地中旅行，多虧了好多中國人的非同尋常的幫助。[20]

---

19 二十世紀九〇年代在中國一些讀者中流行的餘秋雨的某些作品，在文體上與陳舜臣的這種「歷史紀行」很相似，可資比較。

20 東山魁夷：《中國への旅・東山魁夷小畫集》（東京：新潮社，1984年），頁6。

　　該書分《大地悠悠》、《天山遙遙》、《黃山白雲》三部分，描繪了桂林、北京、山西大寨、太湖、揚州、安徽黃山、蕪湖、新疆天山、高昌與交河古城等自然與人文景觀。在藝術上，東山魁夷繼承了中國、日本傳統的詩中有畫、畫中有詩的傳統，但不是在畫面中題詩作文，而是在畫面之外配以詩文，稱為「畫文」，並出版了《東山魁夷畫文集》十卷。關於中國素材的畫文，則收在《東山魁夷小畫集·中國之旅》（新潮社，1984年）一書中。《中國之旅》在優美簡練的紀行文字中，配以七十五幅以中國風景為素材的相關繪畫作品，詩與畫珠聯璧合、相得益彰，集中體現了東山魁夷獨特的藝術風格。此外，另一個著名日本畫畫家平山郁夫（1930- ）一九七五年以後多次來中國訪問和取材，並在中國舉辦個人畫展，還捐資對敦煌石窟壁畫進行保護，他的《敦煌，有我的藝術追求》，表達了對敦煌佛教藝術的珍愛，敘說了自己的繪畫藝術與敦煌藝術的關係。自傳《在歷史的長河中》（1980）表明了他非常憧憬去印度取經的玄奘，說自己的藝術追求的支柱就是中國的玄奘大師。

　　二十世紀八〇年代以來，寫中國紀行的不僅有著名作家，更有普通的作者。其中包括來中國就讀的留學生、跟隨在中國工作的丈夫來中國生活的家庭主婦，嫁給了中國男人的日本女性、出於對中國的好奇、關心和熱愛而來中國體驗生活的青年男女，他們中有不少人寫出了類似中國紀行或中國生活體驗記之類的紀實文字，出版後引起反響的也有若干。在此只舉一個作者的兩本書為例，那就是星野博美（1966- ）女士的《謝謝！中國人！》和《所以說，中國沒救了》。星野女士的第一本書是以她在八〇年代中國南方之行為題材的長篇紀行《謝謝！中國人》[21]。在這本書的一開頭，作者寫道：「我愛戀著中國。這種愛戀的預感從很小的時候就開始有了。」作者懷著對中國的

---

21 原文《謝謝！チャイニーズ》，株式會社情報中心出版局，1996年版。

「愛戀」與好奇，記述了在廣西的東興和北海、廣東的湛江和廣州、福建廈門、湄洲島、長樂和平潭，浙江寧波等中國南方各地的見聞和感想，同時與許多中國老百姓近距離接觸和交流，並拍下了大量中國人的日常生活情景的照片。[22]在「結語」中，作者這樣寫道：

> 我被中國迷住了。沒有他我就不能活。
>
> 我在自己的成長過程中，從中國那裡學習，向他們請教生活的方法。
>
> 如何吃飯，如何睡覺，如何和做生意的人打交道，如何自我保護，如何自我主張，如何等待，如何發怒，如何哭泣，人生中可能發生的一切好的不好的事情，我都一一從中國人那裡認真學習。
>
> 中國是我的學校。[23]

在《謝謝！中國人》裡，作者以一個日本青年特有的好奇的、審美的目光，將中國社會的一切事情，幾乎都加以理想化和詩意化，甚至將有些地方的有些中國人不守交通規則、亂闖紅燈，看成是一種伸張自己權力的「自由」精神。正因為如此，作者才以「謝謝！中國人」作為書名。

然而，同一個作者寫的關於中國體驗的第二本書，書名卻是《所以說，中國沒救了》[24]。此時的星野博美已經與中國的一名律師結了婚，作為一個家庭主婦在北京生活了若干年，並生了孩子。在這個過

22　一九九六年二至五月，這些照片曾以「華南體驗」為題，在日本東京、大阪、九州展出。

23　《謝謝！チャイニーズ》（東京：株式會社情報中心出版局，1996年），頁394。

24　原書名為《だから，中國は救われない》，署名「星野ひろみ」，KK ベストセラーズ，2003年。

程中，她作為一個普通居民而不是一個遊客，發現並體驗了中國的現實生活，於是，對中國的不習慣、不滿意、乃至厭惡和排斥之情，就取代了《謝謝！中國人》中對中國投下的審美的、「愛戀」的目光。中國當然還是同一個中國，而作者卻前後判若兩人了。在《所以說，中國沒救了》中，作者歷數了中國社會的種種陰暗面，描寫了遠遠不如她的祖國日本的落後國家的政治黑暗、腐敗，人民貧窮、野蠻、愚昧、不講禮貌，行業欺詐、不講職業道德、不負責任，環境骯髒、秩序混亂等等。例如她講到中國的公寓住宅的髒亂差，講到公用廁所的臭氣薰天，講到中國日益擴大的貧富懸殊，講到假冒偽劣商品的橫行，講到中國女性的悍婦性格，講到了小偷盜賊和犯罪的橫行，講到中國社會的拜金主義和道德淪落，講到中國的注水肉及食品不安全，講到庸醫竟將她的乳房的正常的脂肪塊作為病灶切除等等。作為對具體現象的記述顯然是真實的，但正如她在《謝謝！中國人》一書中將中國徹底美化一樣，這樣專挑中國社會的負面現象並以偏概全，從根本上看是有失客觀公正的，而且由此而得出的「中國沒救了」的結論，更顯出其情緒化的特徵（作為文學作品來看，有情緒含在其中當然無可厚非）。女作家有吉佐和子曾經在《有吉佐和子中國報告》一書中說過：「關於中國，在日本只有兩種情報：一種是說中國好極了，另一種是說中國一無是處。」看來在四十多年後的今天，日本人對中國的「情報」仍然存在這樣的問題。星野博美女士的前後兩本書，便是中國「好極了」和中國「一無是處」兩種極端「情報」的最好的代表。

戰後日本文學中的戰時中國體驗
—— 以鹿地亘、林京子、中薗英助的作品為例[1]

一　鹿地亘的戰時中國體驗記

從一九四五年日本戰敗直到一九七二年中日邦交正常化的二十多年間，中日兩國政府沒有邦交關係，但民間往來卻一直沒有停止過。日本作家也通過種種關係和管道來中國訪問，由於那時能夠來中國參觀訪問是一件並不容易的事情，而且能夠來中國的日本人也並非普通的日本人，能被邀請或獲准來中國訪問的也往往是與中國有某種機緣與關聯的作家。戰後，他們中有人將以前在中國的經歷寫成紀實作品，有人將有關中國的所見所聞寫成紀行文學，以滿足日本讀者了解中國的願望。因此，中國題材的文學作品在此時期主要表現為寫實性、紀實性的紀行文學、報告文學這兩種體裁形式。

在這當中，首先要提到的作是家鹿地亘及其有關作品。

鹿地亘（1903- ）是三〇年代日本的無產階級文學家，因從事左翼文學與政治活動而被逮捕監禁，保釋出獄後，於一九三六年底秘密逃亡中國，並在魯迅、郭沫若、胡風、夏衍、馮乃超等人的幫助下，在華從事反戰宣傳、反戰文學活動，一直到一九四六年日本戰敗後才回到日本。鹿地亘在中國整整十年，回日本後，在戰後初期右翼勢力暫時蟄伏、社會上較為自由輕鬆的民主化氛圍中，得以將自己在中國的經歷及在中國的所見所聞，寫成作品並公開出版，在日本社會和

1　原載韓國《ASIA》（首爾，英文與韓文雙語季刊）2007年第1期，原文為韓文。

讀者中造成了一定的反響。其中有《言語的彈丸》（中央公論社，
1947）、《中國的文化革命》（九洲評論社，1947）、《在中國的十年》
（時事通信社，1948）、《抗戰日記》（九洲評論社，1948）、《脫出》
（改造社，1948）、《中國的底力》（亞細亞出版社，1948）、《魯迅評
傳》（日本民主主義文化聯盟，1948）、《山山的彼方》（新星社，
1949）、《重慶物語》（新星社，1949）、《給女兒的遺書》（中央公論
社，1953）、《如火如風：走向解放之路道》（正・續二冊，講談社，
1958-1959）、《自傳的文學史》（三一書房，1959）、《新的軌跡》（共
三部，三一書房，1960-1962）、《沙漠的聖者：以中國的未來做賭注
的我的生涯》（弘文堂，1961）、《黑暗的航跡》（東邦出版社，1972）、
《日本士兵的反戰運動》（同成社，1962）、《在上海戰役中》（東邦出
版社，1974）在《「抗日戰爭」中：回想記》（新日本出版社，1982）
等大量作品。另外，他在中國時期所寫的以反戰為主題的報告文學
《和平村記》和《我們七個人》兩部作品，一九四七年也由中央公論
社出版。在中國的特殊經歷及與中國的特殊關係，成為鹿地亙戰後創
作的豐富題材資源，也使他成為戰後初期中國題材的作品創作最為豐
富的日本作家。

　　在上述鹿地亙的中國題材、中國背景的作品中，有一些作品在內
容上不免重複，其中最簡潔、最集中描寫他在中國十年經歷的代表性
作品是《在中國的十年》一書。正如該書的題名所示，這部作品是以
作者在中國十年的經歷、見聞、感想為題材的紀實文學，也可以說是
鹿地亙的十年中國紀行。《在中國的十年》從作者逃出日本寫起，到
返回日本收筆，以十二章的篇幅（約合中文十五萬字），回顧展現了
自己在那特殊年代的曲折、複雜、艱難而又充實的生活與奮鬥之路，
也為中國的抗日戰爭史、抗戰時期中日關係史留下了可貴的資料。據
該書描寫，鹿地亙是因參與左翼運動被判處兩年徒刑、緩期五年執行
的「犯人」，受到員警的嚴密監視，入獄時妻子也跟他離了婚，使他
感到了人情的冷漠；同時眼見得日本加緊進行侵略戰爭的準備，一貫

反戰的他感覺無能無力，於是，他決定逃亡中國——

> 其實，對於去中國，要怎樣做？要有什麼樣的步驟？自己心中
> 無數，沒有把握。但我感到，在大海彼岸的中國大陸，面對日
> 益逼近的日本侵略，而燃起了民族解放的烽火，而在那民族解
> 放的洪流的衝擊下，日本總會被撼動吧。至少，投身那如火如
> 荼的戰鬥中，也是死得其所了。[2]

　　抱著這樣的想法，鹿地亘尋找機會。正好聽說大阪的一個日本劇
團要去中國演出，他設法擺脫了監視，經人介紹加入了那個劇團，從
神戶啟航，在上海登陸。登陸後舉目無親，鹿地亘決定求助於中國左
翼作家聯盟。他早就敬仰魯迅的名字，聽說魯迅和內山書店的老闆內
山完造關係密切，於是就找到了內山書店，並通過內山完造而與魯迅
見面。鹿地亘詳細描述了那一天他與魯迅和胡風見面時激動的情形：

> 就這樣，初次見面，魯迅就為我今後的生活操心，那時魯迅問
> 我：打算在上海待很久嗎？我表示不打算回國了，魯迅輕輕地
> 說：「那麼，就要考慮如何生活啊。」但當時魯迅對我什麼也
> 沒講，而是跟內山氏做了詳細的交代和安排。辦法是：不要我
> 接觸「政治」，而是在魯迅這裡從事中國文學研究……
> 於是，作為我「靈魂導師」的魯迅，和作為「第二父親」的內
> 山氏，與我建立了難得的親密關係。[3]

　　接著，鹿地亘回憶了自己從與魯迅初次見面到魯迅逝世的十個月
間與魯迅的相處和交往。他覺得，那十個月雖然很短，「但我能在這

2　鹿地亘：《中国の十年》（東京：時事通信社，1948年），頁6-7。
3　鹿地亘：《中国の十年》（東京：時事通信社，1948年），頁25。

位偉人的晚年時期生活在他身邊，是對我一生都有重大影響的最大的幸福。」那時鹿地亘協助魯迅將有關中國文學作品翻譯成日文，在這一過程中胡風也幫助他修改潤色譯文，成為鹿地亘的「直接的老師」。在《魯迅之死》一節中，鹿地亘記述了魯迅逝世後的盛大葬禮及上海三萬人排成長列，護送魯迅靈柩到萬國公墓時的場面。魯迅去世後，中共領導人馮雪峰從延安秘密來到上海，和胡風一起到鹿地亘住處，向他講述了紅軍長征及中國革命形勢，從此他與中國共產黨有了密切交往。不久，魯迅夫人許廣平和廖仲凱的女兒廖夢生得知一個懷恨魯迅的「國民黨特務組織」準備暗殺住在附近的跟魯迅有關的日本人的消息，並及時告知鹿地亘夫婦（鹿地亘在來中國一個月後，與因參與學生運動而被通緝而逃亡中國的池田幸子同住，兩人不久結為夫妻），叫他們逃到法國租界，住在了一個名叫阿勒的法國人家裡，才得以脫險。後來在阿勒的幫助下，鹿地亘和池田幸子乘船逃亡香港，並找到了在上海時認識的章乃器，在香港落腳後，便寫文章進行抗日宣傳。

　　時值一九三八年，國共兩黨拋棄前嫌，為抗日而進行了合作，鹿地亘的文章引起了國民政府陳誠將軍的重視，在陳誠的指示下，鹿地亘和池田幸子從九龍進入廣東，進而到達武漢，受到了郭沫若、夏衍、馮乃超等的熱烈歡迎，鹿地亘被聘為郭沫若領導下的「軍事委員會政治部設計委員」，並享受「部長顧問的資格和軍官待遇」。在共同的戰鬥中，與郭沫若、馮乃超、夏衍等中國作家建立了深厚的友誼。鹿地亘及幾位曾在日本留學、懂日文的同志，寫傳單、出小冊子、發行標語集、歌謠集，對敵宣傳搞得轟轟烈烈。而且鹿地亘還加入前線將士慰問隊，鹿地亘寫到他來到抗日前線，中國將士得知「日本人民的代表來啦！從將軍到戰士都十分高興和感動。張發奎將軍還握著我的手，向部隊發表了聲淚俱下的演講。」鹿地亘的工作發揮了很大效力和影響，並引起了日軍的恐慌。鹿地亘寫道：「日軍參謀本部懸賞

五萬元要我的首級，並將帶有我照片的傳單配發到軍隊中。」

隨著戰爭的深入，日軍俘虜越來越多，如何收容和管理、教育、改造和轉化這些俘虜，使他們成為反戰的力量，成為一大課題。對此，鹿地亙提出了在俘虜中建立「在華日本人反戰同盟」的設想，並提出了計畫書。蔣介石抹掉了「在華」二字後予以批准。於是，「日本人反戰同盟遂成為由中國政府最高當局批准同意的唯一的統一的日本人團體」。鹿地亙從此在這方面傾注了全力，在西南地區幾個俘虜收容所進行反戰教育，建立了「反戰同盟」，對此，鹿地亙自豪的寫道：

> 效果非常好。
> 反對帝國主義侵略戰爭，打倒軍事獨裁、中日兩國人民的提攜、建立和平幸福的人民日本——在這四個口號下，燃燒著希望的反戰同盟的最初組織誕生了。在第二次世界大戰期間，在交戰中的兩國之間，從彼我人民的立場協同作戰，在國際上開了一個先例。[4]

鹿地亙記述道，他的反戰同盟還組成「火線工作隊」，走到戰場上的最前沿。例如在南寧的昆侖關戰役中，鹿地亙率領五名隊員奔赴火線：

> 我們到來的消息在中國官兵之間一傳開，他們都歡呼雀躍。我們的火線工作隊每夜都在轉向反攻的中國軍隊的第一線向日本官兵喊話。有時候，我們會從日軍意想不到的山上，有時則從日軍陣地三百至五百米的近距離，一連幾小時向對峙中的日軍喊話。[5]

4　鹿地亙：《中国の十年》（東京：時事通信社，1948年），頁116。

5　鹿地亙：《中国の十年》（東京：時事通信社，1948年），頁119。

　　後來，鹿地亙又應周恩來等中共領導的要求，在延安建立了反戰
同盟支部，並在此基礎上向河北等地發展，成立了「日本人民解放聯
盟」。在重慶，鹿地亙為抗戰將士慰問演出而寫出了題為《三兄弟》
的話劇，由夏衍翻譯，先後在桂林和重慶公演，受到了熱烈歡迎，劇
場座無虛席。

　　然而「皖南事變」後，由於國共兩黨後來再生仇隙，鹿地亙及其
反戰同盟處在夾縫中，遇到了複雜艱難的情況。據鹿地亙記述，共產
黨在國民政府各機關逐漸受到排擠，原來直接領導他的政治部第三廳
廳長郭沫若也去職，鹿地亙及其反戰同盟也被視為共產主義的宣傳者
而受到冷遇，最終不得不解散。據說解散時同盟的會員都相擁而泣。
同盟解散後，在陳誠將軍的關照下，在陳誠領導的部隊中設立了「鹿
地研究室」，使鹿地亙得以繼續工作，直到戰爭結束後的一九四六
年，鹿地亙返回日本。

　　以上之所以不厭其煩地複述鹿地亙《在中國的十年》的梗概，是
因為鹿地亙及其有關作品，在中國題材日本文學史上，是一個特殊的
重要存在。日本發動全面侵華戰爭後，日本作家除極個別的例外，都
參與了「日本文學報國會」等軍國主義文化與文學組織，協力於侵華
戰爭，先前反戰的一些左翼作家都在被捕後「轉向」變節，歌頌和鼓
吹戰爭，而鹿地亙卻是日本僅有的一個流亡國外、到中國從事反戰活
動的日本作家，顯示了戰爭時期日本文學家的僅存的良知與良心。他
在中國的反戰活動，他對中國人民正義事業的幫助與支持，是日本文
學及日本作家的光榮，是極為難能可貴的，而鹿地亙返回日本後發表
的一系列有關作品，不但記述了那一時期的逃亡生活和戰鬥歷程，也
從一個獨特的側面描寫了抗戰時期的中國及中國人，既有獨特的文學
價值，也有可貴的史料價值。因此需要中日文學史研究、中日文學與
文化關係研究者的高度注意。遺憾的是，從一九五二年開始，由於鹿
地亙在中國的特殊經歷，由於他的左翼思想言論，而受到了日本右翼

勢力的報復和迫害，並造成了所謂的「鹿地事件」。關於鹿地亘的研究，在日本也長期不受重視，這種情況應該有所改變。

二　林京子、中薗英助的戰時上海、北京體驗記

　　林京子（1931- ）本名宮崎京子，出生於長崎縣，林京子出生後不久，因其父親在三井物產上海支店工作，舉家來中國上海，居住在上海虹口地區彌勒路。一九三二年兩歲時因上海事變爆發而一時回日本長崎，一九三七年七歲時她重回上海，隨後因日本侵華戰爭全面爆發而又一次短暫回國，不久再返上海。日本戰敗投降前的一九四五年二月再回長崎，並親歷了八月九日的長崎原子彈爆炸。高中畢業後，曾在大阪的中國資料研究所工作。一九六二年開始，林京子利用自己戰爭時期在中國上海及日本長崎原爆的種種曲折經歷和體驗，開始了文學創作。一九七五年，以原爆留在心靈上的苦惱與創傷為主題的短篇小說《祭場》獲第七十三屆芥川龍之介文學獎，從此成名。一九七九年以後，連續發表了以上海體驗為題材的小說，包括《老太婆的里弄》、《海》、《群居之街》、《花間道》、《黃浦江》、《耕地》、《映寫幕》、《蜜雪兒的口紅》等。一九八一年來上海旅行後，發表長篇紀行文學《上海》（1983）。一九九六年再次來上海旅行，發表《上海之旅》（1996）等。二〇〇一年，講談社將林京子的中國題材作品編輯起來，以《上海‧蜜雪兒的口紅——林京子中國小說集》為題名，收入《講談社文藝文庫》出版發行。

　　林京子以上海為題材背景的作品，站在日常生活的角度，以一個少女的視角，描寫了一九三二年上海事變、特別是一九三七年日本發動全面侵華戰爭後上海租界的社會生活場景，居住上海的日本人與周圍中國人之間如何相處和交往，在上海的各色日本人的行為活動，日本軍隊在全面占領上海後的所作所為以及中國人秘密的抗日鬥爭，等

等。在《老太婆的里弄》中，作者描述了日本侵華後，上海普通居住區所遭受的破壞，許多人逃回老家避難，回來後到處一片狼藉。作者還描述了當年上海市內「抗日分子」的活躍，作者寫道：上海里弄蜘蛛網般的特有的地形，很適合「抗日分子」的活動，使「抗日分子」在行動後容易逃脫，大街小巷裡貼滿了抗日標語口號，日本人的劇場和聚會常常遭到爆炸，日本兵也常常遭到狙擊。在這種混亂複雜的上海的里弄裡，「我」一家人、特別是母親與房東「老太婆」之間的關係與交往，也帶上了那複雜的時代印記。因「我」一家租了老太婆的房子，老太婆是他們的房東，雙方是房客與房東的關係。同時虹口地區是日本人占領和統治的地盤，雙方又是統治者與被統治者的關係，老太婆不得不在日本兵的統治下小心翼翼。而由於中國的「抗日分子」的活躍，「我」的母親感到只有在老太婆的好意和關照下，才有一定的安全感。老太婆在日本人的統治下，有時也不免要「我」一家出面才能避免麻煩，例如有一次老太婆在復旦大學讀書的孫子「晨」，因「抗日」的嫌疑被日本人追蹤訛詐，在「我」母親的斡旋下暫時得以無事。這一切就構成了老太婆與「我」一家、「我」母親的特有的相互依賴關係。這種特殊狀態下「我」一家與中國房東「老太婆」的交往，我與老太婆家的同齡的小女傭人「明靜」天真無邪地一起玩耍，也成為作者少年時代上海體驗的基礎。這種體驗，恐怕也是當年因商務關係而居住上海、並和中國人來往的一般日本人的較為普遍的體驗。

　　《花間道》（原題《はなのなかの道》）所描寫的主要人物是一個名叫梶山的二十四、五歲的日本青年和跟隨他的另一個無名青年。梶山無職無業，卻在日本進攻並占領上海期間來上海趁火打劫，他在戰火的混亂中潛入黃浦江上游的一家紡織工廠，將大量的布匹偷出來，然後趁著「我」一家為避戰火暫時回國之際，私自闖入「我」家中居住，並將這些偷來的布匹藏在家裡，並打算找機會將這些布匹賣掉賺

錢。而當「我」一家回來時,「我」母親看到這些堆積成山的布匹,
第一個反應就是孩子們誰也不要說。從此梶山與「我」家常來常往。
作者寫道:在那時候,「梶山這類日本人在上海有很多,也有不少自
稱是『軍屬』,而被日本的商社雇用。他們的胡作非為,在上海的日
本人也討厭,雇用他們的商社,因為他們不是正式職員,所以對他們
的行為也就默認了。」梶山及曾根等日本流民在中國的主要「工
作」,就是帶著槍,到中國內地幫日本軍隊「籌措物資」,實際上就是
搶掠。為了弄到更多的錢,他們還販賣槍支。梶山這類人雖然不屬於
日本軍人,但卻與日軍沆瀣一氣,狼狽為奸,在中國胡作非為。

　　更叫人吃驚的是,這些來自日本、在中國趁火打劫的無業流民,
卻也參與對中國人的屠殺。梶山曾對「我」一家講過自己是如何殺中
國人的:

　　　　被蒙上眼睛的中國人,背對著黃浦江在碼頭的岸邊跪著排成一
　　　　列,等待處刑。
　　　　年輕的將校們,說要將這些中國人斬掉,以便給日本刀開開
　　　　刀。大概是根據罪狀來處刑的吧。被斬首的人們,從岸邊直接
　　　　滾到江中。一個軍官對在旁邊看熱鬧的梶山說:「斬一個試試
　　　　吧!」便把那把卷了刃的刀遞給梶山。梶山漫不經心地接過刀
　　　　來,擺好架式。將要被斬殺的是一個三十歲左右的農夫模樣的
　　　　壯實的男人。軍官將舉刀舞刀的方法教給沒有玩過刀的梶山。
　　　　梶山照軍官說的,揮刀斬了那個農夫模樣的人。那男人的屍體
　　　　滾到江中,岸上空出了一片空地,這才意識到自己斬了人。6
　　　　……

6　林京子:〈はなのなかの道〉,見《上海・ミッシュルの口紅──林京子中國小說
　　集》(東京:講談社,2001年),頁270-271。

　　梶山一邊喝酒，一邊將自己在淮山碼頭殺人的事講給我們聽。
　　大概二十人吧？您可真能殺啊！母親說。梶山笑道：拿過刀來
　　就不多想了。父親說：名刀一拿在手上，就想殺人是吧？梶山
　　說：那刀可鈍著呢！……

　　這段描寫表明，當年日本人在中國屠殺中國人，簡直形同兒戲！
斬中國人是為了試日本刀，而站在旁邊看熱鬧的人都可以參與屠
殺——殺中國人，在他們不過是當作家常便飯而已。
　　林京子的作品雖說是小說，卻帶有強烈的紀實性，她的關於中國
題材、上海體驗的全部作品，都基於「我」的所見所聞和親身體驗，
因此屬於紀實小說。正因為如此，她對日本軍隊占領上海期間在上海
的各色日本人的生活的描寫，不僅具有文學欣賞價值，作為史料也具
有很大的參考價值。
　　如果說林京子的戰時體驗的舞臺主要是上海，那麼另一位作
家——中園英助的戰時體驗的舞臺，主要是在北京。
　　中園英助（1920- ）出生於福岡縣，中學畢業後於一九三七年來
中國東北，第二年來到北京，一邊遊蕩一邊學習漢語。他曾自述在日
本占領下的北京，他曾對「在濃厚的抗日空氣下的同時代的中國青年
感到失望，又沒有和中國姑娘交上朋友，因此懷有絕望感」，曾一度
打算放棄漢語學習而爬上開往西伯利亞的火車跑到歐洲去。一九四〇
年到一九四五年日本戰敗投降的五、六年間，對漢語略有所通的中園
英助被設在北京的日本人辦的日文報紙《東亞新報》僱用為記者，專
門負責採訪報導中國方面的學術文化與文學活動方面的動向與消息。
由於這樣的原因，中園英助和北京的一些作家藝術家等文化人，有了
較多的直接接觸，並與其中的一些人成為朋友，與中國文化人的交往
也成為三十多年後中園英助文學創作的主要題材。一九四六年中園英
助回到日本，一九五〇年發表《烙印》並開始了創作生涯。一九八七

和一九八八年，年近古稀的中園英助連續兩次自費來北京故地重遊，尋訪故人，並以此為契機寫出了幾部有關戰時北京體驗的作品，其中包括《「何日君再來」物語》（1988）、《在北京飯店舊樓》（1992）、《我的北京留戀記》（1994）、《北京的貝殼》（1995），此外還有關於中國近代作家蘇曼殊的文學傳記《櫻花橋──詩僧蘇曼殊辛亥革命》（1977）等。

　　《「何日君再來」物語》、《在北京飯店舊樓》、《我的北京留戀記》、《北京的貝殼》這幾部作品，除《我的北京留戀記》為隨筆集外，作者將其他三部作品稱為「連作小說集」（即「系列小說集」），但實際上，這些所謂「連作小說集」從文體上看並非嚴格意義上的小說，而是將回憶錄、紀行文學、隨筆等各種文體雜糅在一起的形式獨特的作品。作品中除將作者的名字改為「中本」外，幾乎都是非虛構的寫實。當然，在這裡文體的歸屬並不重要，重要的是作者運用這種雜糅的文體，能夠更有利於自己的敘事與表達。在內容上，這幾部作品也具有相當的交叉性和共通性，甚至有些地方不免有些重複和絮叨，但讀者可以看出這位「偽北京人」──這是作者的一篇作品的題名，將自己這樣的曾生活在北京並熱愛北京的人稱為「偽北京人」──對戰時北京的體驗是如何的刻骨銘心，對北京文化界的友人是如何的懷念。在這幾部作品中，作者寫道：自己在離開北京四十一年後，重返曾經住過九年的北京，並特意住在曾經住過的北京飯店舊樓，以俯瞰自己熟悉的大街小巷。他懷著對北京的無限想念和留戀之情，在北京王府井大街等曾經熟悉的大街和胡同中盤桓，一邊尋訪自己曾熟識的中國友人，一邊追懷在動盪的歷史歲月中逝去的青春歲月，追想曾在淪陷時期走紅的女演員和歌手周璇及其《何日君再來》，感歎其紅顏薄命。緬懷與自己多次晤談的年青演員陸柏年和作家袁犀（李克異）等人，可以說，陸柏年、袁犀、周璇等淪陷時期北京的文化人才是這些作品的主人公，他們的命運及作者與他們的直接

或間接的交往，是這幾部作品的共通題材與主題。

　　《「何日君再來」物語》，正如題目所表示的，是以周璇及其名曲《何日君再來》為主題的「物語」。這部作品的特異之處，就是圍繞著在抗戰時期中國南北——無論是淪陷區、還是非淪陷區的大城市、無論是在中國人中、還是在日本人中——普遍流行的歌曲《何日君再來》，寫出了《何日君再來》在日本侵華的大背景下的傳播軌跡。中園寫道，當時中國有人認定《何日君再來》是消磨抗日鬥志的頹廢歌曲，是日本人借用來渙散中國人心的手段，而日本人中則有人認為《何日君再來》不是什麼普通的戀愛歌曲，實際上其中包含著抗日意圖，其中的所謂「君」，指的是遷往重慶陪都的國民政府委員長蔣介石，主題是盼望國民政府及蔣介石的「再來」，甚至認為歌詞就是蔣介石宋美齡寫的。中園英助在對《何日君再來》的傳播流行、歌詞的不同版本的變遷中，在對周璇的身世經歷的介紹中，寫出了抗戰時期中國的文學、音樂、電影、戲劇等文化藝術的一個側面。

　　除了周璇及《何日君再來》外，中園英助寫的最多的兩個人是袁犀和陸柏年。

　　當《在北京飯店舊樓》獲得讀賣文學獎的時候，中園英助在獲獎答辭中說：

> 我的作品中所寫的友人之一，就是昭和十八年（1943年）這個會場的附近的帝國劇場召開的、日本文學報國會主持的第二屆大東亞文學者大會上獲得大東亞文學獎的袁犀。
>
> 袁犀筆名李克異，在戰後新中國，也是一個眾所期待的作家，但是由於獲得過大東亞文學獎而被判為漢奸，文革時代遭受長期迫害，在恢復名譽不久的一九七九年病死，當時他寫的獲獎作品《貝殼》，在其遺作出版的同時，不久前也重新出版。
>
> （中略）

杜甫有一句名言:「人生七十古來稀」,杜甫也好、我的友人也好,在滿六十的花甲之年尚未度過時就去世了。我接下去想說的,就是我的另外一個朋友、演員陸柏年,被我的國家的憲兵隊逮捕,在終戰前夕死於上海監獄中,當時他還未滿而立之年。對於他的死,我甚至連伸出一個手指去幫他一下都不可能。我自己,反而已經過了古稀,我深深意識到了二十來歲時自己在北京的體驗究竟是什麼,在過了半個世紀後我終於明白,終於能夠寫出來了……[7]

中園英助和陸柏年(1920-1943)的第一次相識,是南北劇社在北京公演根據俄國作家果戈理的作品改編的話劇《欽差大臣》的時候,那時陸柏年主演劇中主角「欽差大臣」,作為「學藝記者」的中園英助在看完該劇後,深為劇情和陸柏年的演技所打動,並為此寫了一篇劇評,其中說:「當日中兩個民族作為『同甘共苦的共同體』正在推進大東亞戰爭的時候,對於以私利私欲從內部腐蝕共同體的貪官污吏,這個話劇進行了痛烈的批判,很令人感動。」或許中園已經看出,該劇對日本的殖民侵略及在淪陷區亂髮紙幣表達了諷刺與抵抗之意,但只能以「同甘共苦的共同體」之類的說詞表達對該劇的支持。由於這樣的因緣,中園與陸柏年這位具有明確抗日意識的中國同齡人建立了友誼,並常常一起在東安市場等處聊天。有一次陸柏年告訴他,接下去要演出《怒吼吧,中國!》。一九四三年六月四晚,陸柏年主演的《怒吼吧,中國!》在王府井附近的真光電影院上演,觀眾中包括中園英助及身穿軍服的一批日本軍官。當扮演苦力的陸柏年喊出:「殺吧!一個人倒下去,會

7　中園英助:《わが北京留戀記》(東京:岩波書店,1994年),頁5-6。

有十個人站起來！怒吼吧，中國！」的時候，劇場中的中國觀眾站了起來，高喊「打倒英美帝國主義！」而那時在中圖英助的耳朵裡，聽到的分明是「打倒日本帝國主義！」該劇公演之後不久，中圓再也沒有見到陸柏年，後來他聽說陸柏年在上海被日本的憲兵隊逮捕，並死在監獄中⋯⋯。中圖英助為這位年輕的中國友人的死，為歌手周璿的死，為後來作家袁犀的死，表示了深深的感歎與哀傷。這種同情與哀傷超越了戰爭、民族與政治，體現了中圖英助寬廣的人道主義襟懷，這也是他的作品在藝術上雖十分平凡，而卻有感人力量的原因所在。

後記

　　十年前，王向遠先生《源頭活水》一書的「後記」一開頭就寫了
這樣幾句話：「我寫了七、八十篇與日本有關的文章，也寫了多部與
日本有關的著作。但迄今為止，除少量論文外，我並沒有寫過單純研
究日本或日本文學的書。換言之，我所研究的實際上大多是中日文學
與文化關係。」王先生強調自己的研究是屬於比較文學與比較文化或
中日文學與文化之關係，而不是「單純的」日本文學研究。

　　本人認為，這一表白對於我們理解其日本文學研究很有參考價
值。王先生歷來主張中國人研究日本一定要有自己的立場、視角與方
法，而不能一味地模仿、轉述、祖述日本人，特別強調對於日本學者
所普遍使用的「作家作品論」的模式，不能再無條件地苟同了。現在
十年過去了，王先生較為「單純」地研究日本文學的論文，也已經有
二十多篇了，本卷從中編選了十九篇，獨立編為《王向遠教授學術論
文選集》第五卷。

　　在編輯校對第五卷的過程中，本人深深感到，即便是這些「單
純」研究和評論日本文學的文章，也都反映出王先生作為中國學者的
獨特角度與鮮明立場，在選題範圍與論題上的拓展，還有作為二十一
世紀學術研究在方法上的更新與探索，而且篇篇有新意。例如，對日
本文學的特徵加以概括的文章，無論在中國還是日本，都有人寫過，
日本學者吉田精一的相關文章早就有人翻譯成中文了，但是有誰能夠
像〈日本文學民族特性論〉這篇論文一樣，從文學史的實證研究與文
藝理論的邏輯思辨的結合中，得出如此扎實而新穎的結論呢？關於日

本古代文論，日本人固然寫出了一些大作（例如久松潛一的《日本文學批評史》），但是有誰能用一萬來字的洗練篇幅，把日本文論千年流變的規律與五大論題清楚地揭示出來呢？對於日本近代文論亦復如此，王先生的〈日本近代文論的系譜、構造與特色〉一文，理論概括依然是如此的強有力。能夠做到這一點，是因為這些高度概括性的文字是建立在對日本古典文論原典文獻的翻譯基礎之上的。王先生在此前翻譯出版了《日本古代文論選譯》（兩卷四冊）、《日本古代詩學匯譯》（兩卷）等二百多萬字的相關譯文。在翻譯基礎上的研究，保證了研究的扎實可靠。

同樣，王先生對日本作家作品的研究，也建立在對原作的翻譯的基礎之上。例如，對於井原西鶴，王先生翻譯出版了該作家的五部代表作，包括《好色一代男》、《好色二代男》、《好色五人女》、《好色一代女》、《日本永代藏》、《世間胸算用》。只有對西鶴的小說藝術有了切實的體驗，才能寫出像《浮世之草，好色有道——井原西鶴「好色物」的審美構造》那樣的文章，得出「物紛」方法、「饒舌體」、「偽淺化」等新穎的結論。將翻譯與研究結合起來，同樣也表現在其對日本現代作家的研究中。王先生在一九九〇年代初曾翻譯出版了三島由紀夫的《假面的告白》，在《三島由紀夫小說中的變態心理及其根源》一文中表現出了對三島創作心理的精到的體察，也是因為有長篇小說《假面的告白》的翻譯在先。至於村上春樹，據王先生在《二十世紀中國的日本翻譯文學史》的「後記」中說，在一九八〇年代末至一九九〇年代初，他曾翻譯了村上春樹的中篇小說《一九七三年的彈球遊戲機》和長篇小說《尋羊冒險記》，雖然最終因版權問題而未能出版，但也正是因為有了這個基礎，才有了〈日本後現代主義文學與村上春樹〉這篇文章。一九九四年發表的這篇文章，被後來的村上研究者公認為是中國大陸最早的兩篇相關論文之一，最早將村上春樹定性為「後現代主義」並概括其創作特色，此後也被廣泛徵引。

　　王先生關於日本文學研究另一方面的文章，是中國題材的日本文學。在這方面，其《中國題材日本文學史》（上海古籍出版社 2006年）一書是學界公認的一部開拓性著作，而現在收錄在《王向遠教授學術論文選集》第五卷中的有關論文，就是作為該書的階段性成果而發表的。相關的作家作品，大多是王先生在「中國題材的日本文學」這一視域中最早加以觀照並做出系統、透澈的分析和論述的。王先生這些文章中所論及的作家作品，不僅具有文學史上的價值，而且在中日關係史上也具有重要意義。

　　此次有幸參與博士生導師王向遠先生論文選集的編輯工作，閱讀並編輯王先生「日本文學論」相關論文，對本人來說是一個難得的學習過程。讀王先生的文章，深感他的日本文學翻譯與研究兩者的完美結合，以及由這種結合所產生的扎實、深刻與細密，也折服於他的宏觀架構的能力與思想生產力。這也是本人在即將步入不惑之年之際決心報考並在職攻讀王先生博士生的原因之一。

　　期盼王先生在翻譯與研究兩方面不斷推出新成果，澤被後學。

姜毅然

二〇一六年八月於北京師範大學

作者簡介

　　王向遠教授一九六二年出生於山東，文學博士、著作家、翻譯家。

　　一九八七年北京師範大學畢業後留校任教，一九九六年破格晉升教授，二〇〇〇年起擔任比較文學與世界文學專業博士生導師。現任北京師範大學東方學研究中心主任、中國東方文學研究會會長、中國比較文學教學研究會會長，中國作家協會會員。

　　主要研究領域：東方學與東方文學、比較文學與翻譯文學、日本文學與中日文學關係等，長期講授外國（東方）文學史、比較文學等基礎課，獲「北京師範大學教學名師」稱號。

　　主持國家社科基金重大項目一項，重大項目子課題一項，獨立承擔國家社科基金一般項目兩項，國家社科基金後期資助項目一項，教育部、北京市社科基金項目共四項。兩部著作入選為國家社科基金項目中華學術外譯項目。

　　在《中國社會科學》、《文學評論》、《外國文學評論》、《外國文學研究》、《中國比較文學》、《北京師範大學學報》等刊物發表論文二百二十餘篇。著有《王向遠著作集》（全十卷，寧夏人民出版社，2007

年）及各種單行本著作二十多種，合著四種。譯作有《日本古典文論選譯》（二卷4冊）、《審美日本系列》（4種）、《日本古代詩學匯譯》（上下卷）及井原西鶴《浮世草子》、夏目漱石《文學論》等日本古今名家名作十餘種共約三百萬字。

　　曾獲首屆「高校青年教師教學基本功比賽」一等獎、第四屆「寶鋼教育獎」全國高校優秀教師獎、第六屆「霍英東教育獎」高校青年教師獎、教育部「新世紀優秀人才獎」；有關論著曾獲第六屆「北京市哲學社會科學優秀成果」一等獎、第六屆「中國人民解放軍優秀圖書獎」（不分等級）、首屆「『三個一百』原創出版工程」獎等多種獎項。

東方學研究叢書 1801001

王向遠教授學術論文選集

第五卷 日本文學研究

作 者	王向遠
叢書策畫	李 鋒、張晏瑞
責任編輯	蔡雅如
特約校對	林秋芬

發 行 人	陳滿銘
總 經 理	梁錦興
總 編 輯	陳滿銘
副總編輯	張晏瑞
編 輯 所	萬卷樓圖書股份有限公司
排 版	林曉敏
印 刷	百通科技股份有限公司
封面設計	斐類設計工作室

發 行 萬卷樓圖書股份有限公司

臺北市羅斯福路二段 41 號 6 樓之 3

電話 (02)23216565 傳真 (02)23218698

　　電郵 SERVICE@WANJUAN.COM.TW

大陸經銷 廈門外圖臺灣書店有限公司

　　電郵 JKB188@188.COM

香港經銷 香港聯合書刊物流有限公司

電話 (852)21502100

第五卷 ISBN 978-986-478-073-0

全 套 ISBN 978-986-478-063-1

2017 年 3 月初版

定價:18000 元 (全十冊不分售)

如何購買本書:

1. 轉帳購書,請透過以下帳戶

　 合作金庫銀行 古亭分行

　 戶名:萬卷樓圖書股份有限公司

　 帳號:0877717092596

2. 網路購書,請透過萬卷樓網站

　 網址 WWW.WANJUAN.COM.TW

大量購書,請直接聯繫我們,將有專人為您

服務。客服:(02)23216565 分機 10

如有缺頁、破損或裝訂錯誤,請寄回更換

國家圖書館出版品預行編目資料

王向遠教授學術論文選集 / 王向遠著.

李 鋒、張晏瑞 叢書策畫.

　-- 初版. -- 臺北市:萬卷樓, 2017.03

　　冊 ; 公分. -- (王向遠教授學術著作集)

ISBN 978-986-478-063-1(全套 :精裝)

ISBN 978-986-478-073-0(第五卷 :精裝)

1.文學 2.學術研究 3.文集

810.7　　　　　　　　　　106002083